AF540164

चिड़िया बहनों का भाई

उपन्यास

चिड़िया बहनों का भाई

आनंद हर्षुल

राजकमल प्रकाशन

ISBN : 978-81-267-3003-2

मूल्य : ₹450

पहला संस्करण : 2017

प्रकाशक : राजकमल प्रकाशन प्रा. लि.
1-बी, नेताजी सुभाष मार्ग, दरियागंज
नई दिल्ली-110 002

शाखाएँ : अशोक राजपथ, साइंस कॉलेज के सामने, पटना-800 006
पहली मंजिल, दरबारी बिल्डिंग, महात्मा गांधी मार्ग, इलाहाबाद-211 001
36 ए, शेक्सपियर सरणी, कोलकाता-700 017

वेबसाइट : www.rajkamalprakashan.com
ई-मेल : info@rajkamalprakashan.com

मुद्रक : बी.के. ऑफसेट
नवीन शाहदरा, दिल्ली-110 032

CHIDIYA BAHNON KA BHAI
Novel by Anand Harshul

पिता स्वतंत्रता संग्राम सेनानी–वैद्य पंडित रामनारायण 'हर्षुल' मिश्र की स्मृति को कि वे जब तक रहे, मुझे यह लगता रहा कि वे मुझे नहीं समझ पा रहे हैं और अब जब वे नहीं रहे तो मुझे लग रहा है कि मैं ही उन्हें नहीं समझ पा रहा था।

चिड़िया बहनों का भाई

मछलियाँ

नदी गाँव से गुजर रही है। गुजर रही हैं मछलियाँ नदी के साथ-साथ। चाँदी के छोटे-छोटे टुकड़े, जीवित तैर रहे हैं पानी में। पानी मछलियों के साथ बह रहा है या तैरती मछलियाँ बहा रही हैं पानी को अपने साथ। यह सिर्फ नदी जान रही है या जान रही हैं तैरती मछलियाँ।

नदी गाँव के इस दोपहर में डूबी हुई है। नदी के साथ मछलियाँ भी डूब गई हैं। डूब गई हैं गाँव के दोपहर में। गाँव की इस दोपहर में नदी के किनारे एक लड़का बैठा है सत्रह साल का। उसका सत्रह साल तीन दिन पहले ही पूरा हुआ है। सत्रह, सन् उन्नीस सौ इकसठ की एक ढलती साँझ के एक क्षण में हुआ है सत्रह। लड़के को पता नहीं है कि लड़का तीन दिन पहले सत्रह का हो गया है। उसके माँ-बाप को भी यह पता नहीं है कि लड़का तीन दिन पहले सत्रह का हो गया है।

इस गाँव के लोगों की जन्म तारीख ईश्वर को याद रखनी पड़ रही है। ईश्वर ही याद रख रहा है कि कौन कब पैदा हुआ है। पैदा हुआ है किस तारीख के किस क्षण में। मरा है कौन कब। मरा है किस तारीख के किस क्षण में। ईश्वर से अपनी जन्म तारीख पूछने, इस गाँव का कोई आदमी, औरत या बच्चा ईश्वर के पास नहीं गया है। गया है बस अपने मरने की तारीख साथ लेकर। मरने की तारीख में से मरने का क्षण निकाल चले गए हैं लोग चुपचाप इस गाँव से। सच तो यह है कि ईश्वर को भी अपनी जन्म की तारीख पता नहीं है। पता नहीं है जन्म की तारीख तो ईश्वर को अपने जन्म का क्षण भी पता नहीं है। ईश्वर से अगर हम उसके जन्म की तारीख पूछेंगे तो या तो वह झूठ बोलेगा या फिर शर्म से झेंप जाएगा।

इस गाँव की पाठशाला के एक पुराने रजिस्टर में लड़के की उम्र तीन दिन पहले सत्रह की हुई है। लड़का तीसरी कक्षा के बाद पढ़ना छोड़ चुका है। इसलिए उसकी उम्र, कई बरस पहले, पाठशाला की एक लकड़ी की अलमारी में बन्द हो चुकी है। अलमारी के भीतर एक रजिस्टर है पुराना। काली जिल्द वाला। वह रजिस्टर जब शाला में प्रवेश लेनेवाले बच्चों के नाम से अन्तिम पन्ने तक भर गया तो अलमारी

में बन्द हुआ है। अलमारी में बन्द हो चुके उस रजिस्टर के भीतर लड़के की उम्र सत्रह की हुई है। ठीक तीन दिन पहले। उस बन्द रजिस्टर में लड़के के जन्म का समय नहीं है। बस तारीख है। तारीख भी वह है जो शाला के गुरुजी के मन में प्राथमिक शाला के उस रजिस्टर में, पहली कक्षा में, उसका नाम लिखते समय उपजी है।

जन्म का समय लड़के की माँ के पास भी नहीं है। माँ की याद में एक ढलती साँझ है। पीड़ा से भरी साँझ। जीवन में प्रसव की छठी पीड़ा। सत्रह साल पहले माँ बाईस की रही होगी। रही होगी शायद तेईस की। पर इससे अधिक बिल्कुल नहीं। पर पहला बच्चा उसने सत्रह की उम्र में ही पैदा किया था। पहली लड़की। फिर हर साल एक लड़की। पाँच लड़कियाँ। पाँच पीड़ाएँ। यह छठी पीड़ा थी। इस पीड़ा के भीतर लड़का था। सुख था। माँ के पास लड़के के जन्म की तारीख नहीं थी। था लड़के के जन्म का सुख। उसे तारीख याद नहीं थी। सुख याद था।

लड़के के जन्म की तारीख उसके पिता के पास भी नहीं है। दिन याद है कि उस दिन छेरछेरा पुन्नी का त्योहार था।

छेरछेरा, माई—कोठी के धान ला हेरहेरा। जिस दिन लड़का पैदा हुआ था, गाँव के खेतिहर मजदूर, अपने मालिकों के दरवाजे-दरवाजे जाकर, धान माँग रहे थे। माँग रहे थे अधिकार से कि कोठी में छुपाकर रखा धान निकालो और हमें दो एक हिस्सा। मेहनत की हमने, बहाया पसीना तुम्हारे खेतों में, बरस भर खटाया अपना शरीर इसलिए नहीं कि तुम रख लो पूरी उपज। उपज पर अधिकार है हमारा भी। आएँगे देवता हमारे भी द्वार। माँगेंगे हमसे भी भोजन। घर में नहीं होगा धान तो देवता भूखे चले जाएँगे। देवता को अगर दे देंगे धान तो रह जाएँगे भूखे हम।

यह कभी बरसोंबरस पहले हुआ था कि साल भर खटने के बाद, गाँव के दाउओं ने, खेतिहर मजदूरों को इतना कम धान दिया कि वह बस उनके खाने के लिए ही मुश्किल से पड़ रहा था पूरा। ऐसे में देवता आ गए। हर खेतिहर मजदूर के द्वार पर एक-एक देवता। खेतिहर मजदूरों के जितने घर थे पृथ्वी पर उतने देवता उतर आए। देवता मुस्कुराते खड़े थे। खड़े थे गाँव के हर दरवाजे पर। उनकी मुस्कान अपनी भूख के लिए धान माँग रही थी। खेतिहर मजदूर देवताओं को वापस नहीं लौटा पाए और अपने खाने का धान देवताओं को दे दिया। जब खाली हो गई खेतिहर मजदूरों की धान-कोठी तो वे क्या करते! निकल पड़े दाउओं के घर धान माँगने। दिन छेरछेरा पुन्नी था। दाउओं को लगा कि नहीं देंगे धान तो खेतिहर मजदूर नहीं आएँगे काम पर। सूखे रह जाएँगे खेत। इस तरह छेरछेरा पुन्नी के दिन आज भी दाउओं के काँपते हाथ खेतिहर मजदूरों के पंछे में डाल रहे हैं पैली-दो पैली धान।

जिन लोगों ने पहली बार देवताओं के लिए दाउओं से धान माँगा था, उनमें से एक इस लड़के का पूर्वज था। नाम था परसन।

यह लड़का उकड़ूँ बैठा है। बैठा है नदी के उस ऊँचे किनारे पर रखे एक काले पत्थर पर। पत्थर की सतह, कपड़ा पछीटते-पछीटते, चिकनी हो चुकी है। नदी का किनारा यहाँ इतना गहरा है कि यहाँ पर कपड़ा धोना मुश्किल है। यह पत्थर किनारे की किसी और जगह से उठाकर यहाँ लाया गया है। यह पत्थर, किसी स्त्री की बजती चूड़ियों के साथ, अपने ऊपर कपड़ा पछीटने का इन्तजार करता पड़ा हुआ है। नदी का यह किनारा कूदकर नहाने के लिए बढ़िया जगह है। पर नहाकर वापस किनारे पर चढ़ना कठिन है। उसके लिए तैरकर किनारे के ऐसे हिस्से तक जाना पड़ता है जहाँ नदी ऊपर आकर किनारे की ऊँचाई को छू रही है।

नदी अपने किनारे को किस तरह बाँटती है—किनारे की कोई जगह नहाने की। किनारे की कोई जगह कपड़ा धोने की। किनारे की कोई जगह स्त्रियों और बच्चों की। किनारे की कोई जगह सिर्फ पुरुषों की। किनारे की कोई जगह डूब मरने की। किनारे की कोई जगह मछली मारने की। मछली मारने की जगह यह है जहाँ लड़का अभी बैठा है।

लड़के की कमर में बस लाल रंग का एक पंछा है। बाकी देह नंगी है। लड़के की नंगी और साँवली पीठ पर दोपहर की धूप बैठी है। लड़के का चेहरा नदी की ओर है। पीठ है गाँव की ओर। लड़का इतना साँवला है कि उसका रंग काले रंग की ओर गिर रहा है। नाक थोड़ी चपटी-सी है। सिर के बाल घने और घुँघराले हैं। घुँघराले बाल ऐसे दिख रहे हैं जैसे हमेशा धूल में डूबे रहते हों। लड़के की नंगी पीठ के निचले हिस्से पर, कमर के ऊपर ठीक बाईं ओर, अँगूठे का एक गहरा काला निशान है। यह निशान उसके काले साँवले रंग से भी ज्यादा गहरा काला है। जन्म-निशान।

वह एक अँगूठे का निशान लेकर पैदा हुआ लड़का है। यह क्या किसी देवता का अँगूठा है। ऐसा देवता जो लिखना न जानता हो। लिखना न जानने के कारण, लड़के का भाग्य लिखने की जगह, लगा दिया हो भाग्य का अँगूठा।

लड़के के दाहिने हाथ में मछली मारने की डगनी है। उसकी बगल में बाँस की एक छोटी टोकनी रखी है। टोकनी उस काले पत्थर से सटी हुई है, जिस पर वह उकड़ूँ बैठा है। टोकनी मैली-सी है जो अभी बिल्कुल खाली है। पर जाने किस पेड़ से उड़कर आई एक पीली पत्ती टोकनी के भीतर हवा में काँपती-सी पड़ी है। पत्ती पड़ी है, टोकनी को खाली न रहने देने की कोशिश करती हुई। टोकनी उस अकेली पत्ती के साथ धूप से भरी है।

लड़का बाएँ हाथ से अपने दाएँ कन्धे को छू रहा है। उसका दायाँ हाथ नदी की ओर उठा डगनी को सम्हाले हुए है। डगनी की गल पानी में डूबी हुई है। गल के थोड़ा ऊपर लगा मोर-पंख पानी में तैर रहा है। लड़के का पूरा ध्यान डगनी में आनेवाले उस खिंचाव पर है जो मछली के फँसते ही डगनी पर आएगा। आएगा और मोर-पंख पानी की सतह को छोड़ डूब जाएगा नीचे। नीचे पानी के भीतर।

लड़के के आस-पास, दूर-दूर तक कोई नहीं है। लड़का हमेशा मछली मारने के लिए ऐसा समय चुनता है, जब नदी का किनारा लगभग खाली रहता है। धूप रहती है। रहते हैं बस पेड़। चिड़ियाँ रहती हैं। रहती है हवा। नदी की आवाज रहती है। नदी की आवाज में चुपचाप तैरती मछलियाँ रहती हैं। रहती है मछलियों की वह नादान भूल जो लड़के की डगनी के गल में फँसी आटे की गोली या केंचुए को खाने के लिए लपकती है।

लड़का दो हरे-भरे पीपल के पेड़ों के बीच है। पर पीपल की छाया दूर ठिठकी-सी है। लड़के से दूर। जैसे सोच रही हो कि लड़के को छुए या न छुए। दोनों पेड़ों के ठीक नीचे के किनारे पर नदी उथली है। लड़का लगभग दोनों पेड़ों के बीच बैठा है। दोनों पेड़ अगर मनुष्य के कदमों से चलें तो उन्नीस कदम चल लड़के तक पहुँच सकते हैं। इसलिए पेड़ों की छाया लड़के तक नहीं पहुँच पा रही है।

लड़के की पीठ पर बैठी है धूप। धूप को पीपल के पेड़ों की छाया तभी पोंछ सकती है जब लड़का किसी एक पेड़ के करीब चला जाए। या दोनों पेड़ अपनी शाखाओं को लम्बा करें और करें पत्तियों को इतना घना कि वे लड़के की पीठ को अपनी छाया से ढँक लें। या पीपल की पत्तियाँ पेड़ों को छोड़ उड़ें और छा जाएँ लड़के के ऊपर। छा जाएँ एक हरी छतरी बन। जब तक बैठा है लड़का नदी किनारे और बनी हुई है धूप, पीपल की पत्तियाँ बनी रहें हरी छतरी। धूप के हटते ही लड़के की पीठ से पत्तियाँ लौट जाएँ अपने-अपने पेड़ों पर। लौटकर जुड़ जाएँ अपनी शाखाओं से पत्तियाँ ठीक वैसे ही, जैसे चिड़ियाँ उड़ान के बाद लौटती हैं अपने घोंसलों पर।

लड़के का ध्यान अपनी पीठ पर लदी धूप और उससे उपज रही चुनमुनाहट पर बिल्कुल भी नहीं है। लड़के का पूरा ध्यान डगनी के नीचे पानी की सतह पर है। है तैरते मोर-पंख पर। फँसेगी मछली जैसे ही गल में, गल के ऊपर बँधे मोर-पंख को खींचेगी पानी के भीतर। तड़फड़ाएगी डगनी। तड़फड़ाती डगनी को सम्हालेंगे लड़के के हाथ। फँसेगी जितनी बड़ी मछली गल में, तड़फड़ाएगी उतनी ज्यादा डगनी।

नदी की सतह पर झिलमिलाता लड़के का चेहरा चमक रहा है। मोर-पंख डूब गया है पानी में। लड़के के हाथ अब सम्हाल रहे हैं मछली का जोर। सम्हालकर जोर लड़के ने डगनी खींची ऊपर। गल में फँसी मछली फड़फड़ाती आई ऊपर। मछली

जैसे झटक रही हो अपनी देह से पानी की एक-एक बूँद। नदी की चमकीली सतह के नीचे से एक मछली कम हो रही है। लड़के ने डगनी को अपने घुटनों के बीच दबा लिया है। मछली उसके पैरों के पास तड़प रही है। गले में फँसी गल से छूटने की कोशिश कर रही है मछली। लड़के ने अपने बाएँ हाथ से गल की रस्सी को उठाया ऊपर। रस्सी अब मछली के साथ-साथ तड़प रही है। लड़के ने दोनों हाथों की मदद से गल और मछली को अलग-अलग कर दिया है, एक झटके से। एक झटके से पहले गल की तड़पती रस्सी शान्त हुई। फिर धीरे-धीरे शान्त होने लगी है मछली। जीवन को अपने भीतर खींचने की मछली की कोशिश, उसकी देह को बार-बार उछाल रही है अब भी। अब भी मछली की देह बार-बार जा रही है तड़प की ओर। थकी हुई और एक-एक साँस के लिए लड़ती मछली को लड़के ने अपने बगल में रखी टोकनी में डाल दिया है। मछली में इतना दम नहीं है कि वह उछलकर बाहर निकल सके। निकल सके टोकनी से और सरकती-सरकती उतर जाए फिर नदी में। नहीं है मछली में इतना दम कि अब उतर सके नदी में।

लड़के ने इस तरह तीन मछलियाँ पकड़ी हैं और चौथे के लिए फिर गल डालकर बैठ गया है।

लड़का चौथी मछली के लिए मोर-पंख को घूरता बैठा है। बैठा है जाने कब से। तीन मछलियाँ, एक के बाद एक, फँसी हैं लगातार। चौथी मछली बहुत देर बाद भी अब तक फँसी नहीं है। पानी की कँपकँपाती सतह पर लड़के का काँपता चेहरा है। पानी में उभरते उसके काँपते माथे पर काँपता मोर-पंख है।

ठीक इसी समय, जब लड़के के पास चौथी मछली के गल में फँस आने का घना इन्तजार है, टोकनी में रखी तीनों मछलियाँ टोकनी के भीतर कुनमुनाईं। कुनमुनाईं, जैसे नींद से बाहर आते हुए कुनमुनाते हैं बच्चे। जाग गईं तीनों मछलियाँ। तीनों ने देखा अपने चारों ओर। चारों ओर टोकनी की पीली और मटमैली दीवार है। टोकनी में बसी है हजारों उन-सी मछलियों की गन्ध। नदी के बहने की महीन आवाज आ रही है। आ रही थी चारों ओर से पत्तियों की हरी-सरसराहट। पत्तियों की सरसराहट में चिड़ियों की चहचहाहट तैर रही है। सूरज के साथ चमक रहा है आसमान। आसमान इतना नीचे झुक आया है कि तीनों मछलियों को लगा कि कोई फर्क नहीं है नदी और आसमान में। तीनों मछलियाँ अचानक टोकनी छोड़ उड़ीं। उड़े चाँदी के तीन टुकड़े। चाँदी के टुकड़ों को आसमान ने तुरन्त अपने भीतर समेट लिया।

पीपल पर बैठी पाँच चिड़ियों ने देखा उड़ती मछलियों को। देखा कि कैसे आसमान ने तुरन्त मछलियों को अपने भीतर छुपा लिया है। देखा कि एक रंग हैं

आसमान और मछलियाँ। चिड़ियों ने एक साथ लड़के से कहा कि देखो, तुम्हारी मछलियाँ उड़ रही हैं, पर शायद चिड़ियों के एक साथ बोलने के कारण या लड़के का ध्यान चौथी मछली के लिए पानी में इतना डूब गया है कि वह सुन नहीं पा रहा है पाँच चिड़ियों की आवाज। वह मोर-पंख को घूरता बैठा है और मछलियाँ उड़ गई हैं।

लड़के को नदी की कँपकँपाहट में जब बहुत देर तक चौथी मछली नहीं मिली तो उसने सोचा कि अब घर चला जाए कि आज नहीं फँसेगी चौथी मछली डगनी में। माँ, बाबू और उसके लिए तीन मछलियाँ काफी हैं। तीन जनों के लिए तीन मछलियाँ। लड़का उकड़ूँ बैठे-बैठे ही मुड़ा। मुड़ा टोकनी उठाने। पर टोकनी देख उसका दिल धक् रह गया। इतनी मेहनत से पकड़ी गईं तीनों मछलियाँ गायब हैं। नदी के पास बैठे उसे दो घंटे से ज्यादा हो चुके हैं। उसकी पीठ को सूरज ने जला डाला है। उसकी आँखों में नदी का हरा-काला जल उतर आया है। आँखों की नदी में साफ दिख रही हैं मछलियाँ। पर टोकनी की नदी दिख रही है खाली। लड़का खाली टोकनी को देख दुखी हो गया है। वह अब नए सिरे से मछली पकड़ना शुरू नहीं कर सकता है। मन नहीं है। समय नहीं है। लड़का उठा। उसने खाली टोकनी उठाई और उसे अपने सिर पर उलटा पहन गाँव की ओर चल पड़ा है।

सिर पर पहनी टोकनी से मछली की गन्ध झर रही है। बिसायँध। इस गन्ध से उसकी जीभ में मछली का स्वाद उतर रहा है। लड़का टोकनी को टोपी की तरह पहने, दुखी मन नदी से दूर हो रहा है। गाँव उसके पास आ रहा है धीरे-धीरे।

लड़का पगडंडी पर है। पगडंडी नदी के किनारे के साथ ऊपर और नीचे हो रही है। पगडंडी की लहर इतनी गहरी है और ऊँची है इतनी कि पगडंडी जब अपनी गहराई में ले जा रही है तो दिखने से गायब हो जा रहा है लड़के का गाँव। पगडंडी के ऊपर चढ़ते ही उग आ रहा है गाँव। लड़का जब तक नदी के किनारे की पगडंडी पर रहेगा—उसका गाँव कई बार गायब होगा धरती से और कई बार उगेगा धरती पर। जैसे एक ही दिन में कई बार उग रहा हो सूरज। सूरज, एक ही दिन में, जैसे कई बार डूब रहा हो।

पगडंडी पर ऊपर-नीचे होता लड़का सोच रहा है कि कहाँ गायब हो गई होंगी मछलियाँ। टोकनी से बाहर उछल, धीरे-धीरे क्या उतर गई होंगी नदी में। आया होगा कोई कुत्ता दबे पाँव और मछलियाँ उठा ले गया होगा। उस समय, जब वह चौथी मछली को पकड़ने में लीन था।

लड़का मछलियों के अचानक गायब हो जाने को स्वीकार नहीं कर पा रहा है। मन नहीं मान रहा है उसका। लड़का सोच नहीं पा रहा है कि मछलियाँ उड़ सकती हैं। कोई कैसे सोच सकता है कि मछलियाँ उड़ सकती हैं! अभी, सिर्फ वे पाँच चिड़ियाँ जान रही हैं कि उड़ गई हैं मछलियाँ। चिड़ियाँ जो पीपल के पेड़ पर बैठी

लगातार अब भी देख रही हैं लड़के को। देख रही हैं कि लड़का दुखी मन गाँव की ओर लौट रहा है। लौट रहा है मछली की खाली टोकनी को अपने सिर पर टोपी की तरह पहने। गाँव की लौटती पगडंडी के ऊपर-नीचे हो रहे लड़के को देख रही हैं चिड़ियाँ। चिड़ियाँ लड़के के दुख से दुखी हैं।

घर मिट्टी का है। दरवाजा लकड़ी का। दरवाजा घर से ज्यादा मजबूत है। यह बहुत पुराना दरवाजा है। इस दरवाजे पर पूर्वजों के हाथों का स्पर्श है। दरवाजा काला है। चिकना। बरसों कड़वा तेल पीया है दरवाजे ने इस घर के पूर्वजों के हाथों। घर यह पसरा-सा है। जैसे मिट्टी के घर रहते हैं पसरे-से। तनकर खड़े कभी नहीं दिखते मिट्टी के घर। दिखते हैं इस तरह थके-से कि बस अब बैठने वाले हैं धरती पर। बैठते हुए घर को किसी ने बरसों से रोके रखा है बैठने से। इसलिए, इस घर को देख थोड़ी हँसी आ सकती है। हँस सकते हैं बस वे लोग जो ऐसे घरों को देखने के आदी नहीं हैं।

घर का दरवाजा खुला है, पर भीतर अँधेरा है। बाहर दोपहर है, इसलिए भीतर की छाँव अँधेरे की तरह लग रही है। लड़के की आँखों में अभी दोपहर की धूप बैठी है। लड़का भीतर जाने के लिए दरवाजे की चौखट पर झुका है। घर का दरवाजा बस बच्चों को ही तनकर घुसने देता है घर के भीतर। बच्चे जैसे ही बड़ों का कद छूते हैं, दरवाजा उन्हें झुकने को कहने लगता है। जो नहीं झुकता है उसके सिर को दरवाजे की चौखट देती है सजा। सिर या माथे पर उभरता है दर्द का गूमड़। आखिरकार, घर के दरवाजे के सामने झुकना सीख जाते हैं सभी। रहते हैं जो घर में, झुकते ही हैं वे घर के दरवाजे के सामने।

लड़का घर के भीतर घुसा सिर झुकाकर। लड़के की आँखों में बैठी है धूप। धूप ने घर के भीतर की छाँव को गहरे अँधेरे में बदल दिया है लड़के के लिए। थोड़ी देर बाद भीतर का अँधेरा, धीरे-धीरे खुलने लगा। धीरे-धीरे दिखने लगी हैं घर की सारी वस्तुएँ। वस्तुओं में घर की छाया दिखने लगी है। माँ नहीं है पहले कमरे में। लड़के की टोकनी में मछली नहीं है। लड़का खड़ा रहा कुछ देर सोचता। फिर उसने टोकनी को कमरे के एक खूँटी में टाँग दिया। बाजू में दूसरी खूँटी पर सूपा टँगा है। टोकनी टाँगते हुए पता नहीं क्यों लड़के को यह लगा कि टोकनी में अचानक दिख जाएँगी तीन मछलियाँ। अचानक खिल उठेगी टोकनी तीन मछलियों से। पर हुआ कुछ नहीं ऐसा—बस लड़के के सोचने में यह हुआ है।

कमरे में गोबर की महक है। माँ शायद आज देर से घर की धरती लीप पाई है। वैसे, वह सुबह उठकर जल्दी ही लीपने-बुहारने का काम कर लेती है। वह रोज घर के मिट्टी के फर्श को बुहारने के बाद गोबर से लीपती है। पूरे घर की धरती

पर माँ की अँगुलियों से बने अर्द्धवृत्त देखे जा सकते हैं। इन्हीं अर्द्धवृत्तों के कारण घर की धरती सुन्दर दिखती है।

घर में सिर्फ तीन कमरे हैं। उसमें एक धान का कोठा है। एक यह है जिसमें लड़का अभी खड़ा है। एक कमरा चौका है, छोटा-सा। घर का चौका धान के कोठे से लगकर खड़ा है। खड़ा है छोटे भाई-सा। इस कमरे और कोठे-चौके के बीच एक छोटा-सा आँगन है। आँगन के ठीक बीच में तुलसी-चौरा है। तुलसी की महक घर की नाभि से उठ रही है।

इस घर को लड़के के एक पूर्वज ने अपने हाथों से बनाया है। मिट्टी का घर हमेशा बनता है धीरे-धीरे। मिट्टी की दीवार थोड़ी ही ऊँची बनती है क्योंकि उसे सूखने के लिए छोड़ना पड़ता है। धूप ठीक-ठाक रही तो दो दिन में सूख जाती है दीवार। फिर सूखी दीवार के ऊपर थापते हैं मिट्टी। थापी मिट्टी को धूप के लिए छोड़ देते हैं कि धूप सोख ले दीवार से मिट्टी का जल। फिर थापते हैं मिट्टी। फिर धूप सोखती है जल। इस तरह धीरे-धीरे बनता है मिट्टी का घर। मिट्टी का घर अपनों के हाथों बनता-सुधरता है, इसलिए मन में बसा रहता है। इस घर की दीवारों में पीढ़ियों की थपकियाँ हैं।

अब इस घर को लड़के के माँ-बाबू सहेज रहे हैं। लीपते-पोतते हैं। झाड़ते-बुहारते हैं। छापते हैं दरारों में मिट्टी। छुई लगाते हैं मिलकर दोनों। सुन्दर पीली दिखें दीवारें। घर की दीवारों पर माँ-बाबू दोनों की अँगुलियों के निशान हैं। दीवारों पर माँ की पतली और बाबू की मोटी खुरदरी अँगुलियों से बने रहे हैं अर्द्धवृत्त। दोनों मिलकर घर के भीतर गुम हो रहे हैं। अपनी ही अँगुलियों से बने अर्द्धवृत्तों पर भटक रहे हैं दोनों। घर गुम हो रहा है दोनों के भीतर। दोनों के भीतर घर अर्द्धवृत्तों से मिलकर बन रहा है पूर्ण-वृत्त। घर पृथ्वी बन रहा है दोनों के भीतर।

लड़का आँगन में आया। वहाँ माँ है। हँसिया उसके पैरों के बीच दबा है। वह मछली साफ कर रही है। वहाँ तीन मछलियाँ हैं।

'भुलवा, कैसा करता है रे...मछली बाहर छोड़कर कहाँ चला गया था?' माँ ने उसे देखते ही कहा।

'मछली...' भुलवा को कुछ समझ नहीं आया।

'मछली दरवाजे के पास कोई छोड़ता है...कुत्ता-उत्ता उठा लेता तो रह जाता तू...' माँ ने अपनी बात पूरी की।

भुलवा कुछ समझ नहीं पा रहा है। उसकी मारी मछलियाँ तो नदी किनारे ही टोकनी से गायब हो गई हैं, फिर घर में ये मछलियाँ कहाँ से आ गई हैं?

'तेरा बाबू खेत गया है...भुलवा आए तो भेज देना, कहा है...तू चला जा

जल्दी...नहीं तो नाराज होगा बाबू...' माँ कह रही है। माँ की हथेलियों और हँसिये के बीच मछली चमक रही है।

भुलवा माँ की बात ठीक-ठीक सुन नहीं पा रहा है। तीन मछलियाँ उसके दिमाग में गोल-गोल घूम रही हैं। वह माँ के पास जाकर उकड़ूँ बैठ गया है। एक मछली कट रही है माँ के हाथों। दो मछलियाँ नीचे काँसे की थाली में पड़ी हैं। जैसे काटे जाने का इन्तजार कर रही हैं।

भुलवा काँसे की थाली पर झुका। देखा गौर से दोनों मछलियों को। उसे लगा कि ये वही मछलियाँ हैं जो उसने नदी में पकड़ी हैं। ये वही हैं जो नदी के किनारे से ही टोकनी से गायब हो गई हैं। भुलवा ने काँसे की थाली से एक मछली उठा ली है। मछली में अब भी है जीवन। जीवन, धक्-धक्। अपनी धक्-धक् को समेटते-सम्हालते मुस्कुराई मछली। भुलवा की ओर देख मुस्कुराई। देख मुस्कुराती मछली घबरा गया भुलवा। भुलवा ने घबराकर मुस्कुराती मछली को रख दिया काँसे की थाली में वापस। थाली में पड़ी दूसरी मछली भी भुलवा को देख मुस्कुराई। देखा भुलवा ने कि कट रही मछली भी उसे देख मुस्कुरा रही है। भुलवा मछलियों को देख मुस्कुराया और सोचा तो यह बात है, मछलियाँ उससे पहले ही घर आ गई हैं! भुलवा की मुस्कान ने मछलियों से कहा कि तुम सब मुझसे खेल रही हो खेल। उड़कर आ गई हो मुझसे पहले ही। अचरज में डाल दिया है तुम तीनों ने मुझे।

'मुझे भूख लगी है...' भुलवा ने अचानक माँ से कहा। वह अब भी मुस्कुरा रहा है और उसकी मुस्कान में तीन मछलियाँ चमक रही हैं।

'सुबह तो खाया था रोटी। मछली बनने में समय लगेगा—घर में घुसता नहीं और भूख-भूख करता है...कहा न बाबू ने खेत में बुलाया है...' माँ ने कहा इस तरह कि अगर खाना बन गया रहता तो वह परस देती भुलवा के सामने। खाना बना रहता तो जितनी बार भुलवा माँगता, माँ उसे खाना परसती। भुलवा की भूख के लिए वह सूरज और चाँद के डूबने-उगने का इन्तजार नहीं कर रही है।

भुलवा जब दोपहर का खाना खाने बैठा तो औसत रूप से एक मछली बाबू ने, एक भुलवा ने, एक माँ ने खाई। मछली की एक-एक मुंडी उन तीनों के हिस्से में आई। हमेशा की तरह माँ अपने हिस्से में से कुछ भुलवा की थाली में सरकाने की कोशिश में रही। माँ की कोशिश को भुलवा ने सफल होने नहीं दिया। मछली बहुत स्वादिष्ट बनी है। मछलियों ने खुद अपने में डाल दिया है स्वाद। स्वाद बन मनुष्य का जैसे खुश हैं मछलियाँ।

मछलियों ने अपना काम कर दिया है। वे उड़कर पहुँची हैं भुलवा के घर। आकर कटी हैं वे। स्वाद रचा है अपने भीतर। स्वाद, जैसा चाहा है भुलवा की माँ के

हाथों ने। मछलियों की कटी देह भी मुस्कुराती रही है काँसे की थाली में पड़ी-पड़ी। जब तक खा नहीं ली मछलियाँ उन तीनों ने, तब तक मुस्कुराती रही हैं मछलियाँ। अब मछलियों की बारीक हड्डियाँ भर बची हैं। घर की धरती पर पड़ी। धरती पर पड़ी हड्डियाँ जूठन हैं। जूठन हैं माँ, बाबू और भुलवा की।

जब खा चुके सब तो माँ समेटने लगी जूठन। देखा भुलवा ने कि माँ समेटने लगी है मछलियों की हड्डियाँ तो तुरन्त कहा भुलवा ने, कुछ सोचकर, कि ला माँ मैं साफ कर देता हूँ। माँ को अच्छा लगा। माँ बुझ रहे चूल्हे की गरम राख की तरफ मुड़ गई है।

भुलवा थाली उठा रहा है। धरती पर पड़ी तीनों मछलियों की हड्डियों को समेट रहा है भुलवा। अचरज कि तभी हड्डियों ने भुलवा के कान में कहा कि हमें फेंकना मत भुलवा। डाल देना नदी में, वहीं पर, जहाँ मिली हैं हम तुम्हें। मिलेंगी हम वहीं रोज तुम्हें। उड़ेंगी और उड़कर आएँगी रोज तुम्हारे घर।

भुलवा ने ध्यान से सुना मछलियों की हड्डियों की आवाज। अलग रख लिया हड्डियों को अपनी बंडी की जेब में। उसने थालियाँ आँगन के उस कोने में रख दी हैं, जहाँ माँ माँजती है बर्तन। भुलवा ने देर नहीं की फिर, वह तुरन्त घर से बाहर निकल पड़ा है।

'कहाँ जा रहा है?' भुलवा की पीठ पर पड़ी माँ की आवाज।

'आ रहा हूँ...' भुलवा ने माँ की आवाज से कहा।

बाबू पहले कमरे में है। पंछा मुँह पर डाले कर रहा है आराम। आज उसने दिन में ही मार ली है दारू। पहला कमरा, दारू और मछली के स्वाद से भीगे, बाबू के खर्राटों से धीरे-धीरे भर रहा है। भुलवा निकल गया बाहर। बाबू के खर्राटों ने देखा उसे घर से बाहर निकलते। दारू की गन्ध ने देखा उसे घर से बाहर निकलते हुए। मछली के स्वाद ने देखा उसे घर से निकलते हुए।

भुलवा खड़ा है नदी के किनारे। खड़ा है किनारे की ठीक उस जगह पर, जहाँ से वह रोज मारता है मछलियाँ। उसने मछलियों की हड्डियाँ अपनी बंडी की जेब से बाहर निकाल ली हैं। हडिड्याँ अब भुलवा की फैली हुई हथेलियों पर हैं। ठीक उसके सामने। देखतीं उसे। मौन।

नदी में छोड़ने से पहले भुलवा ने मछलियों की हड्डियों से कहा कि कल तक बन जाना पूरी मछली। जब मैं डालूँ डगनी तो सिर्फ मेरी डगनी में फँसना। मैं रख दूँगा तुम्हें टोकनी में। मैं भूल जाऊँगा कि तुम उड़नेवाली मछलियाँ हो। पलटकर मैं पीछे नहीं देखूँगा तुम्हारी ओर। भूल जाऊँगा तुम्हें। पर तुम मत भूलना। याद रखना यह बात कि तुम उड़नेवाली मछलियाँ हो। कितना भी खींचे आसमान का नीला रंग और चहचहाएँ चिड़ियाँ कितनी भी। गुम न जाना आसमान में उड़ते-उड़ते। उड़ते-उड़ते बैठ न जाना पेड़ों पर चिड़ियों के संग। मुझसे पहले मेरे घर पहुँचना रोज।

गिरना नहीं घर के दरवाजे पर। गिरना कमरे के भीतर कि मुझे माँ डाँटे न कि मैंने मछलियाँ दरवाजे पर छोड़ दी हैं। न उड़ते दिखना कभी किसी को। न दिखना कभी किसी को गिरते। दिखना चाहो उड़ते तो दिखना बस आसमान को। चिड़ियों को दिखना। दिख जाना कभी-कभी मुझे भी उड़ते हुए। घर आना रोज मेरे। माँ के हाथों से बनना साग। हमारे खाने के बाद बच जाना हड्डियों में कि मैं डाल सकूँ हडिड्याँ फिर नदी में। तुम बन सको फिर मछलियाँ। फिर मेरी डगनी तुम्हें पकड़ सके। कि तुम फिर उड़ सको।

मछली की हड्डियों ने हामी भर दी है। भुलवा के हर कहे को मान लिया है। सन्तोष हो गया भुलवा को। समझ गया है वह कि अब रोज उड़ेंगी मछलियाँ।

भुलवा की हथेलियाँ झुकीं नदी की ओर। धीरे-धीरे डूबती दिखीं पानी में हड्डियाँ मछलियों की। हड्डियाँ मछलियों की धीरे-धीरे भुलवा की आँखों से पूरी तरह ओझल हो गई हैं।

दूसरे दिन नदी के किनारे बिखरे सुनसान में बैठा है भुलवा। बैठा है नदी में डगनी डाल। भुलवा को मछली मारने में उतना ही समय लग रहा है, जितना रोज लगता रहा है। बैठा है भुलवा अपने धैर्य के साथ। थोड़ी देर से पहली मछली फँसी है। पहली से थोड़ी कम देर बाद फँसी है दूसरी मछली। तीसरी मछली तो दूसरी मछली के पीछे-पीछे फँस गई है। जैसे ही एक के बाद एक तीन मछलियाँ फँसीं, भुलवा ने अपनी डगनी नदी से बाहर खींच ली है। उसकी टोकनी में जमा हैं अब तीन मछलियाँ।

थोड़ी देर भुलवा बैठा रहा चुपचाप। देखता रहा नदी का बहाव। भुलवा मछलियों को टोकनी से उड़ जाने का समय दे रहा है। अचानक, चहचहायीं चिड़ियाँ पेड़ों से। चिड़ियों की पाँच चहचहाहट आई नीचे भुलवा के पास। भुलवा समझ गया कि मछलियाँ उड़ रही हैं।

भुलवा उठा। पेड़ों को देखा। देखा चिड़ियों को। मुस्कुराया। टोकनी को सिर पर टोपी की तरह डाला। चल पड़ा घर की ओर। भुलवा के चेहरे पर जादुई मुस्कान है। मछलियाँ घर पहुँच गई होंगी। माँ, बाबू और उसके लिए एक-एक मछली रहेगी। भात को मछली के स्वाद पर खा सकेंगे वे तीनों।

बहनें

भुलवा पाँच बहनों के बाद पैदा हुआ है। एक बहन की पीठ पर दूसरी बहन। दूसरी बहन की पीठ पर तीसरी। तीसरी की पीठ पर चौथी। चौथी की पीठ पर पाँचवीं बहन। पाँचवीं बहन की पीठ पर भुलवा। पर भुलवा ने अपनी किसी बहन को नहीं देखा है आज तक। बहनों की कोई तस्वीर भी नहीं है घर में। तस्वीर खिंचवाने की कोशिश भी घर की नहीं रही है। इस गाँव में कोई फोटोग्राफर नहीं है। बाहर से फोटोग्राफर बुलाकर तस्वीर खिंचवाना, घर से चार बोरा धान कम कर देता है। इसलिए भुलवा ने अपनी बहनों का किस्सा सुना है बस अपनी माँ से। माँ ने पीड़ा से जना था बहनों को। वह पीड़ा से भर कहती है बहनों का किस्सा। किस्सा है जो माँ की पाँच पीड़ाओं का।

माँ का ब्याह, बाबू से, बचपन में हो गया था। माँ तब सात बरस की थी। बाबू साढ़े सात का रहा होगा या माँ के बराबर रहा होगा। माँ से एकाध-दो माह छोटा भी हो सकता है बाबू। ऐसा माँ का अन्दाज है। कोई किसी की उम्र जानता तो है नहीं। उम्र बस चेहरा देख जानी जाती है। चेहरा बच्चा तो बच्चा। चेहरा जवान तो जवान। चेहरा बूढ़ा तो बूढ़ा। चेहरा हो आदमी का या हो औरत का चेहरा। चेहरा ही उम्र है।

सात बरस की नन्ही माँ का जब ब्याह हो रहा था तो लाल साड़ी पहने, गहनों से लदी माँ इतनी अकबका गई थी कि रोने लगी थी। गरमी के दिन थे। भाँवर पड़ने तक उपवास में थी वह। सातवाँ भाँवर पड़ा कि वह रोने लगी।

एक तो जो हो रहा था माँ को समझ में नहीं आ रहा था कि यह क्यों हो रहा है। माँ को जो समझ में आ रहा था, वह भूख थी। भूख से पेट कुलबुला रहा है नन्ही बच्ची का। दुल्हन बनी नन्ही बच्ची बार-बार माँग रही है खाने को कुछ। कोई उसे कुछ नहीं दे रहा है।

भाँवर पड़ गए पूरे। सातवाँ भाँवर पूरा होते ही भूख से रोने लगी नन्ही बच्ची। लोगों ने देखा उसे रोते हुए। समझ गए कि बच्ची भूखी है। उपवास बच्ची का था

भाँवर पड़ने तक बस। तभी, रो रही माँ के हाथ में किसी ने करी-लड्डू पकड़ा दिया। करी-लड्डू मिलते देख बाबू को भी रोना आ गया। बाबू बुक्का फाड़कर रोने लगा। रोते बाबू को चुप कराने, उसके हाथ में भी लड्डू पकड़ा दिया गया। ब्याह तो दोनों को ठीक-ठीक याद नहीं है। न माँ को याद है, न याद है बाबू को। कुछ याद है तो याद है करी-लड्डू की मिठास।

गुड़ की चाशनी से बँधा बेसन के सेव का करी-लड्डू। लड्डू जो कड़े थे इतने कि दोनों के नन्हे दाँत उसे चबा नहीं पा रहे थे आसानी से। कोशिश कर उन्हें करी-लड्डू चबाना पड़ रहा था। कई बार दाँत लड्डू में गड़ते थे और फिर थककर वापस आ जाते थे। माँ और बाबू के दाँत लगे रहे लड्डू पर। उनकी जीभ को लड्डू का स्वाद मिला। आँसुओं से भरे चेहरे के मुँह पर लड्डू का स्वाद आया तो चेहरे पर आई मुस्कुराहट। मुस्कुराहट जो आँसुओं से भीगी हुई थी। वह एक ऐसा दिन था कि माँ-बाबू ने जितने लड्डू चाहे, उन्हें मिला। किसी ने उन्हें टोका नहीं। किसी ने उन्हें रोका नहीं। उन्होंने खाए जी भर लड्डू। जीवन में उस दिन के बाद ऐसा कभी नहीं हुआ। इस तरह माँ-बाबू को अपना ब्याह ठीक-ठाक याद नहीं रहा। याद रह गई बस करी-लड्डू की मिठास। ब्याह की मिठास, भुलवा की माँ और बाबू के पास, करी-लड्डू की मिठास-सी दिमाग के किसी कोने में चिपकी रह गई है अब तक।

माँ का गौना सोलह की उम्र में हो गया। अपने मायके-गाँव से माँ बाबू के गाँव आ गई। यह उसका ससुराल-गाँव था।

माँ आ गई बाबू के घर। जहाँ बाबू का अधेड़ पिता था, जो दिन भर बीड़ी पीता रहता। खाँसता रहता दिन भर। बाबू की माँ थी। खेत, खलिहान और घर में खटती स्त्री। अपने पति से ज्यादा बूढ़ी दिखती बाबू की माँ। भुलवा की माँ आई और सास के साथ खेत, खलिहान और घर में खटने लगी। खटने लगी कि उसे भी अपने पति से ज्यादा बड़ी उम्र का दिखना है।

सास को थोड़ा आराम मिला। सास के चेहरे पर जागी थोड़ी चमक। भुलवा की माँ को सास से थोड़ी गालियाँ मिलीं। मिला थोड़ा प्यार। गालियों ने भुलवा की माँ के चेहरे की चमक को थोड़ा धुँधला किया। कभी-कभी सास के भीतर बहू के प्रति उपजे प्रेम ने, बहू के चेहरे की चमक को पूरी तरह गायब होने से बचाए रखा। बचाए रखा एक सोलह साल की लड़की के भीतर सोलहवें साल को। पर बहुत दिनों तक बचा नहीं सोलहवाँ साल। कब सत्रह का हुए बिना वह अठारह का हो गया, यह लड़की को पता ही नहीं चला।

सास का स्वभाव धूप-छाँव था। धूप चमकती तो वह भुलवा की माँ से प्रेम करती। छाँव होती तो दिन भर के काम-काज में मीन-मेख निकाल, गाली बकने लगती। बूढ़ी स्त्री गोधूलि बेला में जो गालियाँ शुरू करती तो रात सोने तक बुड़बुड़ाती

रहती। थोड़ी-थोड़ी देर में बूढ़ी की गालियाँ गिरतीं बहू के ऊपर। गालियाँ गायों के खुरों से उड़ रही धूल में सनी रहती थीं। रात तक उन गालियों से धूल हटती नहीं थी। कोठा में सो रही और धूल से सनी गायों के खुरों से रात चिपकी रहती। चिपकी रहती रात और धूल की ही तरह बहू की देह से सास की गालियाँ। सुबह गालियाँ गायब हो जातीं। गायब हो जाती धूल। गालियों की उम्र साँझ से रात तक थी बस।

भुलवा की माँ रोज रात सास का पैर दबाती थी। भुलवा के बाबू ने कहा था कि यह हमारे यहाँ का रिवाज है। सास का पैर दर्द करे या न करे, रोज दबाना है पैर। इस उम्र में और दिन भर के इतने काम-काज के बाद सास के पैर रोज दर्द करते ही होंगे, भुलवा की माँ सोचती थी। यह सोच, सास की गालियों की बारिश के बीच, वह चुपचाप सास का पैर दबाती रहती थी।

ससुर बाहर परछी में खाट पर पड़ा बीड़ी फूँकता रहता। खाँसता रहता था दिन भर। ससुर परछी में ही सोता था। सास अकेले कमरे में सोती थी। साथ सोने के दिन निकल चुके थे। बूढ़े ससुर को सास भीतर नहीं आने देती थी। रात में बूढ़े की खाँसी उस छोटे-से बन्द कमरे में ज्यादा जोर से गूँजती थी। गूँजती थी इतनी जोर से कि बुढ़िया को लगता था कि कमरे की छानी गिर जाएगी। बूढ़े की खाँसी बुढ़िया की नींद को छिन्न-भिन्न कर देती थी। दिन भर खेत, खलिहान और घर में खट रही बुढ़िया को रात में एक गहरी नींद की बहुत जरूरत थी। इतनी गहरी नींद जो कुएँ की गहराई से अधिक हो और जिसमें कंकड़ गिरे तो पानी में कोई लहर पैदा न हो। न ही हो कंकड़ गिरने की डुबुक आवाज।

बूढ़ा बाहर परछी में पड़ा रात भर खाँसता रहता था। बुढ़िया के कमरे का दरवाजा बन्द होने पर बूढ़े की खाँसी बहुत दूर से आती-सी लगती थी। धीमी खाँसी लोरी-सी लगती। बुढ़िया खाँसी की लोरी सुनते-सुनते सो जाती थी।

बुढ़िया के सोते ही भुलवा की माँ धीरे से कमरे का दरवाजा खोल, बाहर आती थी। बाहर आते ही ससुर की खाँसी की आवाज उसे घेर लेती थी। खाँसी की आवाज को वह अनसुना करने की कोशिश करती रोज। रोज कोशिश करती कि वह झटककर निकल जाए खाँसी की आवाज से बाहर। पर ससुर की खाँसी अपने पूरे जोर पर रहती। वह भीषण आवाज थी। ऐसी आवाज, जिसे सुन अच्छे-भले आदमी की छाती पिराने लगती। भुलवा की माँ को परछी पर पड़े अपने बूढ़े ससुर पर दया आने लगती। बूढ़े के पास से गुजरती वह रोज पूछती—बाबू कुछ चाहिए तो नहीं। रोज खाँसी रोककर बूढ़ा कहता—नहीं बहू, कुछ नहीं, जा आराम कर।

भुलवा की माँ अपने कमरे में जाती। कमरा जो उसका कम, पति का कमरा ज्यादा लगता। पति का अँगोछा। धोती पति की। पति की बंडी। दारू की गन्ध पति की। गन्ध पुरुष-पसीने की। भुलवा की माँ को उस कमरे में अपना कुछ दिखता नहीं था। जो कुछ था थोड़ा-बहुत उसका तो वह खाट के नीचे पड़ी एक टीन की पेटी

में बन्द था। पेटी उसे दहेज में मिली थी। वह पेटी से कपड़ा निकालती। पहनती कपड़ा। उतारती कमरे के भीतर। धोती सुखाती कमरे के बाहर। इस तरह उसका कोई कपड़ा कमरे में नहीं दिखता था। दिखते थे बस पति के दो जोड़ी कपड़े यहाँ-वहाँ। भुलवा की माँ की गन्ध तक टीन की पेटी में बन्द थी। पति को पता नहीं था कि उसकी देह से फूटती है जो गन्ध, वह गन्ध असली नहीं है। असली गन्ध तो बन्द है टीन की पेटी में।

कमरे में देह रहती थी पति की हर रात। हर रात उसकी भी देह रहती थी। रहती थी एक चुप देह उसकी। उसकी देह के कहने पर कमरे में नहीं होती थी कोई आवाज। कमरे में कुछ घटता नहीं था उसकी देह के कहने पर। घटता था सब कुछ पति के चाहने पर। पति के चाहने पर हो रहा था सब कुछ। एक बार भुलवा की माँ ने अपनी ओर पीठ किए पति की बाँह पकड़कर खींचा अपनी ओर तो पति ने कहा—वेश्या मत बन...

उस दिन से भुलवा की माँ देह की इच्छा को देह के भीतर दबाकर रखना सीख गई है। सीख गई है कि पति अपनी स्त्री के साथ सोना चाहे तो वह पति का अधिकार है। प्रेम है पति का। पर अगर पत्नी सोना चाहे तो इतनी बड़ी निर्लज्जता है कि जैसे वह पति के साथ नहीं, कई पुरुषों के साथ सोना चाह रही हो...तो भुलवा की माँ के भीतर किसी रात पुरुष-संसर्ग की इच्छा जागती तो वह अपनी इच्छा को मार लेती है। जागती रहती है नींद को बुलाती हुई। पति के खर्राटे ठीक उसके बाजू में जागते रहते हैं।

इच्छाओं को मारने की आदत भुलवा की माँ को बचपन से पड़ गई है। पड़ गई है कुछ इस तरह कि इच्छाओं को मारते हुए वह भीतर चाहे जितनी दुखी रहे, बाहर उसका दुख नहीं दिखता है। एक छोटी बच्ची स्कूल जाना चाहती है...एक छोटी बच्ची पिता के कन्धों पर बैठना चाहती है, जैसे बैठता है उसका भाई...एक छोटी बच्ची घर में अपनी माँ का हाथ बँटाने के बजाय, मैदान में खेलना चाहती है। बिल्लस। मैदान में उसका छोटा भाई खेलता दिख रहा है और उस मैदान में उस छोटी के खेलने के लिए बची नहीं है कहीं भी एक बित्ता जगह। ऐसी बहुत-सी इच्छाएँ थीं जो भुलवा की माँ के मन में बचपन से आज तक जागती रही हैं। जागती रही हैं और गायब होती रही हैं अँधेरे में। अँधेरे में उसकी इच्छाओं की जगह को कभी भाई ने घेरा है। घेरा है कभी माँ ने। कभी उसके बाबू ने घेरा है। घेरा है कभी सास ने। कभी पति ने घेरा है। पति ने तो घेरा है उसकी इच्छा की जगह को सबसे अधिक। अँधेरे में सबसे अधिक उसकी इच्छाओं की हत्या की है उसके पति ने।

इस तरह नहीं बच पाई है अब तक भुलवा की माँ के पास अपनी इच्छाओं के लिए कहीं कोई जगह इस पृथ्वी पर। बिना इच्छाओं की जगह के भुलवा की माँ अब

तक काट रही है इस पृथ्वी पर अपना जीवन। उसकी इच्छाओं के लिए नहीं है जगह इस पृथ्वी पर। इसलिए वह मार रही है अपने ही भीतर अपनी इच्छाओं को। इच्छाओं की वह भ्रूण में ही हत्या कर रही है।

भुलवा का बाबू उन दिनों शराब नहीं पीता था। छोटा था। सोलह-सत्रह के बीच। नया-नया गौना हुआ था। वह पत्नी की देह को पी रहा था जी भर। उसकी पत्नी को उसके कन्धे पकड़ उसे अपनी ओर खींचने की जरूरत ही नहीं पड़ रही थी। पड़ रही थी जरूरत उसे अपने से दूर धकेलने की। और पत्नी यह कर नहीं पा रही थी। वह पत्नी से चिपका हुआ था। स्त्री की अद्‌भुत देह। स्त्री-देह के भीतर कितना जादू भरा है घना। परत-दर-परत जादू। ऐसा जादू जो समाप्त होने का नाम नहीं ले रहा है। भुलवा के बाबू की दुनिया, उन दिनों स्त्री की देह के जादू से उपजी, रंग-बिरंगी रोशनी से जगमगा रही थी। जगमगा रही थी स्त्री-देह के जादू की चटक चिनगारियों से।

भुलवा की माँ अठारह की उम्र बस छू ही पाई थी कि पेट में जीव आ गया। भुलवा की माँ का पेट रोज बढ़ने लगा। धीरे-धीरे। जैसे बढ़ता है कुम्हड़ा, छानी पर पड़े-पड़े, धूप और बारिश में। जैसे-जैसे बढ़ता गया पेट, भुलवा की माँ की कठिनाइयाँ भी बढती गईं। ठीक कुम्हड़े की तरह ही। नौ महीने तक लगातार बढ़ता रहा पेट। नौ महीने तक लगातार बढ़ती रहीं कठिनाइयाँ। फिर पीड़ा के बवंडर ने भुलवा की माँ को उड़ाया अपने साथ। वह उड़ी बवंडर के साथ। पीड़ा को बर्दाश्त करती और पीड़ा पर चीखती, वह उड़ती रही। उसे लगने लगा यह पीड़ा का बवंडर कभी समाप्त नहीं होगा। रहेगा अनन्तकाल तक। अनन्तकाल तक वह इस पीड़ा के बंवडर के भीतर फँसी मँडराती रहेगी इस ब्रह्मांड में। उसे लगा, उसकी मृत्यु तक समाप्त नहीं होगा यह पीड़ा का बवंडर। अचानक पीड़ा का बवंडर और तेज हुआ। भुलवा की माँ को लगा कि बस वह मरने वाली है। उसके मुँह से एक तीखी आह के साथ लम्बी चीख फूटी और एक नन्ही रोने की आवाज को पृथ्वी ने सुना। सुना एक बच्ची के रोने की आवाज को पृथ्वी ने। यह भुलवा की पहली बहन थी।

वह कमरा बहुत छोटा-सा था। मिट्टी की अनगढ़ दीवारों से बना। छुई पुता पीला। कमरे की दीवारें अँधेरे में धुँआती-काँपती देख रही थीं एक-दूसरे को। एक-दूसरे के साथ मिल देख रही थीं भुलवा की माँ को जो पसीने से लथपथ पड़ी थी। हाँफ रही थी, पीड़ा के बवंडर से बाहर आकर, इस तरह कि हाँफते-हाँफते मर जाएगी अभी। अभी-अभी माँ के पेट से बाहर आई थी भुलवा की बहन जो नाल और फूल से जुड़ी पड़ी थी अपनी माँ की टाँगों के बीच। कमरे की दीवारें देख रही थीं इधर-उधर होती भुलवा की दादी को। दाई को देख रही थीं दीवारें। दाई अभी-

अभी नाल काटने के लिए भुलवा की माँ की टाँगों के बीच झुकी थी। बच्ची की नाभि से एक बित्ता आगे से नापकर दाई ने नाल काटा। बड़ा-सा लाल मांसल-फूल गोल, बच्ची को छोड़ अलग पड़ा रह गया। पड़ा रह गया भुलवा की माँ के पैरों के बीच। फूल को न अब माँ के गर्भ में वापस जाना था और न ही जुड़े रहना था बच्ची को नाभि-नाल से। फूल को मिट्‌टी में मिलना था। नष्ट होना था फूल को। नष्ट होने से पहले उस मांसल-फूल ने बच्ची को देखा। देखा आखिरी बार। बच्ची अब दाई की बाँहों में थी। स्त्री की योनि से बाहर आए फूल ने माना कि वह बच्ची पृथ्वी का सबसे सुन्दर फूल है।

दाई भुलवा की माँ की टाँगों के बीच से घुटने के बल उठी। दाई के हाथों में नवजात बच्ची है जो अपनी ही माँ के खून से लिथड़ी हुई रो रही है। दाई ने बच्ची को माँ की ओर बढ़ा दिया। लक्ष्मी हुई है बहू—कहा दाई ने। भुलवा की माँ ने दाई के हाथों को अपनी ओर खींचा। खींचा अपनी ओर अपनी बेटी को। दाई ने माँ के स्तनों पर रख दिया बच्ची को। माँ के स्तनों का स्पर्श पाते ही रोती बच्ची चुप हो गई है।

भुलवा की माँ ने अपने पसीने से लथपथ चेहरे से छुआ बच्ची के काले बालों वाला गीला सिर। अपने ही स्तनों पर, दाई के हाथों के सहारे, शान्त पड़ी बच्ची को देखा। देखा बहुत ध्यान से। देखा और प्रेम से भर गई माँ। भीतर इतना अधिक प्रेम उमड़ा कि आँखों के दोनों कोरों से एक-एक बूँद आँसू बन लुढ़का प्रेम। लुढ़का प्रेम तो भुलवा की माँ के कानों को छूते उस कथरी पर गिरा, जिस पर भुलवा की माँ पड़ी हुई थी और जो अब धुँआती प्रसव की गन्ध से पूरी तरह भरी हुई थी।

बेटी को पाकर भुलवा की माँ पीड़ा के बंवडर को भूल गई है जो जाने कितनी देर तक उसे उड़ाता रहा था! इतनी देर तक कि भुलवा की माँ को लगने लगा था कि वह पीड़ा के बंवडर के भीतर फँसी-फँसी ही मर जाएगी। पर भुलवा की माँ ने पीड़ा के बवंडर को जीत लिया था। जीत लिया था जीवन को। उसके हाथों में सुन्दर गुलाबी सी देह थी नन्ही। नाजुक-सी बेटी। पहली बेटी। अभी इस क्षण जाग रही थी माँ और माँ के हाथों में सो रही थी बेटी। दोनों एक-दूसरे के होने के गर्व से पूरी तरह भरी हुई थीं। इस गर्व की चमक को बच्ची की बन्द पलकों पर और भुलवा की माँ की खुली आँखों पर देखा जा सकता था। माँ जागते हुए मुस्कुराई। बेटी मुस्कुराई नींद में। दोनों की मुस्कुराहट देख गर्व से भर गई पृथ्वी। जीवन है तो पृथ्वी है।

जब दाई ने भुलवा की दादी को बताया था कि लक्ष्मी हुई है तो भुलवा की दादी के चेहरे पर भी कोई खुशी नहीं जागी। दादी ने तो बहुत खराब-सा मुँह बनाया था। ओठों को बिचकाकर बैठ गई थी धरती पर थककर। अपना सिर पकड़ लिया था। घर में लड़की पैदा होने की पीड़ा सिर में धमक रही थी। प्रसव के कमरे में बहुत

देर बैठी रही पैदा हुई बच्ची की दादी। दादी बैठी रही अपने धमकते सिर को लेकर।

भुलवा की दादी जब प्रसव के कमरे से बाहर आई तो उसे दरवाजे पर बेचैन एक आदमी दिखा जो भुलवा का बाबू था।

'बेटी हुई है...' भुलवा की दादी ने कहा। दादी का चेहरा बिगड़ा हुआ था, कुछ इस तरह, जैसे किसी अनचाही और घृणित वस्तु के बारे में वह बता रही हो अपने बेटे को।

भुलवा के बाबू की बेचैनी ठिठक गई। बेचैनी जो पत्नी की प्रसव पीड़ा के साथ उसके भीतर उठी थी और अब तक लगातार बनी हुई थी। वह दोपहर का समय था। हल्की बदली छायी हुई थी। बदली जो धूप से खेल रही थी। कभी बदली की जगह धूप दिखती, दिखती कभी धूप की जगह बदली।

लड़की पैदा होने की बात सुन भुलवा के बाबू के चेहरे पर बादल उतर आए। चेहरे की धूप गायब हो गई। अचानक उसका चेहरा काला पड़ गया। बेटी हुई। हुई, पर होकर भी वह अपने पिता के चेहरे पर कोई खुशी नहीं जगा पाई।

भुलवा का बाबू अपनी बेटी को देखने जचगी वाले कमरे में गया ही नहीं है। बेटी बाप का इन्तजार करती रह गई है। अठारह साल से भी कुछ माह छोटे इस पिता बने लड़के में लड़का पैदा करने की यह आदिम इच्छा कहाँ से आई है?

खाँसते हुए भुलवा के दादा को जब दादी ने बताया कि लड़की हुई है तो दादा की खाँसी अचानक बन्द हो गई। थोड़ी देर दादा दादी के चेहरे को देखता रहा, फिर उसे जोर से खाँसी का दौरा पड़ा। इतना जोर का दौरा कि दादा खाँसते-खाँसते खटिया से लुढ़क गया।

भुलवा की दादी चीखी। भुलवा का बाबू दौड़ा गिरे हुए पिता की ओर। बूढ़ा गठरी-सा धरती पर पड़ा था। उसके चेहरे पर खाँसने की पीड़ा के गहरे निशान थे।

भुलवा की दादी छाती पीट-पीटकर विलाप करने लगी, 'पोती दादा को खा गई...खा गई दादा को...'

समझ में नहीं आ रहा था कि भुलवा का दादा, पोती पैदा होने की सूचना पर मरा था या मरा था खाँसी के भयावह दौरे से या साँस कहीं भीतर अटक जाने के कारण मरा था। पर माना यह जा रहा था कि पोती आई और अपने दादा को खा गई। पोती के पैदा होने का सदमा वह सह नहीं पाया।

अभी-अभी पैदा हुई नन्ही बच्ची की नींद तक उसके पिता, दादा-दादी की सोच पहुँची जो अपनी माँ की बाँहों में आराम से सो रही थी। दादा की सोच उसकी

मृत देह से बाहर आ रही थी। बच्ची के पिता और दादी की सोच उनकी हर जीवित साँस से बाहर आ रही थी। दादा, दादी और पिता की सोच ने नन्ही-सी, अभी-अभी पैदा हुई उस बच्ची को यातना के भीतर धकेल दिया।

नींद में कुनमुनाई लड़की। लड़की समझ गई कि उसके पैदा होने की खुशी किसी के पास नहीं है। न बाबू के पास, न दादी के पास। न अभी-अभी मर चुके दादा के पास कि खुश हो पाते तो शायद नहीं मरते। न दाई के पास उसके पैदा होने की खुशी दिखी जिसने उसकी माँ को एक लड़की के लिए पीड़ा के बवंडर में देखा था और बवंडर से बाहर आने में माँ की मदद की थी। दाई ने पहली बार देखा था माँ के चेहरे पर लड़की पैदा करने की खुशी। पर दाई के चेहरे पर नहीं थी खुशी उसके होने की। दाई सोच रही थी कि लड़का पैदा होता तो इनाम अच्छा मिलता। अब तो इन लोगों से अपनी मेहनत के पैसे माँगने में भी उसे शर्म आ रही है।

अजीब स्थिति थी। दाई एक मरे हुए बूढ़े के सामने खड़ी थी पथराई-सी। मर गए बूढ़े के साथ उसकी बच्चा पैदा करने की मेहनत भी मर गई थी। पृथ्वी पर एक जीवन आया था और एक जीवन पृथ्वी से चला गया था। सीधी सी बात थी। पर दाई इस तरह नहीं सोच रही थी। इस तरह नहीं सोच रहा था बच्ची का पिता। बच्ची की दादी इस तरह नहीं सोच रही थी।

अभी-अभी पैदा हुई बच्ची अचानक बहुत दुखी हो गई। इतनी ज्यादा दुखी कि देह उसकी इस तरह कसमसाई भीतर ही भीतर कि जैसे भीतर ही भीतर घुल-मिल बह जाना चाह रही हो। चाह रही हो कभी नहीं दिखना पृथ्वी पर।

बच्ची की देह बहुत तेजी से सिकुड़ी और बदली। अचानक बच्ची की कसमसाती देह ने उसके हाथों और पैरों को बदल दिया चिड़िया के पंजों में। मुँह की जगह उभर आया चोंच। पंख उगे उसकी पीठ पर। पीठ पर पहले पंखों का सिरा दिखा। फिर उग आए वे पूरे के पूरे। नवजात चमकीले दो पंख। पंख फड़फड़ाए। छुआ एक-दूसरे को पखों ने। पंख जैसे एक-दूसरे की ताकत छू रहे हों। फिर धीरे-धीरे बच्ची की पूरी देह पर उग आए रोएँ पीले-भूरे। लड़की अब चिड़िया बन गई थी। पीली-भूरी चिड़िया। चिड़िया नीले पंखों वाली। माँ सो रही थी। वह प्रसव की थकान के बाद की नींद के भीतर थी। हाँफ रही थी माँ नीद में। नींद में माँ के ओठ कराह रहे थे। माँ देख नहीं पाई बेटी को कि चिड़िया बन रही है बेटी।

पूरी तरह चिड़िया बन जाने के बाद बेटी फुर्र कर ऊपर उठी। लगाया एक चक्कर कमरे का। कमरे में माँ-बेटी के अलावा कोई और नहीं था। लड़की पैदा होने के दुख के साथ बाहर था लड़की का पिता। बाहर थी लड़की की दादी। दादा मरा पड़ा था बाहर।

उड़कर तौल लिये थे अपने पंख चिड़िया ने। अब चिड़िया बैठ गई है अपनी माँ की छाती पर, जहाँ दो पहाड़ हैं मांसल। पहाड़ों के बीच की गरम और मांसल जगह पर दुबककर वह बैठ गई। चिड़िया बनी बेटी को लगा कि दुबकी रहे वहीं। वहीं माँ की छाती पर दो मांसल पहाड़ों के बीच। पहाड़ों में दूध भरा है। चिड़िया बनी बेटी की इच्छा हुई कि किसी एक पहाड़ से पी ले दूध। दूध पी ले उड़ने से पहले एक बार फिर। पर बेटी को लगा कि उसकी चोंच तकलीफ देगी माँ को। चिड़िया बन गई बेटी को दूध पीने के लिए, पहाड़ पर मारना पड़ता चोंच।

चिड़िया बनी बेटी ने फुदककर छुआ माँ के गालों को बारी-बारी। माँ के गालों को सहलाया अपने पंखों से। जाग गई माँ। चिड़िया अब फिर उसकी छाती पर बैठी थी। बैठी थी दूध के दो पहाड़ों के बीच दुबकी-सी।

माँ नींद से बाहर आई थी अभी-अभी। पास सो रही बेटी नहीं थी। दिख रही थी बस एक चिड़िया। चिड़िया की आँखों में आँसू थे। चिड़िया को छूने को माँ बढ़ा पाती हाथ, इससे पहले ही दूध के दो पहाड़ों के बीच से चिड़िया उड़ गई। उड़ गई और जाकर बैठ गई कमरे की उस छोटी-सी खिड़की पर, जिसके बाहर पेड़ों की हरियाली थी। खिड़की पर बैठी वह अपनी माँ को देखती रही। देखती रही उस कमरे को जो प्रसव की गन्ध से भरा हुआ था। फिर वह माँ और कमरे को छोड़ उड़ गई आसमान की ओर जो अन्न और चिड़ियों के लिए था।

पता नहीं कैसे, पर समझ गई माँ कि बेटी उसकी बन गई है चिड़िया और चिड़िया बन उड़ गई है।

'बेटी उड़ गई...बेटी उड़ गई...' पूरी ताकत से चीखी माँ।

भागती आई दादी। भागता आया भुलवा का बाबू। दाई आई दौड़ती। जचगी का कमरा भर गया इन सबके आने से। देखा सबने बेटी वहाँ नहीं है।

'उड़ गई वह...' भुलवा की माँ ने रोते हुए कहा।

भुलवा के बाबू और दादी के चेहरे पर बेटी से छुटकारा पाने का सन्तोष जागा। पर उन्होंने उसे बहुत ज्यादा प्रकट होने नहीं दिया बाहर।

भुलवा की माँ ने बेटी को जना था और बस वह ही दुखी थी। वह रो रही थी लगातार। रोती हुई पत्नी को देख उसका अठारह साल का पति, ठीक से बेटी के चिड़िया बन उड़ जाने का सन्तोष अपने चेहरे पर नहीं ला पाया। पोती के चिड़िया बन उड़ जाने से हुई खुशी को, खुलकर जाहिर नहीं कर पाई है भुलवा की दादी अपनी रोती बहू को देख। वे दोनों सिर झुकाए बाहर आ गए प्रसव के कमरे से। उनके साथ प्रसव की थोड़ी-थोड़ी गन्ध भी बाहर आ गई। बाहर आ गई दाई। अब वह अच्छे-खासे इनाम की हकदार थी कि उसने एक ऐसी लड़की का प्रसव कराया था जो चिड़िया बन उड़ गई थी।

भुलवा की माँ रोती रही। रोती रही कई दिनों तक। उसी खिड़की की ओर देखती रही, जिससे बाहर उड़ गई थी उसकी बेटी चिड़िया बन। वह सोचती रही कि

इसी खिड़की से शायद लौट आए चिड़िया बनी बेटी। लौटेगी तो वह उसे चिड़िया के रूप में ही पाल लेगी। पर माँ रोती रही और नहीं लौटी चिड़िया बन गई बेटी। चिड़िया बन गई बेटी ऐसे घर में वापस नहीं आना चाह रही थी, जिस घर में उसके पैदा होने पर कोई खुशी पैदा नहीं हुई थी।

दो-तीन माह भी नहीं गुजरे कि फिर गर्भवती हो गई भुलवा की माँ। एक साल भी पूरा नहीं हुआ था ठीक से पहली बेटी के चिड़िया बने हुए कि कमरा फिर जचगी की गन्ध से भर गया। फिर दूसरी बेटी हुई। फिर खुश नहीं हुई दादी। बेटी का पिता फिर खुश नहीं हुआ। फिर कसमसाई बेटी की देह। फिर बेटी चिड़िया बनी। उड़कर खिड़की पर पहुँची तो एक चिड़िया पहले से बैठी दिखी उसे खिड़की पर। वह चिड़िया बैठी थी उसे देखने, उसके पैदा होने से लेकर चिड़िया बनने तक। खिड़की पर बैठी चिड़िया उसकी बड़ी बहन थी। उसने छोटी के पंखों को सहलाया अपनी चोंच से और अपने साथ लेकर उड़ गई। माँ रोती रह गई फिर।

ऐसा पाँच बार हुआ। भुलवा की पाँच बहनें हुईं एक के बाद एक। एक के बाद एक वे पाँचों चिड़िया बन उड़ गईं।

पहली चिड़िया अकेली उड़ी आसमान में। आसमान में जगह बनाया उसने अपने लिए। और हर बरस आई अपने घर। घर के उस कमरे की खिड़की पर आई। आई बेटी को पैदा होते देखने। चिड़िया बनते देखने आई। आई हर बार अपने साथ उड़ा ले जाने।

वे एक से दो हुईं। फिर दो से तीन। फिर तीन से चार। फिर आईं एक साथ चार चिड़ियाँ खिड़की पर, अपनी पाँचवीं बहन को लेने। लेकर उड़ीं तो फिर एक साथ आईं ठीक एक बरस के बाद। इस बार लड़की नहीं जन्मी। जन्मा भुलवा। पाँच चिड़ियों का भाई। पाँचों चिड़ियाँ खिड़की पर बैठी माँ को भाई जन्मता देखती रहीं। जैसे ही जन्मा भाई खुशी से नाचने लगी दादी। दाई का चेहरा खुशी से लाल हो चमकने लगा, चाँदी के सिक्के-सा। जचगी कमरे के बाहर नाचने लगा भुलवा का पिता। थाली बजने लगी। पाँच साल से रखे पुराने फटाखे फूटे कि लड़की पैदा होने के कारण उन्हें फूटने का मौका नहीं मिला था। अपने भाई को देख खुश हुईं पाँचों चिड़ियाँ। खुश-खुश उड़ गईं आसमान में। फिर कभी नहीं उतरीं वे उस कमरे की छोटी-सी खिड़की पर, जिसमें उनकी माँ जनती थी बच्चे, यह जाने बिना कि वह लड़की पैदा कर रही है या लड़का।

भुलवा की पाँच बहनें अब भी आकाश में उड़ती रहती हैं। उड़ती हुई देखती रहती हैं भुलवा को। सहेजती रहती हैं भुलवा को। पर घर कभी नहीं आती

हैं। पाँच बहनों को अपना घर, जिसे वे छोड़ चुकी हैं, तभी दिखाई देता है जब आसमान में उड़ती हैं। देती हैं अपने पंखों से आसमान को विस्तार। आसमान से माचिस की डिब्बी-सा दिखता है चिड़ियों को अपना घर। घर जहाँ वे रह सकती थीं, पर रहती हैं नदी के किनारे। पेड़ पर। घोंसलों में।

वे भुलवा को देख पा रही हैं। वे भुलवा के आस-पास बनी रहती हैं। पाँचों बहनों ने आसमान को और आसमान में उड़ती सभी चिड़ियों को बता दिया है कि भुलवा उनका भाई है। आसमान की सभी चिड़ियाँ भुलवा को अपना भाई समझती हैं।

भुलवा को यह पता नहीं है कि पाँच चिड़िया बहनें हैं उसकी, जो मँडराती रहती हैं हमेशा उसके आस-पास। इन चिड़िया बहनों के कारण ही आसमान भुलवा के सिर पर एक बड़े छाते-सा छाया रहता है। आसमान धूप और बारिश को इधर-उधर खिसकाता रहता है कि भुलवा को कोई तकलीफ न हो।

पाँचों चिड़िया बहनें अपने भाई को बहुत चाहती हैं। बहनें भुलवा के आस-पास बने रहने की कोशिश करती हैं। रहता है जब भुलवा घर से बाहर, चिड़िया बहनें रहती हैं उसके साथ। भुलवा तालाब के किनारे बैठा मछली मारता रहे। रहे खेत में। खलिहान में रहे। रहे गाँव की पगडंडी पर। पाँचों चिड़िया बहनों की नजर लगातार रहती है भुलवा पर। भुलवा का लगातार खयाल रखती हैं पाँचों चिड़ियाँ बहनें।

भुलवा मछली मार रहा हो और उड़ने लगें उसकी टोकनी से मछलियाँ तो चिड़िया बहनें अपनी चिड़िया सखियों के साथ चीख-चीख कर उसे सावधान करती हैं कि उड़ रही है मछलियाँ। जब देखती हैं कि भुलवा का ध्यान मछली मारने में है। है तालाब के झिलमिलाते पानी में दिखती मछलियों में तो उड़ती मछलियों के साथ खुद उड़ती हैं पाँचों बहनें और मछलियों को दिखाती हैं रास्ता कि वे उड़कर भुलवा के घर ही पहुँचें। पहुँचें उसकी देहरी तक। उसकी देहरी पर ही उतरें उड़ती मछलियाँ। चिड़िया बहनें चाहती हैं कि खा सकें मछलियाँ माँ, बाबू और भुलवा। भुलवा रोज मारता है मछली और चिड़िया बहनें रोज मछलियों को दिखाती हैं भुलवा के घर का रास्ता। भुलवा को पता नहीं है कि चिड़िया बन गईं बहनों के कारण ही रोज माँ, बाबू और वह मछलियाँ खा रहे हैं।

धान

धरती पर सूरज निकला है। सूरज-सा निकला है भुलवा घर से। निकला है घर से खेत जाने के लिए। उसे निकले एक घंटे से ज्यादा हो गया है। पर वह अब तक पहुँच नहीं पाया है। खेत भुलवा के घर से इतना दूर नहीं है कि उस तक पहुँचने में लग जाए घंटे भर का समय। रास्ता बस फर्लांग भर का है। गाँव से बाहर आओ और नहर का बायाँ किनारा पकड़ो, जैसे छोटे बच्चे पकड़ते हैं पिता की अँगुली। फिर एक फर्लांग से भी कम चलो तो दिखने लगेगा खेत। खेत धान की बालियों के हरे-सुनहरे रंग पर लहराता। लहराते खेत पर झुकी बाबू की कमर दिखने लगेगी। दिखने लगेंगे बबूल के पेड़। मेड़ों पर खड़े बबूल हँसते दिखेंगे। हँसते दिखेंगे अपने काँटों पर। काँटों की छाया में धीरे-धीरे बढ़ रही धान की फसल दिखेगी। बढ़ रही है, पर नहीं दिख रहा है धान का यह धीरे-धीरे बढ़ना। धान के पौधे अचानक कहते हैं हमसे कि देखो, हम कितने बढ़ गए; कि देखो, हम कितने पक गए...

भुलवा अब तक नहर का किनारा भी नहीं पकड़ पाया है। वह घर से निकलता है तो जाने की जगह तक कभी सीधे नहीं पहुँच पाता है। जाने की जगह फिर चाहे खेत हो, हो नदी, मन्दिर हो, हो खलिहान। जाने की जगह चन्द्रमा हो, हो मंगल, बुध हो। पृथ्वी पर कहीं भी हो जाने की जगह। जाना हो एक घर से दूसरे घर। पृथ्वी से बाहर कहीं हो जाने की जगह। जाना हो एक ग्रह से दूसरे ग्रह। भुलवा सीधे वहाँ नहीं पहुँच पाएगा। जाने की सारी जगहें, भुलवा के लिए, जाने के समय से ज्यादा दूर हो रही हैं। क्योंकि गाँव की हर गली पहचानती है भुलवा को। भुलवा को गाँव का हर रास्ता पहचानता है। वह भी पहचानता है गाँव की हर गली को। पहचानता है हर रास्ते को एक-एक मोड़ के साथ। किस झोंपड़ी की छत पर चढ़ी है कितनी लौकी। चढ़ा है कुम्हड़ा कितना। लटकते-लटकते बूढ़ी हो रही हैं कितनी तोरइयाँ। भुलवा बता सकता है।

गाँव का हर मनुष्य भुलवा को रोक लेता है। रोक लेता है गाँव का हर घर। हर वस्तु रोक लेती है गाँव की। भुलवा की आहट सुन खुल जाता है गाँव का हर दरवाजा। उसकी आहट के इन्तजार में ही खड़े हैं दरवाजे।

दरवाजा कहता है, 'कहाँ जा रहे हो?'

'खेत जा रहा हूँ।' कहता है भुलवा।

'रुको थोड़ी देर।' दरवाजा कहता है।

दरवाजा बातें करने लगता है। भुलवा रुक जाता है। बोलते दरवाजे की बात काट, आगे बढ़ने का मन नहीं करता। मन तो दरवाजे से बातें करने का करता है हमेशा। इस तरह कुछ बातें कहता है दरवाजा। दरवाजे से कुछ बातें कहता है भुलवा। कभी दरवाजे पर खड़े-खड़े ही दरवाजे को निहारते। जाना है, जल्दी है, यह बताते। कभी दरवाजा खींचकर ले जाता है अपने भीतर। भीतर सूरज से छुपे साँवले अँधेरे में। चाय पीते या चाय के साथ रात में बची बासी रोटी खाते भुलवा और दरवाजा करते हैं बातें...

पता नहीं कितने दरवाजे इस तरह खुलते हैं भुलवा के सामने। खेत जाने के रास्ते पर मिलते हैं दरवाजे ही दरवाजे। कभी कोई तो कभी कोई। आत्मीय दरवाजे। कुछ बहुत बातूनी दरवाजे। चुप दरवाजे कुछ। कभी कुछ ऐसे, जिनसे बातें करने का खुद मन करता है भुलवा का। खुद उसकी हथेली साँकल से दरवाजे को जगा देती है। दरवाजा खुलकर खुश है। खुश है देख भुलवा को।

गाँव में किसी लड़के के पास ऐसी हँसी नहीं है जो भुलवा के पास है। हँसी निश्छल। हँसी जो किसी भी आदमी, पक्षी, पशु, वस्तु को देखते ही भुलवा के चेहरे पर उजास सी फैलती है। फैलती है और फैलती जाती है। हँसी के उजास से सूरज का उजाला फीका पड़ने लगता है। हँसी के चारों ओर चक्कर लगाने लगती है पृथ्वी। पृथ्वी जैसे चक्कर लगा रही हो सूरज के चारों ओर। सूरज आसमान से देखता है हँसी का चक्कर लगाती पृथ्वी को और आश्चर्य से दिपदिपाने लगता है सूरज।

इन दरवाजों से यह गाँव है। मनुष्य की गन्ध है गाँव की हवा में। हँसी है। सुख है। दुख है। झगड़ा है। प्रेम है। गाँव छोटा-सा है। गाँव के हर घर की बात गाँव के हर घर के पास है। जैसे बिना दीवारों के हों गाँव के घर। घर-घर के पास है घर-घर का सुख। दुख घर-घर का घर-घर के पास है। खपरैल की छतों से निकलता धुआँ बता देता है कि किस-किस घर में आज जला है चूल्हा। बिना जले चूल्हे के रह गई कौन-सी छत।

तो जो आदमी, जो झोंपड़ी, जो छत खपरैल की रोकती है भुलवा को, रुक जाता है भुलवा। रुकते-रुकते किसी तरह पहुँच जाए नहर तक तो रुकना नहीं पड़ता है। नहर पर नहीं है कोई दरवाजा। पेड़ भी नहीं है कोई। इसलिए नहर तक पहुँचे तो नहर सीधे पहुँचा देती है खेत तक। पर जब पहुँचोगे नहर तक, तब तो नहर पहुँचाएगी खेत तक। जैसे ही भुलवा पहुँचता है नहर तक तो पानी की तरह, नहर के भीतर बहते हुए, भुलवा पहुँच जाता है खेत। नहर में पानी कभी-कभी ही रहता है। जब नहर के लिए खोला जाता है बँधा पानी। नहर में रहा पानी तो पानी भी भुलवा के साथ-साथ जाता है खेत तक। नहीं रहा पानी तो साथ-साथ जाती है नहर के भीतर बह रही सूखी हवा।

भुलवा को खेत पहुँचने में रोज देर क्यों हो रही है, यह कोई समझ नहीं पा रहा है। समझ नहीं पा रहा है बाबू। माँ भी समझ नहीं पा रही है। माँ-बाबू के पास नहीं आ रही है गाँव के घरों, दरवाजों, छतों और मनुष्यों की पुकार। पुकार आती भी होगी तो सुन नहीं पा रहे हैं माँ-बाबू। जीवन के लिए खटना इतना पड़ रहा है कि सारी आवाजें खटने की आवाज में दब रही हैं। इसलिए नहीं समझ पा रहे हैं माँ-बाबू कि लड़का कहाँ भटक रहा है। भुलवा से पूछो तो कुछ कह नहीं पा रहा है। समझे तो कुछ कहे भुलवा। भुलवा को लगता ही नहीं कि वह कहीं रुका है। रुका है फालतू। लगता ही नहीं कि समय उसकी बंडी की जेब से कहीं गिर गया है। लुढ़कता हुआ चला गया है समय कहीं दूर। सिक्के-सा।

भुलवा को लगता है कि वह सीधा आया है खेत तक। रुका नहीं है कहीं भी। पैर चलते रहे हैं। हो सकता है कि कुछ देर चल कहीं किसी दरवाजे पर रुक गए हों। रुक गए हों छत पर किसी तोरई या कुम्हड़े के पास। किसी मनुष्य के पास थोड़ी देर के लिए। थोड़ी देर के लिए किसी एक जगह पर रुक गए हों। पर भुलवा के पैर पालथी मार आराम से इनके पास बैठे नहीं हैं। चलते रहे हैं पैर लगातार। लगातार खेत की ओर।

जहाँ निकलोगे जाने, वहीं तो जाएँगे पैर। पैर जाते हैं जहाँ, जाती है वहीं पैरों की आवाज। जाने की जगहें खींचती हैं पैरों को अपनी ओर। पृथ्वी पर ऐसा कोई पैर नहीं है, जिसे जाने की जगह बुलाती न हो। पैर हैं इसलिए जाने की जगहें हैं।

माँ का तो ठीक है। चुप रहती है बेचारी। भुनभुनाकर रह जाती है। कहती है कभी-कभार ही कुछ। कहाँ-कहाँ भटकता रहता है। कहती है बस इतना ही। पर बाबू तो गाली-गलौज पर उतर आता है। कहाँ रुक गया था...कहाँ मर गया था हरामखोर...बाबू कुछ गन्दी गालियाँ भी बकता है। गालियाँ जो पलटकर बाबू पर ही गिरने लगती हैं।

बाबू को पता भी नहीं चलता कि वह अपनी ही बकी गालियों से घायल हो रहा है। लहूलुहान अपनी ही गालियों से बाबू। गालियों के घाव भीतर जमते जाते हैं धीरे-धीरे। एक के ऊपर एक। त्वचा के नीचे गालियों की मोटी तह। जब मर रहा होगा बाबू तो गालियाँ फूटेंगी उसकी देह पर घाव बनकर। मरते समय अपनी ही गालियों के घाव से मरता है मनुष्य। मरेगा बाबू जब तो मरेगा गालियों के घाव से।

आज भुलवा को खेत पहुँचने में और ज्यादा देर होगी। रोज की तरह वह दरवाजों-छतों से बतियाता तो आया ही है। पर आज नहर के ठीक पास बने उस छोटे-से मन्दिर में रुक गया है। यह मन्दिर एक छोटे-से किसान ने अपनी श्रद्धा की इच्छा पर बनाया है। मन्दिर नहर से लगे उस किसान के खेत में है। नहर

गाँव को छूती हुई यहीं से गुजरती है। यह पहला खेत है, जिसे नहर छूती है सबसे पहले। फिर पता नहीं कितने खेतों को छूती चली जाती है। एक के बाद एक। मन्दिर नहर को छूते हुए, नहर के किनारे बन गया है। किसान के घर में उसके रहने लायक जगह मुश्किल से है। बस किसान की देह के बराबर जगह है उसके घर में। इस मन्दिर में भी, ठीक उसी तरह, देवता के रहने की जगह मुश्किल से है। देवता की देह के बराबर जगह है देवता के लिए इस मन्दिर में। बहुत छोटी-सी जगह में कसमसाता पड़ा हुआ है समृद्ध देवता।

आज भुलवा मन्दिर तक पहुँचा ही है। उसने दौड़ते-दौड़ते ही देवता को किया है प्रणाम। वह नहर का किनारा पकड़ने ही वाला है। नहर का किनारा जो उसे दौड़ते हुए, पहुँचा ही देता उसके खेत तक। दौड़कर वह दरवाजों, छतों, मनुष्यों के पास रुककर नष्ट हो गए अपने समय को बचा ही लेता। पर ऐसा हो नहीं पाया। वह दौड़ने की मुद्रा में मन्दिर के सामने ही है कि आवाज आई, 'अबे भुलवा...रुक...'

भुलवा दौड़ते-दौड़ते रह गया। दौड़ने की मुद्रा में ही रुका रहा वह।

भुलवा को मन्दिर में कोई नहीं दिखा। दिखा नहीं कोई भी आस-पास मन्दिर के। भुलवा को लगा देवता ने दी है आवाज। वह मन्दिर के पास गया। दरवाजे से मन्दिर के भीतर झाँका। देवता हमेशा की तरह चुप है। चुपचाप भुलवा की ओर देख रहा है। कभी भी देखो, देवता ऐसे ही देखता दिखेगा। चुपचाप। एक ही भाव चेहरे पर लिये। दुख और सुख के बीच का भाव। देवता हमेशा की तरह चुप और शान्त है। यह नहीं लग रहा है कि थोड़ी देर पहले देवता ने अपने मुँह से उसे पुकारा होगा। देवता गेंदे के ताजा फूलों की माला पहना हुआ है। गेंदे के फूल इतने खिले-खिले खुश और सुनहरे दिख रहे हैं कि वे भुलवा को आवाज दे सकते हैं। फूलों की खुशबू दे सकती है आवाज। आवाज फिर आई, 'अबे भुलवा...कहाँ घुस गया...'

आवाज मन्दिर के पीछे से आ रही है। भुलवा मन्दिर के भीतर से बाहर आया। पीछे आवाज मिल गई। आवाज इस तरह मिली जैसे कोई उसे छोड़कर भूल गया हो। कालू और दीनू हैं। भुलवा के दोस्त। वे मन्दिर के ठीक पीछे की दीवार से पीठ टिकाए बैठे हैं। जहाँ वे बैठे हैं वहाँ इमली और जामुन के पेड़ों की छाया है। छाया मन्दिर को ढँके हुए है। कालू और दीनू मन्दिर की दीवार से पीठ टिकाए उकड़ूँ बैठे हैं। बैठे हैं पेड़ों की छाया के भीतर। जैसे पेड़ों की छाया हो झोंपड़ी। झोंपड़ी में बैठे हों दोनों। झोंपड़ी में बैठने को बुला रहे हों भुलवा को भी।

जामुन और इमली की ठंडी छाया से बनी झोंपड़ी में अब बैठे हैं तीन। कालू-दीनू संग भुलवा।

छाया की झोंपड़ी को देख रही हैं पाँच चिड़ियाँ। दो बैठी हैं जामुन के पेड़ पर। इमली के पेड़ पर हैं तीन। कालू, दीनू और भुलवा जिस छाया पर बैठे हैं, उस छाया पर पाँच चिड़ियों की छाया भी बैठी है।

कालू के हाथ में चिलम है। उसने सिर ऊपर कर चिलम मुँह में लगाया है। चिलम आसमान की ओर उठी हुई है। उठी हुई है बादलों को देखती। कालू ने अपने फेफड़ों के भीतर लम्बी साँस खींची। धुआँ आया फेफड़ों के भीतर। भीतर अन्दर तक। बादल पहुँच गए अन्दर। देह के भीतर उमड़ने लगे हैं बादल। कालू के मुँह से बाहर आया धुआँ तो बाहर आए बादल देह से। कालू की देह से बाहर आए बादलों ने भुलवा के चेहरे को घेर लिया। भुलवा के पास सफेद बादलों की अजीब-सी गन्ध है। गन्ध नशे की। थोड़ी भारी और अपनी ओर खींचती-सी गन्ध। खुरदरी गन्ध जो भुलवा के दिमाग को रगड़ती निकल रही है लगातार। लगातार एक शरारती गन्ध।

कालू ने चिलम अब दीनू की ओर बढ़ा दी है। दोनों मन्दिर की दीवार से सटे उकड़ूँ बैठे हैं। देवता की पीठ से उन दोनों की पीठ सटी हुई है। बीच में मन्दिर की दीवार है बस। देवता देख नहीं पा रहे हैं कि उनकी पीठ के पीछे क्या हो रहा है! हो रहा है क्या अनर्थ!

कालू खुले बदन है। शरीर पर सिर्फ पंछा है। कमर से बँधा। पीठ टिकाए वह इस तरह बैठा है कि उसकी नीले रंग की चड्डी साफ दिख रही है। पंछा जाँघों को खोल फैल गया है। ढीली चड्डी से उसका शिश्न थोड़ा-सा झाँक रहा है।

अब आसमान की ओर देखते हुए दीनू ने चिलम का धुआँ भीतर खींचा। धुआँ अब दीनू के फेफड़ों को भर रहा है। फिर भक् से उसके मुँह से बाहर आया। किसी छोटे बादल-सा। बादल आसमान की ओर जाने लगा। चिलम की गन्ध जो वहाँ अभी भी बैठी है, गन्ध वह अब और गाढ़ी हो रही है। भुलवा के नथुने से भीतर जा रही है गन्ध। गन्ध पहुँच रही है उसके दिमाग तक। दिमाग को सहला रही है गन्ध।

'पिएगा?' कालू ने पूछा। कालू की चपटी नाक चमक रही है। चमक रहा है उसका काला गोल चेहरा। चमक रहे हैं सिर के मटमैले घुँघराले बाल। कालू नहाकर भी नहाए-सा साफ-सुथरा कभी नहीं दिखता है। दिखता है हमेशा गन्दा। धूल में सना-सा दिखता है। धूल में सना-सा पैदा हुआ है कालू माँ के गर्भ से।

'नहीं,' भुलवा ने कहा।

'एक बार पीकर देख...मजा आएगा—' कालू के चेहरे पर मुस्कुराहट है, 'तेरा बाबू पीता है कि नहीं...?'

'हाँ...' भुलवा ने कहा। कहा इस तरह जैसे समझ नहीं पा रहा हो कि क्या कहे।

'तू भी पी सकता है...' कालू की चिपटी-सी नाक चमक रही है। कालू की नाक कालू के ओठों की मुस्कुराहट को देख रही है नीचे। देख रही है उसके ऊपरी ओठों पर उभरे हरे-हरे रोओं को।

'बाबू को पता चला तो जुतियाएगा...' भुलवा के भय ने कहा। भय ने कहा भुलवा के भीतर। बाहर कुछ कहा-सा नहीं दिखा। दिखी बस भुलवा की चुप्पी।

'तेरा बाबू भी तेरी उमर से ही पी रहा होगा...मेरा बाबू भी पी रहा है मेरी उमर से...सब अपनी उमर में यही करते हैं—पर हमें रोकते हैं...मेरा बाबू मुझ पर पहली बार चिलम पीने पर चिल्लाया...मैंने कहा—तू छोड़ दे, मैं भी नहीं पीऊँगा—बाबू छोड़ नहीं पाया—मुझे चिलम छोड़नी नहीं पड़ी...' कालू की नशे से लथपथ हँसती हुई भारी आवाज ने कहा। कहा कुछ अपने से। कुछ भुलवा से कहा।

'पिएगा तो बता...नई भरता हूँ।' कालू के चेहरे पर चमक नाची।

'नहीं,' भुलवा ने कहा और पेड़ों की छाया से बाहर आने लगा। पेड़ों की छाया भुलवा को पकड़ने की कोशिश करने लगी। पेड़ों की छाया से पाँच चिड़ियों की छाया उड़ी और गायब हो गई।

'अच्छा, मत पीना...रुक तो...' कालू ने कहा और मुस्कुराया। एक मुलायम मुस्कान। देवता कभी मुस्कुराता होगा तो वह कालू की तरह ही मुस्कुराता होगा। ठीक वैसे, जैसे कालू अभी-अभी मुस्कुराया है।

दीनू के कश खींचने के बाद चिलम बुझ गई है। चिलम के भीतर की आग राख हो गई है। कालू ने चिलम को उलटा कर दो बार जमीन पर ठोंका। राख बाहर आ गई। बाहर भूरी जमीन पर राख का एक छोटा-सा धब्बा बन गया है।

कालू ने अपनी बंडी की जेब में हाथ डाला। कागज की एक पुड़िया निकाली। पुड़िया स्कूल की कॉपी का पन्ना है जिसमें कालू के टेढ़े-मेढ़े अक्षर है। पुड़िया में गाँजा है। कालू ने पुड़िया खोलकर जमीन पर रख दिया है। बंडी की दूसरी जेब से, हाथ डाल, वह बीड़ी का बंडल निकाल रहा है। बंडल में तीन बीड़ियाँ ही बची हैं। उनमें दो को निकालकर कालू उन्हें खोल रहा है कि बीड़ी से तम्बाकू बाहर निकाल सके। दोनों बीड़ियों से तम्बाकू निकालकर उसने गाँजे के ऊपर डाल दिया है।

फिर पुड़िया उठा उसने अपनी बाईं हथेली पर उलट दी है। हथेली का छोटा-सा गड्ढा, गाँजे और बीड़ी-तम्बाकू से भरा-भरा सा दिख रहा है। हथेली भरी-भरी-सी। हथेली लेकर कालू उठ गया है। कालू के आगे-आगे उसकी हथेली जा रही है। जा रही है अपने चुल्लू में सम्हाले गाँजे की खुशबू।

कालू आगे बढ़ गया है खेत तक। धान के पौधों के पास तक। वहाँ पौधे की जड़ों के पास पानी है। उसने पानी में अपने दाहिने हाथ की अँगुलियों को डुबो दिया है। अँगुलियों में ठहर गया है पानी अँगुलियों भर। अँगुलियों में ठहरे पानी को वह बाईं हथेली पर रखे गाँजे पर छींट रहा है।

सही स्वाद और सही नशे के लिए गाँजे को तब तक मलो, जब तक गाँजा हथेली से तुम्हारे अँगूठे पर चिपककर उठ न जाए। तुम देखोगे कि हथेली गाँजे की खुशबू से भर गई है। तुम पाओगे कि तुम्हारे पास खुशबू का नशा है।

कालू की हथेली पर उसका काला अँगूठा बहुत तेजी से चल रहा है। हथेली गरम होती जा रही है। गरम हो रहा है अँगूठा। अँगूठे और हथेली के बीच तप रहा

है गाँजा। कालू चला रहा है अँगूठा। गाँजा अँगूठे से पिस रहा है। कालू के माथे पर पसीने की कुछ बूँदें चमक रही हैं। भुलवा ध्यान से देख रहा है। कालू के कन्धे थोड़ा ऊपर उठे हुए हैं। अँगूठे को जोर देने को उठ गए हैं कन्धे। उसके दोनों हाथ सक्रिय हैं। एक हाथ की हथेली है सक्रिय। सक्रिय है दूसरे हाथ का अँगूठा। माथे से पसीने की एक बूँद अब-तब में गिरने वाली है। क्या वह गिरेगी पिसते हुए गाँजे पर या गिरेगी गाँजे के ऊपर लहराते दाहिने अँगूठे पर। भुलवा ध्यान से देखने लगा है पसीने की उस बूँद को जो बस अब गिरी तब गिरी है। पर माथे की बूँद कहीं नहीं गिरी। गिरी वह धरती पर। ठीक बाजू में वहाँ, जहाँ चिलम की राख का निशान बना हुआ है। कालू के माथे से चूते पसीने की बूँद छूने गई है राख हुए गाँजे को।

गाँजा चिपक गया है अँगूठे में। अँगूठे को पकड़ हथेली से ऊपर उठ आया है गाँजा। गाँजे को देख कालू मुस्कुरा रहा है। जैसे जीत के बाद मुस्कुराता है कोई योद्धा। दीनू भी मुस्कुरा रहा है। मुस्कुरा नहीं पा रहा है भुलवा। पेड़ों की छाया में अभी बस कालू और दीनू के मुस्कुराहट की धूप-सी खिली है। उन दोनों की धूप-सी खिली मुस्कुराहट में भुलवा की चुप्पी काले धब्बे की तरह तैर रही है। छाया काली।

गाँजे की नमी और गन्ध अब कालू की हथेली पर बची रहेगी। बची रहेगी गाँजे को चिलम में भरने के बाद भी। जलते गाँजे की गन्ध से अलग रहेगी कालू की हथेली में रची गाँजे की गन्ध। सोचा यह भुलवा ने। सोचा तो भुलवा का मन हुआ है कि कालू की हथेली को सूँघकर देखे। देखे कि गाँजे की ताप की गन्ध कैसी होती है! कैसी होती है वह गन्ध जो मनुष्य के अँगूठे की रगड़ से पैदा होती है! बस मन हुआ। कालू और दीनू को पता भी नहीं चला कि भुलवा का ऐसा मन हुआ है। मन्दिर में बैठे देवता को पता है कि भुलवा का अभी-अभी गाँजे की गन्ध के लिए मन हुआ है। भुलवा का जब मन हुआ गाँजे की गन्ध के लिए, ठीक उसी समय मन्दिर के भीतर देवता का मन भी ललचाया है गाँजे की गन्ध के लिए।

दीनू का पूरा ध्यान कालू की तरफ है, जो गाँजे को चिलम में भर रहा है। एकटक देख रहा है दीनू कालू को चिलम भरते हुए। दीनू का यह एकटक-ध्यान, कब भर ले गाँजा कालू और कब पीने को मिल जाए का ध्यान है।

कालू अब भी गाँजे को मिट्टी की चिलम में भर रहा है अँगुली से दबा-दबाकर। भर गई चिलम तो उसने माचिस की तीली जलाई। बाएँ हाथ से उसने चिलम को उठाया आसमान की ओर। जैसे कोई जादू कर रहा हो। फिर नीचे ले आया अपने सीने तक। मुँह के पास ले गया चिलम। गहरी साँस खींची भीतर। साँस के साथ पलकें बन्द हो गईं आखों की। उसके बाद, जब कालू ने अपनी पलकें खोलीं तो उसने भुलवा की ओर देखा। भुलवा ध्यान से कालू को देख रहा है। देख रहा है उस गन्ध को जो अभी-अभी कालू ने अपने भीतर खींची है।

कालू की मुस्कुराहट भुलवा की ओर देख रही है। फिर, उसकी मुस्कुराहट ने दीनू की ओर देखा। दीनू झेंपा-सा लग रहा है। शायद वह भी पहली बार ही कालू की पकड़ में आया है। गाँजे के घेरे में है दीनू शायद पहली बार। असंगत घेरे के भीतर घुसने की झेंप उसके भीतर है। घेरे के बीचोबीच कालू है। कालू की पीठ देवता की पीठ से टिकी हुई है। कालू के चेहरे से देवता मुस्कुरा रहा है। दीनू के चेहरे से देवता झेंप रहा है। भुलवा के चेहरे पर देवता ठिठका-सा है। झेंपने और मुस्कुराने के बीच है देवता भुलवा के चेहरे पर। असंगत घेरे को पार करने और न पार करने के बीच ठिठका खड़ा है देवता।

कितनी अजीब बात है कि देवता को हँसने के लिए, मुस्कुराने के लिए, रोने के लिए, झेंपने के लिए हमेशा मनुष्य के चेहरों की जरूरत पड़ती है। देवता अपने चेहरे से कभी सच्चा हँसना, रोना, मुस्कुराना नहीं कर पा रहा है। देवता झेंप भी नहीं पा रहा है अपने चेहरे से ठीक-ठीक। अपने चेहरे से झेंपना तो और कठिन है देवता के लिए। मनुष्य सोचता है, वह देवता के कारण है। देवता सोच रहा है कि वह मनुष्य के कारण है। अभी यहाँ पर तीन मनुष्य और एक देवता हैं। चारों हैं इमली और जामुन के पेड़ों की छाया के भीतर। नहर के किनारे चारों। चारों हैं खेतों के बीच। एक-दूसरे की जरूरत महसूस करते हुए हैं चारों। मनुष्य और देवता।

'आ जा बैठ।' कालू ने कहा।

भुलवा ठिठका खड़ा है।

'आजा...इतना मत सोच...' कालू कह रहा है, 'यह भी पहली बार पी रहा है...' कालू ने दीनू के कन्धे पर हाथ रख कहा।

दीनू मुस्कुराया, जैसे वह कोई युद्ध जीतकर आया हो।

'बैठ...' कालू ने आगे झुककर भुलवा का हाथ पकड़ लिया...'बैठ भी।'

भुलवा उनके सामने बैठ गया। भुलवा के पीछे मन्दिर के दीवार की टेक नहीं है। नहीं है देवता की पीठ उसकी पीठ से टिकी। देवता की पीठ भुलवा के सामने है, जैसे कालू और दीनू हैं उसके समाने। देवता की पीठ कालू और दीनू की पीठ से टिकी हुई है।

कालू ने चिलम उसकी ओर बढ़ाई।

भुलवा का सिर न में हिला। कालू ने दीनू की ओर देखा। देखा इस तरह कि तुझे तो पीना ही पड़ेगा। दीनू ने चिलम हाथ में ले ली। उसका सिर थोड़ा आसमान की ओर उठा। दीनू के उठे सिर ने फिर गहरी साँस खींची अपने भीतर। थोड़ी देर बाद ही उसके नाक और मुँह से बादल बाहर आने लगे और आसमान की ओर उठ चले।

चिलम अब कालू के हाथ में है। कालू के मुँह और नाक से ज्यादा बड़े बादल बन रहे हैं। जा रहे हैं आसमान की ओर बड़े-बड़े बादल।

कालू ने चिलम भुलवा की ओर बढ़ा दी है। भुलवा के झिझकते हाथों ने चिलम पकड़ लिया है। चिलम आसमान की ओर उठ रही है। चिलम के निचले हिस्से को

भुलवा के ओठों ने जकड़ लिया है। भुलवा का फेफड़ा अब चिलम से कश भीतर खींच रहा है। चिलम के सिरे पर आग तेजी से चमकी। भभकी आग। फिर धीरे-धीरे बुझी। भुलवा खाँस रहा है। आँखों में आँसू हैं। खाँसते-खाँसते वह लोट गया है जमीन पर। उसके लोटने से पेड़ों की छाया कुचल रही है। गनीमत है कि चिड़ियों की छाया बहुत पहले ही उड़ गई है, नहीं तो कुचल जाती चिड़ियों की छाया।

कालू मुस्कुरा रहा है। दीनू हँस रहा है। देवता कभी हँस रहा है। मुस्कुरा रहा है कभी। पर देवता मन्दिर के भीतर है और कोई उसका हँसना-मुस्कुराना नहीं देख पा रहा है।

कालू उठकर भुलवा की पीठ सहलाने लगा।

'पहली बार होता है ऐसा...मेरे साथ भी हुआ है...दीनू भी लोटा है थोड़ी देर पहले जमीन पर इसी तरह...दीनू की पीठ भी सहलाई गई है।' कालू कह रहा है और सहलाता जा रहा है भुलवा की पीठ।

भुलवा की आँखें खाँसते-खाँसते आँसुओं से भर गई हैं डबाडब।

दीनू एक पुराने दृश्य को दुबारा देख रहा है, इसलिए हँस रहा है। दीनू भुलवा के खाँसते-खाँसते लोटने में अपने लोटने को देख रहा है। दीनू अपनी हँसी में लोट रहा है।

चिलम अब दीनू के हाथ में है। उसके बाद फिर कालू के पास आएगी। फिर आएगी भुलवा के पास जो खाँसी की आँधी के बाद, आँखों की कोरों से आँसू पोंछता, उनके सामने बैठा सोच रहा है कि वह अब नहीं पिएगा...

पर जब तक भुलवा के पास आएगी चिलम, चिलम अपना काम कर चुकी होगी। चढ़ चुकी होगी भुलवा के दिमाग में चिलम। खाँसने से गिरता नहीं है नशा बाहर। नशा भीतर ही रहता है। पकता है धीरे-धीरे। धीरे-धीरे बढ़ता है।

भुलवा गाँजे के भीतर आ चुका है। वह कितना भी रटेगा मन ही मन, नहीं-नहीं, पर थोड़ी देर में गाँजा उसे खींच ही लेगा अपनी ओर। कालू बढ़ाएगा चिलम भुलवा की ओर और भुलवा के हाथ बढ़ेंगे चिलम की ओर। गाँजे का कश खींचता फिर दिखेगा भुलवा।

देवता की पीठ देखेगी भुलवा को गाँजे का दूसरा कश खींचते। देखेगी फिर तीसरा कश खींचते। फिर चौथा कश खींचते देखेगी। देखती रहेगी देवता की पीठ और भुलवा खींचता रहेगा गाँजा।

भुलवा का दिमाग उड़ रहा है हवा में। हवा में उड़ने-उड़ने को हुए भुलवा के पैर जैसे ही खड़ा हुआ भुलवा अपने पैरों पर। वह फिर बैठ गया है। कालू का चेहरा हवा में तैर रहा है। दीनू का चेहरा कालू के चेहरे में जाकर मिल रहा है। गड्डमड्ड हैं दो चेहरे आपस में। धूप है। पर छाँव लग रही है धूप। आसमान है।

पर धरती लग रही है आसमान। पास बैठा कालू इतना धीमा क्यों बोल रहा है...सुनाई नहीं दे रही है कालू की आवाज। आवाज की जगह कालू के हिलते ओठ हैं बस। यह आवाज किसकी है जो इतनी दूर से आ रही है। आवाज के उतार-चढ़ाव पर यह किसका चेहरा है जो हिल रहा है काले धुएँ-सा...धुएँ-सा उड़ रहा है...

'मजा आया? थोड़ी देर बैठा रह...' पता नहीं कौन कह रहा है।

'पहली बार है...पहली बार ऐसा ही होता है...' पता नहीं कहाँ से आ रही आवाज कह रही है, 'नशा जगह ढूँढ़ता है दिमाग में...अपने रहने-बसने की जगह...जगह ढूँढ़ने में थोड़ी उलट-पुलट तो होती है...उठाना-पटकना...सम्हालना पड़ता है उसे...सम्हाल पाओ तो मजा है...नहीं सम्हाल पाओ तो मजा ही सजा है...'

दीनू की आँखें बन्द हैं। वह बन्द आँखों से आसमान को देख रहा है। वह बिछा हुआ है धरती पर। धरती पर है। पर है आकाश में। आकाश में उड़ रहा है। पीठ पर उग आए हैं सुनहरे पंख। आकाश के नीले समुद्र में वह तैर रहा है। पी रहा है आकाश के नीले समुद्र को। वह धरती पर उतरने की कोशिश कर रहा है, पर उतर नहीं पा रहा है नीचे। धरती दूर हो रही है। पास आ रहा है आकाश। आकाश अपनी ओर खींच रहा है दीनू को।

अचानक भुलवा ने अपने को पाया आकाश में तैरता। तैरता, ठीक दीनू के बगल में। नीले समुद्र में पाया अपने को तैरता। चुल्लू भर-भर आकाश का नीला रंग वह पी रहा है दीनू के संग। पीने से भरा नहीं मन तो मन आकाश के नीले समुद्र में डूब गया है। नीले समुद्र में डूब-उतरा रहा मन। पता नहीं कितनी देर मन और आकाश का समुद्र खेल रहे हैं खेल एक-दूसरे से।

गाँजे का हल्का-हल्का-सा रंग अब भी भुलवा के भीतर है। है जैसे ठहरे हुए पानी में तैरती है काई ठहरी-सी। गाँजे का नशा भुलवा के भीतर ठहरा-सा तैर रहा है। वह मन्दिर की दीवार का सहारा लेते हुए खड़ा है। उसने देखा कि दीनू नहीं है। कालू है पेड़ से टिका खड़ा। बीड़ी पीता। कालू के पास बीड़ी के धुएँ की गन्ध से सनी मुस्कुराहट है। भुलवा को लग रहा है अभी-अभी वह आसमान से उतरा है और मन्दिर के पास गिरा है। किसी पतंग-सा। पतंग, जिसे गाँजे के नशे के धागों ने पहले उड़ाया है और फिर काटा है।

'कैसा लग रहा है?' कालू कहता हुआ पास आ रहा है।

'सिर घूम रहा है...' अभी भुलवा के पास गाँजे के नशे से भरा भारी सिर है। सिर जो धड़ से अलग महसूस हो रहा है। पैर काँप रहे हैं।

'बीड़ी पिएगा?'

'नहीं,' भुलवा ने तुरन्त कहा।

‘तू तो लुढ़क गया था...’

‘मैं लुढ़का नहीं...’ भुलवा ने कहा और सोचा कि वह तो उड़ रहा था। लुढ़का कहाँ था!

‘लुढ़क गया था तू...’ कालू कहते हुए हँस रहा है, ‘पानी पिएगा?’

भुलवा इशारे से सिर हिलाता है। उसका सिर हिल रहा है हाँ में।

मन्दिर के पास थोड़ी दूर पर नहर है। नहर में इन दिनों ताजा पानी है। घुटना भर साफ पानी। दोनों नहर में उतर गए हैं। कालू पहले उतरा है, फिर उसके पीछे-पीछे भुलवा। कालू सीधे नहर में मुँह डालकर पानी पी रहा है—किसी जानवर की तरह। भुलवा उसके ठीक पीछे है। उसके घुटने पानी में डूबे हुए हैं। भुलवा बस कालू की जानवर-सी झुकी देह को देख रहा है। सुन रहा है चप-चप की आवाज जो कालू के पानी पीने पर उठ रही है। भुलवा को अजीब लग रहा है।

प्यास भुलवा को भी लगी है। गाँजा भूख नहीं प्यास ज्यादा जगाता है। भुलवा नहर के बहाव से उलटी दिशा में जा रहा है। कालू को छोड़ चार क़दम आगे। वह आगे से पिएगा पानी। कालू के मुँह से बहकर आ रहे पानी को वह पीना नहीं चाह रहा है।

भुलवा चुल्लू से पानी पी रहा है। नहर बार-बार भुलवा के चुल्लू को भर रही है। भुलवा का गला गट-गट की आवाज करता तृप्त हो रहा है। पानी सूखे गले को तृप्त कर रहा है। कर रहा है आत्मा को तृप्त।

भुलवा की इच्छा हुई कि वह डूब जाए नहर में। भुलवा के घुटने अब भी नहर के पानी में हैं। नहर का पानी भुलवा के घुटने तक है। भुलवा नहर के पानी में बैठ गया है। थोड़ी देर बाद सो गया है वह नहर के पानी में। फिर साँस जब रुकने-रुकने को हुई तो झटके से उठा है। उठा है, नहर के पानी को आसमान की ओर उछालता। खड़ा है नहर में, सिर से पाँव तक भीगा हुआ खड़ा है भुलवा।

कालू भी नहर में नहा रहा है। नहर के पानी में पीठ तैर रही है उसकी। नहर के पानी के साथ बहता कालू चला जाएगा जहाँ तक जाएगी नहर। कल वह नहीं दिखा गाँव में तो भुलवा यह मान लेगा कि कालू नहर में बहता पानी हो गया है।

अचानक भुलवा को याद आता है कि खेत जाना है। बाबू इन्तजार कर रहा होगा। समय कितनी जल्दी बीत गया है। कितना जल्दी बीतता है समय। धूप धरती से सरक रही है। सरक रहा है समय धरती से। समय शाम की ओर जा रहा है।

मर गए आज तो—भुलवा मन ही मन सोच रहा है। फँस गया है भुलवा आज। गाँजे का नशा अब भी दिमाग में थपकियाँ मार रहा है। बाबू खेतों में इन्तजार कर

रहा है कि भुलवा आए तो वह खाना खाने घर जाए। खाना ले आए घर से तो खेत में ही खा ले वह। बाबू खेत में खड़ा है भूख के साथ, वह भुलवा का इन्तजार कर रहा है। भुलवा को भी भूख अब महसूस हो रही है। भूखा है वह भी। खाने का समय कब का सरक गया है। धूप मुलायम हो रही है। खाने का समय उसका और बाबू का घुल रहा है मुलायम धूप में...

भुलवा नहर के किनारे खड़ा है। भीगा हुआ। वह दौड़ने की मुद्रा में है। गाँजे ने उसी मुद्रा में उसे ठिठका-सा खड़ा रखा हुआ है।

कुछ ही क्षण बाद भुलवा दौड़ पड़ा है। नहर के किनारे-किनारे अपने खेतों की ओर। दौड़ते हुए भुलवा को लग रहा है कि गाँजे का नशा नीचे उतर रहा है। नशा नीचे पैरों की ओर सरक रहा है। गाँजे के नशे को अब धरती सोख रही है। पर नशे की एक लहर जा रही है पैरों तक नीचे और जाते ही सिर पर दूसरी लहर बन रही है। सिर पर लगातार बन रही और पैरों से बाहर हो रही गाँजे की लहरों के साथ भुलवा दौड़ रहा है। नहर का पानी भी दौड़ रहा है भुलवा के पीछे-पीछे। पीछे-पीछे ही सही, नहर का पानी दौड़ते भुलवा को छोड़ आएगा उसके खेतों तक। पानी भुलवा के खेतों तक जा रहा है उसके साथ-साथ। पानी अपने को छोड़ने जा रहा है। छोड़ने जा रहा है भुलवा को।

खेत में धान की लहलहाती बालियाँ हैं। बालियों का रंग हरा छोड़ पीले की ओर जा चुका है। पर धान की देह पर हरे रंग का निशान कहीं-कहीं अब भी दिख रहा है।

मेड़ पर उगे बबूल के पेड़ों को छूकर हवा गिर रही है खेतों पर। हवा में बबूल के काँटों की नुकीली खुशबू है। काँटों की नुकीली खुशबू धान के पौधे पर गिर रही है। इसी खुशबू के साथ हवा धान के पौधों को छू रही है। छू रही है इस तरह कि धान की लहर उठ रही है धान के ही भीतर।

भुलवा ने ध्यान से दूर-दूर तक देखा। देखा बालियों को कि धान के पौधों पर झुकी बाबू की पीठ दिख जाए। बालियों में छुपी और बालियों-सी लहराती पीठ। पर बाबू की पीठ कहीं नहीं है। नहीं है बाबू खेत में। उसके आने का इन्तजार करते-करते चले गए हैं शायद। वह नहीं पहुँच पाया तो खेतों को बबूल के पेड़ों के भरोसे छोड़ बाबू चले गए हैं घर। भूखे बाबू कितनी देर इन्तजार करते उसका।

बाबू नहीं दिखे तो भुलवा को अच्छा लगा। तना-तना-सा उसका मन कुछ ढीला हुआ। मन की गाँठ खुली। वह इस हालत में, जो गाँजे के नशे में थोड़ी डोलती-सी है, बाबू के सामने नहीं पड़ना चाह रहा था। बाबू नहीं हैं और वह बच गया है।

उसने सोचा—आज सच में क्या ज्यादा देर हो गई है! गाँजे की लहरें अब भी उठ रही हैं उसके दिमाग में। अब थोड़ी धीमी पड़ी हैं। पर उठ रही हैं अब भी। जैसे ही वह सोचता है कि अब ठहर जाएगा भीतर तैरता गाँजे का नशा, वैसे ही दिमाग में एक लहर नशे की उठ उसके सोचने को अपनी हथेली से गीला कर देती है।

भुलवा सिर पकड़कर मेड़ पर बैठ गया है। उसके पैरों के पंजों को धान के पौधे छू रहे हैं। छू रही है धान की गुदगुदी। भुलवा के पैरों से गिर रहा है गाँजे का नशा। धान के पौधे सोख रहे हैं नशा। झूम रही हैं धान की बालियाँ। अचानक भुलवा को लगा कि नशे की लहरें बहुत तेजी से उठ रही हैं। एक लहर के बाद सीधी दूसरी लहर, दूसरी के सिरे को पकड़े तीसरी...तीसरी का सिरा पकड़े चौथी...भुलवा अपना सिर पकड़ बैठा है मेड़ पर।

नशे की लहरें जब हल्की पड़ीं तो खुलीं भुलवा की आँखें। आँखों ने देखा, दूर-दूर तक धान है। भुलवा के खेत की डोलियों के बाद भी पड़ोसी डोलियों में। एक डोली के बाद दूसरी डोली। खेत की अनन्त डोलियाँ दूर-दूर तक। जहाँ तक देखो वहाँ तक। लहलहाता सुनहरा धान। धान के बीच छुप गई हैं खेत की मेड़ें। मेड़ों पर पेड़ धान के पहरे पर खड़े-से हैं। कहीं कोई मनुष्य नहीं है धान के पहरे पर। अकेला भुलवा है मेड़ पर बैठा। बैठा गाँजे के नशे में चूर। धान की सुनहरी लहराती बालियों के अनन्त वृत्त के बीच बैठा अकेला मनुष्य।

अचानक भुलवा को लगा कि धान की बालियाँ उसके पैरों के पंजों को तेजी से सहला रही हैं। सहला रही हैं इस तरह कि जैसे छूकर कहना चाह रही हैं कुछ। ध्यान से सुनने की कोशिश करने लगा भुलवा कि क्या कहना चाह रही हैं धान की बालियाँ...

आखिर उसे सुनाई पड़ा कि क्या कह रही हैं धान की बालियाँ...धान की बालियों ने भुलवा के पैरों से कहा कि उतरो खेत में...हमारे बीच आओ...आओ हम तुम्हें सुनाएँ कि अन्न कितना जरूरी है मनुष्य के लिए...कितनी और कितनी मुश्किल से उतरा है धरती पर...देखो हमें...हमें जानो...

भुलवा बालियों की आवाज सुन नहीं पाया है। सुना है पर उसे लगा नहीं है कि धान की बालियाँ उससे कुछ कह रही हैं। कह रही हैं उतरने को अपने बीच। उसे लग रहा है कि उसे भ्रम हुआ है।

धान की बालियों के बीच होने की भुलवा को आदत है। पर वह खुद उतरता है धान की बालियों के बीच। उतरने को बुलाती नहीं हैं बालियाँ। वह जाता है खुद खेतों में उन्हें सहेजने। जब बाबू कहते हैं तब जाता है। नहीं तो आमतौर पर वह मेड़ पर बैठा बालियों को देखता रहता है। मेड़ों पर खड़े पेड़ों के साथ वह धान की बालियों के पहरे पर रहता है। भुलवा अपने खेत में उगे पेड़ों की तरह ही एक चलता-फिरता पेड़ अपने को मानता है। जैसे ही खेत के घेरे में आता है, वह भी पेड़ बन जाता है। अभी भुलवा नाम का एक पेड़ बबूल के पेड़ों के बीच मेड़ पर बैठा है। धान की बालियों की सरसराहट से भरी पुकार सुन रहा है...पुकार खींच रही है भुलवा के पैर अपनी ओर...

कितनी देर बालियों की आवाज को अनसुना करता भुलवा? आखिरकार उसके पैर खेत में उतर गए हैं। धान की बालियाँ अब उसकी पूरी देह को सहला रही

हैं। डूब गया है भुलवा धान की बालियों में। हवा की सरसराहट में धान की सरसराहट है। सूर्य आसमान के पश्चिम में नीचे सरक रहा है। सूर्य कर रहा है अपने को समाप्त।

बाबू कहीं नहीं है। धान की बालियों को धान की बालियों के भरोसे छोड़। छोड़ भरोसे बबूल के पेड़ों के, वे घर चले गए हैं। जहाँ भुलवा की माँ खाने के लिए जाने कब से उनका इन्तजार कर रही है।

धान की बालियों ने हाथ पकड़ जैसे खींचकर बैठा लिया है भुलवा को अपने भीतर। बिठाकर उसके कानों में फुसफुसाने लगी हैं। धान की बालियों की फुसफुसाहट किसी दूर बजती धुन-सी भुलवा को लग रही है। धुन जिसकी ओर जाने का मन करे। करे मन कि वह स्रोत देखें, जहाँ से बह रही है धुन की नदी। धुन की नदी का स्रोत देखें।

धान की बालियों की फुसफुसाहट भुलवा ने सुना। सुना ध्यान से। पृथ्वी से उस समय उठ रही सारी आवाजों को अपने कानों के लिए स्थगित कर सुना।

सुना कि बालियाँ कह रही हैं कि हमसे पहले आया मनुष्य। हम नहीं थे तो मनुष्य ने खाया बेर, जामुन, आम, कन्द-मूल। मनुष्य करता रहा फल, कन्द-मूल खाकर गुजारा। पर रोज-रोज फल खा-खाकर ऊबने लगा मनुष्य। कुछ मनुष्य पेड़ों पर फल देख उलटी करने लगे। वे अपने पेट के लिए कुछ और चाहते थे। वे ऐसा स्वाद चाहते थे जिसे अन्न कह सकें। खाएँ तो तृप्ति हो मन की। तृप्ति हो पेट की। तृप्ति हो आत्मा की।

मनुष्य अन्न की खोज में पृथ्वी पर भटक रहा था तो एक दिन उसने मनुष्य से अलग एक वृहत् मनुष्य को देखा। मनुष्य ने इससे पहले वृहत् मनुष्य नहीं देखा था। उसे कुछ अजीब लगा। भीतर जागा थोड़ा भय। ज्यादा भय तो हमेशा ज्यादा जानने पर जागता है। मनुष्य पहली बार मिल रहा था वृहत् मनुष्य से और उसे ज्यादा जानता नहीं था। नहीं जानता था ज्यादा तो मनुष्य के भीतर जागा भय, थोड़ी ही देर में, बाहर झड़ गया।

मनुष्य ने ही वृहत् मनुष्य से पूछा कि कौन हो तुम...क्या तुम देवता हो?

वृहत् मनुष्य कुछ देर सोचता रहा। सोचता रहा कि क्या कहे। फिर उसने कहा कि हाँ, मैं ही देवता हूँ।

मनुष्य देवता को जाने कब से खोज रहा था। वह उसकी कल्पना कर चुका था, पर आकार उसे मिला नहीं था।

तो मनुष्य ने देवता से कहा कि भगवन्, अगर देवता हो तो एक कृपा करो...फल, कन्द-मूल कई पीढ़ियों से खा रहे हैं...खाते-खाते अब ऊब गया है मन। मन अब अन्न माँगता है। खोजता है अन्न अब मन बार-बार। दया करो देवता...हमें अन्न प्रदान करो।

वृहत् मनुष्य, वह जो पता नहीं कहाँ से आया था! पता नहीं कहाँ उसे जाना था! पता नहीं वह क्या जानता था! पता नहीं क्या वह नहीं जानता था। पता नहीं क्यों जो अपने को देवता कहकर फँस चुका था, वह तुरन्त समझ नहीं पाया कि अन्न के बारे में क्या कहे।

चुप रहा बहुत देर वृहत् मनुष्य, वह जो अब देवता था। इतनी देर चुप रहा देवता कि मनुष्य का धैर्य जवाब देने लगा।

'देवता अन्न...' मनुष्य ने फिर कहा।

देवता ने कहा—कुछ दिन का समय दो। समय दो मुझे कि मैं ढूँढ़ सकूँ अन्न। इतने दिन सन्तोष किया है तो कुछ दिन और सन्तोष करो। कुछ दिन और खा लो फल, कन्द-मूल। मैं वादा करता हूँ कि मनुष्य प्रजाति के लिए मैं अवश्य खोजूँगा अन्न।

यह कह देवता चला गया।

मनुष्य क्या करता! इन्तजार करता रहा। करता रहा इन्तजार। सूरज उगता, फिर सूरज डूबता। फिर सूरज उगता, फिर डूबता। कई सूरज उगे और कई डूब गए। मनुष्य इन्तजार करता रहा।

इस बीच देवता ने मनुष्य के लिए कई पदार्थों को देखा जो खाने योग्य उसे लगे। देवता ने उन्हें परखा। चखा उन्हें। पर देवता को उनमें से कोई भी पदार्थ ऐसा नहीं लगा जो मनुष्य के स्वाद के करीब हो। देवता ऐसा स्वाद ढूँढ़ रहा था कि जिसे मनुष्य की जीभ रोज खाए तो भी न ऊबे। वह वस्तु ऐसी हो जो खाने की दूसरी वस्तुओं के साथ घुल-मिल जाए। दूसरी वस्तुओं के स्वाद को जो और बढ़ाए। बनाए भी रखे साथ-साथ अपना भी स्वाद।

देवता भटकता रहा मनुष्य के लिए अन्न खोजता। कई दिन बीत गए। न जाने कितने सूरज डूबे और उगे! उगे और डूबे। पर देवता अब तक अन्न नहीं खोज पाया था।

एक दिन देवता को एक घास काटनेवाला घसियारा दिखा। मैदान में दूर-दूर तक फैली घास में डूबा वह अकेला घास काट रहा था। वह नंगा काला आदमी था। पहने था बस लँगोटी। उसकी काली देह और मटमैली सफेद लँगोटी घास के हरे वन में चमक रही थी। देवता को वह घास में रेंगते किसी जानवर की तरह लग रहा था। लग रहा था शिकार को दबोचने को रेंगते हुए किसी बाघ-सा। देवता थोड़ा भयभीत हुआ। फिर उसे याद आया वह मृत्यु से परे है। परे है मारे जाने से।

देवता धीरे-धीरे उस आदमी की ओर बढ़ने लगा। घास का लम्बा विस्तृत मैदान था। देवता हिचकते हुए कभी पैरों पर चल रहा था और कभी उड़ रहा था। उड़ा तो घास के पौधे उसके तलुओं को छूने लगे। देवता ने अपने तलुओं में घास की गुदगुदी को महसूस किया। पहली बार देवता को अपने होने पर हँसी आई। पहली बार देवता ने यह तय किया कि वह मनुष्य की तरह चलते हुए नहीं बल्कि

देवता की तरह उड़ते हुए पहुँचेगा घसियारे तक। घसियारा जहाँ-जहाँ रेंग रहा था, वहाँ-वहाँ से घास अपनी ऊँचाई तक कम हो रही थी। लेट रही थी पृथ्वी पर घास। घास जानवरों का चारा बनने के लिए कट रही थी। खाएँ चारा जानवर और खाद्य बन सकें मनुष्य के लिए। दे सकें दूध। मांस दे सकें। भर सके मनुष्य अपना पेट, जिसे अब तक नहीं मिला था अन्न। जिसे खोजने निकला था देवता और जिसे खोज नहीं पाया था मनुष्य। वह घसियारा कौन था? था देवता या था मनुष्य?

आखिरकार देवता उड़ता-उड़ता पहुँच ही गया घसियारे तक। ठीक घसियारे के सामने। ठीक उसकी झुकी हुई पीठ और अपने को देखते सिर के सामने। घसियारे की आँखों में आश्चर्य था। बरसों हो गए थे। अपने अलावा उसने किसी और मनुष्य या देवता को देखा नहीं था। देखा था सिर्फ पशुओं को जिनके लिए वह अनन्त-काल से काट रहा था घास। घास अनन्त-काल से उग रही थी। उग रही थी पशुओं के लिए। हरी बनी हुई थी अनन्त-काल से। अनन्त-काल से पशु चर रहे थे घास। घास काटकर अनन्त-काल से उन्हें खिला रहा था घसियारा। उन पशुओं को जो पृथ्वी के ऐसे कोनों में थे जहाँ हरी घास नहीं थी और जो इस घास के विस्तृत मैदान में नदी-पहाड़ लाँघकर आ नहीं सकते थे, घसियारा उन तक पहुँचा रहा था घास हरी। घसियारे के कारण पृथ्वी पर बचे थे पशु जो मनुष्य के लिए दे रहे थे दूध और पुण्य। रच रहे थे अमृत मनुष्य के लिए। इसलिए घसियारा बस देख पाता था पशुओं को। मनुष्य और देवता उसे दिखाई नहीं पड़ते थे।

घसियारा देवता को देखकर आश्चर्यचकित हुआ। देवता का रंग उससे थोड़ा साफ था, पर वह गोरा नहीं कहा जा सकता था। देवता साँवला था। देवता के चेहरे पर एक स्थायी मुस्कान थी जो थोड़ी नकली लग रही थी। समय उगते सूर्य का था और सूर्य ठीक देवता के सिर के पीछे आभा बन चमक रहा था।

'तुम कौन हो?' घसियारे ने पूछा। घसियारे की आवाज में थोड़ा भय था कि यह कोई हमलावर न हो। न हो कोई लुटेरा जो घास चुराने आया हो। आया हो किसी दूसरे ग्रह से अपने पशुओं के लिए चुराने घास। पृथ्वी के सारे पशुओं को तो घसियारा ही पहुँचाता था घास।

'मैं देवता हूँ...'

'देवता क्या होता है?'

'समझ लो मनुष्य से थोड़ा आगे...मनुष्य से थोड़ा ज्यादा वस्त्र पहना हुआ मनुष्य...'

घसियारा हँसा। सोच में पड़ गया वह। ज्यादा वस्त्र पहनकर तो मैं भी बन सकता हूँ देवता। वह ध्यान से देवता के कन्धे पर पड़े उत्तरीय और कमर पर बँधी पीली धोती को देख रहा था। इस देवता से धोती और उत्तरीय उतरवा लूँ और पहना दूँ इसे अपनी लँगोटी तो मैं देवता हो जाऊँगा और यह होगा घसियारा।

घसियारे को देवता की धोती और उत्तरीय का पीला रंग भा रहा था। घसियारे ने अब तक पीला रंग पके हुए फलों में देखा था। देखा था धूप से पकी हुई पत्तियों में पीला रंग। देवता की देह पूरी तरह पीले रंग की आभा में दमक रही थी। देवता की स्थायी मुस्कुराहट भी—जो हमेशा उसके चेहरे पर बनी रहती है—घसियारे को पीली लग रही थी।

'तुम भटक गए हो?' घसियारे ने देवता से पूछा।

'नहीं, भटका नहीं हूँ...मुझे भटकना नहीं आता...ऐसा मैं मानता हूँ...मैं जहाँ चाहे जा सकता हूँ...मैं रास्ता नहीं भूलता...यह मेरा गुण है...पर कई बार मुझे लगता है कि मैं भटक गया हूँ...पता नहीं क्यों?'

थोड़ा रुककर फिर देवता ने कहा, 'मुझे ऐसा लगता है...मैं आज तक जान नहीं पाया हूँ कि मैं भटक जाता हूँ या नहीं...अभी मैं तुम्हारे सामने हूँ बिना भटके...मैं असल में मनुष्य के लिए अन्न की खोज में हूँ...अन्न का बीज...जिसे मनुष्य उगा सके और भर सके अपना पेट। स्वाद सहित। मैं ऐसे अन्न की खोज में हूँ जिसे मनुष्य द्वारा बनाई सब्जियों के साथ मिलाकर खाया जा सके...खाया जा सके राँधे गए मांस के साथ। मनुष्य के पास बहुत कुछ है...तरह-तरह के मसाले हैं जो चुना है उसने पड़ों से और पौधों से...तरह-तरह के फल हैं...नदी है तो मीठे पानी की मछलियाँ हैं तरह-तरह की...धरती के भीतर छिपे और लगातार पक रहे कन्द-मूल हैं, जिन्हें धरती खोद पहचान गया है मनुष्य...नहीं है तो बस नहीं है अन्न।'

घसियारा कुछ देर सोचता रहा। देवता अब भी मुस्कुरा रहा था। वैसे भी देवता को घसियारे से ऐसी कोई उम्मीद नहीं थी कि घसियारा अन्न की खोज में उसकी कोई मदद कर पाएगा।

पर अचानक देवता ने सुना। सुना और उसे अपने कानों पर भरोसा नहीं हुआ।

'मेरे पास चार दाने हैं जो मुझे घोड़े की लीद से मिले हैं। पिछले साल एक घोड़ा भटकता हुआ घास के मैदान में यहाँ आया था। जैसे आए हो तुम। उसने छककर घास खाई। चर गया लगभग आधा मैदान। खाकर घास खड़े-खड़े सोता रहा, जाने कितनी देर तक। फिर उठा और फिर चरने लगा घास। इस तरह उस घोड़े ने इस मैदान की पूरी घास को चर डाला। फिर खड़े-खड़े सो गया। सोकर उठा जब घोड़ा तो उसने मैदान में जहाँ-तहाँ लीद कर दी। उस घोड़े की लीद में ही चमकते दिखे थे ये दाने। ये दाने जो मेरे पास हैं।'

घसियारे ने कमर पर मुड़ी अपनी धोती के मोड़ को खोला तो उसमें चार दाने थे। दानों को अपनी हथेली में रख उसने देवता की ओर बढ़ा दिया। देवता ने घसियारे की हथेली में ही अपनी अँगुलियों से परखा दानों को। देवता ने ध्यान से देखा उन दानों को जो भूरे-भूरे थे। चमक रहे थे। देवता को लगा पहली बार कि ये हो सकते हैं अन्न के दाने। भर सकते हैं मनुष्य का पेट ये दाने।

'यही हैं। हैं यही।' कह देवता नाचने लगा।

देवता ने अपनी हथेली घसियारे की ओर बढ़ा दी। वह घसियारे से माँग रहा था अन्न के दाने।

घसियारे ने वे दाने देवता की बढ़ी हुई हथेली पर रख दिए।

'घसियारे, मैं तुम्हारा आभारी हूँ इन दानों के लिए। मुझे लग रहा है कि यह अवश्य ही अन्न के दाने हैं...मैं इन दानों से करूँगा मनुष्य के लिए खेती...मैं इन दानों को बरसात के पहले बो दूँगा...'

'तुम कहाँ करोगे खेती...मैं देखने आना चाहूँगा तुम्हारा खेत...' घसियारे ने कहा।

'मेरा खेत कोई नहीं देख सकता...देख सकता हूँ बस मैं...खेत में उपजा अन्न पहुँच जाएगा तुम तक अपने आप...जिससे तुम घास काटने के आलवा खेती भी कर सको...पैदा कर सको अन्न।'

'मेरे ही दिए अन्न को मुझे लौटा रहे हो?' हँसा घसियारा।

'किसे पता है कि यह अन्न है...यह तय करूँगा मैं...यह खाने योग्य है या नहीं, तय करूँगा मैं...मैं मारे जाने से परे हूँ...अन्न अगर जहर हुआ तो मुझे पता चल जाएगा कि यह खाने योग्य नहीं है...और उसे खाकर मैं मारा भी नहीं जाऊँगा...तुम उपजाओगे अन्न, खाओगे और जहर हुआ तो मारे जाओगे...खेत में पड़ा रह जाएगा जहरीला अन्न और बहुत से लोग मारे जाएँगे। मारे जाएँगे बहुत से मनुष्य और पशु बहुत से। इसलिए इस अन्न की खेती मुझे करने दो...करने दो तब तक मुझे यह कि मैं पता लगा सकूँ कि यह अन्न खाद्य है या अखाद्य...मैं देवता हूँ...मैं मृत्यु से परे हूँ...'

देवता ने घसियारे से मिले उन चार दानों को, जो उसकी हथेली पर रखे हुए थे, पूर्व दिशा की ओर मुँह कर फूँक दिया। दाने हथेली से गायब हो गए।

घसियारा दुखी हो गया। बरसों उसने सहेजा था इन दानों को। उसकी कमर पर बरसों से बँधे थे ये दाने। धोती को मोड़कर बरसों रखा था उन्हें घसियारे ने सहेज-कर। अब दाने गायब थे। एक क्षण नहीं लगा था। देवता की हथेली खाली थी। खाली हथेली के नीचे की धरती घास में डूबी हुई थी। देवता के पैर घुटनों तक डूबे हुए थे घास में। देवता की हथेली अब भी उठी हुई थी जैसे गायब हो चुके दानों का वजन तौल रही हो।

देवता ने समझा घसियारे की चिन्ता। समझा उसका दुख। देवता ने घसियारे से कहा, 'तुम चिन्ता मत करो। दाने कहीं नहीं गए हैं। वे पूर्व दिशा के मेरे खेत में धरती के नीचे बना रहे हैं अपनी जगह...बीज की उत्पत्ति में समय लगेगा...इतने बीज की उत्पत्ति में कि पृथ्वी के मनुष्यों को बाँटा जा सके। मुझे कुछ बरस तो बीजों की करनी होगी खेती। मेरे पास बहुत बड़ा कोठार है। जब अन्न के बीजों से भर जाएगा मेरा कोठार पूरा तो मैं उसे मनुष्यों में बाँट दूँगा। वे अपनी-अपनी भूमि पर उन बीजों से करेंगे खेती...उपजाएँगे अन्न...'

देवता के खेत में घसियारे के चार दानों ने उपजाया था वह धान। चार पौधों की बालियों में हजार दाने आए...हजार में आए फिर लाख...लाख में करोड़ आए। करोड़ में आए अरब दाने...और पृथ्वी पर धान की फसल होने लगी।

देवता मुस्कुरा रहा है अब भी। मनुष्य अब भी धान के लिए मेहनत कर रहा है।

भुलवा ने धान की कथा धान की बालियों से सुन ली है। कथा सुनते-सुनते कब भुलवा को नींद आई, भुलवा जान नहीं पाया है। भुलवा की पूरी देह धान में डूब गई है। वह बालियों के बिस्तर पर पड़ा है। पड़ा है भुलवा धान की उत्पत्ति के किस्से के भीतर। गाँजे के उतरते-चढ़ते नशे के भीतर पड़ा है भुलवा।

भुलवा का बाबू भुलवा को ढूँढ़ते-ढूँढ़ते पहुँच गया है खेतों में। वह गुस्से से आगबबूला है। रौंदी पड़ी धान की बालियों पर सो रहे भुलवा को देखा उसने। उसने एक लात लगाई भुलवा की कमर में। चमककर उठा भुलवा हड़बड़ाता हुआ।

सूरज डूब रहा है। वह एक लाल गोला है जो दूर एक खेत में धँस रहा है धरती पर धीरे-धीरे।

डूबते सूरज ने भुलवा को देखा अपनी लाल आँखों से। देखा नशे और धान के किस्से में गुम हो गए एक लड़के को जिसके पिता ने अभी-अभी उसकी कमर पर जोरदार लात मारी है और दी है एक भद्दी गाली।

भुलवा अपने बाबू, डूबते सूरज और धान की बालियों को पहचानने की कोशिश कर रहा है...

सौन्दर्य

सूरज चला गया है तो डूब गया है अँधेरे में गाँव। चिड़ियाँ सो गई हैं। सो गए हैं पेड़। पेड़ सोए-सोए उलटी साँसें ले रहे हैं। पेड़ दिन में लेते हैं सीधी साँसें। रात में वे अपनी साँसों को उलट देते हैं। पेड़ों की उलटी साँसों के भीतर पड़ी हुई है पेड़ों के नीचे की धरती। अटपटी-सी। सुबह होने का इन्तजार कर रही है पेड़ों के नीचे की धरती।

अभी रात के आठ बजे हैं बस। बस, आठ बजे हैं और गाँव सोने लगा है। गाँव की बहुत-सी झोंपड़ियाँ अँधेरे में गुम हैं। पर कुछ झोंपड़ियों में अब भी ढिबरी और लालटेन जल रही है। इन जाग रही झोंपड़ियों से रोशनी इस तरह झाँक रही है और काँप रही है इस तरह कि टिमटिमाती-सी लग रही हैं जागती झोंपड़ियाँ।

इन टिमटिमाती झोंपड़ियों से जाना जा सकता है कि किसकी टिमटिमाहट ढिबरी की है और किसकी है लालटेन की। दोनों की रोशनी में अन्तर है। ढिबरी की रोशनी थोड़ी धीमी और ज्यादा लहराती-सी है। लालटेन की रोशनी कम लहराती और तेज है। इन टिमटिमाती झोंपड़ियों के कारण अँधेरे में यह गाँव टिमटिमाता-सा दिख रहा है। बुझा दी जाएँ सारी ढिबरी और लालटेन तो अचानक धप् से गायब हो जाएगा यह गाँव पृथ्वी से। तब तक किसी को नहीं दिखेगा, जब तक सूरज आकर नहीं दिखाएगा।

गाँव के आसमान में चन्द्रमा है। तारे हैं। चन्द्रमा पर कोई धब्बा नहीं है। धब्बा नहीं है कोई काली फफूँद-सा। तारे आसमान में उसी तरह टिमटिमा रहे हैं, जैसे पृथ्वी पर टिमटिमा रहा है यह गाँव अपनी झोंपड़ियों में।

अँधेरे में डूबे इस गाँव में सबसे अधिक दो झोंपड़ियाँ टिमटिमा रही हैं। एक भुलवा की है जोर-जोर से धड़कते दिल-सी। जोर-जोर से धड़कते दिल-सी दूसरी विराजो की है। विराजो की झोंपड़ी की टिमटिमाती खिड़की पर विराजो का चेहरा है। टिमटिमाता और धड़कता। भुलवा की खिड़की पर भुलवा का चेहरा है। धड़कता और टिमटिमाता। दोनों खिड़कियाँ लगभग आमने-सामने हैं। ठीक-ठीक आमने-सामने नहीं। ठीक-ठीक पास-पास नहीं। दूर हैं। दूर इतनी कि जितनी दोनों की झोंपड़ियाँ दूर हैं एक-दूसरे से।

दोनों झोंपड़ियों के बीच साग-भाजी के खेत हैं। खेतों ने दोनों झोंपड़ियों को चारों तरफ से घेर रखा है। कोई खेत हरा है। है पालक भाजी। कोई खेत लाल है। है लाल भाजी। अभी सारे खेत काले हैं। अँधेरे में डूबे हुए हैं खेत। भाजियों पर अँधेरा रच गया है। पालक हरी नहीं दिख रही है। नहीं दिख रही है लाल भाजी लाल। पालक और लाल की महक है। महक है अँधेरे में उठती। अँधेरा पालक और लाल भाजी को मिलाकर पका रहा है। अँधेरे की रसोई से उठ रही है पालक और लाल भाजी की महक।

लाल-हरे खेतों से घिरी विराजो की झोंपड़ी के पास कुछ केले के पेड़ हैं। केले के पेड़ झुंड में खड़े हैं बतियाते। सोए नहीं हैं अभी केले के पेड़। केले के पेड़ों के नीचे चार-पाँच पत्थर, एक-दूसरे से सटे रखे हैं। पत्थरों के ऊपर एक बाल्टी रखी है बड़ी-सी। बाल्टी में पानी भरा है। यह पानी रात-बिरात की जरूरत के लिए है। केले के पेड़ों की झुंड का एक पेड़ इस तरह झुका-सा है बाल्टी पर कि बाल्टी को उठाकर ले जाना चाह रहा है खेतों की ओर दिशा-मैदान के लिए।

भुलवा की झोंपड़ी के पास आम के तीन पेड़ हैं। तनकर खड़े। घने। आम के पेड़ एक-दूसरे से इतनी दूरी पर हैं कि उनकी शाखाएँ एक-दूसरे से न टकराएँ। यहाँ भी आम के पेड़ों से बनती है दिन में जो छाया, वह अभी अँधेरे में नहीं दिख रही है। उस छाया पर रखे हैं तीन पत्थर। तीन पत्थर के पास मिट्टी का एक बड़ा-सा मटका रखा है। पानी भरा। मटके के मुँह पर, पानी के ऊपर, एक लोटा तैर रहा है। मटके के गोल मुहाने से बार-बार टकरा रहा है पीतल का खाली लोटा।

पालक और लाल भाजी के खेतों के बीच से एक टेढ़ी-मेढ़ी मेड़ चली गई है। मेड़ भुलवा की झोंपड़ी के आम के पेड़ों से थोड़ी दूर बाद शुरू होकर, विराजो की झोंपड़ी की उस बाईं दीवार को छू देती है, जिसमें अभी जाग रही खिड़की है और है विराजो का चेहरा।

विराजो और भुलवा पड़ोसी हैं तीन पीढ़ियों से। तीन पीढ़ियाँ आती-जाती रही हैं एक-दूसरे के घर। विराजो और भुलवा एक-दूसरे को देखते-देखते बड़े हुए हैं। इसलिए वे कभी ध्यान से नहीं देखते हैं एक-दूसरे का चेहरा। इस तरह कभी नहीं कि जैसे पहली बार देख रहे हों उसे। एक-दूसरे का चेहरा हमेशा वे प्रेम से देखते हैं। देखते हैं मन से। करते रहे हैं इस तरह आवाजाही इस टेढ़ी-मेढ़ी मेड़ पर कि मेड़ उनके आने-जाने से पगडंडी ज्यादा लग रही है। लग रही है मेड़ कम। बचपन से अब तक सबसे अधिक इस मेड़ पर चले हैं विराजो और भुलवा। चले हैं एक-दूसरे के घर की ओर। एक-दूसरे से मिलने की ओर चले हैं।

भुलवा विराजो का चेहरा देख रहा है जो ढिबरी की लगातार काँपती रोशनी में काँपता-सा दिख रहा है। दमक रहा है काँपता-सा। काँपता-सा मुस्कुरा रहा है। काँपता-सा शरमा रहा है। काँपता-सा महक रहा है। विराजो के चेहरे की महक

अँधेरे में और ज्यादा बढ़ गई है। अँधेरे में डूबी नहीं रही है महक। महक अँधेरे में रोशनी-सी फूट रही है। विराजो की महक भाजी के खेतों को छूती हुई भुलवा तक पहुँच रही है। विराजो की महक में लाल और पालक भाजी की हल्की महक भी घुली हुई है। यह ऐसी महक है जो मोंगरे के फूल की महक में लाल और पालक भाजी की महक को मिला देने से बन रही है।

अपनी खिड़की पर खड़ा भुलवा गहरी साँसें ले रहा है। ले रहा है इतनी गहरी साँसें कि देह के भीतर खींची गई हर साँस, उसके फेफड़ों को पार कर, एड़ी तक पहुँच रही है। भुलवा विराजो की खुशबू से भरी अपनी हर साँस को अपने भीतर रोक लेना चाह रहा है। पर उसकी देह कुछ क्षण बाद ही फेंक देती है विराजो की महक बाहर। देह महक के साथ मरना नहीं चाह रही है। इस महक के साथ मर जाए अगर इसी क्षण तो मरना चाह रहा है भुलवा। मरना चाह रहा है रोक विराजो की महक को अपने भीतर।

भुलवा की देह छोड़ रही है लम्बी साँसें। उसकी छोड़ी हर साँस तेजी से जा रही है विराजो की ओर। भुलवा की देह से निकली साँसें भुलवा की महक से भरी हैं और छू रही हैं विराजो का चेहरा। विराजो के चेहरे पर, काँपती रोशनी-सी, काँप रही है भुलवा की हर साँस। हर साँस भुलवा की भुलवा के महक से भरी। थोड़ा गाँजे की महक से और थोड़ा बीड़ी की महक से भरी। थोड़ा भुलवा के पसीने की महक से और थोड़ा थकान की महक से भरी। भुलवा की साँस गरम लोहे-सी लाल, जो छोड़ रही है ताप। ताप इतना कि छिड़क दो पानी तो आवाज आए छन्न।

विराजो इतनी दूर खड़ी है, पर महसूस कर रही है भुलवा की साँसों का ताप। भुलवा की साँसों की महक विराजो के चेहरे को छू रही है सहलाती-सी। एक साँस के बाद दूसरी साँस लगातार छू रही है उसका चेहरा। साँसें जो ढिबरी की काँपती रोशनी में काँपती-सी साँसें बन डोल रही हैं विराजो के चेहरे पर। भुलवा की साँसों की खुशबू सिर्फ विराजो बता सकती है। सिर्फ विराजो बता सकती है कि भुलवा की महकती साँसें कितनी गरम हैं।

विराजो भुलवा से दो साल बड़ी है। दो साल पहले आई है इस पृथ्वी पर। इस पृथ्वी पर भुलवा दो साल बाद आया है। इस दो साल में एक-दो दिन कम हो सकते हैं। हो सकते हैं एक-दो दिन ज्यादा। पर यह तो सच है कि आस-पास की दुनिया को दो साल अधिक देखा है विराजो ने। भुलवा ने देखा है दो साल कम दुनिया को। जब तक जीवित रहेंगे दोनों दो साल का यह अन्तर बना रहेगा दोनों के बीच। दोनों के बीच नहीं दिखता-सा एक अदृश्य अन्तर। पेड़ों ने, पहाड़ों ने, नदी ने, फूलों ने, चन्द्रमा ने, आकाश ने, सूरज ने, तारों ने—दो साल अधिक देखा है विराजो को। भुलवा को विराजो से कम देखा है दो साल—पेड़ों ने, पहाड़ों ने, नदी ने, फूलों ने, चन्द्रमा ने, आकाश ने, सूरज ने, तारों ने...

विराजो की महक खींचने लगी है भुलवा को अपनी ओर। महक विराजो की जैसे कोई ताकतवर हाथ पकड़कर खींच रहा हो अपनी ओर। भुलवा अचानक खिड़की से गायब दिखा। वह अपने कमरे की ढिबरी के पास खड़ा हो गया। उसने अपनी हथेलियों से ढिबरी की काँपती लौ को ढँक लिया। लौ के ढँकते ही अचानक भुलवा की झोंपड़ी अँधेरे में डूब गई। झोंपड़ी के डूबते ही, भुलवा के कमरे को साथ लेकर, कमरे की खिड़की भी डूब गई अँधेरे में। खिड़की, जिससे थोड़ी देर पहले दिख रहा था भुलवा का चेहरा। कुछ क्षण बाद भुलवा ने ढिबरी की रोशनी को अपनी हथेलियों से मुक्त किया तो झोंपड़ी फिर जाग गई। झोंपड़ी जागी तो कमरा जागा। कमरा जागा तो खिड़की भी जाग गई। पर भुलवा की खिड़की पर अब भुलवा का चेहरा नहीं है।

विराजो ने देख ली है भुलवा की खिड़की। खिड़की बिना भुलवा के चेहरे की। खाली रोशनी के साथ। रोशनी खोकर फिर अँधेरे में गुम हुई खिड़की। फिर कुछ क्षण बाद, बिना भुलवा का चेहरा लिये, रोशनी में आती खिड़की। विराजो समझ गई भुलवा का सन्देश।

भुलवा जब वापस अपनी खिड़की पर अपना चेहरा लाया तो उसने देखा कि विराजो की खिड़की पर नहीं है अब विराजो का चेहरा। वह समझ गया कि विराजो तक पहुँच गया है उसका सन्देश। वह अब खिड़की पर अपना चेहरा लिये विराजो के जवाब का इन्तजार करने लगा। कुछ ही क्षण हुए थे कि विराजो की झोंपड़ी धप् से अँधेरे में डूब गई। झोंपड़ी के साथ डूब गई खिड़की भी, जिसमें विराजो का चेहरा था थोड़ी देर पहले। कुछ क्षण बाद ही धप् से झोंपड़ी जागी। झोंपड़ी के साथ जाग गई खिड़की। थोड़ी देर बाद ही खिड़की में उगा विराजो का चेहरा। भुलवा मुस्कुराया। भुलवा के साथ विराजो की महक मुस्कुराई। भुलवा के पास अब अपनी महक बची ही नहीं है। वह विराजो की महक से महक रहा है। ठीक इसी क्षण विराजो के पास विराजो की महक बची नहीं है, वह भुलवा की महक से महक रही है।

भुलवा परछी से लगे उस कमरे से बाहर आ गया है, जिसमें धान की कुछ बोरियाँ हैं और है दिन-रात जागती एक खिड़की। खिड़की जो हमेशा विराजो की खिड़की को देखती रहती है दिन-रात। बाबू परछी में सो रहा है। उसकी नींद शराब में डूबी हुई है। गहरी, गीली और शराब की गन्ध से भरी नींद। बाबू झकझोरने पर ही हड़बड़ाते हुए उठ सकता है। झकझोरने पर उठे बाबू को, उठने के बाद भी, बहुत देर तक कुछ समझाया नहीं जा सकता है।

आँगन को पार कर भुलवा ने बाहर का दरवाजा खोला। फिर बाहर आकर धीरे से अपने पीछे दरवाजे को उढ़का दिया। इतने धीरे कि दरवाजे के उढ़कने की

आवाज नहीं हुई। उढ़कने की आवाज अगर होती तो भी बाबू नहीं जागता, पर माँ जाग जाती। यह सावधानी माँ के लिए है। सावधानी ने दरवाजे को चुप-सा बन्द किया है अभी-अभी।

बाहर आसमान में चन्द्रमा है। पूरा। चन्द्रमा जो अपनी नीली रोशनी से, अँधेरे के भीतर असंख्य नीले सूराख बनाने की कोशिश कर रहा है। भुलवा मेड़ पर है जो पगडंडी बन गई है। यह मेड़ उसे विराजो की झोंपड़ी तक पहुँचा रही है। अँधेरे में डूबी मेड़ आसमान में तनी रस्सी-सी लग रही है। भुलवा किसी नट-सा सावधान मेड़ पर चल रहा है। पैर फिसला तो खेत के पानी और कीचड़ में गिरा पैर। पैर फिसला तो खेत में उगी भाजी नष्ट हुई। नष्ट हुई भाजी तो वह सुबह चिल्ला-चिल्ला कर कहेगी कि रात उसे रौंदता कोई गुजरा है इस मेड़ से। कोई गया है भुलवा के घर से विराजो के घर तक। वैसे तो मेड़ पगडंडी-सी बन गई है, असंख्य पैरों के असंख्य बार अपने ऊपर होने के कारण। पर अँधेरे में पैर ऊबड़-खाबड़पन खो पगडंडी बन गई इस मेड़ पर भी फिसल जाते हैं। नंगे पैर अँधेरे में लिथड़े। सावधान पैर अँधेरे में लिथड़े। कितनी भी सावधानी रखो। अँधेरा पैरों को मेड़ से नीचे खींच ही लेता है। मेड़ के किसी उबड़-खाबड़पन से टकराकर एक पैर, बायाँ या दायाँ, गड़बड़ाता है और पैर को अपना भटक जाना तब पता चलता है, जब भाजी की मुलायम गुदगुदी तलुओं को छूती है। छूती है गुदगुदी तलुओं को, ठीक भाजी के तलुओं से कुचल जाने से पहले। और पैर फिर भाजी पर...भाजी पर पैर फिर ओह...भाजी पर एक और पैर का निशान। यह भी भुलवा का पैर ही है। दायाँ या बायाँ। विराजो की खिड़की तक पहुँचते-पहुँचते पाँच-सात निशान तो कम-से-कम भाजी पर छोड़ जाएगा भुलवा। भुलवा जब लौटेगा तो पाँच-सात निशान और होंगे पैरों के। सुबह सूरज की रोशनी में कुचली हुई भाजी के निशान उभरेंगे, इस तरह कि गाएँगे जोर-जोर से एक खिड़की से दूसरी खिड़की तक जाने की कथा।

विराजो खिड़की पर नहीं है। खिड़की अँधेरे में डूब गई है। सो गई है खिड़की। लग रहा है जैसे विराजो सो गई है। असल में विराजो घर से बाहर निकल आई है। जब भुलवा की खिड़की बुझी थी, तभी वह समझ गई थी कि भुलवा उससे मिलने आ रहा है। पहली बार जब भुलवा उससे मिलने आया था उसकी खिड़की तक तो ऐसी ही जागते चन्द्रमा की रात थी। नीली रोशनी में डूबी रात। भुलवा और विराजो, आज की तरह ही, एक-दूसरे की खिड़की पर थे। एक-दूसरे को देखते। एक-दूसरे की महक लेते। उस दिन पहली बार अपने कमरे में जल रही ढिबरी को हथेली से ढका था भुलवा। जब भुलवा की झोंपड़ी अँधेरे में डूबी तो विराजो को लगा कि वह सोने चला गया है। वह हट गई थी खिड़की से। अँधेरे को मार फिर जागी खिड़की। जागी खिड़की पर विराजो ने देखा नहीं। वह अपनी खिड़की के नीचे ही पीठ टिका भुलवा को सोचती, कभी हँसती, कभी मुस्कुराती बैठी रह गई थी कि अचानक

उसने अपनी खिड़की पर भुलवा की फुसफुसाहट से भरी पुकार सुनी—विराजो...ओ विराजो...वह खड़ी हुई तो देखा उसकी खिड़की पर भुलवा है। भुलवा ने फुसफुसाते हुए कहा—बाहर आ न...विराजो डरी-सहमी खड़ी रही अपनी खिड़की पर। यह सोचती कि भुलवा की फुसफुसाती पुकार की अँगुली पकड़ बाहर आए या न आए। खड़ी रही वह। सोचती रही। फिर आ गई बाहर।

पहली बार, अपने जीवन में, विराजो एक लड़के से मिलने घर से बाहर आई, वह भी रात को। अपने सोते माँ-बाप को छोड़। छोड़ अपने भाई-बहन को सोता। पंजों पर चलते बेआवाज आई। बजी पायल रुनझुन तो उसने उतार दी पायल की आवाज। अँधेरे को टटोलते, बेआवाज धीरे से खोले घर के दरवाजे। दरवाजे तीन थे बाहर निकलने तक। बाहर आई वह। अपने ही घर का आधा चक्कर लगा पहुँची अपनी ही खिड़की के बाहर। जहाँ भुलवा उसका इन्तजार कर रहा था।

दोनों खिड़की के नीचे बैठ गए उकडूँ। बिना कुछ बोले। चुप बैठे रहे। सुन्दर चुप्पी, जिससे झड़ती रहती है फूलों की खुशबू। भुलवा की बाँह विराजो की बाँह को छू रही थी। कोहनी छू रही थी कोहनी को। पैर छू रहे थे पैर। भुलवा की दाईं देह विराजो की बाईं देह को छू रही थी। बैठे-बैठे देह जितना छू सकती थीं एक-दूसरे को, छू रही थीं उतना। यह पहली बार था जब विराजो रात में आई थी घर से बाहर। बाहर भुलवा से मिलने। फिर वह आने लगी बार-बार। जब-जब भुलवा की खिड़की भुलवा की हथेलियों के खेल में फँसकर अँधेरे में डूबती और फिर जागती तो विराजो की हथेलियाँ भी अपने कमरे की ढिबरी के साथ यही खेल खेलतीं। अँधेरे में डूबती विराजो की खिड़की और फिर जागती। दोनों की खिड़कियाँ दोनों के लिए सन्देश बन जाती हैं। मिलन-सन्देश।

विराजो अपनी खिड़की के नीचे आज भी उकडूँ बैठी है। बैठी है मिट्टी की दीवार से पीठ टिकाए। वह देख रही है कि मेड़ की पगडंडी पर भुलवा परछाईं-सा तैरता आ रहा है। आ रहा है जैसे कोई तनी हुई रस्सी पर चलता आ रहा हो। डगमग। सन्तुलन बनाए रखने के लिए दोनों हाथों को हवा में विचित्र तरह से लहराता हुआ। रस्सी-सी तनी हुई है मेड़। तनी हुई मेड़ हवा में डोल रही है। डोलती मेड़ पर चला आ रहा है भुलवा...

भुलवा पहुँच गया है। वह चन्द्रमा की रोशनी में नीला है। नीली है उसकी मुस्कुराहट। नीले रंग में रँग गई है उसकी बंडी। धोती भी नीले में डूबकर निकली-सी है। वह विराजो के ठीक सामने उकडूँ बैठ गया है। एक नीले रंग का ढेर। उसके हाथ विराजो के घुटनों को सहला रहे हैं। इस सहलाने से विराजो की साड़ी अपनी मर्यादा छोड़ना चाह रही है। विराजो इतनी गोरी है कि चन्द्रमा की रोशनी, उसकी देह पर चढ़ने की कोशिश में, बार-बार फिसलकर गिर रही है नीचे। विराजो की देह के नीचे की धरती चन्द्रमा की रोशनी से गीली हो गई है।

भुलवा एकटक विराजो को देख रहा है। इस एकटक नजर को विराजो समझ रही है। देख रही है वह भी एकटक भुलवा की ओर। धीरे से मुस्कुराईं विराजो की आँखें। उतने ही धीरे से मुस्कुराईं भुलवा की आँखें। चन्द्रमा और तारों के संग आकाश ने देखा उन दोनों का मुस्कुराना। मुस्कुराना आँखों का अर्थ भरा। अर्थ समझ एक साथ मुस्कुराए चन्द्रमा, तारे और आकाश। अभी दोनों पर यह जो नीला रंग झरने लगा है लगातार, वह चन्द्रमा, आकाश और तारों की मुस्कुराहट है।

पता नहीं क्या हुआ! हुआ कैसे! पर विराजो और भुलवा को देखता चन्द्रमा थोड़ा छिटक गया है अपनी जगह से। नीचे आ गया थोड़ा। थोड़ा उससे पीछे रह गए हैं आसमान और तारे। विराजो का चेहरा है चन्द्रमा के सामने। चन्द्रमा के सामने भुलवा की पीठ है। चन्द्रमा अपनी ही साँसों में नहाया हुआ उस लड़के और लड़की को देख रहा है, जो एक-दूसरे की देह की ओर धीरे-धीरे बढ़ रहे हैं।

विराजो के पोलका के बटन खुल चुके हैं। विराजो के सुडौल स्तन सुनहरे, बारी-बारी से आ रहे हैं, एक के बाद एक, भुलवा की हथेली के नीचे। कभी एक तो कभी दूसरा। विराजो की आँखें मुँदती जा रही हैं। सुख उसकी पलकों को दबा रहा है। पैर जमीन पर सीधे फैल गए हैं। फैल गए है इतने अधिक कि पैरों के बीच बैठा है भुलवा। भुलवा के ओठ अब उसके स्तनों की ओर बढ़ रहे हैं।

चन्द्रमा की नजर से अब छिप रहे हैं विराजो के स्तन। छिप रहे हैं भुलवा के घुँघराले बालों वाले सिर के नीचे स्तन बारी--बारी। विराजो की दीवार से टिकी पीठ अब धीरे-धीरे नीचे सरक रही है। अब वह लेट गई है। वह अपनी देह को दीवार के बाजू से शुरू और भाजी के खेत पर खत्म जगह को दे चुकी है। यह थोड़ी खुरदरी जगह है, पर सूखी जगह है। भुलवा पीछे खिसक गया है। वह विराजो के पैरों के पास बैठा है, उसे एकटक निहारता और गहरी साँसें लेता। विराजो का लुगड़ा कमर तक ऊपर आ गया है। विराजो के स्तन अब एकटक भुलवा को देख रहे हैं।

चन्द्रमा देख रहा है विराजो के सुन्दर-सुडौल स्तन और नंगी हो गई जाँघें सुन्दर-सुडौल। थोड़ी ही देर देख पाया चन्द्रमा, फिर उसे भुलवा की देह एक धब्बे की तरह नाचती दिखी विराजो की देह के ऊपर। इस तरह चन्द्रमा ने पहली बार विराजो को देखते हुए यह देखा कि कैसे स्त्री की देह बदल जाती है चन्द्रमा में। स्त्री--चन्द्रमा। देखा कि धरती पर कैसे उगता है एक चन्द्रमा। कैसे धरती आसमान हो जाती है। धरती में अचानक उग आए चन्द्रमा पर कैसे उभरता है एक धब्बा। उभरते धब्बे को कैसे ग्रहण करता है धरती का चन्द्रमा। धरती का चन्द्रमा जैसे उभरे धब्बे को पूरी तरह समा लेना चाह रहा हो अपने भीतर। धरती में उग आए चन्द्रमा को मुग्ध होकर देख रहा है आकाश का चन्द्रमा...

भुलवा और विराजो को मालूम नहीं है कि चन्द्रमा के अलावा भी कोई और है जो इस समय उन्हें देख रहा है। देख रहा है एक मिरचुक-भूत। लाल भाजी के खेत में खड़ा। लालसा से देख रहा है। मिरचुक-भूत भटकता रहता है रात-बिरात। वह रात-बिरात भाजी के खेतों में भटकने के लिए ही भूत है। इसलिए खेतों में भटकते हुए कभी नहीं धँसते हैं उसके पैर खेतों की कीचड़ में। खेतों की कीचड़ से कभी गन्दे नहीं होते हैं मिरचुक-भूत के पैर। उसके पैर हवा में तैरते से चलते हैं। चलते हैं जैसे पानी पर चलती है डोंगी। हवा को छूते हैं तो धरती को छूने से बचे रहते हैं भूत के पैर। बचे रहते हैं गन्दे होने से। पर खेतों में भटकते हुए मिरचुक-भूत के पैरों पर बनी रहती है लाल या पालक भाजी की गुदगुदी। यह गुदगुदी भूत को अच्छी लगती है। भाजी से सिर्फ गुदगुदी छूते हैं भूत के पैर। भूत के पैर इस तरह कभी नहीं छूते भाजी को कि भाजी घायल हो जाए। बस थोड़ी-सी गुदगुदी की चोरी करते हैं। इस तरह चलता है मिरचुक-भूत भाजी के ऊपर कि भाजी की एक पत्ती भी कभी नहीं टूटती है। किसी पत्ती पर कभी नहीं उभरती है भूत के चलने की लकीर। बल्कि होता यह है कि मिरचुक-भूत के पैर, गुदगुदी सोखते हुए, भाजी पर लग रहे कीड़ों को चट कर जाते हैं। भाजी ताजी बनी रहती है। बनी रहती हैं उसकी पत्तियाँ चमकदार और स्वस्थ। भाजी के खेतों में भाजियाँ हमेशा मिरचुक-भूत के आने का इन्तजार करती हैं। ठीक वैसे ही जैसे देवताओं का इन्तजार करते हैं मनुष्य। भाजी की गन्ध से जब उन्मुक्त हो जाता है मिरचुक-भूत तो लोटने लगता है—कभी लाल भाजी के खेत पर तो कभी पालक के खेत पर। जैसे रँगना चाह रहा हो अपनी देह लाल रंग में और फिर हरे रंग में। भाजी भूत की देह के आर-पार हो लहराती रहती है धीरे-धीरे रात की हवा में। भाजी धीरे-धीरे सहलाती रहती है मिरचुक-भूत की देह। देह मिट्टी है। वायु है देह। देह जल है। आकाश है देह। यह एक भूत की देह है। हवा से हल्की और मिट्टी, जल, वायु और आकाश हो जाने को तत्पर।

मिरचुक-भूत को ऐसी हवा सी हल्की देह तब मिली, जब वह पाँच साल का था। वह अपने बढ़ई पिता और दिन-रात घर और बाहर खटती माँ का इकलौता पुत्र था। वह माँ की गोद से पिता की गोद में और पिता की गोद से माँ की गोद में आते-जाते पाँच साल का हो गया था। उसकी उम्र, माँ-बाप के लाड़ में, पाँच साल की हुई थी। इसलिए न माँ-बाप को लगता था कि वह पाँच का हो गया है और न उसे लगता था कि वह पाँच का हो गया है।

एक दिन अचानक वह पाँच साल का लड़का बीमार पड़ गया। रात भर उलटी और दस्त के बीच रहा। रात भर में लस्त पड़ गई उसकी देह। वैद्य नहीं मिला। नहीं मिली कोई दवा। छोटा-सा गाँव। इस गाँव में तो वैद्य था नहीं। पाँच कोस दूर पड़ोस के गाँव में बाबू वैद्य को बुलाने गए तो पता चला कि वे बाहर गाँव गए हैं। सुबह हुई तो रात भर में लस्त पड़ चुकी पाँच साल के बच्चे की देह, हवा से भी हल्की हो गई।

अब पाँच साल का बच्चा अपनी ही देह से बाहर खड़ा, अपनी ही देह को देख रहा था। आश्चर्यचकित। मुस्कुराता। पिता के बनाए अधूरे खाट-पाटी और बैलगाड़ी के पहियों के बीच उसकी देह पड़ी थी परछी में। उसकी देह पर खपरैलों से छनकर आ रही सूरज की रोशनी की पट्टियाँ गिर रही थीं। माँ छाती पीट रही थी। उसकी देह, उन स्त्रियों के बीच पड़ी थी परछी में, जो छाती पीटती माँ के दुख को सम्हालने की कोशिश कर रही थीं। माँ उसकी देह के ऊपर बिलखती बार-बार गिर रही थी। अपनी देह से बाहर खड़ा वह समझ नहीं पा रहा था कि माँ क्यों रो रही है। वह तो है उस देह को छोड़ इस हवा-सी हल्की देह में। पाँच साल का बच्चा समझ नहीं पा रहा था कि उसे कोई देख क्यों नहीं पा रहा है। परछी के आस-पास गाँववालों की भीड़ बढ़ती जा रही थी। वह सबके पास गया। सबको उसने दी आवाज। पर कोई उसे नहीं सुन रहा था। नहीं देख रहा था कोई उसे। पाँच साल का वह बच्चा अब मिरचुक-भूत बन गया था।

भूत आश्चर्यचकित था और था दुखी भी। उसे लगा कोई पहचाने या न पहचाने, माँ तो पहचान ही लेगी कि वह अपनी देह छोड़कर अब भी जीवित है। है माँ के पास ही। वह बिलखती माँ की पीठ से लिपट गया जोर से। माँ बिलखती रही, पर उसके लिपटने को महसूस नहीं कर पाई। लिपटना जैसे हवा का झोंका बन गया। आया और चला गया। पाँच साल का मिरचुक-भूत बस चाहता रहा कि वह माँ का बिलखना रोक ले। रोक ले पिता का दुख। दुख जो असमय, एक पाँच साल के पुत्र की अपनी देह छोड़ हवा-सी हल्की देह पाने के कारण, उनके भीतर उपजा है। पर वह कर नहीं पाया। उसकी देह हवा थी और हवा सबको झोंका बन महसूस होती रही थी, पर कोई नहीं पकड़ पाया कि हवा का झोंका एक पाँच साल का बच्चा है...

रोते-रोते थक गई माँ। जब बेटे की देह उठाई गई तो वह बहुत जोर से चीखी और बेहोश हो गई। पिता और गाँव के पुरुष तालाब के किनारे ले गए बच्चे की देह। सेमल के पेड़ के नीचे उन लोगों ने एक छोटा गड्ढा खोदा। जब तक गड्ढा खुदता रहा, सेमल के पेड़ की छाया में लेटी रही बच्चे की देह। बच्चे का पिता अपने बेटे की देह के पास उकड़ूँ बैठा रहा। गड्ढा खुदते देख पिता सोचने लगा कि गड्ढे के ऊपर पड़ रही है सेमल की छाया, यह अच्छा है। सेमल के फूल और सेमल की छाया के नीचे पड़ा रहेगा उसका बेटा। बेटा उसका जिसने इन फूलों को सिर्फ पाँच बार खिलते देखा है। अब देखता रहेगा बरसोंबरस खिलते। देखता रहेगा शाखाओं से झड़कर अपनी कब्र पर आते सेमल के फूलों को।

उसके पिता सेमल के पेड़ के नीचे उकड़ूँ बैठे जो मन में सोच रहे थे, मिरचुक-भूत उसे ठीक-ठीक सुन पा रहा था। यह पहली बार हुआ था कि वह किसी के मन में सोची बात को सुन पा रहा था। बिलख नहीं रहे हैं, पर बाबू भी उसे कितना चाहते

हैं। यह सोच रहा था वह। मन में सोची बात नहीं सुन पाता मिरचुक-भूत तो अपने बाबू को समझ नहीं पाता। सोच ही रहा था यह सब कि गाँववालों ने उसकी देह धीरे से उतार दी खोदे गए गड्ढे में, जो ठीक उसकी देह की नाप का था और उसका नन्हा सिर और नन्हे पैर गड्ढे की दीवारों को छू रहे थे। मिट्टी को दबाते हुए भूत ने मिट्टी की नम गन्ध को महसूस किया, जो उसकी देह को गड्ढे में उतारते ही उसे आई। भूत अपने बाबू के पास ही खड़ा देख रहा था अपने ही शव के दफनाने की प्रक्रिया।

मिरचुक-भूत को मिट्टी की नम गन्ध ने खींचा अपनी ओर तो वह गड्ढे में उतर गया उड़ता हुआ। अपनी देह में घुसते ही सफेद नए कपड़े की गन्ध आई उसे। भूत ने गहरी साँस ली और नए कपड़े की गन्ध उसके भीतर भर गई। उसे अच्छा लगा। मिट्टी उसके ऊपर गिरने लगी। गिर रही मिट्टी में गाँववालों, रिश्तेदारों तथा पिता की मुटठी की गन्ध थी। पाँच साल के मिरचुक-भूत ने अपनी देह के भीतर लेटे-लेटे, इतनी सारी मुट्ठियों की गन्ध को पहली बार महसूस किया। अलग-अलग जीवित देह के पसीने से लिपटी मिट्टी की गन्ध। मिट्टी गिर ही रही थी कि सेमल के पेड़ ने सेमल के तीन फूल गिराए जो गिरती मिट्टी के साथ पहुँचे उसकी मृत देह तक। अब मिरचुक-भूत के पास सेमल के तीन फूलों की भी खुशबू थी।

मिट्टी से जब पूरी तरह भर गया गड्ढा तो थोड़ी देर बाद मिरचुक-भूत को साँस लेने में कठिनाई होने लगी। अकबकाने लगी भूत की साँस। पर थोड़ी देर बाद मिरचुक-भूत की साँसों ने ले ली अपनी लय। ऐसी लय जो सिर्फ भूत की साँसों में रहती है। साँस बच्चे की मरी हुई देह नहीं, मिरचुक-भूत की हवा से तैरती देह ले रही थी।

अपनी ही बिना साँस की देह को छोड़ मिरचुक-भूत उठ खड़ा हुआ और चार-पाँच फीट मिट्टी को पार कर, आ गया जमीन से बाहर। मिरचुक-भूत ने बाहर आकर देखा कि सेमल के पेड़ के आस-पास नहीं है कोई। बस सेमल के कुछ फूल हैं उसकी कब्र पर पड़े हुए। अपनी हवा-सी देह ले उड़ा भूत गाँव की ओर तो थोड़ी दूर जाने पर ही दिखे उसे वे सभी। पिता को सहारा देते जाते दिखे रिश्तेदार और गाँववाले। वे सभी नदी में नहाकर बस पंछा पहने और बाकी खुली देह लिये, लौट रहे थे गाँव की ओर।

भूत ने एक टेढ़ी-मेढ़ी और स्त्रियों के लुगड़ों से रंग-बिरंगी हुई पंक्ति को भी देखा। उस पंक्ति के सबसे आगे उसकी माँ थी लाल और आँसू भरी आँखें लिये। माँ के पीछे एक के बाद एक गाँव की स्त्रियाँ थीं जिनके लुगड़े के रंग, माँ के दुख से गीले और गाढ़े हो गए थे। एक लम्बी उदास पंक्ति। तालाब से गाँव लौटती पगडंडी में पाँच साल के बच्चे के अचानक मर जाने का दुख बह रहा था और पगडंडी दुख से गीली हो गई थी...

तब से बारह बरस हो गए हैं, भटक रहा है मिरचुक-भूत। मिरचुक-भूत अब सत्रह का हो गया है। अब वह सत्रह का ही रहेगा। रहेगा जब तक पृथ्वी पर। अब नहीं बढ़ेगी भूत की उम्र। बरसोंबरस बीतेंगे और मिरचुक सत्रह का बना रहेगा। बना रहेगा एक किशोर भूत।

दिन भर मिरचुक-भूत सोया रहता है सेमल के नीचे दबी अपनी देह के भीतर। रात होते ही जागता है और भटकता रहता है भाजी के खेतों में। लाल और पालक भाजी की गन्ध पीता कि भाजी की गन्ध ही मिरचुक-भूत की खुराक है। आज अचानक भाजी की गन्ध को चीरती, एक अलग-सी मुलायम गन्ध मिरचुक-भूत को आ रही है। पहली बार। यह अभिसार की महक है। महक है प्रेम की। ऐसी महक उसे भाजी से कभी नहीं आई है। अब तक वह भाजी से उठती महक को दुनिया की सबसे अच्छी और महीन महक समझता रहा है। अभी-अभी आई महक में मोंगरे की गन्ध है। गन्ध है एक स्त्री के हाँफते सुख की। एक स्त्री के पसीने की महक है। महक है एक स्त्री की मुँदी पलकों की। मिरचुक-भूत के पास बार-बार आ रही है यह महक। मोंगरे और एक स्त्री के पसीने की मिली-जुली महक। रुक-रुककर बार-बार आ रहा है महक का झोंका। महक खींच रही है मिरचुक-भूत को अपनी ओर। महक को रस्सी की तरह पकड़कर मिरचुक-भूत पहुँच गया है वहाँ, जहाँ महक का स्रोत है।

स्रोत में विराजो और भुलवा हैं। बन्द आँखों से आसमान देखते। देखते चन्द्रमा, तारे और आकाश। अस्त-व्यस्त। लस्त पड़े। विराजो और भुलवा की लम्बी-लम्बी साँसों से भर गई वह जगह। मिरचुक-भूत ने सोचा तो यह है महक का स्रोत। मुस्कुराया भूत। तभी भूत को हाँफती विराजो की खुली जाँघ पर माँड़ की तरह का गाढ़ा सफेद पदार्थ दिखा। हँसने लगा भूत। तो यह बात है! इतना हँसा, इतना हँसा कि हँसते-हँसते लोट-पोट हो गया। भाजी के खेतों की मेड़ पर लुढ़कने लगा गेंद-सा।

मिरचुक-भूत लुढ़कते और हँसते जब थक गया तो भुलवा और विराजो से थोड़ी दूर खड़ा हाँफता दिखा। अभिसार की महक उसे अब और तेज आने लगी है। भूत झूमने लगा है। अभिसार की गन्ध उसे पकड़कर हिलाने लगी है। इतनी तेज हिलाने लगी अभिसार-गन्ध मिरचुक-भूत को कि वह भड़ से लाल भाजी के खेत में गिरा। वह भाजी में डूब गया। थोड़ी ही देर के लिए वह भाजी की गन्ध में डूबा। फिर वह अलग-सी गन्ध जो अभिसार की है, उसे भाजी के खेत से फिर ऊपर खींचने लगी।

आसमान से चन्द्रमा ने देखा कि अब धरती के उस गाँव में खुले आसमान के नीचे से उसे देखते दो मनुष्य हैं और है एक सत्रह बरस का भूत। भूत को भाजी में गिरता देख चन्द्रमा ने बड़ी मुश्किल से अपनी हँसी रोकी है। कहते हैं कि चन्द्रमा मनुष्य पर हँसे या हँसे भूत पर, हँसते ही वह धीरे-धीरे छोटा होने लगता है। छोटा होते-होते चन्द्रमा आसमान से गायब नहीं होना चाह रहा है...

मिरचुक-भूत ने अब अपने को सम्हाल लिया है। वह उठ खड़ा हुआ है लाल भाजी के खेत से। जब वह गिरा था भाजी के खेत पर तो उसे दिख गया था चन्द्रमा। उठते ही उसने चन्द्रमा की ओर अपना हाथ उठाया और हाथों के पंजे हिलाने लगा विचित्र-विचित्र तरह से। विचित्र-विचित्र तरह से वह अपने चेहरे की भंगिमाएँ बना रहा है। चिढ़ा रहा है मिरचुक-भूत चन्द्रमा को। चन्द्रमा उसे देख रहा है चुपचाप। चुपचाप देख रहा है एक छोटे-से भूत की हिम्मत।

विराजो अब भी उत्तेजित है। वह हाँफ रही है। भुलवा पहली बार किसी स्त्री के इतना करीब गया है। मन में वह कई बार जा चुका है। पर मन में जाना, मन में जाना है। मन पूरी छूट लेता है और कभी हारता नहीं है। मन की विराजो को कई बार परास्त कर चुका भुलवा, आज सच की विराजो से परास्त हो चुका है। कल्पना की स्त्री और सच की स्त्री में बहुत अन्तर है...

सच की स्त्री विराजो के सामने है भुलवा। पहली बार की उत्तेजना इतनी ऊँची थी कि भुलवा के भीतर जैसे समुद्र की ऊँची लहर थी। लहर बहुत तेजी से ऊपर उठी और फिर तेजी से नीचे आते हुए नष्ट हो गई। भुलवा की उत्तेजना की लहर विराजो की बाईं जाँघ पर गिरी पड़ी है। चिपचिपी। भात के माँड़-सी उत्तेजना।

भुलवा आँखें बन्द किए विराजो के बाजू में पीठ के बल लेटा है। लम्बी-लम्बी साँसें लेता। वह ऐसी साँसें ले रहा है जैसे मीलों से दौड़कर आया हो और गिर पड़ा हो यहाँ। विराजो अब भी वैसे ही पड़ी है। विराजो की जाँघें और स्तन चन्द्रमा को देख रहे हैं। चन्द्रमा देख रहा है विराजो के थरथराते स्तन और सुनहरी जाँघें। चन्द्रमा आसमान को भूल रहा है। भूल रहा है तारों को। चन्द्रमा के भीतर पृथ्वी पर नीचे उतर जाने की इच्छा जोर मार रही है...

अचानक चन्द्रमा ने देखा कि मिरचुक-भूत धीरे-धीरे बढ़ रहा है विराजो और भुलवा की ओर। लगता है, यह कमीना मोहित हो गया है विराजो पर। चन्द्रमा ने सोचा और हँसने लगा। हँसते हुए जैसे ही वह छोटा होने लगा, उसने बहुत कठिनाई से अपनी हँसी रोकी। रुकी है हँसी तो छोटा होने से बचा है चन्द्रमा। आसमान और तारे चन्द्रमा को फिर याद आ गए हैं और पृथ्वी पर उतरने की इच्छा मर गई है। मिरचुक-भूत को देख वह मन ही मन मुस्कुराता रहा जो भाजी की क्यारियों को लाँघता, बढ़ा जा रहा था विराजो की ओर...

थोड़ी देर बाद चन्द्रमा ने देखा कि मिरचुक भुलवा के ऊपर झुका हुआ है। भुलवा जहाँ लेटा हाँफ रहा है, लाल भाजी का खेत ठीक वहीं से शुरू हो गया है। मिरचुक के पैर लाल भाजी की क्यारी के भीतर डूबे हुए हैं। भूत भाजी के खेतों के भीतर तैरता हुआ भुलवा तक पहुँचा है। उसकी छाती के ठीक सामने पड़ा है हाँफता

हुआ भुलवा। भुलवा पर झुके-झुके ही मिरचुक-भूत घुस गया है भुलवा की देह के भीतर। हल्के से काँपी है भुलवा की देह और देह का हाँफना रुक गया है। हाँफना जो भुलवा के स्खलन से पैदा हुआ है। पैदा हुआ है जो विराजो के सौन्दर्य से।

भुलवा की देह के भीतर जाकर मिरचुक-भूत पूरी तरह फैल गया भुलवा की देह में। सत्रह का भुलवा और सत्रह का मिरचुक-भूत। दोनों की देह में रत्ती भर भी फर्क नहीं है। अब पृथ्वी पर मिरचुक-भूत चन्द्रमा को नहीं दिख रहा है। दिख रहा है सिर्फ भुलवा जो अब बस विराजो की ओर पलटने वाला है। पलटा वह धरती से अपनी पीठ उठाकर। पलटा नहीं है भुलवा। पलटा है मिरचुक-भूत विराजो की ओर। अब भुलवा की देह में घुसा मिरचुक-भूत विराजो के ऊपर है। फिर फैलने लगी है महक विराजो के भीतर। विराजो के भीतर धीरे-धीरे फिर उठने लगा है सुख। सुख ने धीरे-धीरे बन्द कर दी हैं विराजो की आँखें। आँखें पूरी तरह सुख में डूबने-उतराने लगी है। अपार सुख। अनन्त।

कौन हो तुम ? विराजो ने पूछा। सुख के साथ दूर तक बह जाने के बाद उसे लगा कि भुलवा-सा दिखता हुआ यह शायद भुलवा नहीं है। या यह सोच उसने ठिठोली की कि थोड़ी देर पहले के भुलवा और अभी के भुलवा में कितना अन्तर है। पूछती हुई विराजो के चेहरे पर सम्भोग-सुख का पसीना झिलमिला रहा है। पसीने के नीचे से विराजो का चेहरा मुस्कुरा रहा है अब भी। अब भी मुस्कुरा रहा है जैसे वह सन्देह में हो। थोड़ी देर पहले के भुलवा और अब के भुलवा में बस भूत-भर का अन्तर है। कोई नहीं जान रहा है कि भूत-भर अन्तर कितना है। है एक बित्ता। एक हाथ है। है एक कोस या है धरती से आसमान जितना।

विराजो के 'कौन हो तुम' के सवाल पर भुलवा-सा दिखता और भुलवा के भीतर घुसा मिरचुक-भूत चुप है। भीतर से वह मुस्कुराया है तो भुलवा के चहेरे पर उसकी मुस्कुराहट दिखी है। वह सोच रहा है कि बता दे भूत हूँ या चुप रहे—सोच रहा है कि पता नहीं बताने पर क्या हो—उस पार घृणा हो या हो प्रेम!

विराजो ने उसकी छाती पर मुक्के बरसाते हुए कहा, 'बताओ, कौन हो तुम ?'

चुप रहा भुलवा के भीतर घुसा भूत। सत्रह साल का है वह। वह इतना समझदार भी नहीं है। भुलवा अगर होश में रहता अभी और रहता भुलवा ही तो इस जगह पर, विराजो के सामने, निश्चय ही भूत से ज्यादा समझदार दिखता।

अचानक मिरचुक-भूत को चन्द्रमा याद आया। आया याद कि थोड़ी देर पहले ही वह उसे चिढ़ा चुका है। खुश हो गया भूत। मुस्कुराया। मुस्कुराया तो बेहोश भुलवा के चेहरे पर दिखी विराजो को उसकी मुस्कुराहट। विराजो ने फिर कहा बहुत लाड़ से, 'बताओ-बताओ, कौन हो तुम ?'

अबकी बार एक क्षण भी नहीं लगा मिरचुक-भूत को, उसने तुरन्त कहा, 'चन्द्रमा हूँ...उतर आया हूँ आसमान से...तुम्हारी सुन्दरता खींच लाई है मुझे...'

यह भुलवा नहीं, उसके भीतर घुसा मिरचुक-भूत बोल रहा है और चन्द्रमा सुन रहा है आसमान से साफ-साफ कि मिरचुक-भूत अपने को कह रहा है चन्द्रमा। कमीना भूत!

'सुन्दर हो इसलिए चन्द्रमा हो?' विराजो ने पूछा।

'नहीं, चन्द्रमा हूँ इसलिए सुन्दर हूँ।' मिरचुक-भूत हँसा भुलवा के चेहरे से।

भुलवा के भीतर घुसे मिरचुक-भूत की बात सुन चन्द्रमा चिढ़ गया। चिढ़ गया और उसने आसमान से कहा कि जरा मैं इस भूत को ठीक करके आता हूँ। बताकर आता हूँ कि चन्द्रमा कितना सुन्दर होता है।

आसमान कुछ कह पाता, इससे पहले ही चन्द्रमा गुस्से में नीचे उतर आया है। ठीक वहाँ पर जहाँ भुलवा की देह के भीतर घुसा मिरचुक-भूत अब भी विराजो की देह से लिपटा पड़ा है।

चन्द्रमा की रोशनी से दोनों चौंके। विराजो और मिरचुक-भूत भरी भुलवा की देह। चन्द्रमा को एकटक देख रही है विराजो। विराजो चन्द्रमा की नीली रोशनी में डूब गई है। मिरचुक-भूत भुलवा बना अब भी विराजो के पास पड़ा है। उसका एक पैर—बायाँ—विराजो के ऊपर है। हाथ दाहिना विराजो के सिर के नीचे है।

विराजो ने देखा कि नीला चन्द्रमा झुक रहा है भुलवा के ऊपर। चन्द्रमा ने अपने दाहिने हाथ से भुलवा के बालों को पकड़ उठा लिया है उसे ऊपर। भुलवा किसी कपड़े के गुड्डे-सा हल्का हो उठ गया है। प्राण हलक में आ गए हैं विराजो के। विराजो हड़बड़ाकर उठ बैठी है। समेट रही है अपनी अस्त-व्यस्त देह।

चन्द्रमा ने ग्यारह बार भुलवा की देह को हवा में गोल-गोल घुमाया। घुमाया इतनी तेजी से कि हवा में घूमती भुलवा की देह हवा-सी अदृश्य हो गई। चन्द्रमा के एक हाथ में फूल-सी हल्की हो घूम रही है भुलवा की देह। ठीक ग्यारहवें चक्कर में मिरचुक-भूत टप् से भुलवा के मुँह से गिरा।

विराजो की साँस में साँस आई।

भुलवा की देह को आहिस्ते से जमीन पर रख, चन्द्रमा ने मिरचुक को पकड़ लिया। फिर कपड़े की तरह धरती पर वह उसे पछीटने लगा। जैसे कोई धोबी कपड़ा पछीटता है घाट पर। चन्द्रमा मिरचुक-भुत को तब तक पछीटता रहा, जब तक मिरचुक-भूत के टुकड़े-टुकड़े नहीं हो गए। असंख्य टुकड़े।

विराजो सहमी-सी उकड़ूँ बैठी, यह सब देख रही है। उसे पता ही नहीं चला है कि किस क्षण वह चौंककर उठ बैठी है। उसके सामने ही बेहोश भुलवा पड़ा है। पर वह भुलवा को पूरी तरह भूल चुकी है। वह बस चन्द्रमा को देख रही है एकटक। एकटक देख रही है चन्द्र-लीला।

चन्द्रमा ने धरती पर पड़े मिरचुक-भूत के असंख्य बारीक-बारीक टुकड़ों पर अपना हाथ फेरा, जैसे सहला रहा हो टुकड़ों को। चन्द्रमा के हाथों का स्पर्श पाते ही

मिरचुक-भूत के असंख्य टुकड़े असंख्य केंचुओं में बदल गए। केंचुए धीरे-धीरे सरकते हुए उतरने लगे भाजी के खेत में। जिनकी तह में कीचड़ है। गीली मिट्टी है। जहाँ वे रह सकते हैं आराम से। जी सकते हैं केंचुए खेत की मिट्टी में। खेत को बना सकते हैं उपजाऊ।

चन्द्रमा ने अपना काम कर लिया है। आसमान उसे पुकार रहा है कि बहुत देर आसमान उसके बिना खाली नहीं रह सकता है। रात में तो बिल्कुल भी नहीं, जब चन्द्रमा-तारे साफ-साफ दिखते हैं। साफ-साफ दिखने में पकड़े जाने का भय बहुत ज्यादा रहता है। रात में बिना चन्द्रमा और तारों के अजीब लगता है आसमान। जैसे बिना आसमान के अजीब लगता है चन्द्रमा। आसमान लगातार पुकार रहा है चन्द्रमा को। चन्द्रमा वापस लौटने लगा है। उसने एक नजर विराजो पर डाली, फिर बेहोश पड़े भुलवा पर और ऊपर उठने लगा आसमान की ओर। नीली रोशनी विराजो के पास से कम होने लगी। रोशनी को कम होता देख विराजो बेचैन हो गई। अकबकाने लगी। नीली रोशनी नहीं, जैसे साँसें कम पड़ रही हों विराजो के भीतर।

तभी विराजो ने उसे पुकारा, 'रुको चन्द्रमा।'

विराजो अब भी अर्द्ध-नग्न है। उसने जो कुछ देखा है, वह उसे आधी बेहोशी की ओर धकेल चुका है। वह एक ऐसी स्त्री है, जिसका विवाह बचपन में हो गया है और गौना तीन दिन बाद होना है। और ऐसे समय, वह रात में अपनी झोंपड़ी से बाहर है। झोंपड़ी के भीतर सो रहे उसके माँ-बाप के स्वप्न में उसका गौना है।

विराजो विचित्र प्रपंच में फँस गई है। इस प्रपंच के भीतर उसके साथ भुलवा है, जिसके साथ वह मन से होना चाह रही थी अब तक। पर अब भुलवा के अलावा मिरचुक-भूत और चन्द्रमा भी आ गए हैं। क्या सोचा था और क्या हो रहा है! यह सारी बदमाशी मिरचुक-भूत की है। सब कुछ उसका ही किया-धरा है। मिरचुक अगर भुलवा की देह में नहीं घुसता और नहीं कहता अपने को चन्द्रमा तो चन्द्रमा आसमान से नीचे नहीं आता। चन्द्रमा नीचे नहीं आता तो विराजो उसे देखकर मोहित नहीं होती। मोहित नहीं होती तो रोकती नहीं चन्द्रमा को इस तरह...

चन्द्रमा रुक गया है। अब वह प्रेम से देख रहा है विराजो की ओर। चन्द्रमा भी मोहित हो गया है विराजो पर। पर वह चन्द्रमा है। है नहीं मिरचुक-भूत। वह बेहोश भुलवा भी नहीं है। वह बस चन्द्रमा है, जिसका अब भी आसमान इन्तजार कर रहा है।

चन्द्रमा ने विराजो की ओर देखा। देखकर मुस्कुराया, फिर उठने लगा ऊपर। उसका मन तो नहीं हो रहा है आसमान में जाने का। पर हर बार ऐसा कहाँ होता है कि मन जो चाहे वह कर पाए। बार-बार यह होता है कि मन जो चाहता है, वह कर नहीं पाता है। उसने सोचा—वह कभी फिर आ जाएगा विराजो के पास। वह विराजो को देखता और मुस्कुराता हुआ ऊपर उठ रहा है, आसमान की ओर...

'रुको चन्द्रमा, जाने से पहले बताओ कि अब मेरा क्या होगा...अगर मैं पेट से हो गई तो पैदा होगा मिरचुक-भूत का बच्चा...बच्चा एक भूत का...मैं इस धरती पर कैसे पालूँगी एक भूत के बच्चे को...''

विराजो की यह बात सुन चन्द्रमा के चेहरे से मुस्कुराहट गायब हो गई। वह सोच में पड़ गया। उसकी रोशनी धीमी पड़ने लगी। उस पर काले धब्बे उभरने लगे। चन्द्रमा ज्यादा ऊपर नहीं उठा है आसमान की ओर। वह फिर नीचे आने लगा। जैसे ही चन्द्रमा ने नीचे आना शुरू किया, पृथ्वी की ओर, उसकी रोशनी तेज होने लगी और काले धब्बे झड़ने लगे।

चन्द्रमा नीचे आ गया है। वह विराजो के बिल्कुल करीब है। इतने करीब कि विराजो उसकी गरम साँसों को महसूस कर रही है। कहा उसने विराजो से कि विराजो, इसका बस एक ही उपाय है कि मैं मार डालूँ तुम्हारे भीतर डले मिरचुक-भूत के बीज को। पर इसके लिए मुझे तुम्हारे भीतर डालना होगा अपना बीज...मेरा बीज मिरचुक के बीज को मार देगा...

'चन्द्रमा, तुम सच कह रहे हो...या मुझ पर मोहित हो...पाना चाहते हो मुझे...' विराजो ने कहा।

'हाँ, मैं मोहित हूँ तुम पर...पर मैं सच भी कह रहा हूँ...अगर मिरचुक-भूत का बीज तुम्हारे भीतर हुआ तो वह मेरे बीज से मर जाएगा...अगर नहीं भी हुआ तो तुम धारण करोगी मेरा बीज। तुम सोच लो...सोच लो कि तुम क्या चाहती हो...एक बात और कि मेरे और तुम्हारे साथ के समय सोचोगी तुम जिस पुरुष का चेहरा, पुत्र तुम्हारा उस-सा ही दिखेगा...सौन्दर्य उसका मुझ-सा दिखेगा...'

भुलवा अब भी बेहोश पड़ा हुआ है। पड़ा हुआ है ठीक विराजो की बगल में। उसकी आँखें बन्द हैं। वह कोई स्वप्न भी नहीं देख रहा है। वह स्वप्न से बाहर है। बाहर है धरती से। भुलवा धरती पर है इस तरह कि धरती पर नहीं है।

विराजो ने अपने पोलका के बटन खोल दिए हैं चन्द्रमा के लिए। पृथ्वी पर अब चन्द्रमा है, विराजो के नंगे स्तन और नंगी जाँघों पर नाचता। आसमान चन्द्रमा को देख रहा है। आसमान को पहली बार लगा कि कैसे एक चन्द्रमा, पृथ्वी की एक स्त्री के सामने, भद्दे से धब्बे में बदल जाता है। आसमान ने यह देख सोचा कि पृथ्वी की एक स्त्री का सौन्दर्य चन्द्रमा के सौन्दर्य से करोड़ों गुना ज्यादा होता है...

गौना

वह रात जो चन्द्रमा, मिरचुक-भूत और भुलवा के बीच फँसी विराजो की रात थी। जिसे अब शायद विराजो कभी न भूले। याद करे इस तरह कि जैसे उस रात उसने कोई स्वप्न देखा था। स्वप्न जिसमें चन्द्रमा, मिरचुक-भूत और भुलवा एक साथ आ गए थे। उस रात को विराजो समझ पाई थी कुछ। कुछ समझ नहीं पाई थी।

उस रात के तीसरे दिन विराजो का गौना हो गया। गौने से पहले वह अपने घर से नहीं निकली। नहीं दिखी किसी को। न चिड़ियों को। न पेड़ों को। न झोंपड़ियों को। न छत को। न छत की लतरों को। न गाँव की पगडंडी को। न तालाब को। न नदी को। न पहाड़ को। वह नहीं दिखी किसी को।

दिखी नहीं किसी को तो दिखी नहीं भुलवा को। न रात में खिड़की पर आई, जैसे वह आती रही है। आती रही है उस रात से पहले बार-बार। बार-बार मिलने भुलवा से। आती रही है अपनी झोंपड़ी की खिड़की पर। उस रात के बाद विराजो ने भुलवा से मिलने की कोई कोशिश नहीं की। वह जैसे भूल जाना चाहती है उस रात को। भूल जाना चाहती है भुलवा को। चन्द्रमा को भूल जाना चाहती है। भूल जाना चाहती है मिरचुक-भूत को। यह अलग बात थी कि वह चाहकर भी भूल नहीं पा रही है इन तीनों को।

तीसरे दिन विराजो अपने सुसराल विदा हो गई।

विराजो को लेकर एक बैलगाड़ी दोपहर शुरू होते ही निकली है, जिसमें धूप से बचने के लिए एक रंग-बिरंगा मोटा परदा छत-सा तना है। पूरी दोपहर कपड़े का यह मोटा परदा दौड़ती बैलगाड़ी के साथ-साथ हवा में फड़फड़ाता रहा है। यह बैलगाड़ी सूरज ढलते ही विराजो की ससुराल पहुँच गई है।

ससुराल की देहरी पर जैसे ही विराजो ने पैर रखा, वह भूल गई है भुलवा को पूरी तरह। पूरी तरह भूल गई है चन्द्रमा को। भूल गई है वह मिरचुक-भूत की बदमाशी। वह उस रात को भूल गई है पूरी तरह। रात जिसमें उन तीनों की चमक थी। चमक थी उसके भीतर भुलवा, मिरचुक और चन्द्रमा की। वह रात उसकी याद के किसी कोने में इस तरह चुपचाप और दबी, मुँदी, सिकुड़ी-सी पड़ी रह गई है जैसे

कोई भयावह स्वप्न। स्वप्न जिसे मस्तिष्क भीतर आने न देना चाह रहा हो और बाहर धकेल भी न पा रहा हो।

विराजो के गौने के तीन दिन पहले की रात। उस रात आया एक भयानक सपना। ऐसे भयानक सपने को कोई लड़की क्यों याद करना चाहेगी, वह भी अपने ससुराल की देहरी पर...

भुलवा उस रात के बाद लगातार यह कोशिश करता रहा है कि वह विराजो से मिल सके। कम से कम एक बार। उस रात के बाद विराजो उसे अपने इतने करीब लग रही है कि लग रही है अपनी ही देह। इसलिए उसे अपनी देह लग रही है अब अधूरी-अधूरी। आधी देह जैसे गायब है उसके पास से।

वह नहीं चाह रहा है कि विराजो का गौना हो। वह उसी क्षण उससे शादी कर लेना चाह रहा है। चूड़ी पहना देना चाह रहा है विराजो को। विराजो को वह कैसे भी रोक लेना चाह रहा है। मानें या न मानें उसके माँ-बाबू। विराजो के माँ-बाबू मानें या न मानें। समझे या न समझे यह गाँव। वह बिल्कुल नहीं चाह रहा है कि विराजो उसे छोड़कर जाए। वह एक क्षण भी विराजो से दूर नहीं रहना चाह रहा है।

पर क्षण धीरे-धीरे बढ़ते गए और हो गए तीन दिन। दिखी नहीं विराजो। विराजो की छाया तक नहीं दिखी। तीन दिनों तक न वह नदी गया, न घर में मछली उड़कर आई। न घर ने मछली खाई। न वह गलियों में भटका। न रुका-ठिठका गाँव के किसी घर के सामने। वह बस तीन दिनों तक विराजो के घर के आस-पास ही इधर-उधर होता रहा। पर विराजो उसे नहीं दिखी।

दिखी चौथे दिन। गौने की दोपहर को दिखी। दिखी उसे लाल साड़ी में जो सुनहरे गोटों से सजी है। सजी साड़ी के भीतर विराजो है लम्बा घूँघट लिये। सिर पर मौर बाँधे। गाँव के लोगों से और घर के लोगों से घिरी हुई है विराजो। कहीं कोई गुंजाइश नहीं है कि भुलवा मिल सके विराजो से। विराजो से कह सके अपने मन की बात। भुलवा बेचैन इधर-उधर होता रहा। उसके चेहरे से दुख झरता रहा।

एक बार विराजो से अगर पूछ सकता वह कि मुझसे ब्याह करेगी। हाँ कहती विराजो तो वह जिद कर अड़ जाता माँ-बाबू के सामने। खींचकर ले जाता विराजो को अपने घर। नहीं मानते घर वाले शादी के लिए तो 'चूड़ी पहनाकर' रख लेता, विराजो अगर मान जाती चूड़ी पहन उसकी पत्नी बनना। चूड़ी क्या शादी ही कर लेता। शादी विराजो की हो चुकी है। भुलवा की तो हुई नहीं है। माँ-बाबू दंड भर देते विराजो की ससुराल में। चुप हो जाते ससुराल वाले। कहीं और कर देते अपने बेटे का ब्याह...

सोचता रहा भुलवा और भटकता रहा उस समारोह के आगे-पीछे जो विराजो को विदा कर रहा है।

भुलवा का मन अब इस गाँव में नहीं लग रहा है। नहीं लग रहा है धरती, आसमान, पेड़ों, नदी में। गाँव के घरों के दरवाजे अब उसे पुकारते रहते हैं, पर वह नहीं सुन पा रहा है अब उनकी पुकार। वह दरवाजों और छत की लतरों से बतिया नहीं पा रहा है। मुरझा रहे हैं गाँव के दरवाजे। गाँव की छत पर चढ़ी कुम्हड़े, तोरई, लौकी की लतरें मुरझा रही हैं कि बतिया नहीं पा रही हैं भुलवा से।

भुलवा का मन बेचैन है। भुलवा भटक रहा है और अधिक। जाने कहाँ-कहाँ! यह गाँव जो है, उससे अलग गाँव वह खोज रहा है। खोज रहा है धरती जो, है उससे अलग धरती वह। नदी जो है उससे अलग नदी खोज रहा है। पहाड़ जो है गाँव में, उससे अलग पहाड़ वह ढूँढ़ रहा है। आसमान जो है इस गाँव के ऊपर, उससे अलग आसमान ढूँढ़ रहा है भुलवा। भटकते-भटकते पहाड़, जंगल, नदी...उसकी उम्र एक दिन में दो दिन बढ़ रही है। तेजी से बढ़ रही है उम्र। उसे देख चिन्तित है बाबू। माँ दुखी है उसे देख। दोनों सोचने लगे हैं कि इतनी तेजी से बढ़ती रही भुलवा की उम्र तो बिना ब्याह और बच्चों के जल्द ही बूढ़ा हो जाएगा भुलवा।

'भुलवा के लिए लड़की देखना है,' बाबू ने कहा एक दिन भुलवा की माँ से।

'जल्दी देखना है लड़की, भुलवा का ब्याह जितनी जल्दी हो सके, कर देना है।' भुलवा की माँ ने भी कहा। माँ को दिख रहा है कि लड़का जा रहा है हाथ से।

ब्याह में देर हुई तो लड़का हाथ से चला जाएगा। बाबू ने सोचा।

और सोचता रहा। बैठा रहा सिर पर हाथ धरे। भुलवा की माँ कुछ-कुछ कह रही है अब भी। पर भुलवा का बाबू एक शब्द नहीं सुन पा रहा है। सुबह का समय है। चाय का गिलास काँसे का उसके हाथ में है। गरम गिलास को वह थपथपा भी नहीं पा रहा है। गिलास की सारी गरमी उसकी सोच को सोख रही है कि कैसे भुलवा का ब्याह जल्द-जल्द किया जा सके...

भुलवा इकलौता लड़का है। न उसके आगे कोई भाई-बहन है और न है उसके पीछे कोई भाई-बहन। जो है सब कुछ उसका है। जितना है सब उसका है। उनके पास बहुत नहीं है। पर इतना तो है कि दो समय का भर पेट का खाना है। तीन मछलियाँ रोज उड़कर आ रही हैं नदी से। नदी से आकर उनके खाने को रोज स्वादिष्ट बना रही हैं। इतना बहुत है। रात में थकान लाती है गहरी नींद। यह अलग बात है कि कभी-कभी कुछ चिन्ताएँ इतनी विकट आती हैं कि नींद को गहराई पर जाकर खुरचने लगती हैं।

भुलवा भटकता रहता है। रहता है घर में कम ही। पर है समझदार। उसी के कारण उड़कर आती हैं मछलियाँ। मछलियाँ, जिन्हें पाकर माँ-बाबू यह समझते हैं कि भुलवा पकड़कर ला रहा है मछलियाँ। भुलवा का ब्याह हो जाएगा। आ जाएगी बहू तो मछलियाँ तीन से चार हो जाएँगी। भुलवा का पैदा होगा बच्चा तो वे पाँच हो जाएँगी। नहीं रहेंगे बाबू तो कम हो जाएगी एक मछली। हो जाएगी चार। परिवार में होंगे जितने जन, नदी

से उड़कर आएँगी उतनी ही मछलियाँ। पर घर बैठे नहीं मिलेंगी। मिलेंगी रोज। पर भुलवा को रोज जाना होगा नदी। मछलियों को पाना है तो नदी के पास जाना ही होगा। बिना जाए नहीं आएँगी मछलियाँ। भुलवा यह देख चुका है कि जिस दिन वह नहीं गया नदी किनारे, नहीं डाली डगनी नदी में, पकड़ी नहीं एक-एक मछली, तो उड़ीं नहीं मछलियाँ। चिड़ियों ने किया नहीं शोर। घर नहीं पहुँचीं मछलियाँ। माँ-बाबू ने समझा, आज भुलवा नहीं गया मछली मारने, भटक रहा है कहीं और...

इस गाँव में भुलवा बस एक ऐसा लड़का है जो जब जाता है नदी के पास मछली पकड़ने तो कभी खाली हाथ नहीं लौटता है। बस यह है कि वह रोज तीन मछलियाँ मार पा रहा है। न तीन से एक कम, न तीन से एक ज्यादा। गाँव उसे भुलवा के अलावा 'मछलियों वाला लड़का' भी कहने लगा है। जब कोई ऐसा कहता है माँ-बाबू के सामने तो उनके चेहरे पर एक मुस्कुराहट झिलमिलाती है, जिसके भीतर अपने बेटे को लेकर गर्व का गाढ़ा द्रव्य तैरता दिखता है। दिखता है, पारे-सा झिलमिलाता एक द्रव्य चमकीला।

रोज सुबह नदी में जाकर बैठता है भुलवा। पहले मछलियाँ पकड़ता है तीन, क्योंकि चौथी के लिए वह बैठे कितनी भी देर, चौथी मछली कभी हाथ नहीं आती है। तीन मछलियाँ मार वह कभी घर वापस आता है या कभी निकल पड़ता है इधर-उधर कहीं भी। मन जिधर जाने को कहता है, भुलवा उधर निकल पड़ता है। उस चीज की खोज में जिसके बारे में वह भी नहीं जानता कि वह क्या खोज रहा है...

तीन मछलियाँ उड़कर पहुँचती हैं घर की देहरी पर तो माँ-बाबू को लगता है कि भुलवा आया है...मछलियों को देहरी पर रखा है...और घर में बिना घुसे चला गया है। भूखा-प्यासा भटकता बेटा, दुखी करता है माँ-बाबू को। जब से विराजो का गौना हुआ है, भुलवा का भटकना इतना ज्यादा बढ़ गया है कि घर उसे देखने को तरस रहा है। तरस रहे हैं माँ-बाबू। खेत में जाना भुलवा ने छोड़ दिया है। बाबू गरियाते हैं तो सिर झुकाए सुनता रहता है...फिर चुपचाप निकल जाता है बिना खाए-पिए...तो अब बाबू ने थककर गरियाना बन्द कर दिया है। खाने के समय जब वह दिखता है घर में तो बाबू कोशिश कर बिल्कुल चुप रहता है कि वह कुछ बोला और उसने सुना तो पलट जाएगा बाहर की ओर और भूखा रह जाएगा...बची रहेगी एक मछली, जिसे कोई नहीं खाएगा कि वह भुलवा की मछली होगी...

एक दिन ऐसे ही मछलियों को घर की देहरी पर रखने के बाद भुलवा ने अपने घर को ध्यान से देखा। देखा कुछ इस तरह कि जैसे वह उसका नहीं किसी और का घर हो। घर को कुछ क्षण निहारने के बाद उसके माथे पर तीन लकीरें उभरीं। उभरीं बस एक क्षण, फिर मिट गईं। लकीरें भुलवा के माथे पर इतने कम समय के

लिए आईं कि बस घर के दरवाजे की साँकल ने उन्हें उभरता देखा भुलवा के माथे पर। माथे पर फिर देखा लकीर को तुरन्त मिटता साँकल ने। साँकल के अलावा भुलवा के माथे की लकीरों को और कोई नहीं देख पाया। देख पाया न घर का दरवाजा। न देख पाई घर की छत। न देख पाए माँ–बाबू जो घर के बन्द दरवाजे के पीछे थे। इस तरह घर के देखे जाने से रह गईं भुलवा के माथे पर उभरी लकीरें।

माथे की लकीरों के मिटते ही भुलवा पलटा। उसका घर अब उसकी पीठ की ओर है। पीठ घर से लगातार दूर होती जा रही है। वह गाँव से बाहर आ गया है। वह नदी के किनारे–किनारे चला जा रहा है। नदी के संग–संग। नदी के किनारे वह बह रहा है। हवा बह रही है उसके साथ–साथ। सामने दूर एक पहाड़ दिख रहा है। पहाड़ हवा में लहरा रहा है। नदी लहराते पहाड़ को छूने जा रही है। छूने जा रहा है लहराते पहाड़ को भुलवा...

नीला शेर

पहले यह गाँव चारों तरफ से ऊँचे-ऊँचे पहाड़ों से घिरा था। यह बात भुलवा के पूर्वजों के समय की है। कई सौ बरस पहले की। पहाड़ इतने ऊँचे थे कि जैसे आसमान छूना चाह रहे हों। पहाड़ चाह रहे हों आसमान को खींचकर धरती पर लाना। पर नहीं ला पा रहे हों। ठहर गए हों पहाड़ जैसे आसमान के पास। आसमान ने खींचकर पकड़ रखा हो जैसे उन्हें।

पहाड़ों के बहुत ज्यादा ऊँचा होने के कारण गाँव के घेरे के बराबर का आसमान ही गाँव के पास रह गया था। गाँव का घेरा एक-डेढ़ कोस ही था। ऊपर लटका एक-डेढ़ कोस का आसमान नीली छतरी-सा दिख रहा था। दिन भर छतरी नीली रहती थी। रात में काली हो जा रही थी।

आसमान का यह हिस्सा, जो गाँव से दिख रहा था, पहाड़ों के शीर्ष पर टिका-सा था। था वह इतना छोटा-सा कि आसमान के हिस्से में नहीं आ रहा था सूर्य। चन्द्रमा भी नहीं आ रहा था। रात्रि में एकाध तारा चमक जाता था बस आसमान के उस हिस्से में। छतरी भर आसमान में छतरी भर बादल थे। छतरी भर बारिश। छतरी भर सूर्य की रोशनी थी।

सूर्य नहीं आ रहा था तो गाँव में फसल ठीक से पक नहीं पा रही थी। गाँव के लोगों की हड्डियों को ठीक-ठीक नहीं मिल पा रहा था सूर्य का ताप। सूर्य के ताप के बिना हड्डियाँ कमजोर हो रही थीं। देह के भीतर बीमार हड्डियों के खड़खड़ ढाँचे को सहेजते-सम्हालते, रोजमर्रा का काम करना मुश्किल हो गया था। कठिन काम तो बहुत कठिन था। हो गया था जीना मुश्किल।

गाँव में कुछ बच्चों का जन्म मुड़ी और टेढ़ी हड्डियों के साथ हुआ। इन बच्चों को देख पूरा गाँव घबरा गया। एक तो फसल ठीक से पक नहीं पा रही थी। अब पक नहीं पा रहा था शरीर ठीक से। सूर्य का प्रकाश शरीर और फसल दोनों के लिए जरूरी था...

यह सब देख भुलवा का एक पूर्वज, जिसका नाम परसन था, आगे आया। परसन, जिसे लोग कभी परसन नहीं कहते थे। कहते थे परसन वीर। परसन वीर सबकी सहायता के लिए हमेशा आगे रहता था। रहता था हमेशा मुस्कुराता। उसके

सामने कितनी भी कठिनाई आए, लोगों ने उसे नहीं देखा था क्रोधित। देखा था हमेशा मुस्कुराता। उसकी मुस्कुराहट के सामने कठिनाइयाँ बेचैन दिखती थीं।

परसन वीर ने अभी तक न जाने कितनों के प्राण बचाए थे। कितनों को बचाया था जंगली जानवरों से। नदी में डूबने से बचाया था कितनों को। कितनों का किया था जड़ी-बूटी से इलाज। वह गाँव का सबसे ज्ञानी आदमी था। परसन वीर जब मुस्कुराता नहीं तो बस सोचता था।

इस बार परसन वीर ने सोचा कि चलो पहाड़ों पर चढ़ते हैं। चढ़ते हैं और हल निकालते हैं पहाड़ों का कुछ। समझने का प्रयत्न करते हैं पहाड़ और आसमान के इस संयोग को, जिसमें आसमान छतरी-सा बचा है। बचा है इतना कम कि उसे आसमान कहने में शर्म आ रही है...न उसमें सूरज है...न है चन्द्रमा...न तारे हैं ठीक-ठाक...

परसन वीर ने अपनी पत्नी से इक्कीस दिनों के लिए इक्कीस मोटी रोटियाँ बनाने को कहा। परसन वीर की पत्नी ऐसी थी जो न मुस्कुराती थी और न सोचती थी। वह बस पति की सुख-सुविधा का ध्यान रखती थी। उसे पति की एक-एक आदत पता थी। पता था पति का एक-एक इशारा। वह उसके खाँसने से उसकी बीमारी का पता लगा लेती थी। वह जड़ी-बूटियों की अद्‌भुत जानकार थी। वह पहाड़ों के आस-पास जड़ी-बूटियों के लिए भटकती रहती थी। सच तो यह था कि वह थी, इसलिए परसन परसन वीर था। वह थी तो गाँव में बहुत-सी व्याधियाँ नहीं थीं। यह अलग बात थी कि सूरज की कम रोशनी से उपजी व्याधियों के लिए वह अब तक कोई जड़ी या बूटी नहीं खोज पाई थी।

परसन वीर की पत्नी ने इक्कीस रोटियाँ अपने हाथों से थापीं। पकाईं इक्कीस रोटियाँ। रोटियों की परिधि की चौड़ाई हथेली से कोहनी तक थी। रोटियों में परसन वीर की पत्नी की अँगुलियों के स्पष्ट निशान थे। उसने इक्कीस रोटियों के लिए इक्कीस प्याज रखा। रखा इक्कीस हरी मिर्च। वह परसन के लिए चावल भी रखना चाह रही थी। उसे मालूम था कि परसन को चावल बहुत पसन्द है कि वह कितनी भी रोटी खा ले, जब तक चावल नहीं खाता तो उसका पेट नहीं भरता। पर चावल पकाकर देना ठीक नहीं लग रहा था।

परसन पहाड़ों को अब तक जानता नहीं था। नहीं जानता था कि वहाँ खाना बन पाएगा या नहीं। वह इस गाँव का पहला आदमी था जो पहाड़ चढ़ रहा था। इसके पहले गाँव का कोई आदमी पहाड़ नहीं चढ़ा था। गाँव पहाड़ों को बस देखता रहता था बेचैन। पहाड़ देखते रहते थे गाँव को शान्त। पहाड़ गाँव को चारों ओर से घेरे हुए थे। घेरे हुए थे कुछ ऐसे जैसे गाँव की आसमान छूती चहारदीवारी हों। पहाड़ अपने घेरे में लगातार कसमसा रहे गाँव को देखने के आदी हो गए थे। खड़े थे कभी टस से मस नहीं होने के लिए पहाड़।

मन नहीं माना परसन की पत्नी का। वह सोचती रही कि इक्कीस रोटियाँ तो ठीक हैं। पर बिना चावल के तो परसन भूखा ही रहेगा। बहुत सोचा उसने और सवा पाँच सेर चाँवल बाँध दिया परसन के पंछे में। पंछे में अलग से कि बना सकेगा तो बना लेगा चावल पहाड़ पर। नहीं तो चुगा देगा चिड़ियों को चावल। पहाड़ की चिड़ियों ने हो सकता है कभी न चुगा हो चावल। पहली बार जानेंगी वे भी चावल का स्वाद। स्वाद के साथ फुर्र–फुर्र उड़ेंगी, जैसे धान के कूटने पर उड़ती है भूसी।

परसन वीर को छोड़ने पूरा गाँव आया। सुबह–सुबह का समय था। गाँव से दिख रहे आसमान में सूरज नहीं दिख रहा था, पर उसकी उपस्थिति दिख रही थी कि कहीं है सूरज और सुबह उससे झाँक रही है। क्योंकि गाँव के ऊपर तना छतरी जैसा आसमान नीले रंग में जाग रहा था।

पूर्वज परसन वीर की पीठ पर एक लाल गमछे में इक्कीस रोटियाँ बँधी थीं, जिसमें उसकी पत्नी की अँगुलियों के निशान थे। रोटियों के साथ बँधी थीं इक्कीस प्याज और इक्कीस मिर्च। एक–दूसरे गमछे में सवा पाँच सेर चावल और एक पीतल की गंजी बँधी थी। जिससे वह गमछा एक बड़े ऊबड़–खाबड़ गोले की तरह दिख रहा था। परसन वीर की देह के डोलने पर वह पंछे का गोला देह से ज्यादा डोल रहा था। डोलते गोले के साथ एक तूँबा भी कन्धे पर डोल रहा था जो एक बड़ी–सी लौकी को सुखाकर बनाया गया था। तूँबे को परसन वीर की पत्नी ने जल से भर दिया था। तूँबा गले तक भरा था कि परसन अपनी प्यास बुझा सके।

परसन वीर ने बंडी पहन रखी थी सफेद। सफेद धोती थी उसके घुटनों तक। धोती सफेद झक्क थी। एकदम नई। गाँव के बुनकर ने कल ही बुना था इस धोती को परसन के लिए। बंडी अलबत्ता वह थी जो सबसे अच्छे कपड़े की उसकी सबसे अच्छी बंडी थी और जिसे वह कभी–कभी किसी उत्सव में ही अब तक पहना था। बंडी नई नहीं थी, पर बहुत पुरानी भी नहीं दिख रही थी। वैसे वह आमतौर बंडी नहीं पहनता था। रहता था खुले बदन हमेशा। ठंड के दिनों में जब बरसती ठंड पीठ पर तो देह में कम्बल लपेट लेता था। इस तरह उसे बंडी की जरूरत किसी उत्सव में ही पड़ती थी। पड़ती थी शादी–ब्याह में। इस तरह एक ही बंडी को बरसों हो गया था। पर वह पुरानी नहीं पड़ी थी।

परसन वीर की देह काले रंग की थी। काली इतनी कि उसमें कोई और रंग शामिल करो तो वह रंग अपनी पहचान खो काला हो जाए। उसकी काली देह में उसकी झक्क सफेद धोती और बंडी अलग से चमक रही थी। उसकी कमर में लाल पंछा बँधा था कसकर। पंछे में तीर खुँसे थे। बँधे थे तीर एक साथ पाँच–पाँच–छह–

छह की झुंड में। जितने तीर परसन खोंस सकता था, अपनी कमर में खोंस लिया था उसने। तीरों की नोक धोती की ओर थी और सिरा उनका बंडी को छू रहा था, जिसमें चिड़ियों के पंख लगे थे। पंख तीरों को उड़ाने के लिए थे। परसन की बंडी पर तीरों के पंख आकृति गढ़ रहे थे। उस आकृति को देख लग रहा था कि तीर अब उड़ेंगे तब उड़ेंगे।

धनुष परसन वीर के दाएँ कन्धे पर था। बहुत बड़ा नहीं था धनुष। बस इतना बड़ा था कि जितना बड़ा परसन वीर का धड़। जब परसन वीर कन्धे से उतारता था धनुष तो खट् से हाथ में आ जाते थे कमर पर बँधे तीर। यह एक साथ होता था। चमक पड़ते थे तीर। तीर खट् से खतरे की ओर चल पड़ते थे। परसन इस गाँव का सबसे चपल, सबसे अधिक वीर और सबसे अधिक बुद्धिमान आदमी था।

परसन के गाँव के सभी लोग पहाड़ के पास पहुँच गए। ठीक वहाँ, जहाँ से नदी पहाड़ को छूती कहीं गुम हो रही थी। नदी इस पहाड़ से नहीं उतरी थी, जिस पर परसन चढ़ने वाला था। नदी कहाँ से आई थी और कहाँ चली जा रही थी, यह गाँव का कोई मनुष्य नहीं जानता था। नदी दो पहाड़ों के बीच से रास्ता निकाल बह रही थी। वह इस तरह थी जैसे कि गाँव को जल देने भीतर आई है और जल देकर बाहर जा रही है। वह लगातार आ रही है गाँव को जल देने गाँव के पास। नदी आ रही थी गाँव के पास पहाड़ों के नीचे से रास्ता बनाती। गाँव को देकर जल, पहाड़ों के नीचे ही रास्ता बनाती, नदी जा रही है गाँव से बाहर। वह जगह जहाँ अभी परसन और गाँव के सभी जन खड़े थे, नदी की कल-कल की इतनी तेज आवाज थी कि गाँव के लोग आपस में जोर-जोर से बतिया रहे थे। बतिया रहे थे इस तरह जैसे दूर खड़े साथी को आवाज दे रहे हों।

नदी के किनारे पाँच नाव बँधी थीं। पूरा गाँव उन पाँच नावों में सवार हो नदी के उस पार चल पड़ा। उस पार, जहाँ से नदी पहाड़ को छू रही थी। नदी के उस पार पहुँचने के बाद ही कई गाँववालों ने पहली बार पहाड़ की ऊँचाई की भव्यता को महसूस किया। इतना ऊँचा पहाड़ कि सिर उठाओ कितना भी पर पहाड़ की चोटी न दिखे। इतना ऊँचा पहाड़ कि चोटी आसमान में गुम थी। पता नहीं पहाड़ की चोटी थी भी या नहीं...पहाड़ की ऊँचाई को देख गाँव चिन्तित हो गया बहुत। लगा गाँव को कि परसन वीर चढ़ेगा पहाड़ तो फिर कभी पहाड़ से उतर पाएगा या नहीं...

गाँव ने एक स्वर में परसन से कहा कि परसन वीर, एक बार फिर सोच लो...यह पहाड़ बहुत ऊँचा है...हो सकता है कि यह आसमान को पार कर उसके भी ऊपर चला गया हो...हो सकता है, यह चला गया हो अन्तरिक्ष में कहीं...हो सकता है कि तुम्हारे तय किए इक्कीस दिन कम ही पड़ जाएँ...हो सकता है कम पड़ जाए खाना-पानी...हो सकता है साँसें कम पड़ जाएँ तुम्हारी...

गाँव के लोगों की बातें सुन मुस्कुराया परसन। परसन ने कहा कि तुम लोग

चिन्ता मत करो। मैं ठीक इक्कीस दिन बाद इस पहाड़ से नीचे उतरता दिखूँगा। ठीक इक्कीस दिन बाद सूरज ढलते ही मैं यहाँ होऊँगा तुम सबके बीच।

यह कहकर परसन बैठ गया पालथी मार। बैठ गया ठीक पहाड़ के नीचे। अब उसकी पीठ की ओर पहाड़ था और सामने पाँच नावों को हिलाती नदी बह रही थी। पूरा गाँव खड़ा था उसके सामने। गाँव का एक-एक बच्चा था परसन के सामने। गाँव की झोंपड़ियाँ नहीं आ पाई थीं परसन को छोड़ने कि वे आना चाहती थीं, पर आतीं तो उनके भीतर का सब कुछ बिखर जाता। बिखर जाती घर-गिरस्ती।

परसन ने सोचा कि वह कितना भाग्यशाली है कि पूरा गाँव उससे प्रेम करता है। इसी प्रेम ने उसके भीतर पहाड़ चढ़ने का साहस पैदा किया है। यह सिर्फ परसन जानता था। नहीं जानता था गाँव परसन के साहस का रहस्य।

सबसे पहले परसन की पत्नी ने टीका किया उसका और काँसे की थाली पर जल रहे आटे के दीये से उसकी आरती उतारी। फिर फुसफुसाकर उसके कान में कुछ कहा। उसके फुसफुसाने से शरमाती मुस्कुराहट जागी परसन के चेहरे पर।

उसकी पत्नी के बाद गाँव की सभी बुजुर्ग महिलाओं ने उसका टीका किया। फिर युवा स्त्रियों और बच्चियों ने। फिर पुरुषों और बच्चों ने। फिर अपनी माँ की गोद से माँ के हाथों के सहारे नन्हे बच्चों ने अपनी नन्ही अँगुलियों से छुआ परसन-वीर का माथा। गद्‌गद हो गया माथा परसन वीर का। इतना टीका हुआ कि रँग गया पूरा माथा लाल-पीला। नाक में भी चढ़ गया था हल्दी-सिन्दूर। हल्दी-सिन्दूर के छींटों से रँग गया परसन वीर का चेहरा।

परसन वीर की पीठ जब गाँववालों की ओर हुई तो वह भूल गया गाँव के सभी लोगों को। उसे दिखा बस पहाड़। परसन ने पहाड़ पर अपना दाहिना पैर रखा। बायाँ पैर उठाते ही वह पहाड़ था।

धरती जो बहती नदी के किनारे पर थी, परसन के लिए धीरे-धीरे नीचे होने लगी। गाँववाले उसी धरती पर बैठे पहाड़ चढ़ते परसन वीर को देख रहे थे। वह पहाड़ पर रेंगता-सा चढ़ रहा था। चढ़ रहा था अपने दोनों हाथों और पैरों की मदद से। बैठे रहे गाँव के सभी लोग। जब तक दिखता रहा परसन वीर, बैठा रहा गाँव। बैठे-बैठे दोपहर हो गई। जब परसन वीर दोपहर में पहाड़ पर आधी रोटी खाता दिखा नमक, प्याज और मिर्च के साथ तो गाँववालों ने भी अपने साथ लाई रोटी खाई। खिलाया बच्चों को, गोद में थे जो बच्चे उन्हें माँओं ने दूध पिलाया।

गाँव के सभी लोग, यहाँ तक कि बच्चे भी, पहाड़ चढ़ते परसन वीर को देखते रहे लगातार। लगातार देखते रहे गाँव के लोग कि परसन वीर के पैरों के नीचे कैसे बार-बार दब रहा है पहाड़। देखते रहे सभी जब तक गाँव के आसमान से दिन अदृश्य सूरज के साथ गायब नहीं हो गया। दिन के गायब होते ही हो गया गायब परसन वीर भी। खो गया पहाड़ में परसन वीर।

जैसे ही दिखना बन्द हुआ परसन वीर, समेट लिया गाँव के लोगों ने अपने को। गाँव के सभी जन पाँच नावों में बैठे और नदी पार किया। उनके घर अँधेरे में डूबे उनका इन्तजार कर रहे थे। घर में दीया-बाती करनी थी। चूल्हा जलाना था। स्त्रियों को रात्रि का भोजन पकाना था।

जैसे दोपहर लौटती है सन्ध्या में...सन्ध्या लौटती है रात्रि में...जैसे रात्रि लौटती है सुबह में...जैसे सुबह लौटती है दोपहर में...ठीक वैसे ही लौट रहे थे गाँव के सभी जन। नदी का जल नीले और काले रंग में एक साथ चमक रहा था। सभी पाँच नावों में बैठे थे शान्त। बस चप्पुओं की आवाज आ रही थी। आश्चर्य था कि नन्हे बच्चे अपनी माँओं की गोद में जाग रहे थे, पर रो नहीं रहे थे।

परसन पहाड़ चढ़ता गया। चढ़ता गया। पहाड़ बहुत ऊँचा था। नीचे से जितना दिख रहा था, उससे कहीं ज्यादा ऊँचा था पहाड़। पहाड़ ज्यादा ऊबड़-खाबड़। कठिन था ज्यादा। ज्यादा पथरीला था।

मनुष्य पहाड़ चढ़ता है तो पहाड़ बढ़ाता जाता है अपनी ऊँचाई। परसन के साथ भी खेल रहा था पहाड़। परसन को एक लम्बी चढ़ाई के बाद अपनी फूलती साँसों को इकट्ठा करना पड़ रहा था। बैठना पड़ रहा था, किसी उभरी चट्टान के सहारे, बार-बार उकड़ूँ। जब भी वह इस तरह बैठा दिखता पहाड़ को तो पहाड़ मुस्कुराता। ऊपर पहाड़ पर ठंडी हवा बह रही थी, पर परसन पसीने से लथपथ था।

परसन के सिर के ऊपर पहाड़ की ऊँचाई थी और नीचे गाँव की आस थी। आस थी चमकती सी कि परसन पहाड़ को जीतकर ही आएगा। परसन वीर चाहकर भी नीचे उतर नहीं पा रहा था। गाँव की उससे जुड़ी आस, उसके थकान से चूर हो जाने के बावजूद, बार-बार उसे ऊपर पहाड़ की चोटी की ओर धकेल रही थी। अधबीच अगर उतर जाएगा परसन वीर पहाड़ की चुनौतियों से हारकर तो क्या मुँह दिखाएगा गाँववालों को। गाँववालों के सामने नहीं रह पाएगा परसन, परसन वीर। हँसेंगे सब। बरसों की वीरता और बरसों का किया-धरा मिट्टी में मिल जाएगा। ख्याति बहुत ही क्षण-भंगुर होती है। हजारों अच्छे काम जुड़े हों नाम से, पर एक अधूरा कार्य ख्याति को धूल में मिला देता है। एक बुरा कार्य हजार अच्छे कार्यों को नष्ट कर देता है। परसन वीर नहीं चाहता था कि उसकी ख्याति धूल हो जाए।

परसन चढ़ता गया पहाड़। गाँव की नीचे चमकती आस उसे शक्ति देती गई। रोटियाँ धीरे-धीरे कम होने लगीं। एक के बाद दूसरा दिन बीता। दूसरे के बाद तीसरा दिन। तीसरे के बाद चौथा दिन बीता। इस तरह बीतते गए दिन। इसी तरह दिन के बाद आईं रातें और बीतती गईं। परसन पहाड़ चढ़ता गया। अब उसे गाँव दिखना बन्द हो चुका था। वह नीचे देखता तो भी पहाड़ ही दिखता।

गाँव की आस हर रात तीन बार बिजली की तरह कौंधती है परसन वीर के पास। गाँव की आस अपनी याद दिलाती है परसन वीर को। याद दिलाती है कि लगी

है वह उसके पीछे-पीछे। उसके पीछे-पीछे चढ़ रही है आस भी पहाड़। गाँव की आस ही दे रही है शक्ति परसन वीर को पहाड़ चढ़ने की। पहली बार कोई पहाड़ मनुष्य के पसीने से भीगा था। वर्षा से हमेशा भीगते पहाड़ ने पहली बार मनुष्य की देह से झरने-सा बह रहे खारे पानी का स्वाद चखा था।

जब खत्म हो गई बीस रोटियाँ, बची बस एक रोटी, एक प्याज और एक मिर्च तो परसन वीर ने अपने को पहाड़ के ऊपर पाया। वह पहाड़ के सिर पर खड़ा था। पहाड़ अब परसन वीर के नीचे था।

पहाड़ चढ़ने से पहले परसन ने सोचा था कि ज्यादा से ज्यादा पन्द्रह दिन लगेंगे पहाड़ चढ़ने में। जानता था कि चढ़ना कठिन होगा। होगा उतरना आसान चढ़ने से। सोचा था, छह दिन में नीचे उतर आएगा वह। इस तरह कुल इक्कीस दिनों का हिसाब परसन ने लगाया था। नीचे से देखने पर पहाड़ को बना था बस इक्कीस दिनों का हिसाब। पर ऐसा हो नहीं पाया था। परसन वीर का हिसाब सारा गड़बड़ा गया था।

पहाड़ सीधी ऊँचाई पर था। पथरीला था। था कठिन। पहाड़ ने उसके चढ़ने को लगातार जटिल बनाया था। पहाड़ ने परसन के पन्द्रह दिनों के अन्दाज को गलत साबित कर दिया था। परसन पन्द्रहवें दिन नहीं, ठीक बीसवें दिन पहाड़ के ऊपर था। हिसाब गड़बड़ा गया था। रोटियाँ खत्म हो चुकी थीं। बची थी बस एक रोटी—एक प्याज और एक मिर्च के साथ। चावल बचा था सवा पाँच सेर। उसी चावल का आसरा था। यह आसरा पत्नी के प्रेम से उपजा था कि परसन को चावल पसन्द है। इसलिए बाँध दिया था पत्नी ने सवा पाँच सेर चावल कि जहाँ दिखे आग की गुंजाइश परसन पका सके चावल।

अब आसमान परसन के बहुत पास था। उसे लग रहा था कि हाथ उठाकर वह उसे छू सकता है। वह जब पहाड़ के शीर्ष पर पहुँचा तो सूरज जाने की तैयारी में था। आसमान गहरा नीला था और काले रंग की ओर जा रहा था। सूरज आसमान के विस्तृत छोर पर था। था वहाँ, जहाँ आसमान धरती को छू रहा था। गहराता सूरज बड़ा और सुन्दर था। था इस तरह, जैसे धरती के भीतर घुस रहा हो। पहाड़ से दूर आसमान नीचे धरती को छूता पहली बार परसन वीर को दिख रहा था। पहली बार परसन ने यह जाना था कि आसमान का कोई छोर नहीं है। अनन्त है आसमान। सूरज जिस छोर पर टिका डूब रहा है, वह आसमान के छोटे होने का भ्रम है बस।

इतना बड़ा और विस्तृत आसमान परसन पहली बार देख रहा था। वह भूल गया था कि वह कहाँ खड़ा है। वह पहाड़ को बिल्कुल भूल गया था। आसमान जैसे ही नीले से काला हुआ, धरती से गायब हो गया आसमान। आसमान के साथ गायब हो गया धरती में घुसता सूरज। सूरज के गायब होते ही दिखा बड़ा-सा चन्द्रमा। पूर्ण चन्द्रमा एक। उसके आस-पास दिखे असंख्य तारे। आसमान तारों से भरा था। अनन्त था। नहीं दिख रहा था, पर दिख रहा था तारों की जगमग में।

इसके पहले परसन अपने गाँव से एक छोटा-सा आसमान देखता था। चारों तरफ से पहाड़ों से घिरा आसमान। छतरी-सा आसमान। तय था कि पहाड़ों ने ही छुपा रखा है था आसमान को अब तक अपने भीतर। परसन समझ गया आसमान का कोई दोष नहीं है। नहीं है दोष सूरज का। चन्द्रमा का भी कोई दोष नहीं है। तारे तो भोले-भाले शिशु हैं। उनका दोष तो नहीं ही है। दोषी हैं बस पहाड़।

जब तक गाँव को घेरे हैं ये पहाड़, नहीं है गाँव के पास विस्तृत आसमान। सारा दोष पहाड़ों का ही है। पहाड़ों ने चारों तरफ से घेरकर छुपा लिया है आसमान अपने भीतर। पहाड़ खिसक जाएँ तो दिखेगा पूरा आसमान गाँव से। तब आसमान देखने के लिए पहाड़ चढ़ना नहीं पड़ेगा।

हट जाएँ अगर पहाड़ तो तरेसगा नहीं गाँव देखने के लिए पूरा सूरज और चन्द्रमा पूरा। अभी गाँव से रात में कभी-कभार ही दिखता है एकाध तारा। तारा एकाध, जैसे भटककर आ गया हो गाँव के छोटे-से आसमान में। चन्द्रमा तो दिखता ही नहीं है। पहाड़ों के खिसकते ही गाँव का आसमान तारों से भर जाएगा। दिखेगा चन्द्रमा। चन्द्रमा घटता-बढ़ता। तब बस गाँव के लिए उगेगा सूरज। सूरज डूबेगा गाँव के लिए। तब बस गाँव का सौन्दर्य होंगे चन्द्रमा-तारे। चन्द्रमा-तारे तब परसन के गाँव के लिए चमकेंगे।

परसन वीर ने एक कथा सुनी थी बचपन में। उसकी माँ ने उसे सुनाई थी वह कथा। हजारो-हजार बरस पहले पहाड़ थे नहीं। आसमान पृथ्वी के इतना अधिक पास था कि बस पृथ्वी से पाँच हाथ ऊँचा था। मनुष्यों का कद एक हाथ से भी कम था। एक हाथ के मनुष्यों को पाँच हाथ ऊँचा आसमान बहुत ऊँचा नहीं लगता था, पर किसी तरह की परेशानी भी वे नहीं अनुभव करते थे। आसमान अपनी जगह और मनुष्य अपनी जगह थे।

आसमान से पाँच हाथ नीचे की इस धरती पर एक दिन एक बच्ची जन्मी। जब जन्मी तभी वह लोगों को कुछ बड़ी-बड़ी-सी लगी। लगा कि उसका कद एक औसत जन्मे बच्चे से थोड़ा ज्यादा ही लम्बा है। वह बच्ची जैसे-जैसे बड़ी होती गई, उसका कद बढ़ता गया। एक हाथ ऊँचे मनुष्यों के कद के बढ़ने के औसत से ज्यादा बढ़ता गया उस बच्ची का कद। पाँच बरस में उसने एक हाथ का कद कब का पार कर दिया था, जो उस समय मनुष्यों का अधिकतम कद था। जब वह किशोर हुई तो उसका कद आसमान छूने लगा जो पाँच हाथ ऊँचा था।

वह चलती तो बादल उसके बालों को सहलाते चलते। अजूबा थी वह सबके लिए। उसे देखने के लिए, धरती के एक हाथ ऊँचे मनुष्यों को, हमेशा सिर इतना ऊँचा उठाना पड़ता था कि गरदन पीठ को बस छूने-छूने से बची रह पाती थी किसी

तरह। गरदन उससे पीछे जा भी नहीं पाती थी। लोगों को उस लड़की को देखने में परेशानी होती थी।

बच्चे जो हथेली बराबर थे, धरती पर लेटकर देखते उसे। पहले डरते थे। फिर हँसते थे। देख उसे हँसते-हँसते धरती पर लोटते रहते थे। वह बच्चों को अपने कन्धों पर बिठा लेती। बच्चे अपने दोनों हाथ ऊपर कर बादलों को छूने का खेल खेलते रहते। नीचे धरती पर उनके माँ-बाप थोड़ा चिन्तित और थोड़ा खुश उन्हें देखते रहते, अपनी गरदन को पीठ तक पीछे कर कठिन मुद्रा में। अपने से बहुत बड़ी बच्ची के कन्धों पर बैठे नन्हे बच्चों को अपने माँ-बाप इतने छोटे दिखते कि उन्हें लगता कि माँ-बाप उनके इतने छोटे क्यों हैं? इतने छोटे क्यों हैं वे खुद?

सब उस बच्ची की तरह लम्बे नहीं होना चाह रहे थे, पर नन्हे बच्चे तो चाहते ही थे कि इतने लम्बे हो जाएँ कि आकाश को छूते हुए चलें...

धीरे-धीरे लड़की युवा हो गई। अगर वह सीधी खड़ी रहती तो उसका सिर अब आसमान के भीतर चला जाता था। अब उसे पहली बार झुककर चलना पड़ रहा था कि वह धरती को ठीक से देख सके। देख सके लोगों को ठीक-ठीक। धीरे-धीरे वह सात हाथ ऊँची हो गई। ऊँची हो गई आसमान से दो हाथ ज्यादा। आसमान धरती से बस पाँच हाथ ऊँचा था। उसे अब धरती पर झुककर चलना पड़ रहा था। कोई चारा नहीं था झुककर चलने के अलावा। कोई और रास्ता नहीं था। झुककर चले लड़की या हो जाए बादलों में गुम। क्या करती लड़की! वह चलती रही बरसों झुककर। वह भूलने लगी अपना असली कद। महीने में कभी-कभार, एकाध बार वह सीधी करती अपनी कमर तो उसका सिर सीधे आसमान में घुस जा रहा था और उसे कुछ दिखाई नहीं दे रहा था। बादल साँसों के साथ भीतर घुसने लगते। घुटने लगता दम तो वह हड़बड़ाकर झुक आती अपनी कमर पर। बन जाती कुबड़ी।

इस तरह बरसों हो गए। वह चलती रही झुककर। झुकी-झुकी ही वह बढ़ती रही अपनी उम्र में। इस तरह वह अपनी ऊँचाई पर कभी नहीं आ पाई अपने मन से। अपने कद को कभी नहीं पा पाई वह अपने मन से। आसमान हमेशा उसकी इच्छा के आड़े आ रहा था। अब वह आसमान से इस बात पर तंग थी कि वह धरती के इतने पास था। वह दिन-रात सोचने लगी कि इस आसमान का क्या करे, जिसके होने से उसके पास सोने की मुद्रा ही बची थी ठीक से। खड़े होने, उठने, बैठने की मुद्राएँ इतनी कठिन थीं कि जैसे जीवन में नहीं ही थीं। लड़की के जीवन की सारी भंगिमाएँ और मुद्राएँ गड़बड़ा गई थीं। झुके-झुके ही वह बूढ़ी हो रही थी। उसका ब्याह नहीं हो पा रहा था। इतनी लम्बी स्त्री से कौन ब्याह करता! कौन ब्याह करता ऐसी झुकी हुई अजीब स्त्री से! बूढ़ी होती वह आसमान से बहुत दुखी थी। दुखी थी इतना कि रात को वह सोती तो एकटक आसमान को देखती रहती थी कि देखते-देखते अपनी आँखों से उसे ऊपर ठेल देगी। ठेल देगी हजारों हाथ ऊपर धरती से।

एक दिन उस झुकी-झुकी बूढ़ी हो गई स्त्री ने अपनी कमर सीधी की। उस स्त्री ने सीधी की अपनी कमर, जिसके जीवन में आसमान शत्रु-सा था। जिसने उसे सबसे अधिक परेशान किया था। आसमान ने छीन लिया जा उसका मूल-कद। चैन छीन लिया था उसका आसमान ने। बहुत दिनों बाद उस स्त्री ने पता नहीं क्या सोचा और समझा क्या कि उसने अपनी कमर सीधी की। धीरे-धीरे उसने उठाई अपनी कमर। कमर कड़-कड़ की आवाज करती हुई धीरे-धीरे उठी ऊपर। ऊपर आसमान की ओर।

अब उस बूढ़ी स्त्री का सिर आसमान के भीतर था। भीतर था बादलों के। बादलों के कारण उसकी आँखें बन्द हो गईं। बन्द रहीं बहुत देर त॰। बन्द आँखों के आस-पास उसने बादलों और बहुत दिनों बाद सीधी हुई अपनी कमर की तीखी पीड़ा को एक साथ महसूस किया। बहुत देर बाद उसने अपना मुँह खोला। खोला मुँह अपनी साँसों को सहेजने के लिए। नाक में बादलों के भर जाने के कारण साँसें अटपटी हो गई थीं। मुँह खोलते ही बादल भर गए बूढ़ी स्त्री के मुँह में। बेचैन हो गई वह। बादलों ने उसके पूरे चेहरे को जकड़ लिया था। तड़पकर उस बेचैन स्त्री ने आसमान को कहा कि जा मेरे पास से। जा, जाकर स्वर्ग से लग जा। जा ऊपर कि मैं चैन से रह सकूँ। लगभग पूरी उम्र आसमान को झेलने के बाद, सहने के बाद आसमान को, पहली बार उस स्त्री ने आसमान से कुछ कहा था।

आश्चर्य कि उस बूढ़ी हो गई स्त्री के ऐसा कहते ही आसमान धीरे-धीरे ऊपर उठने लगा। थोड़ी देर में उसके कन्धों से ऊपर उठ गया आसमान। फिर आसमान उसके सिर तक आ गया। बादल आँखों से हट गए। दिखने लगा स्त्री को सब कुछ। बरसों बाद वह कमर सीधी कर सब कुछ देख पा रही थी। देख पा रही थी कि आसमान उसके सिर से ऊपर उठ रहा है धीरे-धीरे। स्त्री के देखते ही देखते आसमान इतना ऊपर चला गया, जितना अभी है ऊपर। अब सब कुछ खुला-खुला-सा था। आसमान हजारों कोस ऊपर चला गया था।

काश, बहुत पहले कभी स्त्री यह कह पाती आसमान से कि जा, जाकर स्वर्ग से लग जा! कह पाती अपने जवान दिनों में तो कितना अच्छा होता! स्त्री ने यह सोचा और हँसी। उसके हँसते ही पृथ्वी पर पहली बार अपने आप खिले गेंदे के फूल।

अपने कद पर पूरी खड़ी स्त्री जितना अधिक हँसी, उतने अधिक खिलते गए गेंदे के फूल पृथ्वी पर। उस स्त्री की हँसी की लहर पृथ्वी पर गेंदे की लहर पैदा कर रही थी। इस तरह गेंदे के फूल पृथ्वी पर इसलिए आए कि एक स्त्री की बरसों से झुकी कमर के कष्ट के दूर होने की खुशी प्रकट कर सकें। खुशी प्रकट कर सकें कि एक स्त्री के अपने कद पर पूरी खड़े होने की...

पहाड़ की चोटी से आसमान देखता परसन वीर अपनी इक्कीसवीं रोटी अभी नहीं खाना चाह रहा था। यह अन्तिम रोटी थी। अन्तिम प्याज और अन्तिम मिर्च।

उसे अभी पहाड़ उतरना था। वह नहीं जानता था कि उतरने में लगेंगे कितने दिन। चढ़ने में तो लग गए थे उसे बीस दिन। वह एक समय में आधी रोटी, आधी मिर्च और आधे प्याज को खाकर बीस दिन निकाल चुका था। अब उसके पास एक दिन की रोटी और बची थी। देह थकान से चूर थी। एक-एक कदम उसका एक-एक मन का था भारी। उसने सोचा कि रात वह बस रोटी का चौथाई टुकड़ा खाएगा। खाएगा चौथाई टुकड़ा मिर्च। प्याज का चौथाई टुकड़ा खाएगा बस।

आसमान तेजी से गहरे नीले की ओर उतर रहा था। सूरज को धरती आधा खा चुकी थी। परसन वीर की आधी रोटी की तरह बचा था सूरज धरती पर। धरती पर आधा धँसा बचा था सूरज। परसन जानता था कि आसमान का यह गहरा नीलापन थोड़े समय बाद ही काला हो जाएगा। तारों के साथ आसमान में चन्द्रमा ऊपर उठेगा पूरा। आसमान चन्द्रमा और तारों का रहेगा। आसमान रहेगा, पर दिखेगा नहीं। दिखेंगे बस चन्द्रमा और तारे।

यह बीसवाँ दिन था। यह जो परसन को पहाड़ चढ़ने में लग गए थे, यह बीसवें दिन की रात्रि की ओर फिसल रहा दिन था। यह पूर्णिमा का दिन था। यह दिन था पूर्ण-चन्द्र का। परसन के देखते ही देखते पहाड़ नीले उजाले में डूब गया। नीला उजाला जो सीधे चन्द्रमा से झर रहा था, भिगो रहा था पहाड़ को नीले रंग में।

उस दिन परसन को क्या पता था कि पहाड़ पर उसके लिए नीली रोशनी गिराता चन्द्रमा, उसी के एक परिवार में कई पीढ़ियों बाद जन्मे एक बच्चे भुलवा का प्रतिद्वन्द्वी बन जाएगा। बन जाएगा वासनालोलुप। भुलवा की प्रेमिका विराजो से सम्भोग करेगा। चन्द्रमा से खाली हो गए आसमान को बेहोश आँखों से देखता भुलवा पड़ा रहेगा, ठीक उसी समय धरती पर जब सम्भोगरत रहेगा चन्द्रमा। बेहोश भुलवा को कुछ पता नहीं चलेगा। उस रात के बाद बचा रह पाएगा भुलवा बस भटकने के लिए। विराजो को सोचेगा और सोचते-सोचते भटकता रहेगा। भुलवा के साथ-साथ भटकेंगे जंगल, पहाड़, पेड़, पशु, पक्षी, नदी...किसे पता था कि नदी के किनारे-किनारे नदी भी भटकेगी भुलवा के साथ-साथ। परसन को यह कहाँ पता था!

चन्द्रमा की नीली रोशनी में परसन खोजने लगा ऐसी जगह जहाँ रात बिताई जा सके। खाया जा सके रोटी का चौथाई टुकड़ा। चौथाई टुकड़ा मिर्च का। प्याज का चौथाई टुकड़ा खाया जा सके। बीस रातें गुजर चुकी थीं। गुजर चुके थे उन्नीस दिन पहाड़ चढ़ते हुए। यह बीसवाँ दिन पहाड़ की चोटी पर समाप्त हो रहा था।

दिन भर से थका और पस्त था परसन। उसने अब तक लगभग चट्टानों पर बैठकर या मजबूत झाड़ियों और पेड़ों पर चढ़कर अपनी रातें गुजारी थीं। क़भी-कभी पहाड़ कोई खोह खोल देता था परसन के सामने कि रात गुजारो यहाँ। पर ऐसा कम ही हुआ था। किसी तरह गुजरी थीं परसन की बीस रातें। बीस रातों में से एक के

पास भी परसन की गहरी नींद नहीं थी। नींद थीं बीस, अधूरी रातों में छटपटाती। परसन एक भी रात गहरी नींद नहीं सो पाया था। इस भय से नहीं सो पाया था कि पहाड़ गहरी नींद में कहीं उसे नीचे न धकेल दे।

पहाड़ अपनी चोटी पर खुला-खुला-सा था। खुला-खुला-सा था, ऊबड़-खाबड़ मैदान-सा। मैदान जिसमें जहाँ-तहाँ टीले उग आए हों। उग आए हों पेड़ जहाँ-तहाँ। पर पहाड़ पर घना जंगल नहीं था। नहीं था पूरी तरह खुला मैदान। सभी कुछ चन्द्रमा की नीली रोशनी में डूबा हुआ था।

परसन जल्द ही खोज लेना चाह रहा था ऐसी जगह, जहाँ वह कम से कम एक रात आराम से बिता सके। बिता सके एक रात गहरी नींद की। गहरी नींद की ऐसी रात, जिसमें वह भूल जाए पहाड़ को और गाँव को जो नीचे छूट गया है और जो उसके लौटने का इन्तजार कर रहा है। वह भूल जाए अपनी पत्नी को जो उसके बच्चे को जनने वाली है। भूल जाए पत्नी की वह बात जो उसने उससे तब कही थी उसके कान में, जब वह पहाड़ चढ़ने के पहले उसका टीका कर रही थी। उतार रही थी आरती। सुनकर थोड़ा शरमाती मुस्कुराहट परसन के चेहरे पर आई थी। जिसे गाँव के किसी जन ने नहीं समझी थी इस तरह कि उस मुस्कुराहट में एक होने वाला बच्चा मुस्कुरा रहा है।

आखिरकार पहाड़ के टीलों और पेड़ों के बीच भटकने के थोड़ी देर बाद, परसन को ऐसी जगह मिल ही गई। वह एक गुफा की तरह थी। दो चट्टानों के बीच अच्छी-खासी खाली जगह थी जिस पर चट्टान की ही छत थी। छत पर पीपल का एक पेड़ धीरे-धीरे बढ़ रहा था।

परसन चट्टानों से बनी उस खोह के भीतर चला गया। छत की चट्टान ने खोह को पूरी तरह ढँका नहीं था। भीतर आने के बाद परसन को पता चला था कि छत से चन्द्रमा की नीली रोशनी भीतर आ रही है। थोड़ी धीमी रोशनी जैसे कहीं से छनकर आ रही हो। रोशनी इस तरह भीतर आ रही थी कि जैसे चन्द्रमा की रोशनी को, खोह में लाने के लिए, छत की चट्टान में छेद कर दिया गया हो। तीन छिद्र। नीली रोशनी की तीन पट्टियाँ भीतर गिर रही थीं। परसन ने उन नीली पट्टियों के बीच खोह के भीतर अपने को खड़ा पाया था। खोह सात हाथ लम्बी और पाँच हाथ चौड़ी थी। परसन के लिए काफी थी।

परसन ने अपने को बीस दिनों बाद भारहीन किया। पहले पीठ पर बँधे धनुष को उतारा। उतारा फिर अपनी कमर से बँधे तीरों को। पीठ से फिर उस गमछे को उतारा, जिसमें बँधी थी बची एक-चौथाई रोटी एक-चौथाई मिर्च और एक-चौथाई प्याज संग। फिर अन्त में उसने उतारा दाएँ कन्धे पर बँधे गमछे को, जिसमें उसकी पत्नी ने चावल बाँध दिया था उसके लिए। चावल देखते ही उसके भीतर चावल का स्वाद जागा। उसके गाँव में चावल ही ज्यादा पैदा होता था। चावल ही लोग सुबह-

शाम खाते थे। उनकी जीभ के पास खाने में सिर्फ चावल का ही स्वाद पड़ा था। गेहूँ तो खेत की एक-दो डोली में किसान बोते थे। बोते थे कि त्योहार-बार में पूड़ी खा सकें। खिला सकें पूड़ी जब दामाद आए घर या आए कोई पाहुना।

चावल देख परसन को उसे पकाने की इच्छा हुई। गमझे में एक छोर पर पीतल की एक छोटी गंजी भी बँधी थी। उसने सोचा, उसकी पत्नी कितनी समझदार है। पर थोड़ी देर बाद जब उसने चावल पकाने के लिए आग को सोचा तो उसे आश्चर्य हुआ कि पत्नी ने गमछे में चकमक पत्थर तो बाँधा ही नहीं है। बिना चकमक के आग कैसे वह जलाएगा। बेवकूफ औरत! उसने सोचा फिर उसने अपने कन्धे से तूँबा उतारा तो देखा उसमें पानी की एक बूँद नहीं है...

परसन सारा सामान खोह के भीतर छोड़ बाहर आया। फिर उसने खोह के बाहर की धरती पर अपने कान लगाए। पहले बायाँ कान। फिर पलटाया सिर और दायाँ कान। कान लगा सुनने लगा धरती को। थोड़ी दूर पर जल की हलचल उसने सुनी। बहुत बारीक हलचल जो पहाड़ के भीतरी चट्टानों को पार करती उसके कानों तक पहुँच रही थी। परसन खुश हो गया। वह खोह के भीतर गया। तूँबा उठा लाया। पास ही पड़ी एक बड़ी चट्टान से उसने खोह के मुँह को बन्द कर दिया कि उसके अलावा कोई हो यहाँ और आ जाए यहाँ तक तो सामान देख लालच में न पड़ जाए। परसन के पास बहुत कुछ था नहीं। जितना था, वह पहाड़ उतरने तक लगनेवाले समय के लिए काफी नहीं था। इसलिए वह चौथाई रोटी को बचाना चाह रहा था। चाह रहा था एक मुट्ठी चावल को पकाना।

परसन को ज्यादा भटकना नहीं पड़ा। कुछ ही दूरी पर एक छोटा-सा तालाब दिखा। चट्टानों के बीच तालाब का जल चन्द्रमा की नीली रोशनी में चमक रहा था। पारे-सा झिलमिल जल। परसन ने सबसे पहले अपनी बंडी उतारी। उतारी फिर अपनी धोती। लँगोट सहित वह उतर गया तालाब में। तालाब के नीले जल में एक काली चट्टान लम्बी तैरने लगी।

तैरते-तैरते जब मन भर गया परसन वीर का और उतर गई पूरी थकान तो परसन बाहर आया। तालाब का जल गुनगुना गरम था। परसन की सारी थकान जो लगातार बीस दिन पहाड़ चढ़ते हुए भीतर इकट्ठी हो गई थी, तालाब के जल में घुल गई। वह बाहर आया। लँगोट, बंडी, धोती को डुबोया जल में। निचोड़ा जल लँगोट, बंडी-धोती से। फिर उसने पहन ली लँगोट, उसके ऊपर धोती, फिर बंडी। तूँबे को भर लिया तालाब के जल से और चल पड़ा खोह की ओर...

परसन जब खोह के मुहाने पर वापस पहुँचा, वह तरोताजा था। खोह के मुहाने पर रखी चट्टान को उसने खिसकाया। लगा कि चट्टान पहले से हल्की है। हल्की

है उस समय से जब उसने रखा था उसे मुहाने पर। नहाकर खोई ताकत अपनी परसन ने पा ली थी वापस।

परसन खोह के भीतर गया। गंजी में उसने मुट्ठी भर चावल डाला। खोह में वह चावल नहीं पकाना चाह रहा था। वह बाहर आया। दो पत्थरों को पास-पास रखा। रखा एक-दूसरे के समानान्तर और तीसरे को उनके पीछे। पीछे उन दोनों पत्थरों को छूते हुए। चूल्हा तैयार हो गया था। उसने आस-पास के पेड़ों की नीचे गिरी सूखी टहनियों को चुना और सजा दी चूल्हे में। पत्नी चकमक पत्थर रखना भूल गई थी। उसने दो छोटे पत्थरों को चकमक पत्थर की तरह उपयोग में लाने की कोशिश शुरू की। ऐसा वह पहले भी कर चुका था। इसमें समय लगता था, पर परसन आग पैदा कर ही लेता था। आग पत्थरों के भीतर थी और जब वे टकराते थे तो बाहर आ ही जाती थी...

मुट्ठी भर चावलों ने पककर गंजी को भर दिया। हो गए कई मुट्ठी चावल। खोह के भीतर गया ही नहीं परसन। बाहर बैठे-बैठे ही उसने पहले गरम-गरम चावल खाया। वह बीस दिनों बाद चावल खा पा रहा था। गरम-गरम चावल, बिना मिर्च, प्याज और नमक के, उसे स्वादिष्ट लग रहा था।

चावल खाने के थोड़ी देर बाद थकान ने उसे घेरना शुरू किया। उसकी आँखें बन्द होने लगीं। चूल्हे की आग को उसने जलने दिया। जानवर आग से डरते हैं। वह खोह के भीतर गया कि एक गहरी नींद ले सके। वह बीते बीस दिनों में एक बार भी गहरी नींद नहीं ले पाया था।

परसन जब खोह में लेटा तो उसके पैर ठीक खोह के मुहाने तक आ रहे थे। परसन छह हाथ से ऊँचा आदमी था। पैर तो बाहर निकलने थे। सात हाथ लम्बी खोह थी मुश्किल से। सिरहाने परसन का सामान था। परसन को नहीं लग रहा था कि पहाड़ पर जानवर होंगे। शेर, भालू, चीता। अभी तक उसे उनके होने की आहट नहीं मिली थी। पर वे हो सकते थे। वह खोह से बाहर आया और खोह के मुँह पर उस चट्टान को इस तरह थोड़ी दूर पर रख दिया कि भीतर जाकर उसे खींच सके खोह के मुहाने पर कि दिखें नहीं उसके पैर जानवरों को। नहीं तो गहरी नींद में पैरों को पकड़ खींच ले जाएगा जानवर उसे अपनी खोह में।

अब परसन खोह के अन्दर था। तीन नीली पट्टियाँ गिर रही थीं उसकी देह पर। वह उन नीली पट्टियों को देखता रहा कि कहाँ से और कैसे गिर रही हैं वे। वे उसकी जाँघों और माथे को छू रही थीं। पट्टियों को देखते-देखते ही वह गहरी नींद के भीतर चला गया। परसन के खर्राटों से थरथराने लगीं खोह की चट्टानें। छत की चट्टान भी काँप रही थी खर्राटों की लय पर और उस पर उगा पीपल का नन्हा पेड़ जल्दी-जल्दी बड़ा होने लगा।

पहाड़ सुन रहा था परसन के खर्राटे ध्यान से। पहाड़ ने अपने ऊपर सो रहे एक मनुष्य की गहरी नींद से आ रहे खर्राटों को पहली बार सुना था। पहाड़ को कुछ

विचित्र-सा लगा। परसन की गहरी नींद और उससे उठ रहे तेज खर्राटे अजीब थे। पहाड़ ने अपने भीतर हल्की-सी कँपकँपाहट महसूस की खर्राटों के अजीबपन के कारण। पर चिन्तित नहीं हुआ पहाड़। पहाड़ अच्छी तरह जानता है कि मनुष्य या जानवरों की नींद से उठ रही आवाजें उसे क्षति नहीं पहुँचा सकती हैं...

गहरी नींद तो गहरी नींद होती है। होती है कुएँ से भी गहरी। गहरी समुद्र की गहराई से भी गहरी। पता नहीं कितनी देर सोता रहा परसन बेहोश-सा। उठा वह तब अचानक, जब परसन की नींद के भीतर एक हल्ला तीर की तरह घुस आया। परसन हड़बड़ाकर उठा। उठा तो अपने को सन्नाटे में पाया। हल्ला अब सुनाई नहीं दे रहा था। वह खोह में पैर सिकोड़कर बैठा रहा। बैठा रहा चन्द्रमा से अब भी झर रहीं रोशनी की नीली पट्टियों के बीच। परसन ने सोचा कि हल्ला उसने गहरी नींद में सुना है। सोचा, हल्ला उसके स्वप्न के भीतर से उठा होगा। उठा होगा उसकी गहरी नींद के भीतर से। यह सोच परसन फिर लेटने लगा। अभी वह लेट नहीं पाया था कि उसने सुनी गुर्राहट। दो गुर्राहटें एक साथ आ रही थीं। धीमी से तेज होती गुर्राहटें।

परसन खिसकते हुए खोह के मुहाने पर आ गया। मुहाने पर पत्थर के पीछे से छुपे-छुपे ही उसने देखने की कोशिश की कि कहाँ से आ रही हैं गुर्राहटें। पहले तो उसे कुछ दिखा नहीं। बस गुर्राहटें सुनाई देती रहीं। उसने सोचा मुहाने के पत्थर को धकेलकर बाहर आए और देखे कि कहाँ हैं गुर्राहटें।

वह सोच ही रहा था कि ठीक मुहाने के पत्थर के पास उसने दो विशाल पैरों को देखा। दोनों विशाल पैर आमने-सामने थे। थे एक-दूसरे को पीछे धकलते हुए। विशाल पैरों का एक जोड़ा स्त्री-पैर था। दूसरा जोड़ा पुरुष-पैर था। स्त्री के विशाल पैरों में सोने के तोड़े थे। पुरुष पैर में चाँदी का पैजन था। कभी सोने के तोड़े पहने पैर पीछे होते दिख रहे थे। कभी चाँदी के पैजन पहने पैर पीछे होते दिख रहे थे। स्त्री और पुरुष दोनों ताकतवर थे। दोनों एक-दूसरे को बराबरी से धकेल रहे थे। वे ठीक खोह के मुहाने पर दाएँ से बाएँ और बाएँ से दाएँ एक-दूसरे को धकेलते और गुर्राते परसन को दिखाई दिए।

परसन साँस रोके बैठा रहा। बैठा रहा चुपचाप अपनी खोह के मुहाने पर। एक-दूसरे को धकेलते जब वे पैर खोह से थोड़ी दूर हुए तो परसन को दिखा साफ-साफ कि वे सिर्फ पैर नहीं हैं। हैं विशाल मनुष्य। एक स्त्री है और है एक पुरुष। पुरुष का कद ग्यारह हाथ है। दस हाथ है स्त्री का कद। स्त्री ने छिन की नुकीली पत्तियों को वस्त्र की तरह पहन रखा है। विशाल स्तन स्त्री के नग्न हैं और पुरुष के साथ युद्ध में सबसे जाग्रत् लग रहे हैं। कुछ इस तरह जैसे स्त्री की देह से

जुड़े दो विशाल गोले, स्त्री की देह को छोड़ने को छटपटा रहे हों। पुरुष सिर्फ लँगोट पहने था। शेष देह नग्न थी। उसकी लँगोट पेड़ की छाल से बनी थी और उसके विशाल लिंग को कसकर बाँधे हुए थी। स्त्री और पुरुष दोनों एक-दूसरे पर बहुत क्रोधित लग रहे थे। थोड़ी देर बाद ही परसन ने देखा कि वे उठा-उठाकर एक-दूसरे को पटकने लगे हैं।

परसन घबरा गया। हो गया पसीने से तरबतर। इतना तरबतर कि खोह उसके पसीने से गीली हो गई। उसने सोचा नहीं था कि पहाड़ पर उसके अलावा भी उससे लगभग दोगुने कद के स्त्री-पुरुष से उसका सामना हो जाएगा।

वे दोनों विशाल स्त्री-पुरुष बहुत देर तक लड़ते रहे। जब लड़ते-लड़ते पस्त हो गए तो परसन की खोह के सामने ही बिछ गए। थककर चूर लस्त पड़े थे वे दोनों। उनकी थकान से भरी गहरी साँसों से काँप रही थीं पेड़ों की टहनियाँ। खोह काँप रही थीं परसन की। खोह की छत पर उगा पेड़ बनता पीपल का पौधा तो उन विशाल स्त्री-पुरुषों की लड़ाई से इस तरह काँपा कि बचा उखड़ते-उखड़ते। अब सब कुछ शान्त था। था घना सन्नाटा।

थोड़ी देर बाद ही वह विशाल पुरुष फिर उठा। अपनी गहरी और थकान से भरी साँसों को समेट चुका था वह। उठा और उसने स्त्री को एक लात मारते हुए कहा, 'एक बच्चा नहीं जन पा रही है साली...लड़ना आता है, बच्चा जनना नहीं आता...'

विशाल पुरुष के इतना कहते ही लड़ते-लड़ते पस्त पड़ी स्त्री भड़ककर फिर उठ खड़ी हुई। स्त्री ने सीधे पुरुष के लिंग पर निशाना साधा और एक जोर की लात मारी। 'सम्हाल,' स्त्री ने कहा, 'बच्चा मैं नहीं, बच्चा तू पैदा नहीं कर पा रहा है...'

यह उन दोनों स्त्री-पुरुषों का रोज रात इस पहाड़ पर होनेवाला झगड़ा था। पहाड़ परसन के खर्राटों का आदी नहीं था, पर इस झगड़े का आदी था।

उन दोनों विशाल स्त्री-पुरुष का रोज रात का भोजन, आमतौर पर कोई जानवर रहता था। जिसका शिकार दोनों मिलकर दिन में करते थे। दोनों स्त्री-पुरुष रात्रि का भोजन बहुत शान्ति से करते थे। स्त्री हमेशा पुरुष के खाने के बाद खाती थी। जब तक पुरुष खाता रहता, स्त्री छिन के पेड़ की पत्तियों से बने एक बड़े से पंखे से उसे हवा करती रहती थी। यह पंखा उस स्त्री ने ही बनाया था। यह पंखे का पहला आविष्कार था। स्त्री जब तक खाती, पुरुष गुफा के भीतर घास-फूस से बना बिस्तर सहेज लेता था और इस तरह खाती हुई स्त्री पर पंखा झलने के काम से अपने को बचा लेता था।

जब दोनों सोते तो सम्भोग भी शान्ति से करते थे। एक-दूसरे का आनन्द लेते हुए। डूब जाते एक-दूसरे की देह में। डूबते कुछ इस तरह कि एक-दूसरे से बाहर आने में बहुत समय लगता। उनकी सम्भोगजनित आवाजों को सुन-सुन कलप उठता था पहाड़।

सम्भोग तक ही शान्ति रहती थी उनके बीच। सम्भोग के समाप्त होते ही वे अचानक झगड़ पड़ते थे। हमेशा झगड़े का कारण अब तक एक बच्चा नहीं हो पाना था। बच्चा नहीं होने का दोष विशाल पुरुष हमेशा विशाल स्त्री पर मढ़ता था। विशाल स्त्री यह दोष विशाल पुरुष पर मढ़ देती थी।

पहले झगड़ा मुँह से शुरू होता। वे एक-दूसरे को लगातार कोसते। कोसते-कोसते जब थक जाते और दोनों में से कोई चुप होने को तैयार नहीं दिखता तो वे एक-दूसरे पर झपट पड़ते। एक-दूसरे के कन्धों को पकड़, धकेलते गुर्राते एक-दूसरे पर। कभी विशाल स्त्री उस विशाल पुरुष को दूर तक धकेल देती। धकेल देती पहाड़ के अन्तिम सिरे तक। कभी विशाल पुरुष विशाल स्त्री को धकलेता पहाड़ के अन्तिम सिरे तक ले जाता। लगता, अब उनमें से कोई एक पहाड़ से गिरेगा। गिरेगा अभी उनमें से कोई एक किसी एक के धक्के से। पर ऐसा हो नहीं रहा था। अन्तिम सिरे के बाद वे एक-दूसरे को थाम ले रहे थे।

दोनों नहीं चाह रहे थे कि पहाड़ से कोई गिरे। गिरने के बाद जो मिलेगी, उस दुनिया का उन्हें पता नहीं था। पहाड़ उनकी दुनिया थी। पहाड़ के बाहर भी कोई दुनिया है यह वे दोनों नहीं जानते थे। दोनों लड़ रहे थे, पर एक-दूसरे को खो नहीं रहे थे। दोनों एक-दूसरे को खोना नहीं चाहते थे।

एक-दूसरे को धकेलते-धकेलते विशाल स्त्री-पुरुष थक गए। थके शरीर से नहीं, मन से थक गए। थक गए तो धम्-धम् पहाड़ को बजाते एक-दूसरे को उठा-उठाकर पटकने लगे हैं पहाड़ पर। इस विशाल स्त्री-पुरुष के झगड़े के कारण पहाड़ रात में ठीक से सो नहीं पा रहा है। रात भर लड़ने के कारण विशाल स्त्री-पुरुष भी रात में सो नहीं पा रहे हैं। सूरज उगते ही वे अपनी गुफा में सोने चले जाते हैं।

पहाड़ कहाँ जाए सोने! पहाड़ ने सोना अब छोड़ दिया है। दिन में पहाड़ सबसे अधिक जागा-सा लगता है। रात में विशाल स्त्री-पुरुष जगाए रखते हैं उसे। इस तरह कई सदी बीत गई है कि पहाड़ सोया नहीं है।

परसन खोह में छिपा विशाल स्त्री-पुरुष को लड़ते देखता रहा। देखता रहा लगातार तो डर उसके भीतर से धीरे-धीरे झरने लगा। उसने सोचा कि वह खोह के पत्थर को हटाकर कूद पड़े उन विशाल स्त्री-पुरुष के बीच। बीच उनके रोकने उनका झगड़ा। समझाने उन्हें। पर उसने खोह से बाहर आने से अपने को रोक लिया। उसे लगा कि अगर उन दोनों को उसकी गन्ध अच्छी लगी, अच्छी लगी मनुष्य-गन्ध तो वे दोनों विशाल स्त्री-पुरुष एक क्षण नहीं रुकेंगे। खा लेंगे तुरन्त उसे।

कहते हैं, विशाल स्त्रियों और विशाल पुरुषों को बहुत अच्छी लगती है मनुष्य गन्ध। वे दोनों मनुष्य प्रजाति के नहीं थे। थे नहीं वे देवता। राक्षस थे वे दोनों। उन्हें बहुत अच्छा लगता है मनुष्य-मांस। देवता मनुष्य के मस्तिष्क को चट कर जाते हैं,

बिना मनुष्य की देह को क्षति पहुँचाए। राक्षस देह को चट कर जाते हैं। इस तरह सोचो तो मनुष्य के लिए दोनों खतरनाक हैं—देवता और राक्षस।

परसन वीर खोह के मुहाने के पत्थर के पीछे छिपा बैठा रहा चुपचाप। चुपचाप, बस सोचता बैठा रहा, बैठा रहा। बहुत देर तक सोचता यह कि निकले बाहर या चुपचाप पड़ा रहे इसी तरह खोह के भीतर।

परसन यह सोच ही रहा था कि बाहर निकले या न निकले, तभी खोह के भीतर कुछ अजीब-सी आवाज हुई। सूँ-सूँ की आवाज। परसन ने देखा कि खोह के भीतर गिर रही हैं नीली पट्टियाँ रोशनी की। रोशनी की पट्टियाँ अब बहुत तेजी से भीतर गिर रही हैं। उनका नीला रंग तेज हो रहा है। सूँ-सूँ की आवाज उन्हीं नीली पट्टियों से आ रही है। नीली पट्टियाँ खोह में पहले भी गिर रही थीं, पर तब वे शान्त पट्टियाँ थीं। इतनी तेज हलचल नहीं थी उनमें। नहीं थी उनके भीतर इतनी तेज नीली रोशनी। तेज इतनी कि आँखें चौंधिया जाएँ।

वे नीली पट्टियाँ, पहले खोह के पथरीले फर्श पर गुम हो रही थीं। गुम हो रही थीं इस तरह कि जैसे फर्श उन्हें सोख रहा हो! अब अचानक ही सूँ-सूँ करती वे नीली पट्टियाँ फर्श से टकराकर उठीं। उठीं और परसन के शरीर के भीतर प्रवेश करने लगीं। लगातार उठती उनकी तेज सूँ-सूँ की आवाज से परसन को कुछ भी सुनाई देना बन्द हो चुका था। विशाल स्त्री-पुरुष का शोर अब उसे सुनाई नहीं दे रहा था। नीली पट्टियाँ तेजी से गिर रही थीं आसमान से। आसमान से जैसे नीले पानी की तेज धारा गिर रही हो। नीली रोशनी की पट्टियों से परसन की देह भर रही थी लगातार।

परसन ने महसूस किया कि उसकी देह धीरे-धीरे नीली होती जा रही है। थोड़ा ही समय लगा होगा कि परसन की पूरी देह गहरी नीली हो गई। परसन के नीला होते ही आसमान से खोह की छत पर गिर रही नीली पट्टियाँ बुझ गईं। अब तक जो आ रही थी लगातार खोह के भीतर। खोह के भीतर उन्हीं के कारण नीली रोशनी थी। अब नहीं थी। खत्म हो गई थी अचानक, जैसे आसमान से अपनी जड़ों समेत नीचे आ गिरी हों नीली पट्टियाँ।

खोह में सिर्फ परसन था। रोशनी की नीली पट्टियाँ गायब थीं। परसन अपने घुटनों के बल झुका बैठा था। सिर उसका अब भी खोह के मुहाने पर रखे पत्थर की ओर झुका हुआ था। वह खोह के पथरीले फर्श पर सामने हाथ टिकाए झुका बैठा था। खोह अब भी नीली रोशनी से भरी हुई थी। रोशनी अब परसन की देह से फूट रही थी। देह से फूटती यह रोशनी पहले आ रही पट्टियों की नीली रोशनी से बहुत ज्यादा थी और थी बहुत तेज।

अचानक परसन की देह उछली। उछली इतनी जोर से कि खोह की छत तक गई। टकराई नहीं। बस छूते-छूते रह गई। ऐसा सात बार हुआ कि परसन की देह खोह के फर्श से उठी छत तक और फिर फर्श पर गिरी। सात तीव्र झटके आए उसकी देह में। एक के बाद एक। लगातार सात बार। इन सात विचित्र झटकों के कारण परसन की देह खोह की दीवारों और छत से टकराई कई बार। झटकों की तीव्रता बढ़ती ही गई थी लगातार। कई बार परसन का सिर फूटते-फूटते बचा। कमर टूटते-टूटते बची। सातवाँ झटका सबसे तेज था। वह परसन को खोह की छत से लेकर, खोह की इस दीवार से उस दीवार तक, परसन को उड़ाता पटक गया था खोह की फर्श पर।

थोड़ी देर बाद फर्श पर पड़े परसन को होश आया। आया वह झटकों के उतार-चढ़ाव से बाहर। बाहर आते ही उतार-चढ़ाव से परसन ने पाया कि अब वह नहीं रहा था मनुष्य। बदल गया है पूरी तरह वह। वह अब एक नीले रंग का शेर है। नीला शेर, जिसके अयाल सफेद हैं। धवल अयाल।

नीला शेर दहाड़ा जोर से। उसकी दहाड़ इतनी तेज थी कि खोह के मुहाने पर रखा पत्थर दहाड़ से टूटकर बिखर गया। खोह से बाहर आया नीला शेर। शेर एक बार फिर दहाड़ा...

विशाल स्त्री-पुरुष लड़ना भूल गए। वे दहाड़ की ओर देखने लगे। देखने लगे खोह के मुहाने की ओर। जहाँ उन्हें एक चट्टान हवा में टुकड़े-टुकड़े हो उड़ती दिखी। फिर दिखा, दहाड़ता और उनकी ओर लपकता नीला शेर। शेर के सफेद अयाल चन्द्रमा की रोशनी में चमक रहे थे। नीला शेर उन तक पहुँचता और पकड़कर खा पाता उन्हें, उसके पहले ही वे भागे। भागे हड़बड़ाकर। लड़ना-झगड़ना भूल गए। भागे वे दोनों स्त्री-पुरुष। एक-दूसरे को सम्हालते वे भागे।

जहाँ लड़ रहे थे विशाल स्त्री-पुरुष, वहाँ आकर खड़ा हो गया नीला शेर। वह उनकी गन्ध पर खड़ा था। विशाल स्त्री-पुरुष की देह-गन्ध नीले शेर को पके चावल-सी लगी। अब वह चावल नहीं खा सकता था। खा सकता था बस मांस। विशाल स्त्री-पुरुष की देह में मांस ही मांस था। शेर की भूख बढ़ गई। पर कहीं नहीं दिख रहे थे विशाल स्त्री-पुरुष। वे दोनों डरकर पता नहीं कहाँ छिप चुके थे। बेचैन इधर से उधर दौड़ता और दहाड़ता रहा नीला शेर। खोजता रहा नीला शेर बहुत देर तक उन विशाल स्त्री-पुरुष को।

थककर शेर ने सिर उठाकर देखा तारों भरे आसमान को और दहाड़ा फिर एक बार। हिले तारे अपनी-अपनी जगह पर। थोड़ा-थोड़ा हिले। देखा फिर उसने आस-पास पूरे पहाड़ को और एक बार फिर दहाड़ा। इस बार हिला पहाड़। नीला शेर भूखा था और खोजते-खोजते थक गया था उन विशाल स्त्री-पुरुष को कि जिनके पीछे वह खोह से बाहर आया था। वे दोनों दूर-दूर तक अब उसे नहीं दिख रहे थे।

जहाँ लड़ रहे थे विशाल स्त्री और पुरुष, ठीक उसी जगह पर नीले शेर को दिखा एक तोड़ा। तोड़ा जो विशाल स्त्री का था। नीली रोशनी में सुनहरा चमकता खरा सोना। थोड़ी दूरी पर उसे एक चुनरी भी दिखी। धरती पर पड़ी। चुनरी में सुन्दर मोतियों का काम था। सोने के धागों से काढ़े गए थे फूल और पत्तियाँ। लाल रंग की चुनरी खून के धब्बे की तरह पड़ी थी पहाड़ की धरती पर। खून का धब्बा जिसमें मोती और सोने के फूल तैर रहे थे।

नीले शेर ने चुनरी और तोड़े को उठा लिया अपने मुँह से। फिर खोह के भीतर गया। भीतर धनुष-तीर पड़े थे। पड़ी थी खाने की पोटली। खाने की पोटली देखा तो नीले शेर का लगा कि यह उसके खाने योग्य नहीं है। न बची रोटी। न प्याज। न मिर्च। न खाने लायक हैं उसकी पोटली में बँधे चावल।

खोह के सामान को शेर नहीं उठा पाया। न ही धनुष। न पोटलियाँ। उसका मुँह पहले से ही तोड़ा और चुनरी से भरा था। नीला शेर खोह से बाहर आया। मुँह में भरे तोड़े और चुनरी को धरती पर उगल खाली किया मुँह। खाली मुँह को आसमान की ओर उठा दहाड़ा। इस बार तारों के साथ काँप गया चन्द्रमा भी। दहाड़ा फिर सिर नीचा कर पहाड़ की ओर। फिर उसने मुँह में उठा लिया तोड़ा और चुनरी। अब वह पहाड़ से नीचे उतरने लगा। थोड़ी देर बाद नीली रोशनी पीली होने वाली थी। सुबह होने में थोड़ा ही समय बचा था, जब नीले शेर ने पहाड़ उतरने के लिए अपना पहला कदम उठाया था।

नीला शेर पहाड़ उतरते हुए लम्बी-लम्बी छलाँग लगा रहा था। इक्कीसवाँ दिन था। दिन था पहाड़ से नीचे उतरने का। परसन गाँव को कह आया था कि ठीक इक्कीसवें दिन वह पहाड़ से नीचे उतर आएगा। परसन का गाँव सुबह से पहाड़ के नीचे खड़ा होकर, उसके आने का इन्तजार कर रहा था। जवान बूढ़े, बच्चे और स्त्रियाँ सभी नदी किनारे इकट्ठा थे। गाँव के घरों में सिर्फ तोते बचे रह गए थे। तोते अपने-अपने पिंजरों में बन्द। परसन वीर आ रहा है...परसन के आने की आहट है...कह रहे थे तोते।

पहाड़ के नीचे उसके ठीक बाजू से बह रही नदी अचम्भित थी कि इक्कीस दिन में दो बार इतना रंग उसके किनारे इकट्ठा था। नदी के किनारे नीले, हरे, लाल, पीले रंग बिखरे थे। चल-फिर रहे थे रंग। रंग कुछ बैठे हुए थे। खड़े थे कुछ रंग। ये गाँव के रंग थे। सफेद धोती-बंडी के रंग। स्त्रियों के लुगड़ों के रंग। रंग छोटी-छोटी बच्चियों के, जिन्होंने बाँध रखा था लुगड़ा अपनी नन्ही देह पर। छोटे लड़कों की धोती के रंग जो बँधी थीं उनकी कमर पर। इन सब रंगों के बीच खुले बदन का देह-रंग भी यहाँ-वहाँ झिलमिला रहा था।

सुबह-सुबह ही पूरा गाँव नदी के किनारे इकट्ठा था। नदी का किनारा भरा-भरा-सा हो गया था। नदी खुश थी। सुबह-सुबह इतनी हलचल। त्योहार हो जैसे कोई।

सूरज अभी सुबह के ठंडेपन पर ही था कि गाँव ने एक नीले शेर को पहाड़ से उतरते देखा। नीला शेर उगते सूरज की रोशनी के साथ पहाड़ से नीचे उतर रहा था। देखा कि नीला शेर लम्बी-लम्बी छलाँग भरता नीचे आ रहा था। सभी घबरा गए। गाँववालों ने इससे पहले कभी नीले रंग का शेर नहीं देखा था। डर गए वे सब। वे सब तुरन्त दौड़े पेड़ों की ओर। कुछ ही क्षण बीता होगा कि पूरा गाँव पेड़ों पर चढ़ गया। वे जानते थे कि शेर को पेड़ पर चढ़ना नहीं आता है। नीला शेर अब उन पर हमला नहीं कर पाएगा। छोटे बच्चे, स्त्री, पुरुष सब चढ़े थे पेड़ों पर। पता नहीं कब तक बैठे रहना पड़ेगा पेड़ों पर।

जब तक मँडरता रहेगा नदी और पहाड़ के बीच की इस जगह पर नीला शेर, लटके रहेंगे सभी पेड़ों पर इसी तरह। नीला शेर लौटेगा पहाड़ की ओर वापस, तब कहीं उतर पाएँगे गाँव के स्त्री, पुरुष और बच्चे पेड़ों से। नहीं लौटा नीला शेर और रह गया यहीं नदी किनारे तो पेड़ों में फल-से लटके रहेंगे। लटके रहेंगे गाँव के सभी स्त्री, पुरुष और बच्चे इसी तरह। लटके-लटके, धीरे-धीरे, सच में फल में बदल जाएँगे सभी। छोटे-बड़े असंख्य फल पेड़ों पर।

कुछ लोग नदी में भी उतर गए थे। यह सोच कि शेर के करीब आते ही तैरकर गाँव की ओर भाग जाएँगे। पर वे खतरे में थे। शेर को पेड़ पर चढ़ना नहीं आता था। आता था पर तैरना। तैरना अच्छी तरह। नदी से गाँव की बस्ती इतनी दूर थी कि एक शेर के लिए, तैरकर फिर दौड़कर, नदी में उतर गए लोगों को पकड़ लेना बहुत आसान था।

पेड़ों पर बैठे कुछ बुजुर्गों ने जब इस खतरे को भाँप लिया तो वे नदी में उतरे लोगों को आवाज देने लगे। नदी में उतरना नहीं है ठीक। अभी दूर है नीला शेर। वापस दौड़कर पास के पेड़ों पर चढ़ जाओ। नदी में उतर गए लोगों ने भय और साहस के साथ यही किया। अब वे भी पेड़ों पर आ गए थे। आ गए थे पेड़ों का फल बनने।

पेड़ पर चढ़े गाँव के लोगों ने देखा कि जैसे-जैसे नीला शेर नीचे आ रहा है, वैसे-वैसे मनुष्य में बदलता जा रहा है। सबसे पहले उसके सफेद अयाल झड़े। फिर बदला चेहरा। फिर धड़। धड़ के बाद पूँछ। पूँछ के बाद आखिरी में सामने के पैर मनुष्य का हाथ बन गए। बन गए पीछे के पैर मनुष्य के पैर।

नीले शेर ने रखा अपना कदम पहाड़ और नदी के बीच की जगह पर। जहाँ पेड़ों पर पूरा गाँव चढ़ा हुआ था। गाँव की धरती को छूते ही नीला शेर पूरे मनुष्य में बदल गया। वह परसन वीर था जो नीला शेर बन उतरा था पहाड़ से। पहाड़ से उतरते ही फिर मनुष्य बन गया था। परसन को वापस लौटा देख लोग पेड़ों से नीचे उतर आए। घेरकर खड़े हो गए सभी परसन वीर को।

परसन वीर सबसे गले मिला। बारी-बारी। बुजुर्गों के पैर पड़ा। स्त्रियों के सम्मान में झुका। बच्चों के सिर पर प्रेम से फेरा उसने हाथ। फिर खुश होकर उसने

एक लम्बी साँस ली। ली सबके सामने अँगड़ाई देह की गाँठों को खोलने को। उसके बाद वह बैठ गया उकड़ूँ धरती पर। उसके बैठते ही पूरा गाँव उसे घेरकर बैठ गया।

तब कहा परसन ने गाँव के लोगों से कि नहीं है पहाड़ कठिन। हमारी ताकत से अधिक ताकत नहीं पहाड़ के पास। हम चाहें तो हटा सकते हैं पहाड़। पहाड़ को गाँव के आँगन में बदल सकते हैं। पहाड़ों को हटाना ही होगा। हटेंगे पहाड़, तभी आएगा पूरा का पूरा सूरज। पूरा का पूरा चन्द्रमा तभी आएगा। गाँव में दिन पूरा आएगा तभी। तभी आएगी पूरी रात। दिन में तभी दिखेगा पूरा सूरज। रात में तभी दिखेंगे पूरे तारे चन्द्रमा संग। जितने पुरुष हैं युवा, हैं जितने तन्दुरुस्त बुजुर्ग, सभी चढ़ेंगे पहाड़। हम पहाड़ों को खोदकर धरती पर बिछा देंगे...धरती की तह को बढ़ा देंगे हम...फेंक देंगे हम पहाड़ को दूसरी ओर...दूसरी ओर भी धरती है...पहाड़ के बाद भी धरती है...पहाड़ पृथ्वी पर अनन्त दूरी तक फैले हुए नहीं हैं...अपने ऊपर उन्हें बिछा लेने के लिए धरती के पास अनन्त जगह है...पहाड़ बिछ सकते हैं धरती पर...आसान है यह...हम अपने गाँव को घेरकर खड़े इन पहाड़ों के साथ यही करेंगे...बस रहने देंगे दक्षिण दिशा का एक पहाड़...वह अधिक ऊँचा नहीं है...पहाड़ों को याद रखने के लिए एक पहाड़ का बचा रहना जरूरी है...जिससे यह बताया जा सके कि ऐसे तीन पहाड़ और थे जो हमारे गाँव को घेरे हुए थे...जिसके कारण दूर थे गाँव से सूरज और चन्द्रमा...हमने तीनों पहाड़ों को बिछा दिया है धरती पर...

इस तरह गाँव के लोगों ने परसन वीर की अगुवाई में चढ़ा तीनों पहाड़ों को। गाँव के सभी जनों ने बाँध रखा था अपने-अपने अँगोछे में इक्कीस रोटी, इक्कीस प्याज और इक्कीस मिर्च। एक-एक पहाड़ पर इक्कीस दिन वे जुटे रहे। तिरसठ दिनों में तीनों पहाड़ गायब थे। तिरसठ दिनों में गाँव के लोगों ने खाया तिरसठ रोटी, तिरसठ प्याज, तिरसठ मिर्च जो उनकी स्त्रियों ने तीन बार में बाँधकर दिया उन्हें। पहले पहाड़ की ऊँचाई को नष्ट करते ठीक इक्कीस दिनों में गाँव के लोगों ने, परसन की अगुवाई में, छू लिया था गाँव की धरती। मिले स्त्रियों-बच्चों से और चढ़ गए थे दूसरा पहाड़। बयालीस दिनों बाद चढ़े वे तीसरा पहाड़।

दक्षिण के पहाड़ का भय तिरसठ दिनों तक बना रहा। कहीं इन पहाड़ों के बाद उस पर न चढ़ जाएँ गाँव के लोग परसन के पीछे-पीछे और वह भी कहीं धूल में न मिल जाए। भयभीत रहा दक्षिण का पहाड़ तिरसठ दिनों तक लगातार। लगातार भयभीत रहने के कारण उन तिरसठ दिनों में दक्षिण के पहाड़ ने अपनी तिरसठ हाथ ऊँचाई खो दी। तिरसठ हाथ छोटा हो गया दक्षिण का पहाड़।

इस तरह गाँव ने देखा पूरा सूरज। देखा पूरा चन्द्रमा। देखा तारों से भरा आसमान। पहाड़ हटे तो बाहर की दुनिया भी दिखी। दिखा कि इस धरती पर अकेला

उनका ही गाँव नहीं है। और बहुत से गाँव हैं। पहाड़ के उस पार हैं गाँव। नदी पार कर अब उन तक जाया जा सकता है। रोटी–बेटी का सम्बन्ध अब दूसरे गाँव में भी किया जा सकता है। पहाड़ों के हटने से पहले तक तो गाँव में ही खोजना पड़ा है रिश्ता और हमेशा यह धोखा हो जा रहा था कि जिनकी शादी हुई है, वे बहुत निकट के रिश्ते के हैं। कभी–कभी इतने करीबी रिश्ते कि जिनके बीच गाँव ने ब्याह वर्जित कर रखा है।

इस तरह गाँव के लोग अब लम्बी यात्रा करने लगे। गाँव की उपज बाहर गई। बाहर की उपज गाँव आई। सब कुछ अच्छा–अच्छा ही नहीं आया। योद्धा और खतरे भी आए। कुछ गाँव बर्बर हो गए। वे उत्पादन नहीं करते थे। उत्पादनों को लूटते थे। तो पहाड़ के हटने से हमले हुए। हमले हुए तो परसन वीर ने गाँव के युवाओं को इकट्ठा कर योद्धा बनाया उन्हें। गाँव का दिन–रात पहरा होने लगा। खतरे आए तो उनसे निपटने के उपाय हुए...

गाँव के बुजुर्ग लोग दुखी होकर यह कहने लगे कि पहाड़ नहीं हटते तो अच्छा था। अच्छा था अगर हमें हमेशा यह लगता रहता कि धरती पर बस हमारा ही गाँव है एक। बर्बरता से बचे रहते हम। कम से कम रहते तो चैन से!

सब चीजें एक साथ अच्छी नहीं हो सकती थीं। कुछ अच्छी चीजें आएँगी तो साथ में कुछ बुरी चीजें भी आ जाएँगी। यह परसन वीर बुजुर्गों को समझाता। परसन को यह पता नहीं था कि गाँव के बुजुर्ग उसकी बात समझ पा रहे हैं या नहीं। समझाते–समझाते बूढ़ा हो गया परसन। बूढ़े परसन को एक सुबह लगा यह कि पहाड़ों को हटाकर उसने गलती की है। लगा जैसे ही यह परसन को उस क्षण के बाद गाँव में परसन किसी को नहीं दिखा। कोई नहीं जान पाया कि उसके साथ क्या हुआ!

भुलवा के पूर्वज परसन का लाया तोड़ा और चुनरी आज भी भुलवा के घर में हैं। वह आज भी एक विशाल स्त्री की स्मृति है, जिसे एक सामान्य–सी स्त्री धारण करती है। भुलवा की माँ वह तोड़ा पहनती है। विशाल स्त्री के पैर के तोड़े इतने बड़े हैं कि वह उन्हें अपने पैरों में नहीं पहन सकती है। पहन सकती है बस अपने गले में। तोड़ा पहनती है रात में। रात में ही ओढ़ती है चुनरी भी। घर की यह परम्परा है कि विशाल स्त्री के तोड़ा–चुनरी को बाहर नहीं पहनना है। छिपाकर रखना है बाहर से। बाहर के किसी भी आदमी की दृष्टि पड़ेगी तोड़ा–चुनरी पर तो जादू खत्म हो जाएगा तोड़ा और चुनरी का। इसलिए परसन जब उतरा था पहाड़ से तो तोड़ा और चुनरी को छुपा रखा था सबकी नजरों से और सौंपा था उन्हें सीधे अपनी पत्नी को चुपचाप। चुपचाप सौंपना चाहता था तोड़ा और चुनरी अपनी पत्नी को, गाँव के

हिस्से में जाए तोड़ा-चुनरी, यह परसन चाहता नहीं था। सो परसन के मन ने ही रची थी यह तोड़े के जादू के खत्म होने की बात। बात जो रची थी उसने शायद वह सच ही हो...

परसन की पत्नी ने जब रात को तोड़ा पहनने की कोशिश की अपने पैर में तो पाया कि वह इतना बड़ा है कि है उसके पैर के पंजे से दुगुना बड़ा। पहन नहीं सकती थी वह पैरों में उसे। तब परसन ने पत्नी को कहा कि गले में पहन लो। नक्काशीदार यह तोड़ा तुम्हारे गले में सूता-सा लगेगा। अपने गले में जैसे ही पहना विशाल स्त्री का तोड़ा परसन की पत्नी ने तो जादू हुआ। परसन के मन की बात सच हुई।

हुआ यह कि तोड़ा पहनते ही परसन की पत्नी के शरीर की थकान तुरन्त गायब हो गई। लगा कि शरीर हवा से हल्का है। फिर खुश हो ओढ़ा उसने विशाल स्त्री की चुनरी। चुनरी इतनी बड़ी थी कि ढँक गई परसन की पत्नी अपनी एड़ियों तक चुनरी से। फिर हुआ जादू। चुनरी ओढ़ते ही यौवन की लहर आई और परसन की पत्नी बीस की युवा स्त्री हो गई। वह उस समय चालीस बरस की थी। हो गई अपनी उम्र से आधी। उस रात अपनी उम्र से आधे से अधिक कम पत्नी के प्रेम में गले तक डूबा रहा परसन।

परसन ने भी पहनकर देखा था तोड़ा अपने गले में, पर कोई जादू नहीं जागा। एक रत्ती कम नहीं हुई थी उसकी देह की थकान। देखा ओढ़कर चुनरी। उम्र छियालीस की थी और छियालीस की रही। तोड़ा और चुनरी सिर्फ स्त्री की देह पर ही जादू रच रहे थे। थे वे बस स्त्री की देह पर जादू रचने के लिए।

भुलवा की माँ रात को पहनती है तोड़ा। दिन भर की थकान गायब हो जाती है। उसका शरीर फिर थकने के लिए बचा रहता है। करे वह कितना भी श्रम। श्रम के लिए बचा रह जाता है शरीर। तोड़ा पहनते ही, देह के भीतर से, दिन भर की थकान दूर हो जाती है। ओढ़ती है रात में चुनरी तो हो जाती है जवान और सुन्दर। तोड़ा और चुनरी भुलवा के घर जादू रचती रहती हैं। गाँव में किसी को पता नहीं है इस जादू का।

विशाल-स्त्री का तोड़ा स्त्री की थकान दूर करता है। चुनरी बना देती है अद्‌भुत सुन्दर और युवा। यह सब इसलिए कि घर के लिए खट सके स्त्री दिन-रात। ठीक-ठाक खट सके। सहेज सके घर ठीक-ठाक। खेत-खलिहान सहेज सके। ठीक-ठाक सहेज सके पति का मन। मन सहेज सके हर रात।

भुलवा की माँ से चुपचाप उसकी पत्नी तक आएगी विशाल-स्त्री की तोड़ा-चुनरी। भुलवा की पत्नी खटेगी दिन भर। खटेगी और थकेगी नहीं। पहनेगी चुनरी।

बदन से दमकेगा यौवन। दम-दम दमकते यौवन में डूबेगा भुलवा। भुलवा का यौवन उम्र के साथ फिसलता जाएगा उसकी देह से। बूढ़ा हो जाएगा भुलवा तो रात में चुनरी ओढ़ना बन्द कर देगी भुलवा की पत्नी। बूढ़ी बनी रहेगी वह, दिन की तरह रात में भी, जैसे अब चुनरी ओढ़ना बन्द कर चुकी है भुलवा की माँ और रात में भी दिखती है बूढ़ी।

पगडंडी

भुलवा अब ठीक दक्षिण दिशा में खड़े उस पहाड़ के सामने है, जो परसन वीर से बच गया है बरसों पहले। बचा है धूल होने से। परसन ने कहीं इस पहाड़ को इसलिए तो नहीं बचाया था कि उसकी आनेवाली पीढ़ी का कोई चढ़ना चाहे पहाड़ तो चढ़ सके। जानना चाहे पहाड़ को तो जान सके। धूल में मिटाना चाहे पहाड़ को तो मिटा सके। पहाड़ को बचाना चाहे पृथ्वी पर तो बचा सके। पहाड़ पर बसना चाहे तो बस सके पहाड़ पर।

भुलवा ने पहाड़ को देखा। देखा पहाड़ ने भुलवा को। पहाड़ बहुत ऊँचा नहीं है। नहीं है कम ऊँचा भी यह पहाड़। पहाड़ भरा हुआ है चट्टानों और वृक्षों से। मिट्टी है भूरी जो पहाड़ को बाँधे रखी है। पहाड़ दक्षिण दिशा में दूर तक फैला हुआ है। फैला है इतना अधिक कि पूर्व और पश्चिम दिशा को छू रहा है।

आसमान में अभी सूरज है। पृथ्वी पर है यह पहाड़ सूरज को छूता-सा। भुलवा पहाड़ के सामने है। सोचता खड़ा है। चढ़े या न चढ़े। भुलवा की पीठ के पीछे है गाँव। गाँव भुलवा को नहीं दिख रहा है। नहीं देख रहा है भुलवा को गाँव। गाँव एक ऐसे लड़के को बिल्कुल गौर से अभी नहीं देख पा रहा है जो दिन भर पता नहीं कहाँ-कहाँ भटकता रहता है। दिन भर कहीं भी, किसी भी जगह, किसी नदी-नाले या पहाड़ के पास जो दिख जाता है। भुलवा गाँव को रोज इस तरह दिखता है, जैसे गाँव दिखता है सूरज, चन्द्रमा और आसमान को। लगातार दिखते रहने के कारण गाँव भुलवा को इस तरह देखने लगा है, जैसे नहीं देख रहा है। जैसे कोई मनुष्य नहीं देख रहा हो अपना चेहरा।

अभी-अभी गाँव ने भुलवा को दक्षिण के पहाड़ पर चढ़ते देखा है। देखा है रखते पहला कदम पहाड़ पर। देखा है, पर नहीं देखा है।

दक्षिण का यह पहाड़ उतना ऊँचा नहीं है जितने ऊँचे थे वे पहाड़, जिन्हें भुलवा के पूर्वज परसन की अगुवाई में गाँव ने बरसोंबरस पहले धूल में बदल दिया था। अब जिनका नामोनिशान नहीं बचा है। वे तीन पहाड़ धरती पर बिछ धरती के हो गए हैं। यह पहाड़ इतना ऊँचा है कि उसकी उपस्थिति से आसमान के भीतर कोई कसमसाहट नहीं हो रही है। नहीं हो रही है कोई बेचैनी आसमान के भीतर। पहाड़

और आसमान एक-दूसरे को देखते, एक-दूसरे से सुरक्षित दूरी पर ठहरे हुए हैं। फैला हुआ है आसमान। पहाड़ भी यह फैला हुआ है। छूता पूरब-पश्चिम को या छूने की कोशिश करता फैला है यह पहाड़।

भुलवा ने जैसे ही पहाड़ पर पैर रखा। उग आई एक पगडंडी। भुलवा चढ़ता गया। पगडंडी चढ़ती गई टेढ़ी-मेढ़ी और थोड़ा अटपटे ढंग से। पगडंडी पहाड़ की परिक्रमा करती पहाड़ चढ़ रही है। जैसे-जैसे पहाड़ चढ़ रही है पगडंडी, वैसे-वैसे पहाड़ चढ़ रहा है भुलवा। पगडंडी है तो यह ऐसा पहाड़ है जो चढ़ा जाता रहा है। पगडंडी है तो यह ऐसा पहाड़ है जो चढ़ने के बाद उतरा जाता रहा है।

भुलवा ने जब दक्षिण के पहाड़ को चढ़ना शुरू किया तो समय दोपहर का था। नदी किनारे बैठ मछलियाँ मार चुका है भुलवा। मछलियाँ उसके घर उड़कर पहुँच चुकी हैं। माँ खाने के लिए मछली पका उसका इन्तजार कर रही है। वह तभी खाएगी, जब खाएगा भुलवा।

माँ चिन्तित है। चिन्ता है भुलवा। जब से बिराजो का गौना हुआ है, भुलवा अटपटे समय के भीतर है। अटपटा समय है भुलवा के पास। इधर उसके पास न ठीक समय खाने का बचा है, न बचा है ठीक समय सोने का। उसके पास उठने का ठीक समय भी नहीं बचा है। कई बार तो आधी रात को वह उठकर पता नहीं कहाँ निकल जाता है। तारों से रास्ता पूछता चलता है। चलता जाता है, पता नहीं किस पगडंडी पर! पता नहीं कहाँ! सुबह माँ-बाबू उठते हैं तो भुलवा को बिस्तर पर नहीं पाते हैं। माँ बिस्तर की सलवट भरी पुरानी और रंग उड़ी चादर झटककर फिर बिछाती है। तह कहती है ओढ़ने की कथरी। यह करते हुए वह रोज इधर देख रही है बिस्तर पर बिखरी पड़ी भुलवा की बेचैनी।

पता नहीं कैसे बचा है। पर बचा है इधर, बस मछली मारने का समय भुलवा के पास। यह समय इधर से उधर नहीं हुआ है। भटका नहीं है यह समय। मछली मारने का समय अब भी पड़ा हुआ नदी के किनारे ठीक-ठाक-सा। यह मछली मारने का समय भुलवा को अब भी अपने भीतर बुला रहा है। भुलवा जा रहा है। जा रहा है ठीक समय मछली मारने रोज। रोज मछलियाँ ठीक समय पर उसकी देहरी तक उड़कर आ रही हैं...

मछली मारने के समय को छोड़ दें तो भुलवा की जीवनचर्या के अन्य सारे समय इधर-उधर भटक गए हैं। हो गए हैं ऊपर-नीचे। पता नहीं किसने भुलवा के समय को अपनी मुट्ठी में ले, जोर से पटक दिया है धरती पर। समय टूट गया है। बिखर गया है समय।

यह पहाड़ चढ़ने का समय नहीं है। समय है तपती दोपहर का। पहाड़ चढ़ने का समय तो सूरज के साथ-साथ उगता है और डूबता है सूरज के साथ-साथ। तपती

दोपहर है और वह पहाड़ पर है। वह इस पहाड़ पर, उसके पूर्वजों द्वारा बरसोंबरस पहले रची गई पगडंडी के साथ, खिंचा चला जा रहा है। पगडंडी जैसे कोई जादू रच रही है। पगंडडी जैसे खींच रही है भुलवा को अपनी ओर। पहाड़ के पेड़-पौधों, झाड़ी और चट्टानों के मध्य, भटकती पगडंडी के साथ भटकता, भुलवा चढ़ रहा है पहाड़। पहाड़ भुलवा के भीतर चढ़ रहा है। गाँजे के नशे-सा पहाड़, भरी दोपहरी चढ़ रहा है उसके भीतर। पसीने से लथपथ है भुलवा। पसीने से भीग गई है बंडी। धोती चिपक गई है जाँघों पर पसीने में डूबकर। पगडंडी की धूल से भर गई है पनही।

चढ़ते-चढ़ते दोपहर फिसल गई। पर अब भी चढ़ने को बचा हुआ है पहाड़। पहाड़ यह नीचे से देखने पर नहीं दिख रहा था इतना ऊँचा जितना अब घूमती पगडंडी को पकड़ चढ़ते हुए हो गया है। पहाड़ कहीं अपनी ऊँचाई बढ़ा तो नहीं रहा है...

प्यास से भुलवा का बुरा हाल है। परसन वीर तो जब पहाड़ चढ़ा था तो पूरी तैयारी कर चढ़ा था, भुलवा चढ़ गया है खाली हाथ। दो कपड़ों और एक पनही में। हाथ में पेड़ की एक टहनी है। बस एक कमजोर टहनी। टहनी जिससे नहीं तोड़ा जा सकता है किसी आफत का सिर। फल-फूल बस तोड़ा जा सकता है इस टहनी से। इस टहनी से पगडंडी के बीच आ गए झाड़-झंखाड़ को इधर-उधर किया जा सकता है बस कि रास्ता साफ हो जाए।

चढ़ते-चढ़ते भुलवा को मिल गया जामुन का एक पेड़। जामुन फल थे पके। भूखा भुलवा पगडंडी को छोड़ चढ़ गया पेड़ पर। पेड़ पर चढ़ वह हिला रहा है जामुन की डगाल। टप-टप गिर रहे हैं जामुन। गिरे जामुनों के बीच बैठा भुलवा जामुन खा रहा है। जामुन मीठा है, पर है थोड़ा कसैला भी। भुलवा आठ-दस जामुन खा पाया था कि कसैलेपन ने मुँह को बाँध दिया। बँधे मुँह से कैसे खाता और जामुन। भरता कैसे जामुन से पूरा पेट। गिरे जामुन को चिड़िया चुनमुन के लिए छोड़, भुलवा उठ बैठा जामुन के पेड़ की छाया से। आ गया है फिर पगंडडी पर।

भुलवा ने पहाड़ चढ़ती पगडंडी को देखा। देखा कि वह ऊपर जाकर कहीं गुम हो रही है। यहाँ से दिख नहीं रही है साफ-साफ कि जा रही है कहाँ तक पगडंडी। पगडंडी बार-बार पहाड़ में गुम हो रही है इस तरह कि भुलवा चढ़े पहाड़ तो पगडंडी उसे फिर मिले। आँख-मिचौली का खेल खेल रही है पगडंडी। शाम अभी हुई नहीं है। पर सूरज का ताप कम होता जा रहा है। सूरज गिर रहा है शाम की ओर। भुलवा यह बिल्कुल नहीं सोच रहा है कि पगडंडी चढ़ने की बजाय अब उसे नीचे उतरना चाहिए। उतरना चाहिए नीचे अपने गाँव-घर के लिए। पगडंडी जैसे उसे खींच रही है ऊपर। ऊपर और ऊपर। खींच रहा है उसे पहाड़। पहाड़ उसे मुग्ध कर चुका है। खींच रहा है पहाड़ उसे अपनी चोटी की ओर।

भुलवा जैसे-जैसे ऊपर चढ़ता गया दिखते गए उसे फलदार वृक्ष और ज्यादा। आम, जामुन, सीताफल, रामफल। पर वह किसी फलदार पेड़ के पास नहीं रुका।

वह चढ़ता चला गया पगडंडी। पगडंडी अब उसे पहले से आसान लग रही है। ऐसी आसान, जैसे वह मंजिल तक बस पहुँचने ही वाली है। कोई भी रास्ता या पगडंडी जब पहुँचने को रहती है वहाँ तक, जहाँ उसे पहुँचना है और पहुँचकर खत्म होना है, वह हमेशा अपनी कठिनाइयों को अपने भीतर से झाड़-पोंछकर आसान बन जाती है। यह पगडंडी पहाड़ की इसी तरह बन गई है आसान।

खोज

भुलवा गया तो गया। जिस दिन गया, उस दिन किसी को यह ठीक से पता ही नहीं चला कि वह कहीं चला गया है। चला गया है इस तरह कि जैसे कोई न लौटने के लिए चला जाता है। चला जाता है जैसे कोई न दिखने के लिए। चली गई है उसके साथ उसकी छाया। छाया के साथ चली गई है गन्ध उसकी। गाँव में दोपहर होगी, पर दोपहर में भुलवा की छाया नहीं रहेगी। हवा होगी, पर हवा में भुलवा की गन्ध नहीं होगी।

गाँव में सूरज धीरे-धीरे हुआ, पर हो गई है दोपहर। दोपहर भुलवा पहाड़ की पगडंडी पर है। चढ़ता पहाड़। गाँव अब तक पकड़ नहीं पाया है कि दोपहर से गायब है भुलवा की छाया। गायब है गन्ध भुलवा की दोपहर से। गाँव लगा है कामकाज में। सुबह से दोपहर का समय वैसे भी घने कामकाज का समय है। ऐसा समय जिसमें कुछ सोचने की गुंजाइश कम है। कम है भुलवा की दोपहर में गायब हो गई छाया को पकड़ पाने की गुंजाइश। गुंजाइश कम है कि पकड़ पाए भुलवा की गायब हो गई गन्ध को।

भुलवा के घर मछलियाँ उड़कर आ गई हैं। आई हैं वैसे ही जैसे रोज आती हैं। मछली पकड़ने के बाद ही भुलवा चढ़ा है पहाड़। वह चढ़ गया है पहाड़, यह भूलकर कि उसे चढ़ना था घर की देहरी। भूलकर चढ़ा है पहाड़ या चढ़ा है जानबूझकर, यह सिर्फ भुलवा बता सकता है। या बता सकती हैं वे तीन मछलियाँ जो उड़कर पहुँची हैं भुलवा के घर और पड़ी हुई हैं घर की देहरी पर। या बता सकती हैं नदी के किनारे पेड़ पर बैठीं वे पाँच चिड़ियाँ, जिन्होंने उन मछलियों को देखा है उड़ते। चिड़ियाँ और मछलियाँ भी तभी बता सकती हैं यह, जब देखा हो उनमें से किसी ने पहाड़ चढ़ते भुलवा को। या मछली मारते हुए, पहाड़ चढ़ना बुदबुदाते हुए सुना हो भुलवा से। तभी बस। नहीं तो कभी नहीं।

भुलवा की माँ ने मछलियों को देख लिया है कि घर की देहरी को छूती तीन

मछलियाँ घर के भीतर हैं। मछलियों को उठाते हुए माँ ने बाहर झाँककर देखा है कि भुलवा छिपा हुआ तो नहीं है कहीं। कहीं दरवाजे की ओट में।

कभी-कभी वह छिपा रहता है। खेलता है अपनी माँ के साथ खेल। खेल छुपा-छुपौवल का। खेल जिसे देहरी पर पड़ी तीन मछलियाँ देखती रहती हैं। झाँकती है जैसे ही माँ दरवाजे से। दरवाजे पर चौंका देता है माँ को भुलवा कह—हऊ। डरा देता है अपनी माँ को। कभी-कभी डर जाती हैं देहरी पर पड़ी मछलियाँ भी।

भुलवा नहीं है। हैं बस मछलियाँ। माँ बुड़बुड़ा रही है मन ही मन। कितना भी बोलो, घर के भीतर आकर नहीं देता है मछली...रख जाता है हमेशा देहरी पर...पता नहीं इस लड़के को भागने की इतनी जल्दी क्या रहती है...पता नहीं क्या करता रहता है दिन भर...दिन भर पता नहीं कहाँ भटकता रहता है...

भुलवा की माँ ने रोज की तरह मछलियों को राँध लिया है। राँधा है भात। भात की गरम-गरम भाप को ढक्कन से ढँककर रखा है। रख दिया है चूल्हे से उठाकर सात-आठ अंगारे ढक्कन पर। अब इन्तजार कर रही है माँ अपने बेटे का। आएगा बेटा। खाएगा गरम-गरम भात। खाएगा मछली-चावल।

घर की देहरी पर बैठी है माँ। माँ देहरी संग कर रही है भुलवा के आने का इन्तजार। भूखी बैठी है माँ देहरी पर। माँ संग भूखी बैठी है देहरी। घर के सामने से गुजर रही है जो भी स्त्री, बस एक ही बात पूछ रही है कि क्या भुलवा को देख रही हो? क्या नहीं आया भुलवा अब तक?

कुछ स्त्रियों ने पूछा कि क्या साग बना है? बना है क्या? बनी है मछली। दोपहर उनके घर सिर्फ पकती है मछली। सब स्त्रियाँ जानती हैं यह। जानती हैं और ईर्ष्या करती हैं कि ये रोज खाते हैं मछली। किसी को पता नहीं है कि मछलियाँ उड़कर आती हैं उनके घर। पता है यह जिसे वह अभी पहाड़ चढ़ रहा है। कर रही है जिसका इन्तजार देहरी पर बैठी माँ।

'क्या साग बना है?' पूछती हैं स्त्रियाँ एक-दूसरे से कि यह बातचीत शुरू करने का तरीका है। 'क्या साग बना है?' से शुरू हुई बातचीत पूरे गाँव तक टहलती है। टहलती है गाँव के एक-एक घर और गली-कूचे तक। गाँव के एक-एक स्त्री-पुरुष तक जाती है दो स्त्रियों की बातचीत। दो स्त्रियों की बातचीत का कोई छोर नहीं है। उलझा हुआ ऊन का गोला है दो स्त्रियों की बातचीत।

दोपहर जो ठीक बारह बजे शुरू हुई है। पहले पकी दोपहर मछलियों के साथ। फिर भात के साथ पकी दोपहर। दोपहर पर किसी ने रख दिया है जलते अंगार कि गरम रहे वह देर तक। गरम दोपहर अभी देहरी पर बैठी है भुलवा की माँ के साथ। दोपहर के साथ देहरी पर बैठी भुलवा की माँ। बाट जोह रही है भुलवा की। धीरे-

धीरे प्रतीक्षा में ढल गई है दोपहर। दोपहर देहरी पर ढली है। ढली है भुलवा की माँ के ऊपर दोपहर।

भुलवा नहीं आया। नहीं आना है उसे। नहीं आया वह।

इस बीच भुलवा का बाबू घर आया है जरूर। खाया है अपने हिस्से का भात और मछली। भुलवा की माँ बाबू को खाना परसने देहरी से उठी है। तब देहरी पर अकेली बैठी रह गई है ढलती दोपहर। ढलती दोपहर बैठी रह गई है भुलवा की राह देखती अकेली।

भुलवा की माँ के बताने के बावजूद बाबू को चिन्ता नहीं हुई है कि भुलवा अब तक घर नहीं आया है। बाबू ने सोचा कि भटक रहा होगा कहीं। यह कौन-सी नई बात है। भुलवा का आना-जाना तो हवा के आने-जाने की तरह है। कहीं किसी घर में खा-पी लिया होगा। यह मरी जा रही है चिन्ता में और वह कहीं आराम से सो रहा होगा। हो सकता है चढ़ा लिया हो गाँजा। बाबू को ज्यादा चिन्ता नहीं हुई। बाबू को धान के पौधों की चिन्ता है। चिन्ता है पेट भरने की। धान ही भरेंगे पेट।

बाबू खाया और चला गया खेतों की ओर। इस तरह बाबू ने भुलवा के घर नहीं आने की चिन्ता को एक कान से सुना और दूसरे कान से निकाल दिया। भुलवा के घर नहीं आने की बाबू के हिस्से की चिन्ता, बाबू के दूसरे कान से गिरकर घर में ही पड़ी रह गई। गई नहीं बाबू के साथ खेतों तक।

बाबू को लगता है कि जब से विराजो का गौना हुआ है, भुलवा और ज्यादा पगला गया है। भटक रहा है और ज्यादा। पहले तो कभी-कभार खेत में झाँक लेता था। अब तो खेत की तरफ झाँकता तक नहीं है। गाली बकते-बकते थक गया है बाबू। बाबू थक गया है इतना कि उसने इस बारे में बोलना ही बन्द कर दिया है। कभी-कभी धान के पौधे के बीच अपना सिर पीटता दिखता है बाबू। भाग्य में यही बदा है। बदा है यही कि बाबू के बाद खेत को जंगल हो जाना है। एक लड़का है, वह भी पगला-सा है।

देहरी पर बैठी धूप अचानक गायब हो गई है। साँझ उतर आई है। अब तक धूप के साथ बैठी भुलवा का इन्तजार कर रही माँ, चिन्ता से काँपने लगी। इतनी देर नहीं करता है भुलवा कभी। एकाध चक्कर तो लगा ही लेता है घर का। भटकता है, पर भटककर आ ही जाता है घर। घर खींचता है उसे। खींचती है माँ। मछलियाँ खींचती हैं। आज दोपहर का खाना सिर्फ बाबू ने खाया है। माँ के भीतर भूख नहीं जागी है। माँ और भुलवा के हिस्से की भात-मछली पड़ी रह गई है।

अपनी काँपती चिन्ता के साथ भुलवा की माँ उठी देहरी से। दरवाजे पर कुंडी चढ़ाई है। एक क्षण देखा है बन्द दरवाजे को और निकल पड़ी है। निकल पड़ी है

यह पता लगाने कि कहाँ रुक गया है लड़का पगला। अँधेरा होने के पहले वह भुलवा की पता–साजी कर लेना चाह रही है। अँधेरा होगा तो गाँव गायब हो जाएगा तुरन्त। दिखेगा नहीं गाँव तो वह पूछेगी किससे!

सबसे पहले वह विराजो के घर गई। विराजो का घर विराजो बिन सूना है। विराजो के सूने दरवाजे से पूछा भुलवा की माँ ने कि भुलवा यहाँ तो नहीं आया! विराजो के दरवाजे ने दुखी होकर कहा कि जब से विराजो गई है, नहीं दिखा है भुलवा उसे। कहा दरवाजे ने कि अगर उसे विराजो की जगह भुलवा भी दिख जाता एकाध बार तो वह इतना सूना–सून–सा नहीं रहता कभी।

भुलवा की माँ गाँव के एक–एक घर पर गई। पूछा एक–एक घर से। एक–एक घर ने कहा कि नहीं दिखा है भुलवा...

एक–एक घर की छानी पर चढ़ी एक–एक लौकी, तोरई, कुम्हड़े से पूछा भुलवा की माँ ने कि देखा है क्या भुलवा को? तो अपनी–अपनी छानी से एक–एक लौकी, तोरई और कुम्हड़े ने कहा कि नहीं, आज तो नहीं दिखा है भुलवा...

भुलवा की माँ, गाँव में सबसे पूछने के बाद, थक–हारकर नदी की ओर निकल पड़ी। वह दौड़ते–रपटते भागी नदी की ओर। नदी अँधेरे में डूबे, इससे पहले वह उसे पकड़ लेना चाह रही है। माँ नदी किनारे पहुँची। पहुँची ठीक उस जगह पर, जहाँ बैठ भुलवा मछली मारता है रोज। नदी बह रही है और बह रहा है उसके साथ शाम का नीला रंग। गाढ़ी नीली नदी। थोड़ी देर नदी को देखती चुप खड़ी रही भुलवा की माँ। बस कुछ क्षण। फिर पूछा नदी से कि बताओ, क्या तुमने भुलवा को देखा है?

नदी ने कहा, 'हाँ, आया था भुलवा। पकड़ रहा था मछली रोज की तरह। ठीक वहीं बैठकर। उसी पत्थर पर जिस पर तुम खड़ी हो। पर यह सुबह की बात है। आज वह जल्दी आ गया था। बैठा रहा मछली मारते बहुत देर तक। दोपहर शुरू नहीं हुई और वह चला गया है।'

'क्या वह ज्यादा उदास दिख रहा था आज?' भुलवा की माँ ने पूछा नदी से।

नदी सोच में पड़ गई।

थोड़ी देर बाद नदी ने भुलवा की माँ से कहा, 'देखो, मैं दिखाती हूँ...यह उसका प्रतिबिम्ब है...वह दिख रहा था ऐसा...यह आज का प्रतिबिम्ब है जो मेरी सतह पर उभरा है भुलवा के मछली मारते समय...' नदी ने अपनी सतह पर भुलवा के प्रतिबिम्ब को उभार दिया है।

भुलवा की माँ ने जब प्रतिबिम्ब में भुलवा को देखा तो फफक–फफककर रोने लगी। रोते–रोते बैठ गई उसी पत्थर पर, जिस पर बैठ भुलवा रोज मारा करता है मछली!

'भुलवा प्रतिबिम्ब में आज बहुत उदास दिख रहा है...' भुलवा की माँ ने कहा नदी से।

'नहीं, मैं तो उसे रोज ही देखती हूँ, जैसे रोज देखती हो तुम। तुम घर में देखती हो, मैं यहाँ देखती हूँ...यहाँ अपने किनारे इस पत्थर पर...बैठी हो जिस पर तुम अभी...रोज ही आता है वह मेरे पास...आता है मछली पकड़ने...वह तो कई दिनों से ऐसा ही दिख रहा है...विराजो के जाने के बाद से वह इतना उदास रोज ही दिख रहा है...जितना उदास आज तुम्हें प्रतिबिम्ब में दिख रहा है...' नदी ने कहा।

'नदी, हो सकता है तुम ही सही कह रही हो...मैं माँ हूँ शायद इसलिए मुझे ज्यादा उदास लग रहा है उसका चेहरा...' भुलवा की माँ ने दुखी होकर नदी से कहा।

इस बार नदी ने अपनी सतह पर उभरे भुलवा के प्रतिबिम्ब को देखा गौर से तो नदी को भी लगा कि आज भुलवा का चेहरा ज्यादा उदास दिख रहा है। सच कह रही है भुलवा की माँ, लगा नदी को। पर नदी ने भुलवा की माँ से कुछ नहीं कहा। चुप रही नदी। देखती रही अपनी सतह पर पड़ रहे एक दुखी स्त्री के प्रतिबिम्ब को। दुखी स्त्री का प्रतिबिम्ब अपने पुत्र के प्रतिबिम्ब से घुल-मिल रहा है। थोड़ी देर बाद नदी ने अपनी सतह पर उभरे भुलवा के प्रतिबिम्ब को अपने भीतर समेट लिया है। अनजाने में ही नदी ने अभी-अभी छीन लिया है, एक दुखी स्त्री के प्रतिबिम्ब के पास से उसके पुत्र का प्रतिबिम्ब।

प्रतिबिम्ब हटा नदी की सतह से तो भुलवा की माँ वापस लौट गई गाँव की ओर।

गाँव के एक-एक घर तक फिर गई भुलवा की माँ। शाम तक घर के सभी जन लौट आते हैं। किसी ने तो देखा होगा भुलवा को। एक बार और सबसे पूछ ले, यह सोचा है उसने। पूछा सबसे और कुछ पता नहीं चला।

घरों की छानी से नहीं पूछा दुबारा। अँधेरा उतर आया है। तोरई, लौकी, कुम्हड़े छानी पर सो गए हैं। कोई भी अभी-अभी उगी तोरई, लौकी कोई भी या कोई भी कुम्हड़ा नहीं बता पाएगा भुलवा के बारे में।

गाँव के किसी आदमी ने यह नहीं बताया है कि उसने भुलवा को पहाड़ चढ़ते देखा है। देखा है उस समय, जब धूप आज चढ़ रही थी पहाड़। सच तो यह है कि आज किसी ने धूप को भी पहाड़ चढ़ते नहीं देखा है। यह अजीब बात है।

आमतौर पर ऐसा होता नहीं है कि कोई किसी के देखे जाने से पूरी तरह बच जाए, जैसे बच गया है आज भुलवा। कोई न कोई तो देख ही लेता है। देर से ही सही, पर घूम-फिरकर देखे जाने की खबर आ जाती है। अभी तक इस गाँव में ऐसा ही हुआ है। गुमा है कोई तो किसी न किसी को दिख भी गया है। दिख गया है तो एक-दो दिन में मिल भी गया है। जीवित मिला है या मिला है मृत। पर मिल गया है।

आश्चर्य है, पर ऐसा हुआ है कि भुलवा को किसी मनुष्य ने पहाड़ चढ़ते नहीं देखा है। देखा नहीं है किसी पशु ने। किसी पक्षी ने नहीं देखा है। वे पाँच चिड़ियाँ

जो हमेशा भुलवा के आस-पास मँडराती रहती हैं। रहती हैं उसके साथ-साथ हमेशा। छाया बनी भुलवा की डोलती रहती हैं जो उसके साथ। पाँचों चिड़िया बहनें चूक गई हैं बरसों बाद आज का दिन। आज का दिन पाँचों चिड़िया बहनों के देखे जाने से फिसल गया है। फिसलकर बन गया है भुलवा के गुम जाने का दिन।

पाँचों चिड़िया बहनें, नदी किनारे पेड़ पर, अपने घोंसलों में सोती रह गई हैं।

मछली पकड़, नदी का किनारा छोड़, निकल गया है भुलवा। भुलवा के संग तब निकल नहीं पाई हैं चिड़िया बहनें। साथ-साथ। आस-पास मँडराती नहीं निकल पाई हैं। सहलाती अपनी चहचहाहटों से भुलवा का सिर। नहीं निकल पाई हैं नदी किनारे का वह पेड़ छोड़। छोड़ अपना घोंसला। घोंसले में नींद के साथ पड़ी रह गई हैं चिड़िया बहनें।

नींद खुली चिड़िया बहनों की। देखा उन्होंने कि नहीं है भुलवा नदी किनारे। मछली की टोकनी नहीं है। नहीं है डगनी। बस पत्थर है, जिस पर बैठ भुलवा पकड़ता है मछली। पाँचों चिड़िया बहनें आश्चर्यचकित हैं। ऐसा तो पहले कभी नहीं हुआ। हुआ नहीं बरसों में कभी। आज नींद ने कैसे घेर लिया इस तरह। एक-दो को नहीं, सभी बहनों को एक साथ। एक साथ नींद में गईं सभी। उठीं सभी एक साथ।

चिड़िया बहनों को पता नहीं है यह भी कि भुलवा जब यहाँ से उठा तो उठा है खाली हाथ। कुछ सोचता उठा है। डगनी वह भूल गया था पत्थर के पास। पत्थर के पास ही भूल गया था मछली की टोकनी। टोकनी मछलियों के साथ ही उड़ी है भुलवा के घर तक। टोकनी के पीछे-पीछे उड़ी है डगनी भी।

किसी को पता नहीं है कि टोकनी और डगनी भुलवा के घर पर, कुछ देर इन्तजार करती रहीं उसके आने का। जब उन्हें लगा कि नहीं आएगा भुलवा तो टोकनी और डगनी वापस उड़ गईं भुलवा को खोजने। भुलवा की माँ उन्हें पा जाए, इससे पहले वे उड़ गईं। माँ छूती टोकनी और डगनी को तो उड़ने की ताकत उनकी नष्ट हो जाती। बँध जातीं वे माँ के साथ घर में। टँग जातीं घर की किसी खूँटी पर चुपचाप।

ढूँढ़ना शुरू किया चिड़िया बहनों ने भाई को। पहले ढूँढ़ा नदी किनारे। ढूँढ़ा नदी के एक छोर से दूसरे छोर तक। किनारे के हर ऊबड़-खाबड़ को खँगाला। नहीं दिखा भाई कहीं। भटकते भाई को, भटकती जगहों पर ढूँढ़ती रहीं चिड़िया बहनें। पूरे गाँव के आसमान पर लगाया चक्कर। चक्कर लगाया जंगल, खेत-खलिहानों में। नहर-तालाब सब जगह देखा। नहीं मिला भाई। भुलवा का कोई निशान भी नहीं दिखा कहीं। पनही। गमछा। धोती। बंडी। कहीं कुछ नहीं। मछली की टोकनी-डगनी भी नहीं। साँझ हुई तो लौट आईं चिड़िया बहनें अपने घोंसलों में। रात भर सो नहीं पाईं। रोती रहीं रात भर। एक घोंसले से दूसरे घोंसले में आती-जाती रहीं।

इस तरह किसी को पता नहीं चला कि भुलवा पहाड़ चढ़ गया है। पहाड़ को सोचा नहीं चिड़िया बहनों ने भी। ढूँढ़ा उन्होंने हर जगह। गाँव, जंगल, नदी, धूप-छाँव हर जगह। बस, पहाड़ पर खोजना भूल गईं। पाँचों चिड़िया बहनों में से किसी एक के दिमाग में भी पहाड़ नहीं उगा।

नहीं उग पाया है पहाड़ इस गाँव के किसी भी दिमाग में। इस गाँव के लोग पहाड़ चढ़ते नहीं हैं। पूर्वजों की रची पगडंडी है उस पहाड़ पर। पर कई पीढ़ियों से इस गाँव का कोई आदमी पहाड़ नहीं चढ़ा है। पता नहीं किस पूर्वज ने यह सोचा है, पर सोचा है कि चढ़ेंगे पहाड़ तो नष्ट हो जाएगा पहाड़। एक ही पहाड़ बचा है और वे नहीं चाहते हैं कि वह नष्ट हो। इसलिए गाँव के किसी भी आदमी ने पहाड़ चढ़ने को नहीं सोचा है। गाँव ने पहले अपने भीतर खोजा भुलवा को। फिर खोजा अड़ोस-पड़ोस के गाँव में, जिनमें आवाजाही तीन पहाड़ों के हटने से आसान हो गई है। आसान हो गई है आवाजाही बरसों पहले के उस समय से जो अब किस्सा बन गया है। गाँव खोजबीन में बार-बार गुजरा है अकेले बचे पहाड़ के आस-पास से। पर पहाड़ चढ़ना सोच ही नहीं पाया है गाँव। गाँव को लगता है कि पहाड़ सिर्फ इसलिए चढ़ा जाता है कि उसे धूल में बदला जा सके। बिछाया जा सके धरती पर। यह पूर्वज परसन का छोड़ा गया पहाड़ है। धरती पर बिछने से परसन के हाथों बचा पहाड़ है यह। इसे चढ़ना गाँव सोचता ही नहीं है। यह पहाड़ पूर्वज परसन की स्मृति है।

जब गाँव का कोई जन कभी नहीं चढ़ा है पहाड़ तो पूर्वजों की रची पगडंडियाँ कैसे बची रह गई हैं पहाड़ पर! कई पीढ़ियों बाद भी कैसे मिटीं नहीं! गुमी नहीं कैसे! ये पगडंडियाँ कैसे बची रह गई हैं, पहाड़ चढ़ने का रास्ता दिखाया है जिन्होंने भुलवा को...

दिन बीतते गए। भुलवा को खोजते-खोजते हो गए पूरे बारह दिन। पता नहीं कहाँ गायब हो गया है भुलवा। कुछ लोग कहते हैं कि जंगल में भटकते हुए शेर-चीतों का शिकार हो गया होगा भुलवा। कहते हैं कुछ कि चलते-चलते इतनी दूर चला गया होगा कि भूल गया होगा गाँव का रास्ता। अपनी ही धुन में बह गया होगा। इतना अच्छा तैराक है भुलवा कि नदी में बहना चाहे तो भी बह नहीं सकता है। तैरते-तैरते पहुँच गया होगा समुद्र तक। पार कर समुद्र को पहुँच गया होगा किसी दूसरे देश। हो सकता है कि सीमा उल्लंघन के अपराध में किसी और देश में मछुवारों के साथ वह बन्दी बन गया हो...

इस तरह बारह दिन बीत गए हैं और भुलवा का कहीं कुछ पता नहीं चला है। पता नहीं चला है कि वह मिट्टी हुआ है या हुआ है पानी। हवा हो गया है वह।

भुलवा की माँ घर की देहरी पर बैठी, भुलवा-भुलवा अलापती रो रही है। रो रही है बारह दिनों से लगातार।

घर के सामने खड़े आम के पेड़ से पाँच चिड़ियाँ बैठी देख रही हैं रोती हुई भुलवा की माँ को। माँ को रोती देख रो रही हैं पाँच चिड़ियाँ। चिड़ियों ने नदी के किनारे का पेड़ छोड़ दिया है। भुलवा के घर के सामने खड़े इन आम के पेड़ों पर वे बारह दिनों से बैठी हैं। रोती बैठी हैं। देखती बैठी हैं रोती हुई माँ को।

भुलवा का बाबू रोया नहीं है, पर इन बारह दिनों में वह हो गया है बारह बरस बूढ़ा। इन बारह दिनों में एक दिन भी उसने खेत जाना नहीं छोड़ा है। जाना नहीं छोड़ा है पकते धान के पास। धान बाबू के दुख के कारण जल्दी-जल्दी पक रहा है अब।

सोनई-रुपई

भुलवा जब पहाड़ के ऊपर पहुँचा तो शाम हो चुकी थी। उसे पूरा पहाड़ शाम के नीले में डूबा दिख रहा है। दिख रहा है ऐसा जैसे पहाड़ पर नीली स्याही उड़ेल दी है आसमान ने। पहाड़ ऊपर समतल है। किसी ने उसकी चोटी को काट बिछा दिया है उसी पर। पेड़-पौधे हैं। खोह-चट्टानें हैं। पर चढ़ाई अब नहीं है। ऊपर आते ही भुलवा को सब कुछ फैला-फैला-सा लग रहा है।

चढ़ते हुए उसे लग रहा था कि यह पहाड़ अपनी ऊँचाई में अनन्त है। नहीं होगी कभी खत्म इसकी ऊँचाई। अब ऊपर आकर उसे अच्छा लग रहा है। आधी थकान झर गई है। पहाड़ की ऊँचाई झर गई है पहाड़ पर। भुलवा की थकान झर गई है भुलवा की देह पर।

भुलवा ने सोचा नहीं था कि पहाड़ ऊपर इतना खुला होगा। कई कोस तक फैला मैदान-सा होगा पहाड़ जिसमें अभी शाम फैली हुई है दूर-दूर तक। दूर-दूर तक फैले हैं पेड़-पौधे। खोह और चट्टानें कम हैं। हैं बस कहीं दूर-दूर पर। हैं इस तरह कि अपने होने पर शर्मिन्दा हैं। पेड़-पौधे, खोह और चट्टानें भुलवा के सामने पूरी चढ़ाई आते रहे हैं। पूरी चढ़ाई वे उसे मिलते रहे हैं। अब हैं वे पहाड़ के ऊपर भी, जब भुलवा चढ़ चुका है पहाड़। अब भी दिख रहे हैं यहाँ-वहाँ।

भुलवा को ऊपर ला रही पगडंडी अब पहाड़ के इस मैदान में, पेड़ों के आस-पास, जहाँ दिखी जगह वहाँ घुस गई है। यहाँ-वहाँ जाने कहाँ-कहाँ चली गई है पगडंडी पहाड़ के समतल में। चली गई है छूते हुए पेड़-पौधों को और खोह-चट्टानों को।

भुलवा चलने लगा पेड़ों के बीच घुसी एक पगडंडी को पकड़। गुम-सी पगडंडी, जिस पर चलो तो झाड़ियाँ लगातार छूती रहती हैं पैरों को। पेड़ सिर पर झुके रहते हैं इस तरह जैसे बालों को सहलाना चाह रहे हों। भुलवा के पैर झाड़ियों को छूते पेड़ों के बीच से आगे बढ़ते रहे। बढ़ते रहे। रहने और सोने की जगह खोज रहे हैं भुलवा के पैर।

अचानक पेड़ कम होने लगे। थोड़ा और चला ही है भुलवा कि उसको दिखा एक तालाब। फिर उसके पास ही दूसरा तालाब दिखा। दोनों तालाब एक-दूसरे के

लगभग आजू-बाजू हैं। बीच में दोनों के अमराई है बस। तालाब दिखते ही भुलवा को इतनी जोर की प्यास लगी कि वह दौड़ता हुआ तालाब तक गया। पहले चुल्लू भर-भर पानी पिया पेट भर। फिर मुँह-हाथ धोया। फिर उसने अपने पैर डुबा दिए तालाब में। पैर थकान से सूजे हुए हैं। टस-टस बज रही पैरों के भीतर पीड़ा।

भुलवा के पैरों के डूबते ही तालाब का पानी, जो उस समय ठंडा और मीठा-सा था, धीरे-धीरे गरम और गुनगुना होने लगा। सोख रहा है तालाब का पानी भुलवा के पैरों से थकान। सोख रहा है पीड़ा और सूजन। तालाब में जहाँ डूबे हैं पैर, वहाँ से उठ रही है गन्धक की महक। भाप उठ रही है वहाँ से। सुख से भुलवा की आँखें बन्द हो गई हैं। सुख गुनगुना रहा है भुलवा के पैरों के पंजों पर, पिंडली पर, ऊपर घुटनों तक।

भुलवा उतर गया तालाब के भीतर। वह अच्छा तैराक है। चिन्ता नहीं है कि तालाब कितना गहरा है। भुलवा आगे बढ़ा। बढ़ा वह तालाब के बीच की ओर। कुछ ही कदम बढ़ा है वह कि घुटनों से ऊपर चढ़ने लगा पानी। गरम गुनगुना सुख घुटनों से ऊपर आने लगा। आ गया जंघाओं तक सुख। धोती भीगने लगी है।

थोड़ी देर खड़ा रहा भुलवा जल में जाँघों तक डूबा, फिर लौट आया किनारे पर। किनारे पर उतारी धोती-बंडी और डुबकी लगा दी है तालाब में। तैरते हुए वह मथने लगा तालाब को। गरम गुनगुना सुख अब भुलवा को मथ रहा है...तालाब के जल ने भुलवा को इतना तरोताजा बना दिया है जितना वह उस समय था, जब उसने पहाड़ चढ़ने के लिए पहला कदम रखा था।

भुलवा नहाकर बाहर आया है। तालाब अब भी उसकी देह से लिपटा-सा है। चू रहा है तालाब बूँद-बूँद। पंछे से अपनी देह पोंछते हुए भुलवा इधर-उधर देख रहा है। उसे तालाब से थोड़ी ही दूरी पर एक झोंपड़ी दिख रही है। झोंपड़ी एक टीले पर बनी है। दीवारें पत्थर की हैं। ऐसी कि जैसे किसी ने उन्हें एक के ऊपर एक जमा दिया है। पत्थरों ने पकड़ लिया है एक-दूसरे को जोर से जैसे। इस तरह कि कोई पत्थर झोंपड़ी का किसी दूसरे पत्थर को छोड़ खिसके नहीं। झोंपड़ी की दीवार में सभी रंग के पत्थर हैं लाल, पीले, काले, हरे। पत्थर के रंगों ने सुन्दरता रची है झोंपड़ी के लिए। छत झोंपड़ी की सुनहरे घास-फूस से ढँकी हुई है। भुलवा को यहाँ तालाब के किनारे से देखने पर झोंपड़ी में कोई हलचल नहीं दिख रही है। यहाँ से दूर है झोंपड़ी। पर झोंपड़ी देख उसे अच्छा लगा है। लगा है कि वह इस पहाड़ पर अकेला नहीं है।

हो सकता है बस झोंपड़ी हो। भीतर कोई मनुष्य न हो। रह रहा हो जो मनुष्य कभी वह उतर गया हो पहाड़। पर अगर ऐसा होता तो पहाड़ का किस्सा भी नीचे उतरता मनुष्य के साथ। किस्सा गाँव-गाँव फैल जाता। पर किसी भी गाँव के पास

इस पहाड़ की चोटी का कोई किस्सा नहीं है। नहीं है किस्सा इस झोंपड़ी का या इसमें रहनेवाले मनुष्य का।

भुलवा तालाब के किनारे खड़ा है। सोचता हुआ, वह देह को पोंछना भूल गया है। भुलवा की गीली देह को दूसरा तालाब देख रहा है दूर से। सोच रहा है कि उसका जल भी भुलवा की देह पर हो सकता था, जो नहीं है अभी। दूसरा तालाब भीतर ही भीतर कसमसा रहा है। उसकी कसमसाहट उसके जल की सतह पर लहर बन दौड़ रही है।

भुलवा जिस तालाब में नहाकर बाहर आया है, उस तालाब का नाम सोनई है। सोनई से थोड़ी दूर पर रुपई तालाब है। यह जो एक तालाब की सतह पर कसमसाहट दिख रही है, यह रुपई की कसमसाहट है। झोंपड़ी जो भुलवा ने अभी-अभी देखी है सोनई के किनारे पर बनी हुई है। किनारे से थोड़ी ही दूरी पर। अमराई से लगी हुई है झोंपड़ी।

दोनों तालाबों के बीच अच्छी-खासी बड़ी-सी खुली जगह है। जगह यह आम के पेड़ों से घिरी हुई है। इस जगह पर पके आमों की खुशबू गिर रही है। भुलवा का मन हुआ है ठीक अभी-अभी कि वह चढ़े आम के पेड़ पर और तोड़ लाए आम। पर शाम हो गई है और वह पेड़ों को जगाना नहीं चाह रहा है। उसने सोचा कि झोंपड़ी में कोई हुआ तो कुछ तो खाने को मिल ही जाएगा। मनुष्य को देखेगा मनुष्य तो खुश होगा। कुछ तो दे ही देगा खाने को। झोंपड़ी में कोई राक्षस रहा तो भी खुश होगा। देख अपने लिए चलकर आए भोजन को। मनुष्य का रूप धरे रहेगा राक्षस। पहले खूब खिलाएगा-पिलाएगा भुलवा को। खिला-पिलाकर मोटा करेगा। फिर अचानक राक्षस का रूप धर खा जाएगा। भोजन दोनों ही परिस्थिति में भुलवा को मिलना तय है। झोंपड़ी में रह रहा होगा मनुष्य तो भी मिलेगा भोजन। रह रहा होगा राक्षस तो भी मिलेगा भोजन।

बरसोंबरस पहले सोनई-रुपई तालाब इस पहाड़ पर नहीं थे। ये दोनों भी जुड़वाँ बहनें थीं। इस पहाड़ से आठ कोस दूर एक गाँव में रहती थीं। दोनों बहनें बहुत सुन्दर थीं। सुन्दरता फूटती थी उनकी देह से, जैसे रोशनी फूटती है अपने स्रोत से।

वे इतनी सुन्दर थीं कि उनकी सुन्दरता की खबर को बाँधकर रख पाना बहुत मुश्किल था। बहुत कोशिश किया माँ-बाप ने। किया बहुत जतन। ढँक-मूँदकर रखे रहा दोनों जुड़वाँ बेटियों को। पर रखते कब तक। बड़ी हुई बेटियाँ तो बाढ़ का पानी हो गया बेटियों का सौन्दर्य। सारी बाधाएँ तोड़ दौड़ने लगा यहाँ--वहाँ। भोली थीं बेटियाँ। उन्हें मालूम नहीं था सौन्दर्य के भटकने का अर्थ।

सोनई-रुपई का सौन्दर्य भटकते-भटकते राजा के कानों तक पहुँचा। राजा बेचैन हो गया। सुन्दरता की खबर ने उसकी नींद गायब कर दी। भूख मर गई।

रनिवास में सत्रह रानियाँ थीं। पर सुन्दरता की इस खबर ने सत्रह रानियों के सौन्दर्य पर पानी फेर दिया। राजा ने मुँह मोड़ लिया अपनी सत्रह रानियों से।

राजा सत्रह दिनों तक रनिवास के भीतर नहीं गया। अठारहवें दिन उसने अपने विश्वसनीय मंत्री को सोनई-रुपई के घर भेजा। विश्वसनीय मंत्री ने राजा के विवाह का प्रस्ताव सोनई-रुपई के घर की देहरी पर रख दिया। सोनई-रुपई के माता-पिता बहुत खुश हुए। विश्वसनीय मंत्री का रखा प्रस्ताव उन्होंने तुरन्त उठा लिया। लगा लिया अपने कलेजे से। उस प्रस्ताव को कलेजे से लगाते ही माता-पिता गर्व से फूल गए। इतने फूले कि उनकी देह के लिए पहले छोटी पड़ गई उनकी झोंपड़ी, फिर छोटा पड़ गया गाँव। आखिरकार उनकी बेटियाँ राजा की पत्नियाँ बनने वाली थीं। गर्व स्वाभाविक था उनका। राजा का प्रस्ताव राजा प्रस्ताव होता है। वह किसान परिवार राजा के प्रस्ताव को कैसे अस्वीकार करता!

पर सोनई-रुपई जुड़वाँ बहनों को राजा का यह प्रस्ताव स्वीकार नहीं था। ऐसा राजा जिसके सौन्दर्य की भूख अनन्त थी। बूढ़ा और अय्याश राजा। राजा, जिसने अब तक सत्रह रानियों के सौन्दर्य पर पानी फेर दिया है। समझदार बहनें उससे ब्याह नहीं करना चाह रही थीं। पर कुछ कह भी नहीं पा रही थीं। कर भी नहीं पा रही थीं कुछ।

सच यह था कि सोनई-रुपई गाँव के ही दो जुड़वाँ भाइयों से प्रेम करती थीं। राजा के प्रस्ताव ने बहनों का चैन-आराम सब लूट लिया था। घर में उनके ब्याह की तैयारी शुरू हो गई थी। मंडप गड़ गया था। हल्दी चढ़ गई थी। क्या करती बहनें, न घर की रह गई थीं, न घाट की? जिस दिन राजा बरात लेकर आया, दोनों बहनों सोनई-रुपई को ब्याहने, ठीक उसी दिन वे अपने प्रेमियों के साथ भाग गईं गाँव से।

अपना अपमान कैसे बर्दाश्त करता राजा। तिलमिला गया राजा। राजा की बरात को लौटना पड़ रहा था सोनई-रुपई के कारण। राजा का आदेश। सेना ढूँढ़े सोनई-रुपई को। ढूँढ़े जब तक वे मिल न जाएँ। ढूँढ़े पूरी धरती पर। न मिलें धरती पर तो ढूँढ़े आसमान में। आसमान में न मिलें तो सेना जाए उन्हें ढूँढ़ने पाताल में। पाताल में न मिलें वे तो दूसरे ग्रहों तक जाए सेना उन्हें ढूँढ़ने।

राजा का आदेश था। सेना तुरन्त लग गई सोनई-रुपई को ढूँढ़ने में। गाँव का एक-एक घर छान मारा। छान मारा एक-एक कोठा और खलिहान। पर नहीं मिलीं अपने गाँव में सोनई-रुपई। फिर सेना ने आस-पास के गाँवों में खोजना शुरू किया। आस-पास के गाँवों के एक-एक घर को छान मारा। छान मारा आस-पास के गाँवों के एक-एक कोठा-खलिहान को। नहीं मिलीं कहीं वे दोनों बहनें। सेना ने फिर जंगल-जंगल खोजा। एक-एक पेड़-पौधे को खँगाला। चिड़ियों के घोंसलों तक को उलट-पुलट डाला राजा की सेना ने। पर नहीं मिलीं राजा की सेना को सोनई-रुपई।

यह जरूर पता चला कि अकेले नहीं भागी हैं सोनई–रुपई। भागे हैं उनके साथ गाँव के दो जुड़वाँ भाई भी। जुड़वाँ भाइयों को बचपन से पसन्द करती थीं जुड़वाँ बहनें। समझ गया राजा। सेना को आदेश दिया उसने कि जहाँ भी मिलें सोनई–रुपई और उनके जुड़वाँ प्रेमी, खत्म कर दिया जाए उन्हें। जैसे खत्म किया जाता है कोई किस्सा।

हुआ यह था कि गाँव से बहुत दूर नहीं गई थीं सोनई–रुपई। अपने प्रेमियों के साथ चढ़ गई थीं इसी पहाड़ पर, जिस पर अभी चढ़ा हुआ है भुलवा। भुलवा को जो झोंपड़ी दिखी है, उसे सोनई–रुपई और जुड़वाँ भाइयों ने ही बनाई थी। बनाई थी इसलिए कि रह सकें पहाड़ पर गाँव से दूर। बस जाएँ यहीं। नीचे न उतरें कभी गाँव के लिए। जानते थे वे कि गाँव कभी उन्हें माफ नहीं करेगा। राजा उन्हें कभी नहीं छोड़ेगा। सोचा उन्होंने कि हो सकता है राजा की पहुँच न हो पहाड़ तक। नीचे गए तो मरना है। मैदान और गाँवों में राजा का राज है।

सोनई–रुपई बार–बार अपने मन से पूछती थीं कि मन, तुमने सही किया या गलत! मन हमेशा कहता—सही किया कि चुना नहीं राजा को। सही किया कि चुना जुड़वों को। दिल को चुना सही किया। चुना सौन्दर्य को किया सही। कहता मन।

हुआ यह था कि इसी अमराई के एक–एक पेड़ को चुना दोनों बहनों ने। आम के पेड़ को मान मड़वा, सात फेरे लेकर जुड़वाँ भाइयों संग, उन दोनों बहनों ने ब्याह कर लिया था। सोनई–रुपई ने खुद गूँथी थी पहाड़ के जंगली फूलों की वनमाला। माला सोनई ने पहनाई अपने जुड़वाँ को। रुपई ने अपने जुड़वाँ को। धूमधाम से ब्याह नहीं हुआ। पर उनसे जैसा बना, किया उन्होंने ब्याह।

ब्याह कर इसी झोंपड़ी में एक साथ रहने लगे। पहाड़ को सोनई–रुपई जोड़ा इतना खुश दिखता कि पहाड़ पर उनकी खुशी खिलती रहती। बिखरी रहती खुशी यहाँ–वहाँ। दिन में दमकती पारे–सी। रात में चमकती जुगनू–सी।

पहाड़ चाहता रहा कि बसा रहे यह जोड़ा यहीं। असंख्य पक्षियों के जोड़े जैसे बसे हैं। जैसे बसे हैं पशुओं के असंख्य जोड़े। बसा रहे यह मनुष्य जोड़ा भी। पर पहाड़ के चाहने से क्या होता है! पहाड़ को हमेशा परास्त करता आया है मनुष्य। मनुष्य पहाड़ को रचते हुए भी परास्त करता है। परास्त करता है पहाड़ को नष्ट करते हुए भी।

राजा की सेना राजा की सेना थी। राजा का आदेश राजा का आदेश था। सेना चाहती है कि आदेश का पालन शीघ्र हो। अभियान की शीघ्र समाप्ति चाहती है सेना। चाहती है कि थके–हारे सैनिक घर लौट सकें। सोनई–रुपई जोड़े को ढूँढ़ते–ढूँढ़ते सात माह हो गए थे। पर कहीं अता–पता नहीं था सोनई–रुपई जोड़ों का।

एक दिन एक बूढ़े सैनिक ने सोचना शुरू किया। सोचना शुरू किया उस जगह के बारे में जो रह गई है बाहर सोनई–रुपई की खोज से। सोचता रहा वह। बहुत देर

तक उस बूढ़े सैनिक को यही लगता रहा कि सब जगह इस सात माह में ढूँढ़ लिया है। अब बची नहीं है कोई जगह। वह सोचता रहा। सोचते–सोचते थका नहीं। सोचता रहा कि कौन–सी जगह छूट गई है जहाँ ढूँढ़ना रह गया है। सोचता रहा और अचानक उछल पड़ा बूढ़ा सैनिक। अरे, गाँव के पास के पहाड़ पर तो हमने ढूँढ़ा ही नहीं...

राजा की सेना चढ़ने लगी पहाड़। पहाड़ ने बहुत कोशिश की कि सेना न पहुँच पाए ऊपर, न चढ़ पाए पहाड़। पहाड़ अपने ऊपर बिखरी खुशी को बचाना चाहता था। कोशिश की पहाड़ ने सोनई–रुपई जोड़े को बचाने की बहुत। यहाँ तक कि पहाड़ ने अपने पर उगी पगडंडियें को झाड़ियों के भीतर छुपा दिया। दिखेंगी नहीं पगडंडियाँ तो चढ़ना कठिन हो जाएगा सेना के लिए। पर राजा की सेना राजा की सेना थी। सेना ने झाड़ियों को साफ कर पगडंडियों को वापस रच लिया। पहाड़ ने सेना के रास्ते पर अपनी चट्टानों को गिराया तो सैनिकों ने रोका उन्हें अपने भालों पर और वापस उनकी जगह पर फेंक दिया...और इस तरह सेना चढ़ती गई पहाड़।

सेना पहाड़ के चारों तरफ से चढ़ रही थी। चढ़ती सेना से पहाड़ की कोई दिशा नहीं बची थी। पहाड़ पर चारों ओर उग आईं नई पगडंडियाँ। राजा की सेना ने उथल–पुथल कर रख दिया पहाड़ को। सेना के उस आक्रमण को यह पहाड़ आज भी याद करता है तो थोड़ा असहज हो जाता है।

सेना शाम ढले पहाड़ के ऊपर पहुँच गई। सैनिकों ने एक क्षण नहीं लगाया। पहाड़ पर पेड़ों से घिरी एक झोंपड़ी दिखी। झोंपड़ी के सामने एक समतल मैदान था, जिसे आम के पेड़ों ने घेर रखा था। पेड़ जैसे झोंपड़ी का पहरा दे रहे हों। पेड़ों पर पके हुए आम थे। सैनिकों को आम की खुशबू अपनी ओर खींचने लगी। पर सैनिकों ने खुशबू से अपने को बचा लिया। राजा का आदेश पहले था, आमों की खुशबू बाद में।

सैनिकों ने झोंपड़ी को घेर लिया। झोंपड़ी में घास–फूस और पेड़ की शाखाओं की सहायता से बने दो दरवाजे उन्हें दिखे। दोनों उढ़के हुए थे। दरवाजा खोला गया तो एक दरवाजे के पीछे सोनई दिखी अपने पति के साथ सोई हुई। दूसरे के पीछे रुपई दिखी अपने पति के साथ सोई हुई।

सैनिकों ने भाले की नोक से उन्हें उठाया और पकड़कर झोंपड़ी से बाहर ले आए। पहाड़ अँधेरे में डूब चुका था। सैनिक थके हुए थे। महीनों इन जुड़वाँओं के लिए वे भटक चुके थे। सैनिकों के चेहरे पर उन्हें पा जाने की गहरी सन्तुष्टि थी।

सैनिकों ने एक क्षण की भी देरी नहीं की। मशालों की लपलपाती रोशनी में ही उन्होंने दोनों जुड़वाँ भाइयों का सिर फरसे से अलग कर दिया। लगा नहीं एक क्षण और विधवा हो गईं सोनई–रुपई। सैनिकों ने भाले की नोक से उठाया जुड़वाँ भाइयों का सिर और भालों को खड़ा कर दिया झोंपड़ी के सामने मैदान में। दोनों जुड़वाँ भाइयों के भाले पर टँगे मृत सिर देख रहे थे जीवित जुड़वाँ बहनों को।

सैनिक इसके बाद सोनई-रुपई का सिर धड़ से अलग करने को आगे बढ़े। सोनई-रुपई ने कहा कि रात भर हमें अपने पतियों का शोक मनाने दें। सुबह हमारे सिर ले लें। हमें अभी मारेंगे या मारेंगे कल, बात तो एक ही है। रात भर आप सब भी आराम करें। हमें रहने दें अपने-अपने पतियों के शव के साथ। हम जागेंगी सुबह तक। बहाएँगी अपने-अपने पति के लिए आँसू। रोएँगी नहीं हम तो हमें मुक्ति नहीं मिलेगी। मुक्ति नहीं मिलेगी हमारे पतियों को। दया करें।

सेनापति ने सोनई-रुपई की यह बात सुनी। उसे लगा कि उसे चार सिरों से मतलब है। सिर रात को काटे गए कि सुबह, इससे क्या फर्क पड़ता है। उसने सोनई-रुपई की इच्छा को हामी भर दी।

अपने पतियों के धड़ों के साथ सोनई अमराई के एक तरफ और रुपई दूसरी तरफ बैठ गई। दोनों के बीच आम के पेड़ थे। अमराई में वे इसलिए नहीं बैठीं कि आम की घनी खुशबू शोक में छिद्र न कर दे।

सैनिक भी दो हिस्सों में बँट गए। एक हिस्सा अमराई के उस तरफ सोनई का पहरा देने लगा। दूसरा हिस्सा अमराई के इस तरफ रुपई के पहरे में बैठ गया।

सिर कटे धड़ को ध्यान से देखते ही रोने लगीं सोनई-रुपई। रोती गईं। रोती गईं। उनके रोने से अमराई के उस पार और इस पार इतना आँसू बहा कि आँसू का तालाब बन गया। एक तालाब अमराई के इस तरफ था और दूसरा अमराई के उस तरफ। उनके पहरों पर बैठे सैनिक उनके ही आँसुओं के तालाब में डूब गए। डूबकर जल में बदल गए।

सुबह हुई तो अमराई के इस तरफ और उस तरफ दो तालाब थे। बीच में मैदान जो आम के पेड़ों से घिरा हुआ था।

जिस तालाब के किनारे खड़ा भुलवा अभी अपनी देह पोंछ रहा है, वह है सोनई तालाब। जिस तालाब को भुलवा अपनी गीली देह पोंछता देख रहा है। देख रहा है आम के पेड़ों से घिरे मैदान के उस पार, वह रुपई तालाब है।

भुलवा जब अपनी देह सुखा कपड़े पहन तैयार दिखा सोनई तालाब के किनारे तो उसे दूर से देख रहे रुपई तालाब को उस पर दया आई। रुपई तालाब ने सोचा, भूखा होगा बेचारा! रुपई ने गुनगुनाकर आम के पेड़ों से कहा कि देखो, तुम्हारे पास एक भूखा आदमी खड़ा है, जो आया है यहाँ तक लगातार चढ़ते हुए पहाड़। भूखा है वह। उस भूखे यात्री को पके फल दे दो।

आम के पेड़ों ने अपने फलों को रुपई तालाब के कहते ही टपकाना शुरू किया। भुलवा के आस-पास टप्-टप् टपकने लगे आम। भुलवा ने अपने आस-पास गिर रहे आमों को देखा। फिर देखा दोनों आम के पेड़ों को जो उसके आस-पास ही खड़े

हैं। खड़े हैं जैसे अपने घेरे में ले लिया हो भुलवा को। आमों की खुशबू का घेरा घना। आमों की खुशबू ने भुलवा की भूख को देखा। भुलवा की भूख ने आमों की खुशबू को देखा। उसने एक आम उठाया। सुनहरा लाल। भुलवा की हथेलियों के बीच घूमने लगा आम। आम हथेलियों के दबाव के बीच अपने गूदे को रस में बदलने लगा है। आम के सिर की काली बिन्दी हटाते ही रस की बूँद झाँकने लगी है। थोड़ा रस जमीन पर टपकाकर भुलवा ने पहला आम मुँह में लगा लिया...आम के पेड़ सोनई-रुपई तालाब के कहने पर तुरन्त फल जाते हैं। यह भुलवा नहीं जान रहा है। तालाब बनी सोनई और रुपई जैसे ही आम के पेड़ों से कहती हैं कि फलो आम के पेड़ तो पेड़ों में तुरन्त खिलते हैं बौर। बौर फिर तुरन्त आम के फल बनते हैं। फल तुरन्त बड़े होते हैं। तुरन्त पकते हैं। गिरते हैं तुरन्त। पशुओं के लिए नीचे गिरते हैं। पक्षियों के लिए शाखाओं पर टँगे रहते हैं। आज, बहुत समय बाद, आम के पेड़ों से फल मनुष्य के लिए नीचे गिरे हैं। बरसों पहले कभी वे गिरे थे सोनई-रुपई और उनके पतियों के लिए। उसके बाद अब वे गिरे हैं। गिरे हैं भुलवा के लिए।

भुलवा उकड़ूँ बैठा आम चूस रहा है। इतना स्वादिष्ट आम उसने पहले नहीं खाया है कभी। पेट भर गया है, पर मन अब भी नहीं भरा है। पर पेट भरते ही भुलवा की आँखों में नींद उतरने लगी है। वह इतना थका हुआ है कि देह नींद माँग रही है। वह सोनई के किनारे ही पसर गया है, जहाँ वह बैठा आम खा रहा था।

शंकर देवता

आसमान में अभी चन्द्रमा नहीं आया है। सूरज कहीं डूब रहा है, पर दिख नहीं रहा है। भुलवा की नींद सूरज के जाने और चन्द्रमा के आने की सन्धि के समय पर कहीं है। सूरज और चन्द्रमा की सन्धि पर पड़ी उसकी नींद गहरी और गहरी होती जा रही है।

वह लगातार पहाड़ चढ़ता रहा है। दोपहर से शाम तक चढ़ता रहा है पहाड़। आम के पेड़ तालाब के किनारे सो रहे उस लड़के के पहरे पर हैं जिसे पेड़ों ने यहाँ पहाड़ पर पहली बार देखा है। देखा है उसे कि जिसका नाम भुलवा है। पेड़ उसका नाम नहीं जान रहे हैं। पेड़ उन्नीस बरस के एक लड़के को देख रहे हैं जो इतनी गहरी नींद में चला गया है कि उसकी नींद के भीतर अभी स्वप्नों की आहट तक नहीं है।

अचानक सोते हुए भुलवा के ऊपर ध्वनियों की तीखी आवाज गिरी। गिरी इतनी तेजी से कि गहरी नींद को तोड़ खुल गईं भुलवा की आँखें। वह चौंककर उठ बैठा। आसमान में तारों के साथ चन्द्रमा है। पर चन्द्रमा और तारों के पास तीखी आवाज नहीं है। आवाज नहीं है वह जो भुलवा ने सुनी है। भुलवा डरा। वह अँधेरी रात में पहाड़ पर अकेला रह गया है। रह गया है चन्द्रमा और तारों की रोशनी के साथ अकेला...

पर यह क्या! उसने देखा कि सोनई और रुपई की सतह चाँदी-सी चमक रही है। सोनई और रुपई की सतह पर उठ रही हैं चाँदी की लहरें। जल पारे-सा दमक रहा है। दमक रहा है चाँदी-सा। भुलवा के पैर सामने फैले हुए हैं। आधे उठे हुए हैं अपने घुटनों पर। भुलवा अब भी नींद की खुमार में है। उठता सुबह तो पूरी नींद पाकर उठता। अभी एक तीखी ध्वनि ने उठाया है उसे। उठाया है बीच नींद में। अभी इस नींद को पूरी होने के लिए छूना है सुबह को। भुलवा अपनी आँखें मल रहा है। समझ नहीं आ रहा है उसे कि वह सच में जाग गया है या स्वप्न के भीतर जागा है...

अचानक भुलवा ने देखा कि सोनई और रुपई तालाब के बीच आम के पेड़ जो उगे हुए हैं और मैदान में इधर-उधर बिखरे-से हैं, उनमें हलचल है। आम के पेड़

छोड़ रहे हैं अपनी जगह। मैदान के बीच से खिसक रहे हैं किनारे की ओर। खाली कर रहे हैं मैदान। धीरे-धीरे एक के बाद एक। आम के दो पेड़ों के बीच, घेरे में जहाँ जगह मिली, वे खड़े हो रहे हैं। आम के पेड़ चल रहे हैं। झूम रहे हैं आम के पेड़। इस तरह चलते और झूमते पेड़ भुलवा पहली बार देख रहा है। थोड़ा समय लगा है और आम के पेड़ों ने एक घेरा बना लिया है। घेरा सोनई और रुपई के किनारों को छूते हुए।

अचानक मैदान को चारों तरफ से घेरे आम के पेड़ों की एक-एक शाखा, जो मैदान की ओर झुकी हुई है, मशाल-सी जलने लगी है। मैदान झक रोशनी से भर गया है।

यह क्या हो रहा है! हो रहा है भुलवा की नींद के भीतर कि बाहर हो रहा है! भुलवा को कुछ समझ नहीं आ रहा है। डर गया है भुलवा। उठ बैठा है। हवा ठंडी है। वह थोड़ा काँप रहा है। ठंड से बचने को उसने गमछे को ओढ़ लिया है, इस तरह कि सिर से उसके दोनों कानों को ढँकते हुए गमछा कन्धों को ढँक रहा है। ठंड ज्यादा नहीं है, पर ऐसा कर उसे अच्छा लगा है।

भुलवा चार कदम चल आम के एक पेड़ के पीछे जाकर खड़ा हो गया है। इस आम के पेड़ की भी एक शाखा जल रही मशाल-सी। जलती शाखा से टप्-टप् कुछ गिर रहा है नीचे। नीचे ठीक पेड़ के सामने मैदान में जलती हुई बड़ी-सी बूँदें हैं गिरतीं एक के बाद एक। एक के बाद एक जो दूब भरे मैदान को छूते ही बुझ रही हैं।

भुलवा को जो दिख रहा है, वह आश्चर्यजनक है। वह जैसे किसी दूसरी दुनिया में चढ़ आया है। चढ़ा नहीं है पहाड़। चढ़ा है एक दूसरी दुनिया। अजीब।

भुलवा ने देखा कि पेड़ों की जलती शाखों की रोशनी के गोल घेरे में तालाबों के बीच की जगह अचानक खुलकर उभर आई है। रोशनी से उभरी उस दूब भरी जगह पर एक मनुष्य अपने में मगन नृत्य कर रहा है। नृत्य करते मनुष्य की पूरी देह नीली है। नीली है ऐसी जैसे चन्द्रमा की रोशनी का लेप उसने अपनी देह पर कर लिया हो। सिर पर बालों की जगह है ऊँची जटा। सिर पर बँधा खड़ा है जटा-जूट बालिश्त भर। ऊँचे ललाट पर चन्द्रमा की रोशनी है। है अर्द्ध चन्द्रमा। अर्द्ध चन्द्रमा जो अमावस्या के ठीक पहले बचे चन्द्रमा के आकार का है। ठहरा है ललाट पर, जैसे ठहरा हो ब्रह्मांड पर।

उस मनुष्य के गले में भुजंग है हार-सा लिपटा। भुजंग बार-बार फन फुफकारता, नाच रहा है उसके गले में इधर से उधर। जीवित आभूषण। कानों में कुंडल हैं। स्वर्ण कुंडल। दोनों भुजाओं में रुद्राक्ष की माला का भुजबन्ध है। कमर में बाँध रखा है बाघ-चर्म उसने। बाघ-चर्म बस घुटने तक है। बाघ का सिर उस मनुष्य की दोनों जंघाओं के बीच झूल रहा है। बाघ की पूँछ कमर के पीछे झूल रही है। पर पूँछ कमर

की बाईं ओर खिसकी होने के कारण पूँछ-सी नहीं, लग रही है रस्सी-सी। लग रही है कमरबन्ध। कमरबन्ध ही है वह। उस मनुष्य ने बाघ-चर्म को बाघ की पूँछ से कसकर बाँध रखा गया है कमर पर।

नीचे नंगे हैं पैर। पैर देखकर कोई कह सकता है कि नृत्य करते आदमी के पैर बहुत चले हैं। चलते-चलते बने हैं मजबूत। चले हैं बरसोंबरस। चले हैं अनन्तकाल तक। घुटनों से पिंडलियों तक धूल भरे हैं पैर।

नृत्य में इतनी तीव्रता से हिल रही है उस मनुष्य की देह कि कसकर बँधा नहीं रहता बाघ की पूँछ से बाघ-चर्म तो हवा में उड़ जाता। कमर से ऊपर पूरी तरह वह नग्न मनुष्य, बाघ-चर्म उड़ते ही कमर से नीचे भी हो जाता नग्न। नग्न जिसकी किसी ने अब तक कल्पना नहीं की है।

नृत्य करते मनुष्य की कमर में बाघ की पूँछ के अतिरिक्त बाघ के चार पंजे भी हैं। चर्म पंजे। अस्थिविहीन। दो पंजे बाघ के उसके सामने के घुटनों को छू रहे हैं। दो बार-बार छू रहे हैं घुटने के पिछले हिस्से को।

उसकी कमर में बँधी है एक तुरही। बँधी हैं छोटी-छोटी पीतल की घंटियाँ कमर में। पेड़ों के रेशों की रस्सी पर गुँथी हैं घंटियाँ। उसके बाएँ हाथ में नाच रहा है डमरू। डमरू के साथ नाच रही है नृत्य की लय। तुरही भी पेड़ों के रेशों से बनी एक लम्बी रस्सी से कमर पर इस तरह बँधी है कि वह कमर में खुँसी तुरही को, जब इच्छा तब, नृत्य करते बजा रहा है।

उस मनुष्य के नृत्य में इसलिए स्वर हैं—डमरू, तुरही और घंटियों के। वह मनुष्य एक तीव्र और चपल नृत्य में है। उसके नृत्य में हाथों और पैरों की असंख्य भंगिमाएँ हैं। उसके नृत्य में पृथ्वी के सारे रंग हैं। रंग हैं समस्त मनुष्य जीवन के। जीवन के रंगों से उपजती समस्त खुशी है उसके नृत्य में।

भुलवा पेड़ के पीछे छिपा मंत्रमुग्ध देख रहा है उस मनुष्य का नृत्य। देख रहा है अपलक। पलकें झपकना भूल गई हैं।

पहचान गया भुलवा कि अरे, ये तो शंकर देवता हैं! नाच रहे हैं मगन। नृत्य से झर रही है खुशी। खुशी फैल रही है पूरी पृथ्वी पर। नृत्य में जहाँ-जहाँ उपजेगा दुख, फैलेगा वह भी पृथ्वी पर यहाँ-वहाँ। यह जो नृत्य में खुशी के बीच अचानक कभी-कभार चमकती एक धुँधली-सी रेखा उभर रही है, क्या यह ही है दुख?

भुलवा के देखते ही देखते पेड़ों से कूदने लगे हैं भूत और पिशाच। नृत्य करते शंकर के आस-पास गोल घेरा बन गया है उनका। उनके पीछे पेड़ों का गोल घेरा है। भूत-पिशाच थोड़ी देर देखते रहे ठिठके। नृत्य करते शंकर देवता को देखते रहे। भूत-पिशाच नृत्य की भंगिमा को पकड़ना चाह रहे हैं। आसान नहीं है यह। अनन्तकाल से इस कोशिश में हैं भूत-पिशाच कि शंकर की तरह नृत्य कर सकें। गढ़ सकें शंकर-सी भंगिमाएँ अपने नृत्य में। पर यह अब तक सम्भव नहीं हुआ है। भूत-

पिशाच पता नहीं कब से आ रहे हैं नृत्य का प्रशिक्षण लेने हर रात्रि शंकर देवता के पास। बस गए हैं शंकर के पास इसी पहाड़ पर। पर नृत्य में पूरी तरह पारंगत नहीं हो पाए हैं। हो जाएँगे जिस दिन पारंगत, मुक्त हो जाएँगे भूत-पिशाच की योनि से...

देखते ही देखते भूत-पिशाच शामिल हो गए हैं शंकर देवता के नृत्य में। शंकर की नृत्य भंगिमा उन्होंने पकड़ ली है। अब भूत-पिशाचों के नाचते घेरे के बीच कर रहे हैं शंकर देवता नृत्य। पेड़ के पीछे छिपे भुलवा को अब शंकर देवता कभी दिख रहे हैं, कभी नहीं दिख रहे हैं। भूत-पिशाचों का घेरा उन्हें कभी-कभी ओझल कर रहा है और कभी दिखा रहा है।

भूत-पिशाच अजीब चहेरे और अजीब आकारों के हैं। पशु और मनुष्य का मिला-जुला रूप है उनके पास। कुछ के सिरों पर सींग है। कुछ हैं बिना सींगों के। पूर्वजन्म में सभी रहे हैं मनुष्य। मनुष्य होते हुए भी जैसा उनके भीतर पशु स्वभाव था, भूत-पिशाच योनि में वैसी ही सींगें उग आई हैं उनके सिरों पर। बिना सींगों के जो हैं, वे हैं भले मनुष्य जिनकी बेचैनियों ने उन्हें भूत योनि में धकेल दिया है। सींगों वाले सब पिशाच योनि में हैं। भूत थोड़े सरल हैं। कठिन हैं पिशाच। सींग और बिना सींग वाले इन दोनों के पास बुद्धि भी है उतनी, जितनी पशु और मनुष्य की बुद्धि को मिला देने पर बन जाए। अटपटी पर पर्याप्त बुद्धि है।

भूत-पिशाचों को देख एक क्षण भुलवा के भीतर जागा भय। क्या भरोसा कि कब क्या कर दें भूत-पिशाच! पर नृत्य में मगन शंकर देवता को देख, भीतर का भय झर गया तुरन्त। देवता हैं बचा ही लेंगे—भुलवा ने सोचा।

भुलवा जिस पेड़ के पीछे छिपा यह सब देख रहा है, उस पेड़ से भी कूदकर गए हैं तीन पिशाच। गए हैं शंकर के नृत्य में शामिल होने। शंकर देवता के चारों ओर नृत्य करते भूत-पिशाचों की संख्या लगभग तीस से चालीस है। शंकर के नृत्य से पूरा पहाड़ जगमग है।

पेड़ों की टहनियों की मशाल-सी रोशनी जब भभकती है या कम पड़ने लगती है तो आसमान से चमकती है बिजली। बिजली तब तक अपनी चमक पर ठहरी रहती है, जब तक पेड़ों की जलती शाख की मशाल अपनी रोशनी वापस न पा ले।

बीच-बीच में बादल भी गरज रहे हैं। शंकर के नृत्य को संगत दे रहे हैं बादल। बिजली कड़क रही है। कड़क रही है नृत्य को ध्वनि देने। पेड़ों पर बैठे उल्लू कर रहे हैं विचित्र आवाज। विचित्र आवाज नृत्य को शब्द देने को हवा इस तरह चल रही है कि बुझें न पेड़ों की जलती शाखें। आसमान का मन अगर अभी बरसने का है तो वह बारिश को रोके खड़ा है।

अँधेरे में शंकर देवता के माथे पर नाचता अर्द्ध-चन्द्र तीव्र नीली रोशनी फेंक रहा है। इसलिए पेड़ों के खिसकने से उभर आई उस सोनई-रुपई तालाब के बीच की जगह, जहाँ अभी शंकर भूत-प्रेतों के साथ नृत्य कर रहे है, रोशनी के पीले और

नीले के मिले-जुले रंग में डूबी हुई है। पीली रोशनी पेड़ अपनी मशालों से फेंक रहे हैं। फेंक रहा है तीव्र नीली रोशनी शंकर की ललाट पर नाचता चन्द्रमा। दोनों ही रोशनियाँ बराबर मात्रा में हैं। जितनी है नीली उतनी है पीली। अद्‌भुत!

अद्‌भुत संयोजन है! इस संयोजन में शामिल है पूरी प्रकृति।

इस नृत्य से दक्षिण का यह पहाड़ गौरवान्वित है। कुछ हाथ ज्यादा ऊँचा हो गया है यह पहाड़। हर रात नृत्य कर रहे हैं शंकर। हर रात ऊँचा हो रहा है पहाड़। ऐसा ही चलता रहा तो यह पहाड़ आसमान को छू देगा।

बहुत देर से चल रहा है नृत्य। नृत्य इतना अद्‌भुत है कि भुलवा की पलकें नहीं झपकीं एक बार भी। पलकें भौंह के पास सिकुड़ी रहीं। नृत्य से थके नहीं हैं शंकर। भूत थके नहीं हैं। थके नहीं हैं पिशाच। जब तक शंकर का मन करता है, वे करते रहते हैं नृत्य। नृत्य वे ही प्रारम्भ करते हैं और समाप्त भी वे ही कर सकते हैं। भूत-पिशाच तो उनके अनुगामी हैं। शंकर की एक-एक भाव-भंगिमा को समझते हैं। शंकर की भाव-भंगिमा से ही लय पा रहे हैं भूत-पिशाच।

भुलवा दोनों हाथ जोड़ देख रहा है नृत्य। देख रहा है नृत्य करते देवता को पूरी श्रद्धा से। दोनों हाथ जोड़ काँप रहा है भुलवा। कम्पन में उत्तेजना है। है श्रद्धा और आशंका भी है।

देवता हैं शंकर। शंकर का किस्सा भुलवा ने सुना है। सुना है देवता दया करते हैं। पर दया नहीं करते हैं भूत-पिशाच। यदि नृत्य करते-करते थक गए भूत-पिशाच और उनके भीतर इच्छा जागे उसे खाने की कि मनुष्य गन्ध से बढ़ जाए उनकी भूख। मुस्कुराएँ शंकर थोड़ा-सा और भुलवा पर दया करने की बजाय उन्हें दया आ जाए नृत्य कर थक चुके भूत-पिशाचों पर। शंकर दे दें अनुमति कि खा लो इस मनुष्य को। तब क्या होगा! खा लो कि बहुत दिनों बाद मिला है मनुष्य, कह दें शंकर तब क्या होगा!

यह सोचते ही भुलवा बेहोश होते-होते बचा। इतनी जोर से लड़खड़ाए उसके काँपते पैर कि बचा वह गिरते-गिरते। देवता ही अगर दुश्मन हो जाए तो दुनिया में तुम्हें कोई नहीं बचा सकता है। जैसे ही लड़खड़ाए देवता के सन्देह में भुलवा के पैर, पैरों के लड़ाखड़ाने से देवता के नृत्य की लय भंग हो गई। देवता पर मनुष्य के सन्देह ने भंग कर दी है नृत्य की लय। ठिठके खड़े हैं शंकर। ठिठके खड़े हैं भूत-पिशाच। सब देख रहे हैं आम के उस पेड़ की ओर, जिसके पीछे छिपा खड़ा है भुलवा।

मर गया मैं तो—भुलवा ने सोचा। अब पकड़ा गया मैं। भुलवा थर-थर काँप रहा है अपनी जगह पर खड़ा। खड़ा है पेड़ के नीचे। जोड़ रखा है दोनों हाथ। जुड़े हाथ भी काँप रहे हैं थर-थर।

उधर ठहरे नृत्य में भूत-पिशाचों को दिख रहा है शंकर का चेहरा मुस्कुराता। मुस्कुराता पर पसीने से लथपथ। नृत्य की थकान देवता के चेहरे पर नहीं है, देह पर

है लथपथ। भूत-पिशाच अब पेड़ की ओर देखना छोड़ तुरन्त लग गए हैं शंकर देवता की सेवा में। कोई उनके बैठने के लिए एक चट्टान उठा लाया है। कोई उनका पैर दबा रहा है। कोई दबा रहा है कन्धे। कोई जल ला रहा है उनके लिए। कोई ला रहा है फल-फूल।

कुछ पिशाच हवा में उठ गए हैं ऊपर। जहाँ बैठे हैं शंकर ठीक उनके ऊपर। हवा में उठ गुम हो गए हैं हवा में। तीव्र हवा नीचे फेंक रहे हैं देवता पर कि सूख जाए देवता का पसीना। पसीना जो नृत्य करने की थकान से उपजा है।

काँपता भुलवा खुश हुआ यह सोचकर कि उसे भूल गए हैं सब। अब बच गया है वह। रात किसी तरह कट जाए तो उतर जाएगा पहाड़। फिर कभी नहीं चढ़ेगा पहाड़। कभी देखेगा भी नहीं इस पहाड़ की तरफ। इस पहाड़ की तरफ पैर कर सोएगा भी नहीं कभी।

मुस्कुरा रहे हैं शंकर। भूत-पिशाच लगे हुए हैं देवता की सेवा में। आखिरकार, देवता का पसीना सूख गया है। देवता की देह के पसीने के सूखते ही अपने आप सूख गया है भूत-पिशाचों का पसीना।

अचानक शंकर फिर देखने लगे हैं उस पेड़ की ओर, जिसके पीछे छिपा भुलवा देख रहा था नृत्य। जहाँ अब वह यह सोचता खड़ा है कि भूला जा चुका है उसे। भूल गए हैं उसे शंकर। भूत-पिशाच भूल गए हैं।

रात का कौन सा प्रहर है, पता नहीं है। आसमान से शंकर के माथे पर उतर आने के कारण, चन्द्रमा चन्द्रमा-सा नहीं रह गया है। चन्द्रमा के आसमान में नहीं रहने के कारण तारे तारे से नहीं रह गए हैं। प्रहर समझना कठिन है।

शंकर ने अचानक फिर पेड़ की ओर देखा। इस बार वे मुस्कुराए। देवता ने भूत-पिशाचों को कहा कि उस पेड़ के पीछे छिपा बैठा है एक मनुष्य। जाने कब से देख रहा है हमें। देख रहा है हमारा नृत्य। जाओ और उसे पकड़कर ले लाओ।

पेड़ के पीछे छिपे भुलवा ने जैसे ही यह सुना, बेहोश हो गया। धड़ से गिरा नीचे। उसके गिरने की इतनी तेज आवाज हुई कि उस पेड़ की जलती शाख जमीन पर गिर गई, जिसके पीछे छिपा खड़ा है भुलवा। आम का पेड़ वह डर गया है। मशाल-सी वह शाख अब उस पेड़ की जड़ के पास जल रही है। जल क्या रही है, जा रही है बुझने की ओर। थोड़ी ही देर में वह बुझने वाली है। भुलवा पर भूत-पिशाच झुके हुए हैं। भूत-पिशाचों के चहेरों पर कोई भाव नहीं है। ऐसा कोई भाव जिससे यह जाना जा सके कि अब भुलवा का क्या होगा!

भुलवा को होश आया तो देखा उसने कि वह शंकर देवता के सामने पड़ा है। विशाल कद देवता। कन्धे विशाल। विशाल वक्ष। भुजा विशाल। विशाल

जंघा। जितना उठाओ ऊपर सिर, देवता का कद उतना ही बढ़ रहा है। सिर नीचे करो तो दिख रहे हैं देवता के चरण बस। विशाल चरण।

भुलवा तुरन्त शंकर देवता के चरणों में बिछ गया है। प्रणाम की मुद्रा है। देवता के विशाल चरणों को छू रहा है भुलवा का माथा। भुलवा के सीने में धरती की गुनगुनाहट है। गुनगुनाहट है पहाड़ की। पहाड़ की यह रात्रि है। हवा है साँय-साँय चलती बाहर। सीने में साँय-साँय हवा है भीतर।

उठ जा बेटा, कहा देवता ने।

काँपता हुआ उठा भुलवा। क्या करे क्या न करे, सोचता उठा। उसे कुछ समझ नहीं आ रहा है। समझ नहीं आ रहा है कि आज वह जीवित बचेगा या मारा जाएगा। देवता तो हमेशा मुस्कुराते दिखते हैं। देवता की मुस्कान से यह अन्दाज लगाना कठिन है कि वह मुस्कान जीवन के लिए है या है मृत्यु के लिए।

अचानक भुलवा को अपनी बंडी की जेब में रखी गाँजे की पुड़िया याद आई। यही बचाएगी मुझे। गाँजे की यह पुड़िया। यही देगी मुक्ति। मुक्ति, अगर देवता यह सोच रहे होंगे कि उसे भूत-पिशाच का भोजन बना दें। देख लिया है उसने देवता का रहस्य। पेड़ के पीछे छिपे-छिपे। सुना है, देवता को गाँजा पसन्द है। बूटी यह गाँजे की, मुक्ति दिला सकती है यही—सोचा भुलवा ने।

भुलवा ने शंकर को तो फल-फूल, जल का भोग करते थोड़ी देर पहले ही देखा है। पर अभी तक उसने किसी भूत-पिशाच को कुछ खाते देखा नहीं है। भूखे हैं भूत-पिशाच। थके हुए हैं। रात भर किया है नृत्य। अगर भुलवा उन्हें मिल जाए भोजन के लिए तो वे प्रसन्न होंगे। मानुस मांस...मानुस मांस गाते फिर करने लगेंगे नृत्य...

भुलवा ने अब ज्यादा नहीं सोचा। सोचने का समय उसके पास ज्यादा नहीं था। उसने अपनी बंडी की जेब से गाँजे की पुड़िया निकाली और शंकर देवता के चरणों में रख दी। मुस्कुराए देवता। झुककर उठा लिया गाँजे की पुड़िया। सूँघा पहले उसे। गाँजे की गन्ध की चमक देवता की आँखों में उभरी।

एक क्षण नहीं गँवाया देवता ने। अपनी कमर से पता नहीं कहाँ खोंसकर रखी, चिलम निकाली। देखा फिर भुलवा की ओर। मुस्कुराए फिर। लपके भूत-पिशाच देवता की सहायता के लिए। पर देवता ने हाथ के इशारे से उन्हें रोक दिया। पालथी मार बैठ गए देवता वहीं नीचे पड़ी चट्टान पर। आराम से मलने लगे गाँजा। देवता की हथेली पर गाँजे को गीला करने को, आसमान ने ओस की बूँदें गिरा दी हैं। ओस की बूँद हथेली पर गिरते ही मुस्कुराए देवता। एक क्षण उन्होंने सिर उठाकर काले आसमान की ओर देखा और मुस्कुराते रहे।

भुलवा देवता को चिलम में गाँजा भरते देख सोच रहा है कि मनुष्य और देवता दोनों का गाँजा तैयार करने का तरीका कितना मिलता-जुलता-सा है! लगभग कोई अन्तर नहीं है।

थोड़ी देर बाद जिस चट्टान पर बैठे थे, खड़े हो गए हैं उसी चट्टान पर शंकर देवता। देवता आसमान की ओर मुँह किए चिलम से धुआँ छोड़ रहे हैं। धुआँ तेजी से ऊपर उठने लगा है जैसे बादल। भुलवा ने सोचा—ओह, तो ये बादल हैं। गाँजे का धुआँ हैं बादल। शंकर देवता की चिलम से उपजा धुआँ है बादल। शंकर जो गाँजा पीते हैं, वह बादल बन ठहर जाता है आसमान में। आसमान में घूमता रहता है धुआँ-धुआँ। गाँजे के धुएँ के यही बादल, ठंडे होकर, बरसते हैं जल बन। जल बन ठंडा करते हैं पृथ्वी को। ठंडी और गीली होती है पृथ्वी तो उपजाती है धान। इसीलिए चावल खाने के बाद होता है हल्का-हल्का नशा। नींद आती है अच्छी। इसी चावल से बनती है दारू। दारू जो और गहरे नशे की ओर जाती है।

गाँजा पीने के बाद शंकर देवता बैठ गए हैं धरती पर। चट्टान के ठीक सामने। शायद चट्टान पर बैठने की इच्छा नहीं है। धरती थोड़ी मुलायम हो गई है वहाँ पर जहाँ बैठे हैं शंकर। धरती रूई होना चाह रही है। रूई होना देवता के लिए कि बैठें देवता तो मिले उन्हें पूरा आराम।

बैठे देवता तो उनकी जाँघों के बीच झूलता बाघ का सिर भुलवा को घूरता दिखा। गले में लिपटे सर्प ने फुफकार मारी। कहाँ फँस गया मैं—भुलवा ने सोचा। वह ठीक शंकर देवता के सामने बैठा है। वह थोड़ा हड़बड़ाया-सा है। शरीर से नहीं हड़बड़ाया है, हड़बड़ा गया है मन से। थोड़ा अचम्भित-सा है वह।

मुस्कुरा रहे हैं शंकर। उनकी मुस्कान में गाँजे की गन्ध है।

धरती पर आराम से पालथी मार बैठे शंकर ने अचानक कहा, ' मिल गया है वह, जिसकी कमी थी।'

भूत-पिशाच एक-दूसरे का चेहरा देखने लगे। वे कभी स्वयं का चेहरा नहीं देख पाए हैं। उनके पास एक-दूसरे के चेहरे ही हैं। विचित्र। ऐसे चेहरे जो भुलवा के चेहरे-मोहरे से बिल्कुल अलग है। अलग हैं देवता के चेहरे से। किसी के पास पक्षी-सा चेहरा है। पशु-सा चेहरा है किसी के पास। किसी के पास धूप-सा चेहरा है। किसी के चेहरे में अँधेरा है। किसी के चेहरे पर साँझ ढल रही है। किसी के चेहरे पर सुबह हो रही है। इन चेहरों को सिर्फ देवता पढ़ सकते हैं। नहीं पढ़ सकता है मनुष्य।

देवता को जब लगा कि उनके कहे को कोई नहीं समझ पाया है तो मुस्कुराए देवता और कहा, 'नहीं समझे, अरे, यह मिल गया है भुलवा!'

मैंने अपना नाम इन्हें बताया नहीं तो ये कैसे जान गए मेरा नाम! देवता हैं, सारे मनुष्यों के नाम जानते होंगे—भुलवा ने सोचा।

'बस एक पात्र की कमी थी और वह था भुलवा और देखो, वह आ गया है हमारे पास...अब नाचा करने का समय आ गया है...अब हर रात्रि नृत्य के बाद नाचा

का अभ्यास होगा...भुलवा आ गया है...भुलवा-कथा ही पहली नाचा-कथा होगी...' शंकर देवता गाँजे में मगन कह रहे हैं।

सुन रहे हैं भूत-पिशाच। सुन रहा है भुलवा। समझ नहीं पा रहा है कोई कुछ। देवता की मुस्कान से गाँजे के बादल सबके भीतर चले आ रहे हैं। प्रसाद है शंकर का।

जब समझ आई देवता की बात, भुलवा के मुँह से निकला—वाह, नाचा! भुलवा चाहता है यह। खुशी उसके चेहरे पर बिजली-सी चमक रही है। यह वह काम है, जिसे कर वह जीवन में शायद सबसे अधिक खुशी पा सकता है। पा सकता है सबसे अधिक सन्तोष। पहाड़ चढ़ना सफल हो गया—सोच रहा है भुलवा।

भुलवा सोच रहा है और जो वह सोच रहा है, उसे सुन रहे हैं देवता। देवता लगातार मुस्कुरा रहे है भुलवा को देख। देवता की मुस्कुराहट सहला रही है भुलवा की पूरी देह। भुलवा की देह में झुरझुरी जाग रही है।

समझ गए हैं भूत-पिशाच भी। अपनी जगह खड़े होकर नाचने लगे हैं। लम्बे समय से वे नाचा की प्रतीक्षा कर रहे हैं और अब शंकर की घोषणा ने उन्हें प्रसन्न कर दिया है।

नाचते-नाचते भूत-पिशाचों ने एक घेरा रच लिया है। उस घेरे के बीच भुलवा आ गया है। शंकर नहीं दिख रहे हैं। भूत-पिशाचों की अजीब देह है। गन्ध है अजीब। अब फिर घबराहट होने लगी है भुलवा को कि कहीं नाचा का मतलब नाचते-नाचते भूत-पिशाचों द्वारा मनुष्य को खा जाना तो नहीं है। नाचते भूत-पिशाचों के बीच पस्त बैठ गया है भुलवा। उकड़ूँ बैठा है। बैठा है अपना सिर घुटनों पर डाल। नाच का शोर उसके ऊपर गिर रहा है। गिर रहा है भय उसके ऊपर। वह भय से जमा बैठा है।

थोड़ी देर बाद शंकर के इशारे को देख, भूत-पिशाच सब बैठ गए अपनी-अपनी जगह पर। देवता का इशारा है कि सुनो। वे समझ गए हैं कि शंकर कुछ कहना चाह रहे हैं उनसे। भूत-पिशाच देवता के मन को पढ़ना सीख गए हैं। सीख गए हैं कि कैसे देवता के बिना बोले ही देवता को सुन लें।

शंकर देवता ने भूत-पिशाचों से कहा, 'देखो, अब समय आ गया है कि हम नाचा करें। इस समय की हमने प्रतीक्षा की है। यह समय इसलिए यहाँ आया है कि भुलवा आया है यहाँ। नहीं आता भुलवा तो यह समय भी नहीं आता यहाँ। भुलवा को सम्हालना अब तुम लोगों का काम है। तुम सबको करना है उसकी देख-रेख। सीखना है यहाँ की दिनचर्या भुलवा को...'

देवता की बात सुन आज्ञाकारी बच्चों की तरह सिर हिलाया भूत-पिशाचों ने और फिर भुलवा की ओर देखने लगे। भुलवा उनके बीच ही बैठा है। बैठा है वहीं, जहाँ बैठा था उकड़ूँ। भय में डूबा बैठा है भुलवा।

'देखो, मैं तुम लोगों को नाचा में जो भी पात्र अभिनय के लिए दूँगा, तुम लोग उस पात्र में तुरन्त बदल जाओगे, यह मैं जानता हूँ...और कोई नहीं जान पाएगा कि तुम कौन से भूत हो...हो कौन से पिशाच...पर भुलवा ऐसा नहीं कर सकता है...उसे सीखना पड़ेगा...सीखने में उसे बारह दिन लग सकते हैं...बारह साल भी लग सकते हैं...कथा के पात्र को जीना आसान नहीं है। यह नया जीवन पाने जैसा है। नया जीवन जीना है अपने पुराने जीवन के भीतर रहते हुए...इसलिए एक अभिनेता अपने एक ही जीवन में कई जीवन जीता है...हर दूसरा जीवन जीने के लिए उसे पहला जीवन छोड़ना पड़ता है...जैसे सर्प छोड़ता है केंचुल...

'भुलवा ध्यान से सुनो। मैं तुम्हें एक कथा सुनाता हूँ। यह तुम्हारे पूर्वजन्म की कथा है। इसे तुम नहीं जानते हो। जानता हूँ सिर्फ मैं। सब ध्यान से सुनो...इसलिए कि यही कथा हमारे नाचा की कथा बनेगी। इस कथा में एक पात्र तुम वह हो जो तुम पूर्वजन्म में थे...' शंकर ने भुलवा की ओर अँगुली दिखाते हुए कहा। कहा ऐसे जैसे उसे सावधान करना चाह रहे हों।

इसके बाद शंकर चुप हो गए। कमर से अपनी चिलम निकाली। भरने लगे चिलम। उनकी कमर में गाँजे का खजाना है। शंकर उकड़ूँ बैठ गए है अब। अब उनकी चिलम आसमान को लगातार बादल भेज रही है...

भुलवा ने सोचा कि जब से पहाड़ पर आया है, गाँजा पी ही नहीं पाया है। नहीं लगा पाया है मुँह से एक बार भी चिलम। गाँजा जितना था उसके पास, वह सब उसने देवता को दे दिया है। अब चिलम है उसके पास खाली। गाँजे की जगह जिस चिलम में गाँजे की जली गन्ध भरी हुई है।

भुलवा की इच्छा हुई कि माँग ले गाँजा शंकर देवता से। बैठ जाए उन्हीं की तरह उकड़ूँ उनके सामने और भेजने लगे बादल आसमान में। पर हिम्मत नहीं हुई भुलवा की कि माँग सके गाँजा। भुलवा के पास यह हिम्मत कहाँ है कि देवता के सामने पी सके गाँजा!

देखो, देवता मगन खींच रहे हैं चिलम। थोड़ी देर बाद भुलवा ने ध्यान दिया कि आसमान में बादल बहुत तेजी से बढ़ रहे हैं। यह क्या उसके आस-पास बैठे भूत-पिशाच भी बैठ गए उकड़ूँ और खींच रहे हैं चिलम। धुआँ-धुआँ हो रहा है पहाड़।

भुलवा को बहुत तलब हो रही है गाँजे की। सोच रहा है कि देवता हो सकता है अपने पीने के बाद प्रसाद दे दें। पर देवता ने वापस चिलम अपनी कमर में खोंस ली है।

देवता का ध्यान सबकी ओर है। देख रहे हैं भुलवा को ध्यान से। ध्यान से देख रहे है भूत-पिशाचों को। फिर उन्होंने अपने ललाट पर अँगुली फेरी। भभूत की तीन लकीरें उनके ललाट पर उभरीं। भभूत की तीन लकीरों के नीचे गाँजे से चढ़ी लाल आँखें हैं देवता के पास। देवता के पास तीक्ष्ण दृष्टि है।

देवता के देखते ही भूत-पिशाचों ने गाँजा पीना बन्द कर दिया है। गायब है चिलम उनके मुँह से।

देवता अब पालथी मारकर बैठ गए हैं। आराम से बैठ गए हैं फिर चट्टान पर। वह अब कथा सुनाने वाले हैं। उन्होंने भूत-पिशाचों सहित भुलवा का ध्यान पूरी तरह अपनी ओर खींच लिया है। हाथ जोड़े बैठे हैं सब देवता के सामने। देवता की तरह ही पालथी मार बैठ गए हैं सब धरती पर।

'सुनो, पृथ्वी पर एक राजा हुआ। राजा का नाम राउत था।'

'हव,' भूत-पिशाचों ने एक साथ हुँकारी भरी। भुलवा चुप रहा। उसे पता नहीं था कि हुँकारी भरना है।

'राजा राउत का चौथापन आ गया है। हो गया है वह वृद्ध।'

'हव।'

'वृद्ध हो गया है, पर उसे अब तक पुत्र की प्राप्ति नहीं हुई है। राजा के पास नौ लाख गायें हैं। हैं नौ लाख पूरी। न एक कम, न एक ज्यादा। इतनी गायें हैं कि घास के मैदान में जाएँ चरने तो ढँक दें घास के मैदान को पूरी तरह। हटें जब गायें मैदान से तो गायब हो जाए घास कई कोस तक। राजा की गायों के लिए धरती को घास जल्दी-जल्दी उगाना पड़ रहा है। धरती को जल्दी-जल्दी, बार-बार हरा होना पड़ रहा है। दुख की बात जो राजा राउत के पास है, वह यह है कि उसके बाद इन नौ लाख गायों को पालनेवाला कोई नहीं है। नहीं है कोई पुत्र राजा का। निपूता राजा। रानी निपूती। रहते हैं हमेशा दुखी।'

'हव।'

'रानी की आँखों से टप्-टप् गिरते हैं दुख के आँसू। सगे-सम्बन्धी रानी को ताना मारते हैं—बाँझ रानी। बंजर धरती। सूख चुके थनों की गाय कहलाती है रानी। समय इतना व्यतीत हो चुका है पुत्र की राह देखते कि रानी अब बूढ़ी हो चली है। पर उसकी कोख ने नहीं जन्मा है एक पुत्र। न कोई पुत्री है उनके पास। पुत्री भी होती तो राजा अपनी बेटी को सिखा देता नौ लाख गायों को चराना। एक लड़की पहली बार नौ लाख गायों को चराती घूमती पृथ्वी पर। लड़की के साथ गायों को भी अच्छा लगता। रहतीं ज्यादा सहज वे। राजा की पुत्री के पीछे-पीछे घूमती रहतीं नौ लाख गायें पृथ्वी पर यहाँ से वहाँ। हरी घास खोजती रहतीं गायें राजा की पुत्री के साथ यहाँ से वहाँ। पर क्या करता राजा? बाँझ है रानी। राजा है बाँझ।'

'हव।'

'एक दिन राजा राउत ने दुखी होकर अपनी रानी से कहा कि रानी, अब मुझे सहन नहीं हो रहा है। सोच-सोच रहता हूँ परेशान कि मेरे बाद नौ लाख गायों का

क्या होगा ? अब मैंने तय कर लिया है कि मैं इन नौ लाख गायों को लेकर पहाड़ पर चला जाऊँगा। गायें पहाड़ पर चरती रहेंगी। मैं उन्हें चरते देखता रहूँगा। जब तक रहेगा जीवन मेरा, करता रहूँगा गायों की सेवा। गायों के दूध को पशु-पक्षियों और जंगली मनुष्यों में बाँट दूँगा। सब देंगे आशीष मुझे। गायों को भी देंगे आशीष। जब तक देह में रहेगी साँस, मैं यहीं करूँगा। मेरी मृत्यु के बाद नौ लाख गायें नौ लाख रास्ता खोज लेंगी। कुछ उतर जाएँगी पहाड़। पहाड़ पर बनी रहेंगी कुछ। जो उतरेंगी पहाड़ से, वे पहुँच जाएँगी पृथ्वी पर वापस एक-एक परिवार के पास। गायें खुद चुन लेंगी परिवार। उनके दूध से सुखी हो जाएगा वह परिवार। परिवार के बच्चों को नहीं मिल रहा होगा दूध तो मिलने लगेगा। पहाड़ पर बची रहेंगी बस बूढ़ी गायें। चरेंगी और जिएँगी। मरेंगी तो भी पशु-पक्षी का पेट भरेंगी।'

'हव।'

'सुन राजा राउत की यह बात, रानी छाती पीट-पीटकर रोने लगी। रोने लगी बालों को नोचते। रोते-रोते पागल-सी धरती पर लोटने लगी रानी। फिर दुखी रानी ने पैर पकड़ लिया राजा राउत का। मनाने लगी राजा राउत को कि वह न चढ़े पहाड़। अपनी गायों के संग यहीं रहे गाँव में। पैर पकड़ रानी ने राजा को बहुत देर तक मनाने की कोशिश की। रानी के कंगन बजते रहे राजा के पैरों के पास बहुत देर तक। कंगनों ने कहा एक-दूसरे से कि राजा-रानी को साथ रहना चाहिए। बूढ़े हो रहे हैं दोनों। दोनों एक-दूसरे का सहारा रहेंगे। पर राजा राउत ने रानी के विलाप को नहीं सुना। नहीं सुनी कंगनों की बात। वह अपनी नौ लाख गायें लेकर, दक्षिण दिशा के पहाड़ की ओर बढ़ चला। जिस पहाड़ पर राजा राउत चढ़ा था, यह वही पहाड़ है।'

'हव।'

भुलवा मुँह खोले सुन रहा है देवता से कथा।

'इस पहाड़ की दक्षिण दिशा से जब राजा राउत अपनी नौ लाख गायों को लेकर चढ़ रहा है, ठीक उसी समय इस पहाड़ की उत्तर की ओर से सिंहल-द्वीप का राजा विरज भी अपनी नौ लाख गायों को लेकर साथ चढ़ रहा है पहाड़।

'राजा विरज के पास भी राजा राउत की तरह ही ठीक नौ लाख गायें हैं। वह राजा भी राजा राउत की तरह निपूता है। दुखी है उतना ही, जितना दुखी है राजा राउत। राजा विरज भी चौथेपन में है और अब तक नहीं गूँजी है एक बच्चे की किलकारी उसके महल में। अपने महल में राजा विरज भी अपनी रानी को रोती-कलपती छोड़, अपनी गायों के साथ पहाड़ चढ़ रहा है। अद्‌भुत संयोग है!

'दोनों राजाओं के एक ही समय में पहाड़ चढ़ने के कारण नौ लाख गायें दक्षिण से और नौ लाख गायें उत्तर से चढ़ने लगी हैं इस पहाड़ पर। उत्तर से और दक्षिण की ओर से, नीचे से ऊपर तक, गायों से ढँकता जा रहा है पहाड़। घोड़ों पर सवार, गायों के पीछे-पीछे, चढ़ रहे हैं अलग-अलग दिशा से दोनों राजा। दोनों को पता

नहीं है कि दोनों एक ही पहाड़ को चढ़ रहे हैं। दोनों को पता नहीं है कि दोनों के पास नौ–नौ लाख गायें हैं। दोनों को पता नहीं है कि दोनों निपूते हैं। दोनों को पता नहीं है कि दोनों ने ही अपनी पत्नियों के कंगनों की आवाज नहीं सुनी है।'

'हव,' भूत-पिशाचों के साथ पहली बार भुलवा की हुँकारी भी शामिल है।

देवता के गले से लिपटा सर्प फुफकारा। फुफकारा और 'हव' में शामिल हुआ।

भुलवा मगन सुन रहा है। देवता को देख रहा है एकटक। अपलक।

'चढ़ते–चढ़ते आखिरकार चढ़ ही गए हैं पहाड़ दोनों राजा। यहीं पहुँच गए इसी मैदान पर। दोनों राजाओं की नौ लाख गायें खड़ी हैं आमने–सामने। गायों के पीछे घोड़ों पर सवार खड़े हैं दोनों राजा। साँझ का समय है। पहाड़ की साँझ अठारह लाख गायों से भर गई है। थकी हुई हैं गायें। थके हुए हैं दोनों राजा। प्यासी हैं गायें। प्यासे हैं दोनों राजा। भूखी हैं गायें। भूखे हैं दोनों राजा। ओठ सूख गए हैं। मुख में थूक बनना बन्द हो गया है। कंठ में काँटे उग आए हैं। नख से शिख तक नहाए हैं धूल से दोनों राजा। खुर से सींग तक धूल से नहाई हैं अठारह लाख गायें। दोनों राजा पसीने से लथपथ हैं।

'राजा राउत ने अपनी गायों को रुपई तालाब की ओर हकाला। हकाला विरज ने अपनी गायों को सोनई तालाब की ओर।

'नौ–नौ लाख गायें, जब सोनई–रुपई का जल पीने लगीं तो कंकड़–कादो दिखने लगे सोनई–रुपई के। सोनई–रुपई ने घबराकर फिर भरा जल अपने भीतर। जल भरा, पर वह भी कुछ देर में समाप्त हो गया। इस तरह सात बार भरा जल सोनई–रुपई ने अपने भीतर तो बुझ पाई गायों की प्यास। राजाओं की प्यास बुझाने को सोनई–रुपई को आठवीं बार भरना पड़ा अपने भीतर जल।

'बुझाकर गायों की प्यास और बुझाकर अपनी प्यास, दोनों राजा उतर गए तालाब में। राजा राउत रुपई तालाब में। राजा विरज सोनई तालाब में। दोनों राजा अपनी थकान अपने–अपने तालाब के गुनगुने जल को सौंप रहे हैं। रुपई तालाब के चारों ओर खड़ी हैं राजा राउत की नौ लाख गायें। सोनई तालाब के चारों ओर खड़ी हैं राजा विरज की नौ लाख गायें। राजाओं की गायें, तालाब के किनारे खड़ी होकर, देखने लगीं नहाते राजाओं को। गायें तो पहले ही नहा चुकी हैं। पीना और नहाना गायों ने एक साथ किया है।

'नहाकर बाहर आए राजा। इसी मैदान में आए। क्योंकि यही वह जगह है जो दोनों तालाबों के बीच है। समतल। पेड़ों से घिरी। आरामदेह जगह। अपने–अपने घोड़ों की काठी से निकाल वस्त्र बदल रहे हैं दोनों राजा। वस्त्र बदलते दोनों हो गए अचानक एक–दूसरे के आमने–सामने। देखा दोनों ने एक–दूसरे को गौर से। देखा राजा राउत की नौ लाख गायों ने राजा विरज की नौ लाख गायों को गौर से। गौर से देखा राजा विरज की नौ लाख गायों ने राजा राउत की नौ लाख गायों को। ठिठके

देखते रहे दोनों राजा एक-दूसरे को। एक-दूसरे को ठिठकी देखती रहीं दोनों राजाओं की गायें।'

'हव,' बोला भुलवा। इस बार भूत-पिशाच हुँकारी भरना भूल गए।

'वस्त्र-शस्त्र पहन तैयार हो गए दोनों राजा। खड़े रहे एक-दूसरे को घूरते दोनों राजा। दोनों राजाओं की नौ-नौ लाख गायें एक-दूसरे को घूरती खड़ी रहीं। समय उनके लिए रुका नहीं। समय घटता है लगातार और घटता गया वह उनके बीच। खड़े रहे राजा और खड़ी रहीं गायें एक-दूसरी को घूरतीं। समय उनके लिए नहीं रुका।

'जब वे यहाँ पहुँचे थे, तब मैं अपनी झोंपड़ी में था। रात के भोजन के लिए उबाल रहा था कन्द-मूल। अचानक शोर उठा। मैं शोर सुन बाहर आया। देखा कि यह गायों के आपस में भिड़ने और दो राजाओं के मल्ल-युद्ध से उत्पन्न भीषण शोर है। सोनई-रुपई के बीच का यह मैदान, जिस पर अभी हम बैठे हैं, धूल से भर गया। एक कोस से अधिक ऊँची उठ रही थी धूल जो गायों के खुरों और राजाओं के मल्ल-युद्ध से पैदा हुई थी।

'युद्ध इतना भयंकर था कि मुझे लगा, मारे जाएँगे दोनों राजा। दोनों राजा संग मारी जाएँगी अठारह लाख गायें। लाशों से पट जाएगा यह पहाड़। मैं यह जान रहा था कि युद्ध का कोई स्पष्ट कारण नहीं है। राजाओं और गायों ने एक-दूसरे को ठिठककर देखा भर था और भिड़ गए थे एक-दूसरे से। सोनई-रुपई के जल से पेट भर गया था। आ गई थी देह में ताकत तो एक-दूसरे का घूरना उन्हें बुरा लगा। लगा अपमान अपना। वे झपट पड़े हैं एक-दूसरे पर।

'मैं नहीं चाहता था कि दो राजाओं और अठारह लाख गायों के मृत भार को बर्दाश्त करे यह पहाड़। मैं उनके युद्ध के बीच कूद पड़ा। मैं कूदा धम् से। मेरे कूदते ही वे छिटक गए इधर-उधर। छिटकते हैं जैसे कंकड़-पत्थर छिटके वैसे। छिटके दोनों राजा। छिटकीं अठारह लाख गायें। कुछ तो इतनी दूर छिटकीं कि गिरीं सीधे सोनई-रुपई के भीतर। खाली हो गया यह मैदान। मैं तांडव-नृत्य कर रहा था।

'नृत्य जब खत्म हुआ तो खड़ा था बस मैं। इसी चट्टान पर खड़ा था। दोनों राजा घुटनों के बल बैठ गए थे मेरे सामने—प्रणाम की मुद्रा में। अठारह लाख गायें बैठ गईं, जिस जगह थीं ठीक उसी जगह पर। खड़ा था बस मैं। मुस्कुरा रहा था बस मैं। इस सबके बाद भी कि बरसों बाद मेरा एकान्त भंग हुआ था। मैं भूखा था। कन्द पक गए थे, पर मैं उन्हें खा नहीं पाया था। नृत्य ने मुझे थका दिया था। इसके बावजूद मैं मुस्कुरा रहा था। इन दो राजाओं की अठारह लाख गायों से इस पहाड़ का एक-एक हिस्सा भर गया था। मुझे इतनी गायों को देख अच्छा लग रहा था। गायों की देह-गन्ध हवा में घुल रही थी।

'मैंने अपने सामने घुटनों के बल हाथ जोड़े बैठे दोनों राजाओं से पूछा कि क्यों लड़ रहे थे? देखना चाहते थे कि हममें से कौन बड़ा है...कौन है ताकतवर...दोनों

ने एक साथ कहा। मैंने तब उनसे कहा कि दोनों राजा हो। दोनों एक ही उम्र के हो। दोनों के पास नौ–नौ लाख गायें हैं। मुझे तो दोनों बराबर लगते हो। ताकत में भी बराबर। धन में भी बराबर। तुम दोनों लड़े तो गायें भी लड़ने लगीं। नौ लाख गायें, नौ लाख गायों से भिड़ीं...ये जो पहाड़ के पेड़ों से पत्तियाँ और धूल उठी है, उन्हें वापस उनकी जगह पर कौन लाएगा। ठीक उसी जगह पर जहाँ से उठी है धूल। तुम धूल के कणों को वहीं नहीं ला सकते, जहाँ से उठे हैं वे। तुम नहीं लगा सकते पत्तियों को पेड़ों की शाखाओं में ठीक उसी जगह पर, जहाँ से टूटकर गिरी हैं वे। तुम उन छोटे–छोटे कीड़े–मकोड़ों और जीव–जन्तुओं को पुन: जीवित नहीं कर सकते जो तुम्हारे पैरों और गायों के खुरों के नीचे आकर मारे गए हैं। गाय का दोष नहीं है। यह दोष तुम दोनों राजाओं का है।'

'हव।'

'मेरी बात सुन शर्म से सिर झुका लिया दोनों राजाओं ने। वे बहुत देर बैठे रहे, वैसे ही सिर झुकाए कि मैं उनके लिए सजा की घोषणा करूँगा। पर जब मैंने बहुत देर तक कुछ नहीं कहा तो वे दोनों मेरे पैरों पर झुक गए। उनके आँसुओं से भीग गए मेरे पैर। मैंने उनके कन्धों पर हाथ रख उन्हें उठाया। वे दोनों धूल से सने हुए थे। मैंने उन्हें नहाने भेज दिया। वे दोनों अलग–अलग तालाबों की ओर नहाने जाने लगे। राजा राउत रुपई की ओर और विरज सोनई की ओर। मैंने उन्हें रोका। कहा कि दोनों जाओ एक साथ। नहाओ दोनों एक ही तालाब में। पहले दोनों रुपई के जल से नहाओ। रुपई बड़ी बहन है। फिर दोनों सोनई के जल से नहाओ। सोनई छोटी बहन है। दोनों बहनें खुश होंगी। आशीष देंगी तुम्हें। मेरे कहने पर दोनों राजा एक साथ रुपई की ओर चल पड़े।

'गाए बैठी थीं। भूखी थीं। जिधर देखो, वे ही दिख रही थीं। अब मुझे अठारह लाख गायों को चरने की दिशा बतानी थी। मैंने उन्हें अपने हाथों से उठने का इशारा किया। वे उठीं। उनके गले में बँधी घंटिया बजीं। बजीं एक के बाद एक। उठने के साथ ही उठी घंटियों की आवाज। बहुत देर तक घंटियों की गूँज पहाड़ पर बनी रही। मैंने गायों को इशारा किया और भेज दिया पहाड़ के पूर्व दिशा की ओर। जहाँ घास घनी उगी है पहाड़ के ऊबड़–खाबड़ में। घास अठारह लाख गायों के लिए पर्याप्त थी। घास ऐसी थी जो गायों के चरने पर खुश हो, तुरन्त फिर उग आती थी। मुझे पूरा विश्वास था कि अठारह लाख गायों का पेट वह घास भर देगी।'

'हव।'

'दोनों राजा नहाकर आए और देखा कि गायें तो गायब हैं। सोचा कि जिनके लिए छोड़ा देश, छोड़ा घर जिनके लिए, खो दिया है उन्हीं गायों को। सोचा दोनों ने कि मैंने हर लिया है उनकी अठारह लाख गायों को। सजा के रूप में हरा है यह सोचा। सोचा यह कि जीव–जन्तुओं, पेड़–पौधों की क्षति के एवज में हरा है मैंने

गायों को। दुखी हो गए दोनों राजा। सिर पकड़कर बैठ गए मेरे सामने, यहीं धरती पर। तब मैंने उनसे कहा कि चिन्ता मत करो। तुम्हारी गायें कहीं नहीं गई हैं। वे भूखी थीं तो मैंने उन्हें चरने भेज दिया है पूर्व दिशा की ओर। जहाँ, ऐसी हरी घास है ऊँची उगी जो गायों का मन समझती है। उगती रहती है लगातार तब तक, जब तक गायों का पेट न भर जाए। पेट भरने के बाद गायें लौटकर यहीं आ जाएँगी।

'मेरी बात सुन खुश हो गए दोनों राजा। गिर पड़े मेरे पैरों पर। मैंने कहा—उठो। चलो मेरे साथ। भूखे तुम दोनों भी होगे। मैं दोनों को अपनी झोंपड़ी में ले गया। वहाँ हम तीनों ने खाया कन्द-मूल, साग। साग तब तक खत्म नहीं हुआ, जब तक तीनों का पेट नहीं भर गया।

'पेट भर जाने के बाद दोनों राजा मेरी सेवा में लग गए। एक-एक पैर दोनों ने अपनी गोद में रखा और दबाने लगे। देवता थक गए होंगे। सेवा का मौका दें। उनके पैर दबाने से मुझे आराम मिला। मेरी आँखें झपकने लगीं। राजा विरज को चम्पी करना आता था तो उन्होंने पूछा मुझसे कि देवता जटा खोलने की आज्ञा दें तो मैं चम्पी-मालिश करना चाहता हूँ आपके सिर की। बरसों हो गए, मैंने जटा खोली नहीं थी तो मैं हिचकने लगा। पर मैं जानता था कि राजा विरज के पास पृथ्वी पर सबसे अच्छी चम्पी करनेवाले हाथ हैं। मैंने खोल दी अपनी जटा और माथे पर नाचते अर्द्ध-चन्द्र से कहा कि जाओ आसमान में रहो, जब तक विरज मेरे सिर की चम्पी-मालिश नहीं कर लेता।

'विरज के हाथों में जादू था। राजा राउत अब भी मेरे पैर दबा रहा था। मैं कब सो गया, मुझे पता ही नहीं चला। मैं मनुष्य-हाथों के जादू के भीतर था। बेसुध।

'मैंने दोनों राजाओं से कहा कि मैं तुम दोनों की सेवा से खुश हूँ। बताओ, मैं तुम्हारे लिए क्या करूँ कि तुम दोनों को सुख मिले।

'दोनों राजाओं ने मेरे पैरों पर अपना सिर रख दिया और कहा कि देवता, बस एक आशीर्वाद चाहिए आपसे। हम दोनों की कोई सन्तान नहीं है। हम निःसन्तान मरने वाले हैं। हमारे बाद इन गायों का क्या होगा? कौन सम्हालेगा इन्हें? आपका आशीर्वाद मिल जाए तो हमारे घर में सन्तान की उत्पत्ति हो।'

'हव।'

'मैंने एक क्षण सोचा। सोचा बस एक क्षण। फिर मैं मुस्कुराया। मुझे शरारत सूझी। मैंने दोनों राजाओं से कहा कि अगर तुम एक-दूसरे का समधी बनने का प्रण लो तो मैं यह सम्भव कर दूँगा...भले ही राजा विरज तुम रहते हो उत्तर दिशा में। राजा राउत, तुम रहते हो दक्षिण दिशा में। मैं जानता हूँ कि उत्तर और दक्षिण दिशा का एक होना कठिन है। पर तुम लोगों को इन दोनों दिशाओं को एक करना होगा। प्रण लो कि अगर एक के यहाँ लड़का हुआ और दूसरे के यहाँ लड़की तो तुम दोनों एक-

दूसरे के समधी बन जाओगे। दोनों के यहाँ अगर लड़का पैदा हुआ या पैदा हुई दोनों के यहाँ लड़की तो तुम दोनों मितान बन जाओगे।'

'ठीक है देवता—दोनों राजाओं ने एक साथ कहा। गले मिले दोनों। कहा एक-दूसरे से कि आज से हम समधी हुए या हुए मितान। अगर एक के यहाँ लड़का हुआ और एक के यहाँ लड़की तो दोनों समधी हुए। दोनों के यहाँ लड़के हुए और दोनों के यहाँ लड़की तो हम दोनों मितान हुए।

'देवता, आपने हमारे इस जीवन की सबसे बड़ी चिन्ता खत्म कर दी है। हम आपको कुछ भेंट देना चाहते हैं जो हमारे पास हो और हो हमारी हैसियत। हैसियत हमारी आपके सामने बहुत छोटी है। जैसे हाथी के सामने चींटी है। पर आदेश दें देवता! राजाओं ने मुझसे कहा।

'मैंने सोचा, इनसे क्या माँगू! कन्द-मूल भी मैं ही खिला रहा हूँ। इनकी गायों को घास भी मैं ही दे रहा हूँ। ये जो साँस ले रहे हैं दोनों राजा, वे साँसें भी मेरी दी हुई हैं। मैं देवता। मैं देने का आदी। मैं इनसे क्या माँगू! मुझे सोचना पड़ा।'

'हव।'

'जब तक मैं सोचता रहा, दोनों राजा लगातार मुझसे आग्रह करते रहे। मैं उनके आग्रह से थक गया।

'तो ठीक है, मैंने कहा राजा राउत से कि तुम मुझे एक बैल दे दो। इस पहाड़ में पैदल विचरण करते कई बार मैं थक जाता हूँ। मैं तुम्हारे दिए बैल की सवारी करूँगा।

'अब सोच में पड़ने की बारी राजा राउत की थी। नौ लाख गायों के बीच बस एक ही बैल था। छोटा-सा बछड़ा। राजा राउत को उस बछड़े को शंकर देवता को भेंट देने में संकोच हो रहा था कि मैं कैसे कर पाऊँगा बछड़े की सवारी। उसने मुझसे कहा कि देवता अभी तो बस एक बछड़ा है मेरे पास और बहुत छोटा है। आपकी सवारी के लायक नहीं हुआ है। अगर आप आज्ञा दें तो मैं पहाड़ के नीचे उतरकर अपने घर से एक मजबूत जवान और सुन्दर बैल आपकी सवारी के लिए ले आता हूँ। मेरी नौ लाख गायें तब तक चरती रहेंगी पहाड़ में। आपकी कृपा से भूखी नहीं रहेंगी।'

'नहीं, यह बछड़ा ही ठीक है मेरे लिए। बड़ा होगा तब मैं सवारी करूँगा। तब राजा राउत बछड़े को पुचकारते हुए मेरे पास ले आया। बछड़ा शान्त बैठ गया मेरे चरणों के पास। दूध-सा सफेद था बछड़ा। उसे देखते ही मेरे भीतर स्नेह जागा। जैसे जागता है पुत्र के लिए। बछड़े का नाम मैं नन्दी रखता हूँ, मैंने राजा राउत से कहा।'

किस्सा सुनाते हुए शंकर देवता ने नन्दी को पुकारा। एक विशाल सफेद रंग का सुन्दर बैल, जो पीतल के घुँघरू की मालाओं से सजा था, प्रगट हुआ जाने कहाँ से

अचानक और शंकर देवता के पास आकर खड़ा हो गया। जितनी बार हिल रही है उसकी विशाल देह, उतनी बार घुँघरू बोल रहे हैं। शंकर ने नन्दी की पीठ को सहलाते हुए कहा कि यही वह बछड़ा है जो राजा राउत ने मुझे दिया है।

'इसे मुझे देकर एक बार फिर राजा राउत राजा विरज के गले मिला। दोनों ने थपथपाई एक-दूसरे की पीठ, जैसे एक-दूसरे को आश्वस्त कर रहे हों। इसके बाद राजा राउत ने मुझे प्रणाम किया। साष्टांग प्रणाम। उसके आँसुओं से मेरे पैर धुल गए। वह बहुत देर तक प्रणाम की मुद्रा में पड़ा रहा। उठा तो उसकी आँखें आँसुओं से भरीं और लाल थीं। उठा और बिना कुछ बोले वह अपनी नौ लाख गायों को लेकर दक्षिण की ओर से पहाड़ उतरने लगा। मैं उसे उतरता देखता रहा। देखता रहा, जब तक वह मेरी आँखों से ओझल नहीं हो गया। उसके बाद मैं उसे ध्यान से देखता रहा उसके पूरे जीवन भर।'

'हव,' बहुत देर बाद भूत-पिशाचों ने हुँकारी भरी। वे जैसे कथा के भीतर स्तब्ध हो गए थे। भूत-पिशाच यह मानते थे कि देवता सबको देखते हैं। सबके बारे में सब जानते हैं देवता। इस मानने ने ही उनके भीतर बहुत देर बाद हुँकारी जगाई।

'अब मेरे सामने राजा विरज खड़ा था। खड़ा था हाथ जोड़े अब भी। बहुत देर से खड़ा था वह। राजा राउत के इस पहाड़ से ओझल होने में लगे समय से भी ज्यादा समय से वह खड़ा रह गया था। वह प्रतीक्षा कर रहा था कि मैं उससे कोई भेंट माँगू। माँगू और वह मुझे दे सके और देकर अपने घर जा सके।

'सच बताऊँ, तुम लोगों को कि मुझे कुछ सूझ नहीं रहा था कि मैं क्या माँगू! मेरे पास बहुत बड़ी इच्छाएँ नहीं हैं और न ही मुझे लगता है कि मेरे पास यह चीज नहीं है। जब मन भर गया हो तो माँगना बहुत मुश्किल होता है। पेट भरा हो तो छप्पन भोग बेकार हैं। एक कौर उसका खाना मुश्किल है।

'राजा राउत अपनी नौ लाख गायों को लेकर पहाड़ से जा चुका था। हम वैसे ही खड़े थे। मैं क्या माँगू सोचता हुआ। राजा विरज हाथ जोड़े मेरे माँगने का इन्तजार करता हुआ खड़ा था।'

'हव।'

'इसी मुद्रा में खड़े-खड़े रात हो गई। फिर सुबह हुई। फिर रात हुई। फिर सुबह हुई। फिर रात हुई। फिर सुबह हुई। आखिरकार मैंने राजा विरज से कहा, विरज, मुझे सिर्फ सवारी के लिए एक बैल चाहिए था। वह मैंने राजा राउत से ले लिया है। अभी मेरी कोई जरूरत नहीं है। मुझे समझ ही नहीं आ रहा है कि मैं तुमसे क्या माँगूँ! इसलिए यहाँ खड़े-खड़े अपने शरीर को कष्ट मत दो। तुम बिना भेंट दिए यहाँ से जा सकते हो।

'पर राजा विरज अपनी जगह से टस से मस नहीं हुआ। वह वैसे ही हाथ जोड़े खड़ा रहा। मैं समझ गया कि यह बिना भेंट दिए जाने वाला नहीं है। मेरे भीतर हँसी

की एक लहर उठी राजा विरज को देखकर। पर लहर मेरे चेहरे तक आती, इससे पहले ही मैंने उसे भीतर रोक लिया। अजीब होता अगर मैं हँस देता।

'मैने राजा विरज से कहा कि अच्छा, ऐसा करो, जो तुम्हारा मन हो वह दे दो।

'थोड़ी देर विरज सोचता रहा। फिर उसने कहा कि मेरी यह नौ लाख गायें स्वीकार करें देवता। मैंने कहा, विरज, मुझे इतनी गायों की जरूरत नहीं है। मेरे पास एक गाय है कामधेनु। वह इतना दूध देती है कि जितनी तुम्हारी ये नौ लाख गायें नहीं दे पाती हैं। कामधेनु का दूध मेरे अलावा पहाड़ के और जीव-जन्तु भी पीकर खत्म नहीं कर पा रहे हैं।'

'तो क्या दूँ देवता...राजा विरज ने कहा, यह चिलम दे दूँ। यह जूठी नहीं है। मैंने अपने ओठों से अब तक लगाया नहीं है इसे। मैंने इस सुन्दर चिलम को सिर्फ इसलिए रखा है कि जिस चिलम का मैं उपयोग कर रहा हूँ, वह खो जाए या दूर हो जाए मुझसे तो मैं चिलम पीने से रह न जाऊँ। यह चिलम रख लें देवता। रचेंगे इससे बादल आप तो प्रसन्न होगी मेरी आत्मा।'

'मैं मुस्कुराया और अपना हाथ विरज की ओर बढ़ा दिया। वह सच में सुन्दर चिलम थी। उसमें बेल-बूटे बने थे, जिससे फूलों की खुशबू उठ रही थी।

'मेरे चिलम स्वीकार करते ही राजा विरज ने अपनी कमर में बँधी एक छोटी पोटली निकाली और कहा कि देवता यह चिलम-बूटी है। रख लें इसे भी। खाली चिलम क्या काम आएगी?'

'इस पहाड़ में चिलम-बूटी बहुत है विरज, पर तुम प्रेम से दे रहे हो तो मैं रख लेता हूँ। मैंने कभी नीचे उगी बूटी नहीं पी है। हमेशा पी है पहाड़ की बूटी। चलो देखूँगा, दोनों के स्वाद में क्या अन्तर है। यह कह मैंने विरज से बूटी ले ली। विरज बहुत खुश हुआ। उसे लग रहा था उसके ऊपर से कोई भारी बोझ हट गया है।

'मेरे भेंट स्वीकार करने के बाद राजा विरज भी अपनी नौ लाख गायों को लेकर उत्तर दिशा की ओर उतर गया। जहाँ उसका राज्य पड़ता था।

'इस पहाड़ से उतरने के ठीक एक बरस बाद राजा राउत के घर में पुत्र का जन्म हुआ। दक्षिण दिशा में स्थित उसका राज्य खुशी से झूम उठा। ठीक उसी दिन राजा विरज के यहाँ एक पुत्री ने जन्म लिया। उत्तर दिशा में स्थित राजा विरज का राज्य भी खुशी से झूम उठा। एक ही दिन जन्मे दोनों। दोनों रोए एक ही समय। एक ही समय सोए दोनों। जागे दोनों एक ही समय।'

'हव।'

'मैं तो जानता था कि उन्हें समधी ही बनना है। पर कई बार मुझसे भी धोखा होता है। कई बार मैं भी गलती कर जाता हूँ। इसलिए मैंने यह गुंजाइश रखी कि अगर दोनों के यहाँ पुत्रियाँ हुईं या हुए पुत्र तो वे मितान बनें।'

यह कह हँसे शंकर। हँसे शंकर तो हँसे भूत-पिशाच। उन्हें हँसता देख सिर्फ मुस्कुराया भुलवा। मुस्कुराया ऐसे, जैसे न समझ में आनेवाली बात पर कोई मुस्कुराता है।

'बेटा भुलवा,' शंकर देवता अब कथा से बाहर आकर सीधे भुलवा से कहने लगे, 'राजा राउत के पुत्र का अभिनय तुझे ही करना है, क्योंकि तू ही राजा राउत का बेटा था। जिस जन्म की मैं कथा सुना रहा हूँ तुम लोगों को, उस जन्म में तेरा नाम अछरिया था। एक ब्राह्मण ने ही रखा था तेरा यह नाम उस जन्म में। इस जन्म में एक ब्राह्मण ने ही रखा है यह तेरा नाम भुलवा। प्रथा ही ऐसी है। ब्राह्मण ही रखते हैं नाम। मैं कोई और नाम किसी को देना चाहता हूँ, पर मैं दे नहीं पाता हूँ। जब तक मैं सोचता हूँ नाम। मुझसे पहले उस मनुष्य का नाम ब्राह्मण रख डालते हैं। इन ब्राह्मणों के सामने मेरी भी चल नहीं पाती है। जैसे तेरा नाम ब्राह्मणों ने अछरिया रख दिया था, वैसे ही राजा विरज की बेटी का नाम चतुरा रख दिया था। मैं उस सुन्दर लड़की का नाम कुछ और रखना चाह रहा था, जैसे कैना। अच्छा लगता है। पर जब तक मैंने सोचा ब्राह्मण नाम रख चुके थे।

'तो बेटा भुलवा, अछरिया का अभिनय तुझे करना है।' शंकर देवता ने कहा।

देवता की बात सुन उठ खड़ा हुआ भुलवा। हाथ जोड़ उसने डरते-डरते कहा, 'देवता, मुझे तो अभिनय करना आता ही नहीं है।'

'आ जाएगा बेटा। बारह दिन लगेंगे...या लगेंगे बारह मास शायद...बारह बरस भी लग सकते हैं...पर आ जाएगा।'

'शंकर देवता, मेरा तो ठीक है। मैं आ गया हूँ इस पहाड़ पर। कर लूँगा अभिनय अछरिया का। पर चतुरा का अभिनय कौन करेगा?' कहा भुलवा ने।

मुस्कुराए शंकर। कहा भुलवा से, 'बेटा भुलवा, जब चतुरा की भूमिका आएगी। पहाड़ चढ़ेगी चतुरा भी। इस नाचा का भविष्य मैं देख रहा हूँ बेटा भुलवा। कथा जैसे-जैसे बढ़ेगी आगे। कथा के पात्र चढ़ेंगे पहाड़ वैसे-वैसे। जैसे आज तू आया है बेटा, वैसे आएँगे सभी पात्र। कथा को तो नाचा में घटना है। पात्रों को कथा में घटना है। चिन्ता मत कर बेटा, तेरी जरूरत थी नाचा में तो तू आ गया है बेटा। चतुरा की जरूरत होगी तो वह भी आएगी बेटा। तू ही उसे लाएगा।

'बेटा भुलवा, इस जन्म में जिसके बिछोह में तू गाँव छोड़ यह पहाड़ चढ़ा है, वह ही चतुरा है। इस जन्म में उसका नाम विराजो है। मेरा इशारा समझ बेटा! इस कथा में तुझे अभिनय करना है। करना है नाचा। कब से मेरे ये संगी-साथी भूत-पिशाच नाचा करना चाह रहे हैं। जाने कब से हम सब कर रहे हैं तेरी प्रतीक्षा कि तू आएगा और हम नाचा कर पाएँगे।

'नाचा, जिसे देख सकें इस पहाड़ के सभी पेड़-पौधे। पशु-पक्षी देख सकें। देख सकें कीट-पतंगे। मेरे माथे का चन्द्रमा देख सके। देख सकें आसमान के तारे

सभी। मेरी देह से लिपटा यह सर्प देख सके। देख सके यह बाघ जो अपना मांस-मज्जा त्याग लिपटा हुआ है मेरी कमर से। यह पहाड़ देख सके। यह सब देखें। वे भी देखें, जिन्हें मैं अभी याद नहीं कर पाया हूँ। देखें कि जीवन कैसे एक ठिठोली मात्र है...तो मैं फिर कथा शुरू करता हूँ।

'राजा राउत ने अपने पुत्र की छठी धूमधाम से मनाई। उसके राज्य का प्रत्येक मनुष्य छठी में आया। राजा राउत ने नई धोती पहनी सफेद। लाल रंग की चमकदार बंडी पहनी, जिसमें सुनहरे फूल टँके थे। बाँधी रंग-बिरंगी खूबसूरत पगड़ी, जिसका एक छोर उसकी पीठ को बार-बार छू रहा था। रानी ने एक चटक रंग साड़ी पहनी और सोलह सिंगार किया। बरसों हो गए थे राजा राउत को अपनी स्त्री इतनी सुन्दर कभी नहीं दिखी जितनी दिख रही थी आज। सच तो यह है कि रानी को भी राजा इतना सुन्दर बरसों हो गए नहीं दिखा था, जितना दिख रहा था आज। इतना खुश कभी नहीं, जितना राजा दिख रहा था आज। इतनी खुश रानी कभी नहीं, जितनी वह दिख रही थी आज।'

'हव।'

'बेटे की छठी समारोह के समाप्त होते ही राजा राउत अपने लाव-लश्कर के साथ राजा विरज के राज्य की ओर निकल पड़ा। तीन रात, तीन दिन की लगातार यात्रा के बाद वह राजा विरज के राज्य में तब पहुँचा, जब सूरज वहाँ उगनेवाला था।

'उगते सूरज के साथ राजा राउत की खबर पाकर बहुत खुश हुआ विरज। भागते-दौड़ते अपने महल के दरवाजे तक आया। गले मिला। एक-दूसरे को गले लगाए खड़े रहे दोनों। इतनी देर तक खड़े रहे कि उन्हें देखते थक गया सूरज। देखा कि अब सूरज ढलने को है तो राजा विरज को होश आया। कहा उसने राजा राउत से कि माफ करो मित्र, तुमसे मिलकर इतनी खुशी हुई कि समय का पता ही नहीं चला। थके होगे तुम। होगे भूखे-प्यासे। और मैंने तुम्हें जाने कब से खड़ा रखा है। आओ बैठो। गुड़ और ठंडा पानी पियो।'

'राजा राउत के पैर धुलवाए गए। गुड़ और ठंडा पानी दिया गया। राजा राउत अब आराम से बैठ गया। पी लिया है उसने गुड़ और ठंडा पानी। थके हुए राजा राउत ने राहत की गहरी साँस ली और विरज की ओर देख मुस्कुराया। वे दोनों अब आराम से बातचीत कर सकते हैं।

'राजा विरज ने कहा कि पूरे एक साल बाद मेरी याद आई...बताओ, जरूर कोई खुशखबरी होगी।'

'क्या बताऊँ, बस दौड़ा-दौड़ा आया हूँ। पहुँचने में लग गए तीन रात और तीन दिन। मेरे यहाँ पुत्र का जन्म हुआ है। छठी निपटाकर सीधे तुम तक आया हूँ। मैं जानना चाहता हूँ कि तुम्हारे यहाँ क्या हुआ है? पुत्र या पुत्री? हम समधी रहेंगे या बनेंगे मितान?'

'राजा विरज हँसा। हँसते हुए उसने कहा—अच्छा संयोग है। चिन्ता मत करो राजा राउत, हम समधी ही रहेंगे। मेरे घर बिटिया ने जन्म लिया है। लक्ष्मी आई है। जब से पैदा हुई सिक्कों की बारिश हो रही है राज्य में। सोने के सिक्कों की बारिश। जिस कमरे में वह पैदा हुई है, वह सिक्कों से भर गया है।

'तुम्हारे यहाँ बेटे का जन्म कब हुआ है? पूछा राजा विरज ने। कहा राजा राउत ने कि आज से ठीक दस दिन पहले। मेरी बेटी भी दस दिन पहले हुई है, कहा विरज ने। कितने बजे हुई बेटी? पूछा राउत ने तो विरज ने कहा कि सात बजे।

'राजा राउत ने प्रसन्न हो कहा कि बन गई बात, मेरा बेटा पैदा हुआ है ठीक छह बजे। बेटी सात बजे हुई है। छोटी है एक घंटा। यह अच्छी बात है। बड़ी होती तो भी करते रिश्ता। समधी तो हम पहले बने हैं मन से। बच्चे बाद में हुए हैं। शंकर देवता की कृपा है, कहते हुए दोनों राजाओं ने इस पहाड़ की दिशा की ओर मुड़कर मुझे प्रणाम किया।'

'हव।'

'कथा में मुझे भी आना पड़ता है। सच तो यही है कि मैं भी इस कथा का एक पात्र हूँ। पर सच यह भी है कि अपने बारे में बोलते हुए मुझे संकोच होता है।' यह कह शंकर देवता ने कमर में बँधी चिलम निकाली। भुलवा ने सोचा कि जरूर यह वही चिलम होगी जो राजा विरज उन्हें दे गया है।

शंकर देवता चुप थे। वे चिलम भर रहे थे। कथा को थोड़ा उन्होंने आराम दिया है। दिया है आराम अपने को।

कथा रुकी रही। देखती रही कथा। देखती रही गौर से चिलम खींचते देवता को।

उन्हें चिलम जलाता देख सारे भूत-पिशाच चिलम जलाने लगे। भुलवा मन मसोसकर रह गया। शंकर देवता के सामने चिलम पीने की हिम्मत उसमें नहीं हो रही है। तलब लग रही है। पर किससे माँगे? कैसे माँगे?

बादल बनने लगे। आसमान सोखने लगा बादल।

चिलम खत्म कर देवता ने आगे बढ़ाई कथा।

'राजा विरज ने राजा राउत से पूछा कि समधी, यह बताओ कि अपने पुत्र का नाम तुमने क्या रखा है? राजा राउत ने कहा कि अभी नाम कहाँ रखा है समधी! मेरे राज्य के ब्राह्मण देवता पता नहीं कहाँ गायब हैं। पता नहीं कहाँ निकल गए हैं, भिक्षा माँगते-माँगते। ढुँढ़वाया बहुत। मिले नहीं कहीं। इसलिए पुत्र का नाम अभी नहीं रखा जा सका है। तुमने क्या रखा है बेटी का नाम?'

'कहाँ रख पाया हूँ समधी! हमारे यहाँ के ब्राह्मण देवता भी पता नहीं कहा भटक रहे हैं। मिलें तो नाम रखें। चलो समधी, यही काम करते हैं। खोजते हैं ब्राह्मण देवता को। कहीं तो होंगे। होंगे किसी गाँव में। चलो, दोनों मिलकर ढूँढ़ते हैं उन्हें। बिना

नाम के बच्चों का जीवन अजीब हो जाएगा। कैसे बड़े होंगे वे बिना नाम के?' कहा विरज ने।

'चलो, अभी चलो। ढूँढ़कर लाते हैं ब्राह्मण देवता को। लेकर चलते हैं मेरे राज्य। अपने दिमाग में नाम लेकर आएँगे ब्राह्मण देवता तो मेरे बेटे की नन्ही हथेली में लिख देंगे उसका नाम अपनी अँगुली से। फिर तुम अपने साथ ले आना ब्राह्मण देवता को अपने राज्य, जिससे यहाँ आकर बेटी की नन्ही हथेली पर अपनी अँगुली से उसका नाम लिख सकें ब्राह्मण देवता।' राजा राउत ने कहा।

'उसी समय दोनों राजा ब्राह्मण देवता की खोज में निकल पड़े। घोड़ों पर सवार दोनों राजा कुछ कोस चले तो मिला एक गाँव। पर गाँव में ब्राह्मण देवता नहीं मिले। फिर कुछ कोस दौड़ाया घोड़ा। मिला दूसरा गाँव। पर ब्राह्मण देवता उस गाँव में भी नहीं मिले। फिर दौड़ाया घोड़ा। कई कोस चल लिये पर कोई गाँव नहीं मिला। मिला एक जंगल। आधा जंगल पार करने के बाद दोनों राजाओं को बीच जंगल में दिखे ब्राह्मण देवता। वे सलफी के पेड़ों के बीच बैठ पोथी बाँच रहे थे। उस पोथी में मेरी ही कथा थी जो ब्राह्मण पेड़ों को सुना रहे थे। वे इतनी जोर-जोर से लय में कथा कह रहे थे कि सलफी के पेड़ उनकी कथा की लय पर हिल रहे थे।'

'हव।'

'दोनों राजा घोड़े से उतर गए। घोड़ों को उन्होंने पेड़ों से बाँध दिया। गए ब्राह्मण देवता के पास। सामने बैठ गए दोनों। हाथ जोड़ कथा के समाप्त होने का इन्तजार करने लगे। पर कथा थी कि समाप्त ही नहीं हो रही थी। सूरज थककर चला गया। सूरज के जाने के बाद चन्द्रमा आया कथा सुनने। रात भर चन्द्रमा ने कथा सुनी। फिर थककर वह भी चला गया। फिर सूरज आया कथा सुनने। सुनता रहा दिन भर। थक गया सुनते-सुनते तो डूब गया सूरज। सूरज डूबा तो फिर उगा चन्द्रमा। चन्द्रमा सुनने लगा कथा। दोनों राजा भी कथा सुन रहे थे सूरज और चन्द्रमा के साथ लगातार। जब चन्द्रमा के बाद फिर सूरज आया और दिन भर कथा सुन वह भी जाने लगा तो दोनों राजाओं ने धैर्य खो दिया। ब्राह्मण देवता के पैरों पर गिर पड़े दोनों राजा। पकड़ लिया उनके पैर।

'राजाओं को पैरों पर गिरते देख ब्राह्मण देवता ने पोथी बाँचना छोड़ दिया। सलफी के पेड़ों ने लम्बी साँसें लीं। कथा मेरी थी, पर सुन-सुनकर थक गए थे पेड़। ब्राह्मण उन्हें प्रतिदिन मेरी कथा सुना रहा था। पेड़ों को कथा का एक-एक शब्द रट गया था। ब्राह्मण भी सलफी के पेड़ों के उसी झुंड के बीच बैठकर कथा बाँचता था। पेड़ तो पेड़, सूर्य और चन्द्रमा भी इस ब्राह्मण के कथा-वाचन से थक चुके थे।

'ब्राह्मण की पोथी में मेरी ही कथा थी। कथा पूरे उड़ान पर थी। कल्पना की उड़ान। हर ब्राह्मण एक नई पोथी रच रहा है। रच रहा है इस तरह एक नया शंकर। हर ब्राह्मण यह कह रहा है कि उसकी ही कथा सबसे सच्ची है।'

'हव।'

'सच कहूँ तो कई बार मुझे भी यह लगता है कि मेरे जीवन की कथा जो है, उससे अधिक सच्ची कथा इन पोथियों में है। कई बार मुझे लगता है कि ब्राह्मणों की पोथी में जो कथा है, उस कथा पर चलते-चलते मैं अपना जीवन जीऊँ।' यह कह हँसने लगे शंकर। शंकर हँसे तो हँसे भूत-पिशाच। भुलवा भी मुस्कुराया। अभी तक वह असहज है। देवता के सामने खुलकर हँसने की हिम्मत उसके भीतर अभी जागी नहीं है।

'ब्राह्मण देवता ने राजाओं से पूछा कि कथा सुनोगे शंकर देवता की या मुझसे और कोई काम है। काम है ब्याह-जनेऊ का। काम है भागवत-पुराण का। काम है मरनी-धरनी का। बताओ, काम क्या है?'

'हम दोनों मित्र हैं महाराज! समधी हैं समझिए। शंकर देवता ने ही हमें समधी बनाया है। एक के घर लड़की जन्मी है। एक के घर लड़का। दोनों का नामकरण करना है। महाराज, आपकी कृपा के बिना यह सम्भव नहीं है। आप चलें हमारे घर और बच्चों की हथेली पर उनका नाम रच दें। आप नहीं जाएँगे महाराज तो बच्चे बिना नाम के रह जाएँगे। रह जाएँगे बस टुरा-टुरी।' राजाओं ने ब्राह्मण देवता से कहा।

'ठीक है। नाम देना पुण्य का काम है। इस जन्म में यह मेरा भाग्य है कि मैं ब्राह्मण हूँ और बच्चों को नाम दे सकता हूँ। जन्म समय, ग्रह, नक्षत्र देख मैं उन्हें ऐसा नाम दूँगा कि उनका जीवन सफल हो। समर्थ हो ऐसे कि सफल कर सकें वे दूसरों का भी जीवन। चिन्ता मत करो। पर मैं उस राजा के घर पहले जाऊँगा जिसके यहाँ पैदा हुई है कन्या। अचम्भित मत हो मेरी बात पर। जानता हूँ मैं कि सब ब्राह्मण उस घर में पहले जाते हैं, जिसके घर में पुत्र का जन्म हुआ होता है। दक्षिणा ज्यादा मिलती है इसलिए जाते हैं। पर मैं ऐसा ब्राह्मण हूँ जो उसके घर पहले जाता है जिसके यहाँ बेटी जन्म लेती है। तो वह राजा तुम दोनों में जो भी हो, मेरी इस जिद के लिए मुझे माफ करे जिसके यहाँ पुत्र जन्मा है। वह राजा जिसके यहाँ पुत्र का जन्म हुआ है, पहले अपने भीतर से पुत्र जन्म के गर्व को मारे, तब मैं उसके यहाँ जाऊँगा। जाऊँगा तभी। ब्राह्मण देवता ने दोनों राजाओं की ओर गौर से देखते हुए फिर कहा कि बताओ, तुममें वह कौन है जिसके यहाँ पुत्र का जन्म हुआ है?'

'ब्राह्मण की बात सुन राजा राउत को लगा कि उसके घर पुत्र का जन्मना कोई अपराध तो नहीं हो गया है। राजा राउत ने हाथ जोड़कर ब्राह्मण देवता से कहा कि महाराज, पुत्र का जन्म मेरे घर पर हुआ है। कोई बात नहीं ब्राह्मण देवता, आप राजा विरज के यहाँ ही पहले चलें। बिटिया को पहले दें नाम। बाद उसके मेरे बेटे को नाम दें। हमने तय कर लिया है कि इन दोनों नामों को जीवन भर साथ रहना है तो इससे क्या फर्क पड़ेगा पहले नाम किसे मिला, मिला किसे बाद में!'

'तो ठीक है महाराज, मेरे घर ही चलें पहले। बेटी जन्मी है मेरे यहाँ। एक ही बेटी है। एक ही सन्तान। जीवन के बीतते-बीतते में आई है। हजार खुशी लाई है। मेरे लिए। मेरी पत्नी के लिए। मेरे राज्य के लिए।'

'कितनी दूर है तुम्हारा घर विरज ?' ब्राह्मण देवता ने पूछा। विरज ने कहा, 'महाराज आपको ढूँढ़ते पूर्व दिशा में बढ़ आए हैं। यहाँ से दिशा दक्षिण और दिशा उत्तर बराबर दूरी पर हैं। राजा राउत का राज्य यहाँ से, पैदल चलो तो, बस सात दिन और सात रात की दूरी पर है महाराज। मेरा राज्य भी यहाँ से सात दिन और सात रात की दूरी पर है पैदल-पैर महाराज। आप बताएँ महाराज कि आप कैसे जाना पसन्द करेंगे ?'

'जैसे तुम चलोगे, वैसे ही मैं भी चल लूँगा। कैसे आए हो तुम ?' पूछा ब्राह्मण देवता ने।

'हम तो घोड़ों पर हैं महाराज।' राजा राउत ने कहा।

'पर घोड़े तो कहीं नहीं दिख रहे हैं!' ब्राह्मण देवता आश्चर्यचिकत थे कि न दिखनेवाले घोड़ों पर सवार होकर आए हैं उनके यजमान—राजा राउत और राजा विरज।

'दूर पलाश के पेड़ से बाँध आए हैं महाराज! जैसे ही आपको देखा, वैसे ही दिखा वह पलाश का पेड़ भी तो हमने अपने घोड़ों को उसे ही सौंप दिया है। हम नहीं चाह रहे थे कि आपका ध्यान कथा-वाचन से भंग हो।' राजा विरज ने कहा।

'कथा अनन्त होती है बेटा, वह हमेशा भंग ही होती है। कभी दूसरे करते हैं भंग तो कभी कथा-वाचक ही उसे भंग कर देता है। करना पड़ता है भंग। जो कथा कहता है, वह ही उसे कहते-कहते थक जाता है। थकता है तो रुकता है। रुकता है तो कथा भंग हो जाती है।'

'ज्ञान की बात है महाराज!' दोनों राजाओं ने खुश होकर कहा और ब्राह्मण देवता के सामने हाथ जोड़ दिए।

'पर एक बात है बेटा कि घोड़े पर मैं जा नहीं सकता। मुझे श्राप है कि जिस घोड़े पर बैठूँगा वह घोड़ा मर जाएगा। बैठूँगा जिस हाथी पर, वह हाथी मर जाएगा।' ब्राह्मण देवता ने कहा।

दोनों राजाओं ने पूछा, 'यह श्राप कैसे गले लग गया है महाराज ? किस देवता ने दिया यह श्राप ?'

'नहीं, किसी देवता ने नहीं दिया है श्राप। श्राप दिया है मेरे पिता ने। वे मुझे कथा बाँचने घोड़े पर सवार करा भेजते थे दूर किसी गाँव में, किसी यजमान के घर। पर मैं समय पर कभी किसी यजमान के यहाँ पहुँच नहीं पाता था। मैं सुनने लगता था घोड़े के मन को। सुनने लगता था अपने मन को। तो इस तरह सुनने के कारण मैं यजमान के यहाँ नहीं पहुँच पाता था समय पर। मैं और घोड़ा दोनों पहुँच जाते थे किसी नदी के किनारे, किसी पहाड़, किसी जंगल में। हम प्रकृति को सुनने पहुँच जाते थे। सुनते-सुनते प्रकृति को कई बार भूल जाते थे यजमान के घर का रास्ता।

तंग आ गए थे मेरे पिता मुझसे। मैं घोड़े को दोष देता। वे जान गए थे कि दोष मेरे भीतर है, क्योंकि घोड़े की लगाम मेरे हाथ में रहती थी। पिता घोड़े को कैसे दोषी मानते! किसी ने यह नहीं माना कि घोड़ा दोषी है। जबकि था घोड़ा ही दोषी। इस तरह मेरे पिता को लगा कि लड़का अपनी जीविका खो रहा है। तो उन्होंने श्राप दे दिया कि अब कभी भी बैठोगे किसी घोड़े पर तो वह घोड़ा मर जाएगा। बैठोगे हाथी पर तो हाथी मर जाएगा। पिता के श्राप को जाँचने-परखने को मैं तीन बार बैठा घोड़े पर और तीन घोड़े मर गए। तीन बार बैठा हाथी पर और तीन हाथी मर गए। तीन घोड़ों और तीन हाथियों के मरने के बाद पिता ने चिढ़कर कहा कि इसके बाद अगर अब भी बैठोगे घोड़े और हाथी पर तो तुम मर जाओगे तो यह है श्राप। मेरे बैठने से तीन घोड़े मर चुके हैं। मर चुके हैं तीन हाथी। अब अगर बैठूँगा तो मरूँगा मैं...'

'तो ऐसा करें महाराज! हम भी घोड़े पर नहीं बैठेंगे। चलेंगे आपके साथ पैदल। भले लग जाएँ सात दिन सात रात। पहुँचेंगे। हम घोड़ों पर रहें और आप चलें पैदल, यह तो अनर्थ हो जाएगा महाराज।' दोनों राजाओं ने कहा।

'चिन्ता मत करो। तुम दोनों चढ़ो अपने-अपने घोड़ों पर।' मुस्कुराए ब्राह्मण देवता। कहा, 'तुम लोगों को यह पता नहीं है कि मैं जहाँ सोचूँ, वहाँ जा सकता हूँ। मैं अपनी आँखों की पलक गिराता हूँ और बस सोचता हूँ वह जगह, जहाँ मैं जाना चाहता हूँ। बस उठाता हूँ पलक तो मैं वहाँ अपने को पाता हूँ, जहाँ मैं जाना चाहता हूँ। पिता के श्राप के साथ यह एक आशीर्वाद भी है मेरे पास। इसलिए है यह आशीर्वाद कि मैं पेड़ों को शंकर देवता की कथा सुना सकूँ। जा सकूँ सहजता से कहीं भी। किसी भी जंगल में। किसी भी पहाड़ पर। और सुना सकूँ शंकर देवता की कथा पेड़ों को। जन्तुओं को सुना सकूँ। मैं बस आँखें बन्द करता हूँ और सोचता हूँ जगह। मेरा शरीर हवा-सा हल्का हो जाता है। भारहीन। मैं तोता बन जाता हूँ। तोता बन उड़कर पहुँचता हूँ उस जगह, जिसे मैं सोचता हूँ। पलकें जब उठाता हूँ तो फिर तोता से मनुष्य बन जाता हूँ। जाने की जगह सोच, जब तक गिरी रहेंगी मेरी आँखों की पलकें, मैं बना रहूँगा तोता। तोता बन देखता हूँ पृथ्वी को। देखता हूँ पहाड़ को। नदी को देखता हूँ। देखता हूँ पशु-पक्षियों को। जानता हूँ कि तोते की दृष्टि से देखो तो कितने पवित्र दिखते हैं ये सब! इसलिए राजा विरज, अपने घर का बखान करो, करो गाँव का बखान, गाँव की नदी और पहाड़ का बखान करो। बखान करो उन-उन चीजों का जिससे मैं पहचान सकूँ तुम्हारा गाँव-घर। पहचान कर मैं ठीक-ठीक वहाँ पहुँच सकूँ। राजा राउत तुम भी यहाँ से सीधे जाओ अपने गाँव। पहुँचो सीधे। मैं विरज के यहाँ से आता हूँ तुम्हारे यहाँ। पर जाने से पहले तुम भी अपने गाँव की पहचान बताते जाओ, जिससे तोता बनने के बाद मैं तुम्हारे गाँव को ठीक-ठीक पहचान सकूँ। तुम लोग बताओ मुझे कि इन घोड़ों से तुम्हें अपने गाँव पहुँचने में कितना समय लगेगा?' ब्राह्मण देवता ने पूछा।

'साँझ हो रही है महाराज, पैदल नहीं हैं। हैं हम घोड़ों पर। घोड़े हमारे जब दौड़ते हैं तो हवा से करते हैं बातें। रात भर यात्रा करेंगे तो पहुँचेंगे मेरे गाँव। पहुँच जाएँगे जैसे ही सूरज पहुँचेगा गाँव।' राजा विरज ने कहा।

'ठीक है, अब अपने गाँव का बखान करो...' ब्राह्मण देवता ने कहा।

राजा विरज गाँव के पहाड़, नदी, पेड़, पौधे, पशु, पक्षी, हवा, धूप, वर्षा आदि का विस्तार से बखान करने लगा। राजा विरज बोलता रहा तब तक जब तक ब्राह्मण देवता ने उसे टोका नहीं।

'ठीक है। बस इतना काफी है। मैं पहचान लूँगा तुम्हारा गाँव। पलक झपकाते ही तोता बनूँगा। उड़ूँगा सुबह ही यहाँ से। और पहुँच जाऊँगा तुम्हारे गाँव। तुम निकलो और सुबह तक पहुँचकर सब तैयारी कर रखो, क्योंकि बेटी का नाम रखने के बाद हमें राजा राउत के गाँव की यात्रा करनी है। मैं कल ही दोनों बच्चों का नाम रखूँगा।' ब्राह्मण देवता ने आदेश दिया। ब्राह्मण का आदेश पाते ही दोनों राजा राउत और विरज, अपने-अपने घोड़ों पर सवार हो रवाना हो गए अपने-अपने गाँव। दोनों के गाँवों की दूरी इस जंगल से बराबर थी। थी हवा से बातें करनेवाले घोड़े पर एक रात की दूरी। ब्राह्मण देवता के चक्कर में आसमान में तारे झिलमिलाने लगे थे। तो दोनों राजाओं ने एक क्षण की देरी नहीं की और ब्राह्मण देवता को प्रणाम कर तुरन्त अपने-अपने घोड़ों पर सवार हो निकल पड़े।

'हव।'

'सुबह हुई ही है। सूरज बस निकला ही है। ब्राह्मण देवता नहा-धोकर, पूजा पाठ कर तैयार हो गए यात्रा के लिए। पलकें झपकाईं अपनी और झपकाए रखीं। बन गए तोता। तोता उड़ा और उड़ता चला गया दूर विरज के गाँव...

'ब्राह्मण देवता जल्दी पहुँच गए थे। राजा विरज अभी पहुँचा नहीं था। ब्राह्मण को उड़कर आना था। तोते की उड़ान की रफ्तार से आया था ब्राह्मण। इसलिए जल्दी आ गए थे ब्राह्मण देवता।

'अच्छा हुआ कि ब्राह्मण को ज्यादा देर इन्तजार नहीं करना पड़ा। तोता बने इधर-उधर देख ही रहे थे कि राजा विरज आता दिखाई दिया। राजा का घोड़ा धूल और थकान से लथपथ था। लथपथ था वैसे ही जैसे धूल और थकान से लथपथ था राजा। विरज घोड़े पर लगातार चलते-चलते बुरी तरह थक चुका था। उसे आराम बिल्कुल नहीं मिला था। उसने लगातार आने की यात्रा की थी। इसलिए यह हो गया कि रात में जाने कब राजा विरज घोड़े की पीठ पर लदे-लदे सो गया था। विरज सोया तो खड़ा रह गया घोड़ा। रह गया खड़ा कि राजा की नींद में विघ्न न आए। घोड़ा जहाँ खड़ा हुआ, वहाँ से गाँव ज्यादा दूर नहीं बचा था। जब राजा को नींद आई थी तो गाँव बस एक कोस ही बचा था, पर नींद रास्ता नापकर कहाँ आती है! जब आती है तब कोई रास्ता नहीं दिखता। बस नींद दिखती है।

'राजा को देखते ही ब्राह्मण देवता प्रसन्न हो गए। अभी तक ब्राह्मण अपने असली रूप में नहीं आया था। बना हुआ था तोता अभी तक। ब्राह्मण को लगा कि वह विरज के पहले पहुँच गए हैं। क्या सोचेगा राजा? क्या सोचेंगे लोग? सोचेंगे, यह ब्राह्मण कितना लोभी है। भागा-भागा आ गया है। पहले पहुँचे थे, पर विरज के तुरन्त दिखते ही बच गए थे। बच गए थे अपमान से। नहीं तो लोग समझते कि भूखा ब्राह्मण है। यजमान पहुँचा नहीं और खुद पहुँच गया है।

'यहाँ राजा विरज ने ही उसे बुलाया था और सिर्फ वह ही अभी पहचान सकता था। विरज की हवेली में और कौन इस ब्राह्मण को पहचान पाता! न पहचानती हवेली। न विरज की नौ लाख गायें पहचानतीं। न विरज के नौकर-चाकर पहचानते। पहचान नहीं पाती विरज की सद्य:प्रसूता पत्नी। अगर कोई पहचान पाती तो वह छह दिन की वह लड़की थी, जिसका नाम रखने ब्राह्मण को बुलाया गया था। वह पहचान भी लेती तो अभी बोलना सीखी नहीं थी तो अपनी माँ को क्या बताती। माँ की गोद से टुकुर-टुकुर देखती रहती कभी ब्राह्मण को तो कभी अपनी माँ को। दस दिन की वह बच्ची इस ब्राह्मण को तोता रूप में भी पहचान लेती।

'विरज की हवेली से थोड़ा ही पहले बरगद का एक पेड़ था। जिसकी जटाएँ और विशाल तना कह रहा था कि हवेली से पहले ही वह यहाँ था और मनुष्य रहने देगा तो हवेली के बाद भी वह बरगद बचा रहेगा। वह बड़ी उम्र का था। इतनी बड़ी उम्र का कि उसकी जटाएँ भी धरती को छू तने में बदल गई थीं। तोता बना ब्राह्मण उसी बरगद के पेड़ पर बैठा था। मन मार रहा था अपना कि ब्राह्मण के भीतर बार-बार यह इच्छा उफान मार रही थी कि वह इस विशाल बरगद के पेड़ को मेरी कथा सुना सके। शिव-कथा। मन को मार रहा था बेचारा ब्राह्मण। यह सोचकर वह अपने असली रूप में नहीं आया था कि राजा के हवेली में पहुँचने के बाद धरेगा अपना असली रूप। तोता बना ब्राह्मण विरज का इन्तजार करने लगा कि वह हवेली के भीतर जाए। सारी तैयारी कर ले। स्नान-ध्यान कर ले। तैयार होकर बाहर आए। और करने लगे ब्राह्मण के आने का इन्तजार।

'जैसे ही दिखेगा इन्तजार करता। ब्राह्मण देवता तोता से मनुष्य बन दिखेंगे बरगद के नीचे। फिर दिखेंगे हवेली की ओर बढ़ते। फिर राजा उन्हें दिखेगा अगवानी के लिए आगे बढ़ता।'

'हव।'

'विरज की पुत्री को जब ब्राह्मण देवता नाम दे रहे थे तो अचानक ब्राह्मण को देख वह नन्ही बच्ची मुस्कुराई। बच्ची के मुस्कुराते ही मुस्कुराए ब्राह्मण देवता। ब्राह्मण ने कहा कि विरज सुनो, बेटी का नाम चतुरा निकल रहा है। सुन्दर है विरज यह नाम। बेटी के लिए सर्वथा उपयुक्त है। इसके माथे पर लिखा है कि यह बहुत चतुर कन्या है। चतुर इतनी कि उड़ती चिड़िया के पंख गिन बता दे कि कितने पंख

हैं उसके पास। सब कुछ अच्छा है। पर एक बात है जो मैं तुम्हें बताना चाहता हूँ। राजा राउत और तुम समधी बद चुके हो इसलिए यह बात मैं तुम्हारे कान में कहना चाहता हूँ। मैं उसे सबके सामने भी कह सकता था पर मैं नहीं चाहता कि सब सुनें— ब्राह्मण देवता ने कहा।

'राजा और रानी दोनों ओढ़नी और पंछे की गाँठ से बँधे बैठे थे। हाथ जोड़ बैठे थे ब्राह्मण के सामने। विरज ने बिना गाँठ खोले अपना रेशमी पंछा पत्नी के पास छोड़ उठ गया कि दे सके अपना कान ब्राह्मण को। पालथी मार बैठ गया ठीक बाजू में ब्राह्मण देवता के। नामकरण संस्कार के आयोजन में मेहमानों की भीड़ थी। पूरा गाँव उमड़ पड़ा था। उमड़ पड़ा था पूरा राज्य।

'भीड़ के कानों से दूर ब्राह्मण देवता ने राजा विरज के कान में कहा—विरज, एक चिन्ता की बात है। चिन्ता की बात बिटिया के भाग्य पर अंकित है जिसे मैंने अभी-अभी पढ़ा है। तुम्हारी बेटी के माथे पर पति वियोग लिखा है। पति वियोग बारह बरस का। यह वियोग चक्र बारह जन्मों तक चलेगा। बारह जन्मों के बाद यह चक्र खत्म होगा। हर जन्म में वियोग होगा। यह कभी भी हो सकता है। पति के साथ रहने के एक दिन के बाद से जीवन में बचे बारह बरसों तक कभी भी। संग-साथ के बारह बरस निकल गए बिना वियोग के तो फिर उस जन्म में वियोग नहीं होगा। पर बारह बरस निकलाना कठिन है। मुझे तो कन्या के माथे पर हर जन्म में वियोग लिखा दिख रहा है।

'ब्राह्मण देवता की बात सुन चिन्ता में पड़ गया राजा विरज। देखा अपनी बेटी की ओर। देखा कि बेटी माँ की गोद से टुकुर-टुकुर देख रही है पिता की ओर। गला भर आया विरज का। भरे गले से पूछा उसने कि इसका का उपाय है महाराज? इतनी धीमी आवाज में कहा विरज ने कि सुना सिर्फ ब्राह्मण ने।

'तब ब्राह्मण ने विरज के कान में कहा कि नहीं, कोई नहीं है उपाय। जीवन में एक बार तो यह होगा ही। बारह जीवन में बारह बार होगा। मुझे तो कहीं कोई उपाय नहीं दिख रहा है। बस इतना है कि अगर बारह साल जिस जन्म में निकल गए बिना वियोग के, वह जन्म बिना वियोग के निकल जाएगा।

'कान में हुई बातचीत तो रानी नहीं सुन पाई। नहीं सुन पाई प्रजा। कोई नहीं सुन पाया। दूर से सब देख रहे थे। सबने सोचा कि ब्राह्मण देवता राजा विरज के कान में कोई मंत्र दे रहे हैं। विरज ने अपने मन को शान्त किया। कहा अपने मन से, सुनो मन, भाग्य का लिखा कोई नहीं बदल सकता। नहीं बदल सकते शंकर देवता भी।' यह कह मुस्कुराए शंकर। शंकर मुस्कुराए तो मुस्कुराए भूत-पिशाच।

'राजा राउत पहुँच गया था अपने राज्य। इन्तजार कर रहा था ब्राह्मण देवता के आगमन का। रात भर घोड़ा दौड़ाने के बाद भी नींद गायब है उसकी आँखों से। थक गया है, पर कर रहा है ब्राह्मण की प्रतीक्षा।

'विरज के यहाँ नामकरण अनुष्ठान समाप्त हो गया। समाप्त होते ही अनुष्ठान राजा विरज की आँखें नींद से बोझिल होने लगी हैं। वह चाह रहा है कि बेटी के नामकरण के बाद थोड़ा आराम कर ले, उसके बाद ब्राह्मण देवता को लेकर राजा राउत के राज्य निकल पड़े। पर राजा विरज के सोचने से क्या होगा! होगा वह जो सोचेंगे ब्राह्मण देवता।'

'हव।'

'विरज का सोचा हो गया। बेटी के नामकरण संस्कार के बाद ब्राह्मण देवता ने भरपेट भोजन किया। और एक झपकी ले लूँ, कहकर सो गए। सोए तो ठीक रात्रि के भोजन के पूर्व उठे। किया रात्रि का भोजन और फिर सो गए। तीन दिनों तक यही चलता रहा है। तीन दिनों तक अपने गाँव में इन्तजार करता रहा राजा राउत।

'यह अच्छा हुआ कि राजा विरज अब नींद से बेचैन नहीं था। नहीं था थका और क्लान्त। वह अब तरोताजा हो गया था। अब वह ब्राह्मण देवता के साथ राजा राउत के राज्य की लम्बी यात्रा पर कभी भी जा सकता था।

'ठीक चौथे दिन सुबह ब्राह्मण देवता ने विरज से कहा कि विरज, तुम्हारे यहाँ बहुत आनन्द आया। इसीलिए मैं रुक गया तीन दिन। रुकना तो नहीं था। यहाँ से सीधे निकलना था राजा राउत के यहाँ। पर क्या करता! तुमने इतनी आवभगत की, मन रुकने को कर गया। बिचारा राउत तीन दिनों से कर रहा होगा इन्तजार। सोच रहा होगा ब्राह्मण ने धोखा दे दिया है। चलूँ अब। यहीं पड़ा रहा तो राजा राउत का पुत्र बिना नाम के रह जाएगा। नामकरण तो करना ही है। नहीं तो बिना नाम के लड़के के साथ तुम्हें अपनी बेटी का ब्याह करना पड़ेगा।

'राजा विरज ने कहा कि महाराज, यह तो मेरा सौभाग्य है कि आपके चरण मेरी इस कुटिया में पड़े हैं और आपकी सेवा का मुझे अवसर मिला है। आज्ञा दें तो मैं भी आपके साथ चलूँ। बेटी का बाप हूँ। फर्ज बनता है कि राजा राउत के घर जाकर उसे आमंत्रित करूँ कि वह अपने पुत्र की बरात लेकर मेरे द्वार आए।

'ब्राह्मण देवता ने कहा कि विरज, मेरी मानो तो तुम अभी मत जाओ। जाने-आने में छह दिन लगेंगे। तुम अपनी बेटी के पास रहो। रहो उसकी मुस्कान से साथ अभी। बहुत दिनों बाद तुम्हें यह सुख मिला है। तुम इस विरल सुख के साथ रहो। राजा राउत का राज्य यहाँ से अस्सी कोस दूर है। बीच में हैं दो नदियाँ, इक्यावन नाले, एक पहाड़ और और पाँच जंगल। तीन दिन तो लग ही जाएगा। घोड़े दौड़ते रहे लगातार तो भी लगेगा तीन दिन। तुम ऐसा करो, तीन दिन बाद यहाँ से निकलो। मैं तोता बन पलक झपकते वहाँ पहुँच जाऊँगा। मैं जाकर नामकरण संस्कार पूरा कराता हूँ। इसके बाद तुम आओ। तुम्हारे पहुँचते ही मैं राजा राउत और तुम्हारे सामने ब्याह का मुहूर्त निकालूँगा।

'बात राजा विरज को जम गई। सेर-सीधा बाँध राजा विरज ब्राह्मण देवता को विदा करने लगा तो ब्राह्मण ने कहा कि मेरी दक्षिणा अभी अपने पास ही जमा रखो।

मुझे अभी लौटना है तुम्हारे यहाँ। ब्याह भी तो कराना है अभी। इसलिए राजा विरज संकोच मत करो। मुझे अभी खाली हाथ जाने दो।

'सुबह का समय था। ब्राह्मण देवता राजा विरज की हवेली से बाहर आए। आया विरज भी बाहर विदा करने ब्राहमण देवता को। बरगद के पेड़ के पास आते ही ब्राह्मण ने विरज से कहा कि विरज, अब तुम अपनी हवेली लौट जाओ। मैं अब इस बरगद पर चढ़ूँगा। चढ़ूँगा और तोता बन उड़ूँगा राजा राउत के राज्य की ओर। यह सुन राजा विरज के मन में आया कि देखें कैसे यह ब्राह्मण मनुष्य से बनता है तोता। कहा उसने कि महाराज, अगर आपको बुरा न लगे तो मेरी इच्छा है कि मैं देख सकूँ कि कैसे आप बनते हैं तोता। अरे विरज, यह तो सम्भव नहीं है। अगर तुम मुझे तोता बनते देखोगे तो हमेशा के लिए बन जाओगे तोता। यह बात मुझे तोता का रूप धरने के बाद ही पता चली है। जब मैं तीसरी बार तोते का रूप धर उड़ रहा था तो एक तोता मेरे साथ-साथ उड़ने लगा। उड़ते हुए बताया उसने कि वह था मनुष्य, पर देख लिया था मुझे तोता बनते तो बन गया था तोता और कहाँ जाए कुछ समझ नहीं पा रहा था तो उड़ रहा था मेरे पीछे-पीछे। क्या बताऊँ विरज, बड़ी मुश्किल से मैं उससे पिंड छुड़ा पाया था। ब्राह्मण की बात सुन डर गया विरज। प्रणाम कर ब्राह्मण को लौट गया हवेली की ओर।

'विरज के लौटते ही ब्राह्मण चढ़ गया बरगद के पेड़ पर। बना तोता और उड़ चला राजा राउत के राज्य की ओर। राउत के राज्य में अभी सूरज उगा ही था। ब्राह्मण ठीक महल के सामने आम के एक पेड़ पर तोता बना बैठा रहा। इन्तजार करता रहा कि राजा राउत के महल का विशाल दरवाजा खुले। दरवाजे पर दिखे ब्राह्मण की प्रतीक्षा करते तो तुरन्त आँखें खोल वह मनुष्य रूप धरे। जाए महल के भीतर। कराए नामकरण।'

'हव।'

'हुआ वैसा ही। सोचा था जैसा ब्राह्मण ने वैसा ही हुआ। दिखा प्रतीक्षारत राजा राउत। दिखा बेचैन। तीन दिन से लगातार वह प्रतीक्षा कर रहा था ब्राह्मण का। आश्चर्यचकित था वह कि तोता बन उड़नेवाले ब्राह्मण ने इतना विलम्ब कैसे कर दिया है यहाँ तक आने में?

'राजा राउत को ब्राह्मण जैसे ही आम के पेड़ के नीचे दिखा। खुशी से पागल हो गया राजा राउत। लपका तुरन्त ब्राह्मण की ओर। प्रणाम कर ससम्मान भीतर ले गया महल के। ब्राह्मण के स्नान-ध्यान की व्यवस्था तीन दिनों से लगातार हो रही थी। आज यह व्यवस्था काम आई थी। ब्राह्मण ने स्नान कर देह की थकान उतारी। उतारी मन की थकान ध्यान कर। ध्यान के बाद कलेवा किया। नामकरण की पूरी तैयारी हो चुकी थी। मेहमान सारे आ चुके थे। मेहमान पूरा गाँव ही था।

'ब्राह्मण के सामने जैसे ही लाया गया राउत का पुत्र तो ब्राह्मण ने देखा कि पुत्र का माथा मुस्कुरा रहा है। ब्राह्मण थोड़ी देर बच्चे के मुस्कुराते माथे को देखता रहा।

देखते-देखते अचानक वह भूल गया कि वह कहाँ खड़ा है। वह खड़े-खड़े एक चुप्पी में चला गया। ब्राह्मण को चुप्पी और सन्नाटे की ओर जाते हुए बच्चे का मुस्कुराता माथा देख रहा था।

'थोड़ी देर बाद जब बच्चे के माथे ने मुस्कुराना बन्द किया तो ब्राह्मण देवता को होश आया। होश आया तो उन्होंने अपनी साँसें सम्हालते हुए राजा राउत से कहा—तुम्हारा पुत्र देवता का अंश है। देश और विदेश में यह अपना नाम करेगा। लेगा बारह जन्म। बारह से न एक कम और न एक ज्यादा। यह बालक देवता की इच्छा है। इसका नाम भी देवता की इच्छा है। इच्छा है देवता की कि मैं उसका नाम अछरिया रखूँ। यह इस बच्चे के माथे पर लिखा है। यह नाम ग्यारह जन्मों तक इसके साथ रहेगा। चाहे किसी भी जन्म में कोई ब्राह्मण इसका नाम रखे, ग्यारह जन्मों तक इसका नाम हर बार अछरिया ही रखेगा। ब्राह्मण के मस्तिष्क में आएगा नाम अछरिया ही हर बार। हर ग्यारह जन्मों में ग्यारह बार मेरी ही पीढ़ियाँ रखेंगी इसका नाम और हमेशा अछरिया रखेंगी। बारहवें जन्म में नाम बदलेगा।'

शंकर भगवान ने इतना कहने के बाद भुलवा को सम्बोधित करते हुए कहा, 'बेटा भुलवा, यह जो तेरा जन्म है अभी का, है बारहवाँ जन्म। यह आखिरी जन्म है बेटा! इस जन्म को भी तुझे सफल बनाना है। जैसे तूने अपने पिछले ग्यारह जन्मों को बनाया है सफल। यह बारहवीं बार है कि तू मेरे पास है बेटा। तू मेरे पास बारह जन्मों में बारह बार आया है।'

भुलवा मुँह फाड़े शंकर की बात सुनता रहा, जैसे कुछ समझ रहा हो। कुछ न समझ पा रहा हो। भुलवा तो अपने इसी जन्म को जन्म मान रहा था। उसे यह पहली बार पता चला था कि वह ग्यारह बार इस जन्म से पहले भी, जन्म ले चुका है।

भूत-पिशाच सभी देख रहे थे। देख रहे थे भुलवा को ऐसे, जैसे देख रहे हों पहली बार। भूत-पिशाच के सामने भुलवा का कद ऊँचा हो गया था अब। बढ़ गया था उसका कद। अभी तक भूत-पिशाच उसे निरीह मनुष्य ही समझ रहे थे। वैसे ही जैसे वे थे। थे अपने मनुष्य जीवन में कमियों से भरे हुए। उन्हें एक ही जीवन मिला। फिर अगला जन्म नहीं हुआ। बने सीधे भूत। बन गए पिशाच। सुख था बस इतना कि शंकर देवता के आस-पास थे। दुख था बस इतना कि अब कभी मनुष्य योनि नहीं प्राप्त कर सकते थे। नहीं बन सकते थे मनुष्य कभी। देवता ने साफ-साफ कह दिया था कि फिलहाल अभी यह सम्भव नहीं है कि वे भूत या पिशाच से बन सकें मनुष्य। सम्भव सिर्फ इतना है कि भूत और पिशाच की योनि से मुक्ति मिल जाए। देवता से यह माँग वे कभी भी कर सकते थे। अगर कोई भूत-पिशाच अपनी योनि से ऊब जाता और चाहता मुक्ति तो शंकर देवता से विनती करता। कहता, देवता, कृपा करें। करें मुझे प्रेत योनि से मुक्त। देवता एक मुट्ठी भभूत उसके ऊपर छिड़कते और वह फूँ की आवाज करता, हवा में विलीन हो जाता था। धूल हो जाता। धूल

बन मिल जाता धरती में। या हवा बन जाता। हवा बन हवा में ही मिल जाता था। नाचा ही एक उपाय था जिसे लेकर शंकर यह सोचते हैं कि अगर नाचा में मनुष्य-कथा को पूरी तरह अभिनीत कर पाए भूत-पिशाच तो वे पुनः मनुष्य-योनि प्राप्त कर सकते हैं। पर बरसों हो गए हैं और बहुत कोशिशों के बाद भी देवता भूत-पिशाचों के साथ, नाचा में पूरी मनुष्य-कथा आज तक अभिनीत नहीं कर पाए हैं। हमेशा ठीक उस समय जब कथा पूर्ण होने को होती है और कोई न कोई अड़ंगा आ ही जाता है। शंकर देवता थे इसलिए अब तक निराश नहीं हुए थे। होते मनुष्य तो जाने कब से नाचा का यह कई मनुष्य जन्मों से लगातार चलनेवाला प्रयत्न समाप्त कर चुके होते।

शंकर ने फिर कथा कहनी शुरू की। कहा उन्होंने, 'नामकरण के बाद राजा राउत ने ब्राह्मण देवता से कहा—महाराज, छठी हो गई है। नामकरण हो गया है। कल बरही है। एकैसी के बाद के किसी दिन मैं चाहता हूँ कि चतुरा और अछरिया का लगन तय कर दिया जाए।'

'ठीक ही सोच रहे हो राजा राउत,' ब्राह्मण देवता ने कहा। ब्राह्मण देवता बैठ गए अछरिया और चतुरा के जन्म समय और राशि की अनुकूलता का मिलान करने। सब पोथी-पुराण देख-दाखकर कहा, 'एकैसी के दूसरे दिन रामनवमी है। रामनवमी के दिन इन दोनों की लग्न तिथि दिख रही है। यदि विरज भी तैयार हो तो तुम लोग इसी दिन दोनों का ब्याह करा सकते हो। यह उत्तम मुहूर्त है। रामनवमी वाली तिथि भी कहीं निकल गई तो उसके बाद फिर सात बरस बाद अगली तिथि आएगी।' ब्राह्मण ने समझाया।

'ब्राह्मण की बात सुन राउत ने कहा कि समय बहुत कम है महाराज! मैं चाहूँ तो भी यह करना मुश्किल है। रामनवमी आज से ठीक ग्यारह दिन बाद पड़ रही है। विरज की मर्जी जानने के लिए विरज के राज्य तक जाना पड़ेगा। तीन दिन लगेंगे जाने में। आने में तीन दिन लग जाएँगे। आने-जाने में ही आधे से अधिक समय चला जाएगा। ब्याह-बरात की कब होगी तैयारी! सम्भव नहीं है महाराज! रामनवमी निकल जाएगी और पता भी नहीं चलेगा। जैसा कि आपने बताया है कि आनेवाला है विरज, हमें बरात का न्योता देने, पर वह आज से तीन दिन बाद निकलेगा और यहाँ तक पहुँचने में लगेंगे तीन दिन। इस तरह दोनों ही स्थितियों में रामनवमी के दिन को तो निकल ही जाना है।' राजा राउत की चिन्ता उचित थी। राउत सोचने लगा कि सात बरस बाद ही करा देंगे दोनों का ब्याह। सात बरस बाद बन जाएँगे समधी।

'चिन्ता मत करो राजा राउत। तुम भूल गए हो कि मैं उड़ सकता हूँ। जा सकता हूँ जहाँ चाहूँ वहाँ। तोते की उड़ान-गति है मेरे पास। जा सकता हूँ पलक झपकते कहीं भी। मैं कल सुबह पूछकर आता हूँ राजा विरज से कि इच्छा क्या है विरज की! अगर वह रामनवमी के दिन ब्याह के लिए राजी है तो तुम्हें आकर बताता हूँ। रोकता

हूँ विरज को तुम्हारे राज्य की यात्रा के प्रस्थान से। लगा देता हूँ ब्याह की तैयारी में राजा विरज को।' कहा ब्राह्मण देवता ने और मुस्कुराने लगे। यह दोपहर का समय था। ब्राह्मण ने खाया-पिया भरपेट। खा-पीकर सो गए ब्राह्मण देवता। साँझ ढले उठे। पूजा-पाठ किया। खाया-पिया फिर भरपेट। सो गए फिर।

'चिन्ता में पड़ गया राजा राउत। चिन्ता यह कि इस ब्राह्मण का कोई ठिकाना नहीं है। खाएगा। सोएगा। फिर खाएगा। फिर सो जाएगा। भूल जाएगा कि कल सुबह जाना है और निकल जाएगी रामनवमी। रामनवमी निकल जाएगी तो ठीक सात बरस बाद होगा बेटे का ब्याह।'

'हव।'

'पर ऐसा हुआ नहीं। दूसरे दिन सुबह बरही की पूजा कराकर और खाकर बस चार फल सबकी आँखों से ओझल हो गए ब्राह्मण देवता। महल से थोड़ी ही दूर पर खड़े आम के पेड़ पर चढ़ गए। चढ़ते ही पलकें बन्द कर दीं और मुस्कुराते-मुस्कुराते ब्राह्मण तुरन्त तोता बन गए। राजा राउत के राज्य के हर मनुष्य ने ब्राह्मण के पेड़ पर चढ़ते ही अपनी आँखें बन्द कर लीं। कोई तोता बनते देखना नहीं चाह रहा था ब्राह्मण को। कोई तोता नहीं बनना चाह रहा था। तोता बनोगे तो तोता ही रह जाओगे।

'ब्राह्मण के हरे पंख थे। सुन्दर लाल चोंच थी। आँखें थीं तीव्र दृष्टि। उड़ गए ब्राह्मण देवता। पंख फड़फाड़ाते। आसमान को समटेते उड़े। वह विरज के राज्य की ओर उड़ रहे थे। जैसे-जैसे पास आता जा रहा था विरज का राज्य, राजा राउत का राज्य दूर होता जा रहा था।

'ठीक तीन घंटे बाद एक तोता विरज को दिखा अपने महल के सामने के बरगद पर। समझ गया विरज कि लौट आए हैं ब्राह्मण देवता। सोचा विरज ने कि यह अचानक कैसे लौट आए हैं! चिन्ता हुई। कहीं कुछ गड़बड़ तो नहीं हो गई! विरज ने तोता बने ब्राह्मण को दूर से ही प्रणाम किया और फिर अपने महल की ओर मुँह कर खड़ा हो गया। थोड़ी देर बाद किसी के हाथ विरज ने अपने कन्धे पर महसूस किए। विरज समझ गया कि उसका अन्दाज सही था। ब्राह्मण देवता लौट आए हैं। ब्राह्मण देवता असली रूप में प्रकट हो गए हैं। ले आए हैं कोई सन्देश।

'विरज ने ब्राह्मण के चरणों को स्पर्श किया। कहा ब्राह्मण ने गर्व से कि विरज, बरात स्वागत की तैयारी करो। रामनवमी का मुहूर्त निकला है। आगे-पीछे मत सोचो। समय कम है। पर समय बहुत है। अगर इस रामनवमी में बेटी का ब्याह नहीं कर पाए तो सात बरस बाद ही कर पाओगे। सात बरस से पहले इन दोनों की कुंडली में नहीं है कोई तिथि। ब्राह्मण ने एक साँस में कह दिया।

'विरज ने कहा कि ठीक है महाराज! जैसा आपका आदेश। मैं तैयार हूँ। आज से ही ब्याह की तैयारी में लग जाता हूँ। आप जाकर राजा राउत को खबर कर दें कि

मेरे यहाँ बरात के स्वागत की तैयारी शुरू हो गई है। कह दें राजा राउत को कि लेकर बरात पहुचें हमारे द्वार। लेकर आएँ पूरे राज्य की जनता को तो भी हम तैयार हैं। उन्हें नहीं होने देंगे कोई कष्ट। ऐसा भव्य स्वागत करेंगे कि बराती जीवन भर याद रखेंगे। महाराज, राजा राउत से जाकर कहिए कि मैंने उसकी नौ लाख गायों को भी आमंत्रित किया है। आएँ सब। पवित्र करें मेरे राज्य की धरती को।

'विरज की बात सुन ब्राह्मण देवता तोता बन फिर उड़ चले। उड़ चले राजा राउत के राज्य की ओर। उड़ चले विरज का सन्देश देने। तीन घंटे में पहुँच गए राजा राउत के राज्य। राउत के महल के सामने स्थित आम का पेड़ तोता से मनुष्य बनते ब्राह्मण को फिर देख रहा था। देखा फिर उसने उस मनुष्य को राजा राउत के घर के भीतर जाते।

'अपने महल में ब्राह्मण को इतनी जल्दी वापस लौटा देख, प्रसन्न हो गया राजा राउत। प्रणाम कर कहा ब्राह्मण देवता से कि महाराज, सुनाओ सन्देश राजा विरज का। क्या कहा विरज ने?

'मुस्कुराए ब्राह्मण देवता। कहा कि राजा राउत, लग जाओ बरात की तैयारी में। समय जाया मत करो। करो मंडपाच्छादन। चूल-माटी करो। तेल-हल्दी चढ़ाओ। बजाओ ढोल। इसी रामनवमी में ब्याह को तैयार है राजा विरज। तुम्हारे पूरे राज्य के मनुष्यों का निमंत्रण है। निमंत्रण है तुम्हारी नौ लाख गउओं का।

'ब्राह्मण की बात सुन तुरन्त लग गया राजा राउत तैयारी में। उसके पास बस दस दिन और नौ रात का समय बचा था। पर समय असल में मात्र सात दिन ही बचा रह गया था। तीन दिन तो बरात को राजा विरज के राज्य तक पहुँचने में लगने वाले थे। आज से ठीक पाँचवें दिन उसे अपने पुत्र की बरात लेकर राजा विरज के राज्य की ओर निकल पड़ना था। जिससे तीन दिन लम्बी बरात-यात्रा के बाद बराती आराम कर सकें और रामनवमी के दिन उत्साह से ब्याह में सम्मलित हो सकें। पता तो है कि राजा राउत और राजा विरज के राज्य के बीच रास्ते में दो नदियाँ, इक्यावन नाले, एक पहाड़ और पाँच जंगल थे।'

'हव।'

'ब्राह्मण के निर्देशानुसार राजा राउत के यहाँ बेटे अछरिया के ब्याह की एक-एक तैयारी हुई। हुई एक-एक रस्म। ठीक पाँचवें दिन सुबह नन्हे अछरिया को गोद में लेकर बैठ गया राजा राउत घोड़े पर। सजा हुआ घोड़ा। सिर से पाँव तक सजा राजा राउत। राजा राउत की गोद में सजा बैठा नन्हा अछरिया। देखता टुकुर-टुकुर। कुछ नहीं समझता। अछरिया का मुस्कुराता माथा चमकता। राजा के पीछे हाथी में रानी कि रोए अछरिया तो स्तनपान करा सके अछरिया को रानी माँ। उसके पीछे निकले सारे बराती। कोई हाथी पर सवार। कोई घोड़े पर सवार। कोई पैदल। लगभग पूरा राज्य पीछे-पीछे राजा के। सबसे पीछे नौ लाख गायें शामिल हो गईं बरात में।

सजी हुई गायें। पहने गले में रंग-बिरंगी सोहई, घुँघरू, घंटी। नौ लाख गायों की मधुर रुनझुन चली बरात के पीछे-पीछे।

'ब्राह्मण देवता बरात के साथ नहीं गए। उन्हें बेकार का कष्ट उठाना ठीक नहीं लगा। उन्होंने राउत से पहले ही कह दिया था कि मैं तीन दिन आराम करूँगा। मेरे खाने-सोने का इन्तजाम कर दो। मैं ठीक लग्न के दिन समय पर सीधे पहुँच जाऊँगा उड़कर।'

इतना कह रुक गए शंकर। चिलम सुलगाई और बादल गढ़ने लगे। गढ़ते रहे बादल और गढ़ते गए। देखते रहे भूत-पिशाच और देखता रहा भुलवा।

चिलम खत्म करने के बाद शंकर देवता एकटक देखते रहे भुलवा की ओर। फिर कहा भुलवा से, 'बेटा भुलवा, पहले जन्म में इस तरह तेरी बरात निकली। ब्याह हुआ। किस्सा और भी है। तेरे उस जन्म का। पर मैं अब थक गया हूँ बेटा। सुबह होने वाली है। मैं थोड़ा आराम करना चाहता हूँ। तू भी आ मेरे साथ। चल झोंपड़ी में। कर ले थोड़ा आराम।' नाचा के पूर्वाभ्यास के लिए इतनी कथा काफी है। यह वाक्य जैसे शंकर ने अपने आप से कहा। अब कल से हमें काम करना है। और कब तक करना है, किसे पता है?

भुलवा शंकर देवता के पीछे-पीछे उनकी झोंपड़ी में गया। सोने के पहले उसने सोचा कि कहीं वह फँस तो नहीं गया है! यह शंकर देवता ही हैं या है कोई और जिसे वह शंकर समझ रहा है! है वह कोई जादूगर! राक्षस है कोई। सोचा उसने कि देखेंगे सुबह क्या होता है!

देवता ने नीचे बिछे एक पुवाल के बिस्तर की ओर इशारा किया और स्वयं झोंपड़ी के दूसरे कोने पर बिछे पुवाल पर लुढ़क गए। लुढ़के और गहरी नींद में चले गए। नई जगह है। भुलवा को जल्दी नींद नहीं आई। जागता रहा वह। जाना पहली बार कि देवता भी खर्राटे भरते हैं। देवता के खर्राटों में झोंपड़ी के पीछे कहीं गिर रहे झरने की आवाज मिली हुई है।

सुबह हुई। चिड़ियों की चहचहाहटों में हुई सुबह। सुबह हुई शेर, चीता, हिरण की उस अँगड़ाई में जो नींद से उठते ही उन्होंने अपनी देह को झटकते हुए ली। पेड़-पौधों के ओस से भीगे हरेपन पर सुबह हुई। सुबह पहाड़ पर उतरी सूरज को आसमान में छोड़। छोड़ सब कुछ डूब गया पूरा पहाड़ सुबह में।

भुलवा को लगा जल्दी हो गई है सुबह। रात भर वह शंकर देवता से कथा सुनता रहा है और सुबह होने से कुछ घंटे पहले ही सो पाया है। उसे लग रहा है कि वह सोया नहीं है कि सुबह हो गई है। भुलवा उठा। देखा उसने चारों ओर। शंकर देवता का पुवाल का बिस्तर खाली है। शंकर झोंपड़ी में नहीं हैं।

भुलवा झोंपड़ी से बाहर आया। देखा उसने शंकर योग क्रिया में लीन हैं। भुलवा नहीं जान रहा है कि शंकर सूर्य–नमस्कार कर रहे हैं। भुलवा नहीं जान रहा है कि शंकर देवता के साथ अब उसे भी रोज सूर्य–नमस्कार करना है।

भुलवा को देखते ही मुस्कुराए शंकर। देवता ने कहा, 'बेटा भुलवा, जा तालाब में मुँह–हाथ धो आ। स्नान कर ले। यह पहला पाठ है। आज मैं तुझे सूर्य–नमस्कार सिखाता हूँ।'

शंकर सूर्य नमस्कार की अन्तिम मुद्रा में खड़े हैं। हैं नमस्कार की मुद्रा में। शंकर नमस्कार कर रहे हैं आकाश को। सूर्य को। पृथ्वी को। अदृश्य चन्द्रमा को। अदृश्य तारों को। ब्रह्मांड को समूचे। भुलवा ने शंकर देवता को प्रणाम किया। साष्टांग प्रणाम। सृष्टि को प्रणाम करते ईश्वर को प्रणाम किया मनुष्य ने।

प्रणाम कर उठा भुलवा तो उसे लगा कि देवता के सामने सारे जीव–जन्तु, पहाड़–नदी, तालाब–झरने या कहें समूची पृथ्वी और ब्रह्मांड प्रणाम की मुद्रा में हैं। विशाल लगे शंकर देवता। इतने विशाल कि जिस पहाड़ की चोटी पर खड़े थे, उससे भी ज्यादा लगे विशाल।

सिर झुका तो झुका रहा भुलवा का देवता के सामने। सिर झुकाए वह चला जा रहा है तालाब की ओर। वह जानता है कि दोनों तालाब–बहनें, सोनई और रुपई, उसे बुला रही हैं। उसने तय कर लिया है मन ही मन कि वह पारी–पारी दोनों में स्नान करेगा कि दोनों का इस तरह मिलेगा स्नेह उसे।

भुलवा जब स्नान कर लौटा तो पाया कि शंकर देवता आँख मूँद ध्यान में मग्न हैं। भुलवा चुपचाप उनके सामने बैठ गया हाथ जोड़। वह देवता के आँखें खोलने का इन्तजार करने लगा। समय धीरे–धीरे सरक रहा है। देवता ध्यान में मग्न हैं। समय खिसकते–खिसकते कहीं दोपहर को न छूने लगे—सोचने लगा भुलवा। उसने यह सोचा ही है कि कुछ क्षण बाद शंकर देवता ने अपनी आँखें खोल दी हैं। भुलवा की ओर देख मुस्कुरा रहे हैं देवता।

थोड़ी देर उसे देखते रहे और मुस्कुराते रहे। फिर उन्होंने भुलवा से कहा, 'बेटा भुलवा, अब सोच ले एक बार और कि तुझे नाचा की शिक्षा लेनी है मुझसे या जाना है अपने घर वापस। बेटा, इस शिक्षा में समय कितना लगेगा, यह बताना कठिन है। लग सकता है बारह दिन। बारह माह लग सकता है। लग सकता है बारह बरस भी। कला आसान नहीं होती है बेटा! कला की भूख कभी समाप्त नहीं होती है। हो सकता है यह भूख तेरे भीतर बढ़ती जाए और तू कभी नीचे न उतर पाए इस पहाड़ से। कुछ कह नहीं सकते बेटा! यह सच है कि कुछ तुझ पर निर्भर है। कुछ निर्भर है मुझ पर। सीखना तुझे है। सिखाना है मुझे। इसलिए कहता हूँ बेटा, एक बार शान्त मन से सोच ले। सोच ले कि तू यह तपस्या कर पाएगा कि नहीं। एक रात में तू मेरा रात का जीवन देख चुका है। देखना चाहे तो दिन भर की मेरी पूरी जीवनचर्या देख ले। देख ले फिर सोच कि तू मुझे अपना गुरु बनाना चाहता है या नहीं।'

भुलवा ने सोचने में एक क्षण नहीं लगाया, कहा उसने 'देवता, मुझे आपकी जीवनचर्या, आपके सारे आदेश-निर्देश स्वीकार हैं। मैं रहना चाहता हूँ यहीं। इसी पहाड़ पर रहना चाहता हूँ। सीखना चाहता हूँ नाचा। चाहता हूँ आपका संग-साथ। मेरा सौभाग्य है कि आपने स्वीकार किया है गुरु बनना मेरा। मैं आपके चरणों में पड़ा रहना चाहता हूँ। यह जन्म सफल हो जाएगा मेरा आपके चरणों में। सीखकर नाचा आपसे मैं—अगर आपकी आज्ञा हो—तो नाचा को एक गाँव से दूसरे गाँव, दूसरे गाँव से तीसरे गाँव, तीसरे गाँव से चौथे गाँव इस तरह हर गाँव तक ले जाना चाहता हूँ। इस जन्म में नहीं सीख पाया तो कब सीख पाऊँगा। आपने ही कहा है कि यह मेरा बारहवाँ जन्म है। यह मेरा अन्तिम जन्म है। मैं इसी जन्म मैं सीखना चाहता हूँ नाचा। मैं इसी जन्म में उसे गाँव-गाँव ले जाना चाहता हूँ। आशीर्वाद दें शंकर देवता! दया करें!'

भुलवा के यह कहते ही पहाड़ के भीतर सुगबुगाहट हुई। पहाड़ ने चारों ओर से अपने ऊपर आ रही पगडंडियों को मिटा दिया। पगडंडियों पर अब झाड़ियाँ उग आई हैं। अब कोई नहीं कह सकता है कि इस पहाड़ पर कभी कोई मनुष्य चढ़ा है। अब इस पहाड़ पर कोई मनुष्य चढ़ नहीं सकता है। पहाड़ ने अभी-अभी अपने को कँटीली झाड़ियों से ढँककर मनुष्य का चढ़ना दूभर कर दिया है।

बहू

भुलवा को गायब हुए एक दिन बीता। बीती फिर एक रात। बीते फिर तीन दिन। बीत गई तीन रातें। बारह दिन बीत गए। बीत गईं बारह रातें।

भुलवा की माँ बारह दिनों से घर की देहरी पर बैठी है। बारह दिनों से रो रही है लगातार। माँ की आँखों से आँसू खत्म हो रहे हैं। खत्म हो रही हैं गले की हिचकियाँ। देहरी पर बैठी माँ अब रोने लगी है मन ही मन। मन ही मन करने लगी है भुलवा का इन्तजार।

धीरे-धीरे बीत गए बारह मास। माँ के बारह मास देहरी पर ही बीते। जब से भुलवा गायब हुआ है, माँ को देहरी भाती है ज्यादा। घर का भीतर भाता है कम।

ठीक बारह मास के अन्तिम दिन विराजो आई गाँव। आई तीज पर। गाँव आई तो अपने घर पर सामान पटक लटपटाते पहुँची भुलवा के घर। पहुँची जैसे ही सुना कि भुलवा का बारह महीने से कोई अता-पता नहीं है। सुनते ही दिल धक् से हुआ विराजो का।

विराजो को दिखी मन ही मन रोती भुलवा की माँ। माँ के सूखे आँसू दिखे। विराजो जैसे ही गले लगी भुलवा की माँ से, माँ फूट-फूटकर रोने लगी। बारह दिन बाद सूख गए आँसू, विराजो को देख बारह मास बाद झरने-से बहने लगे आँखों से। रोने लगी विराजो भी। दोनों गले लग रोती रहीं। रोती रहीं गा-गाकर भुलवा-गाना। पहली बार भुलवा की माँ को लगा कि जानती है जितना अपने पुत्र भुलवा को, उससे कुछ कम नहीं जानती है विराजो। माँ को पता नहीं है कि जितना उसने पढ़ा है भुलवा को, उससे कहीं ज्यादा पढ़ चुकी है विराजो। जीती तो विराजो ही है। भुलवा गायब हुआ है विराजो के लिए। माँ के लिए रुका नहीं है वह।

माँ जान रही है कि अगर विराजो से ब्याह हो जाता भुलवा का तो शायद गायब नहीं होता वह इस तरह। पर किसी ने क्या जाना था? समझा था क्या? कुछ घट जाता है जब तो यह लगता है कि ऐसा हो जाता तो रहता ज्यादा अच्छा। पहले तो कुछ समझ में आता नहीं है। बहुत से दुख इसलिए पैदा होते हैं कि हम सामने पड़े सुख को देख नहीं पाते हैं। पकड़ नहीं पाते हैं सुख को। समझ नहीं पाते हैं कि वह सुख है। नहीं पहचान पाते हैं सुख। दुख नहीं पहचान पाते हैं।

रोते-रोते भुलवा की माँ कह रही है विराजो से कि बेटी, बारह मास हो गए हैं इस देहरी पर बैठे-बैठे। लग रहा है कि मैं देख चुकी हूँ बारह गरमियाँ। बारह ठंड और वर्षा की बारह ऋतुएँ। ऋतुएँ आई हैं सब पारी-पारी। पर भुलवा नहीं आया है। कोई अता-पता नहीं है उसका। समझ में नहीं आ रहा है कि धरती निगल गई है उसे या निगल गया है आसमान। उसकी राह देखते-देखते घिस गई है यह देहरी बेटी। बैठे-बैठे। तू रहती बेटी यहाँ तो शायद यह नहीं होता। नहीं जाता कहीं भुलवा। उसका नेह जुड़ा था तेरे से। मन उसका तेरे से बँधा था। तू गई ससुराल तो पगला गया बिचारा। भटकना बढ़ गया था उसका। मेरे मन में यह विचार तो आता था कि कहीं कुछ गड़बड़ न हो जाए। मन से भटक गया आदमी कुछ भी कर सकता है। पर मैंने यह नहीं सोचा था कि भटकता भुलवा गायब हो जाएगा कभी। सोचा ही नहीं था कि ऐसा हो जाएगा। जाएगा वह तो फिर लौटकर नहीं आएगा, यह सोचा ही नहीं था।

विराजो देहरी के सामने ही उकड़ूँ बैठी सब सुन रही है। मन इतना भर आया कि रोने लगी वह। उसे रोता देख भुलवा की माँ के भी आँसू बह चले। विराजो रोती रही और सोचती रही कि बचपन में ब्याह हो गया था मेरा। मेरे पास चुनने को बचा ही क्या था? प्रेम बचा था तो मैंने किया प्रेम। प्रेम भुलवा से हुआ। बचपन का साथी था वह। था सबसे करीब मेरे। मुझे जानता है इस तरह जैसे गान जाने स्वर को। मैं उसे जानती हूँ इस तरह जैसे मन जाने है तन को। प्रेम मुझे होना ही था भुलवा से तो वह हुआ। भुलवा को मुझसे प्रेम होना ही था इसलिए वह हुआ। हमारे बस में कुछ नहीं था। था बस प्रेम। हमने वह किया। किया पर निभा नहीं पाई मैं प्रेम। ब्याहता थी मैं किसी की। बँधी थी किसी से। सोचना था मुझे। पर मैंने सोचा कहाँ! देखते ही भुलवा को उमड़-घुमड़ उठता था प्रेम भीतर। क्या करती मैं! माँ-बाप ने गौना किया तो चली गई पति के घर। करने लगी पति से प्रेम की कोशिश। करने लगी कोशिश भूलने की भुलवा को। कोशिश ही तो कर सकती थी, वह मैंने किया पूरी ईमानदारी से। पर क्या करूँ, यह नहीं हुआ मुझसे! पति से प्रेम नहीं कर पाई। कर पाई बस प्रेम का ढोंग। उस आदमी की क्या गलती थी जो मेरा पति था। गलती मेरी थी। मैं न पूरी तरह पति की हो पाई और न हो पाई भुलवा की पूरी तरह। पति के साथ रही तो मन यहाँ लगा रहा भुलवा पर। मन उस रात्रि में फँसा रहा जो गौने के ठीक पहले भुलवा के संग-साथ की थी। अब पता चला है मुझे कि लगा रहा है भुलवा का मन भी मुझ पर वैसे ही जैसे मेरा मन। मन ने ही मुझे भटकाया है। भटकाया है मन ने ही भुलवा को। कहाँ-कहाँ भटक रहा होगा भुलवा! जीवित होगा अब तक कि मर गया होगा! ऐसा हुआ तो वह अपने को कभी माफ नहीं कर पाएगी। वह रोते-रोते बुदबुदाई, अपनी जान दे दूँगी। भुलवा को कुछ हुआ और नहीं रहा भुलवा तो मैं भी नहीं रहूँगी। दे दूँगी अपनी जान।

एक क्षण ही लगा विराजो को सोचने में। सोचने में कि छोड़छाड़ सब रह जाऊँ यहीं। छोड़ पति। छोड़ ससुराल। रह जाए यहीं भुलवा के घर। उसकी माँ के साथ

बैठ देहरी पर, करे उसके आने का इन्तजार। गोद में है बच्चा एक चन्द्रमा-सा। बच्चा भुलवा का है। है चन्द्रमा का। दिखता भुलवा-सा है। चमकता चन्द्रमा-सा। उसने अपने घर की ओर देखा, जहाँ सो रहा है उसका बच्चा। बच्चे के बारे में भुलवा की माँ को पता नहीं है। नहीं है पता यह किसी को कि विराजो के पेट से जन्मा बच्चा भुलवा का है। कहाँ पता है विराजो को भी कि बच्चा वह भुलवा का है या है चन्द्रमा का! कहाँ पता है विराजो को कि भुलवा उस रात्रि भुलवा था या था चन्द्रमा या मिरचुक-भूत? क्या था भुलवा? यह किसे पता है?

मन ही मन सोचा भर विराजो ने। कहा कुछ नहीं। किसी ने नहीं जाना कि अभी-अभी उसने अपने पति को छोड़ भुलवा के नाम की चूड़ी पहनने को सोचा है। भुलवा की माँ के आँसू अब भी हैं। माँ के आँसुओं से अपना सोचा कह देती विराजो तो आँसुओं के पास तसल्ली रहती। पर जैसा सोचो, वैसा कर पाओ यह कहाँ हो पाता है! हो पाता है ज्यादातर जीवन में वह जो सोचा नहीं गया है। नहीं चाहते हैं जो हो जाता है जीवन में हो वह बार-बार।

मन ही मन सोचा विराजो ने कि मेरा ब्याह बचपन में हो गया था। इस तरह मेरे पास प्रेम की जगह ही कहाँ बची थी! जगह थी बस पति से प्रेम की। चाहूँ या न चाहूँ। यह मेरी ही गलती है कि पति को भूल मैं भुलवा के प्रेम में पड़ गई। डूबती गई उसके प्रेम में। मन से निभाया प्रेम। तन से निभाया प्रेम। विराजो ने रोते-रोते भुलवा की माँ के पैर छुए और बिना एक शब्द कहे लौट चली अपने घर की ओर। भुलवा की माँ देख रही है औचक जा रही विराजो को।

विराजो पाँच दिन रही गाँव में। तीज उपवास की पूर्व रात्रि खाया कड़ू-भात। पति की दीर्घायु के लिए तीज का उपवास रही। निर्जला। तीज पर गई नहीं भुलवा की माँ अपने मायके। मन नहीं हुआ उसका। वह अपने बेटे की राह देखती अपनी देहरी पर रुकी रही। भुलवा की माँ के सामने आने से बचती रही पाँच दिनों तक विराजो। पाँच दिन रही, पर दुबारा मिलने नहीं गई भुलवा की माँ से। देखा नहीं उसने अपने घर की खिड़की से भुलवा के घर की बन्द खिड़की को, जो उसके देखते ही कभी खुल जाया करती थी। पाँच दिनों बाद विराजो लौट गई अपनी ससुराल। लौटी पर विदा लेने नहीं गई भुलवा की माँ के पास।

भुलवा गया सो गया। बारह मास के बाद दूसरा बारह मास हुआ। दूसरे बारह मास के बाद तीसरा बारह मास हुआ। तीसरे बारह मास के बाद गुजर गया चौथा बारह मास। भुलवा को नहीं आना था, नहीं आया भुलवा। लगातार बैठी है देहरी पर भुलवा की माँ जोहती भुलवा की राह।

गाँव भूल गया है भुलवा को। कभी-कभी तितली-सी उड़ती है गाँव में भुलवा की याद। धुँधली-सी तितली एक छप्पर-छानी पर उड़-उड़कर बार-बार बैठती है

कभी-कभी। इस तितली को कोई पहचानता है तो कोई नहीं पहचानता है। बस भुलवा की माँ नहीं भूली है भुलवा को। भुलवा को नहीं भूला है भुलवा का बाबू।

नहीं भूली हैं पाँच चिड़ियाँ भुलवा को। भुलवा आखिर भाई है उनका। सबसे छोटा। चिड़िया बहनें अब नदी के किनारे के पेड़ पर नहीं रहतीं। रहने लगी हैं भुलवा के घर के सामने के आम के पेड़ पर। उन्हें भी इन्तजार है भुलवा के लौटने का। चार बरस हो गए हैं। चार बरस से चिड़िया बहनें देख रही हैं देहरी पर दुखी बैठी अपनी माँ को। दुख के भार से झुके सिर को कन्धों पर सम्हाले, खेत से घर और घर से खेत आ-जा रहे बाबू को।

विराजो आई मायके हर तीज में। आई हर बारह मास बाद। मिली भुलवा की माँ से देहरी पर हर बारह मास बाद। विराजो रोई भुलवा की माँ के गले लग हर बारह मास बाद। पलटी फिर अपने मायका-घर की ओर। पाँच दिन रुकी तीज में। पर मिली बस एक ही बार जब आई गाँव। विराजो ने कभी विदा नहीं लिया भुलवा की माँ से।

बारह मास के पाँचवें गुच्छे के बाद जब आई विराजो ससुराल से मायके तो बस आई। रोती रही भुलवा की माँ के गले मिल। इस बार वह ऐसे रो रही है, जैसे पाँच बरस में पहली बार मिल रही हो। रो रही हो पहली बार। इस बार विराजो बिलख-बिलखकर रोई। बार-बार रोई। लिपट-लिपटकर रोई भुलवा की माँ से। रोई कातरता से देखती भुलवा के बाबू की ओर, जो एक स्त्री के रोने की लगातार गूँजती आवाज सुन आ गया है घर के भीतर से बाहर। खड़ा है देहरी पर अपनी पत्नी के पीछे अचम्भित। अचम्भित देखता दो रोती स्त्रियों को। विराजो की रोती हुई कातर आँखों के आँसुओं से भीगता खड़ा है भुलवा का बाबू।

विराजो रोती रही। जब तक आँखों में बचा रहा एक भी बूँद आँसू, रोती रही तब तक। विराजो के साथ रोती रही भुलवा की माँ। रोती रही तब तक, जब तक रोती रही विराजो।

खत्म हुए जैसे ही विराजो की आँखों के आँसू, रोने की आखिरी हिचकी के साथ ही बेहोश हो गई है विराजो। भुलवा की माँ भूल अपना दुख अब विराजो को सम्हालने में लग गई है। भुलवा का बाबू भीतर से एक लोटा पानी ले आया है। चेहरे पर पानी के छींटे पड़ते ही जागी विराजो। विराजो अपने लस्त-पस्त कपड़े सम्हालती उठ बैठी है। देखती रही थोड़ी देर भुलवा की माँ की ओर, जैसे कुछ कहना चाह रही हो और सोच रही हो कि कहे या न कहे! इसी बीच कनखियों से देखा विराजो ने भुलवा के बाबू की ओर। फिर कहने लगी भुलवा की माँ से, 'भुलवा को कुछ नहीं होगा...लौटेगा एक दिन जरूर वह...लौटेगा और इस गाँव में फिर घूमेगा हवा की

तरह...गाँव में बस जाएगा याद-सा फिर...फिर पुकारेगा गाँव भुलवा-भुलवा...वह आएगा...आएगा जरूर वह...' यह समझ नहीं आ रहा है कि यह सब विराजो अपने से कह रही है या कह रही है भुलवा की माँ से।

यह कहने के बाद कुछ क्षण रुकी विराजो। फिर देखा भुलवा के बाबू की ओर। देखा कि वह दुखी-सा, देहरी से बाहर, सिर पकड़े बैठा है धरती पर। विराजो भुलवा के बाबू के पैरों पर गिर पड़ी। गिर पड़ी पैरों पर भुलवा की माँ के। कहा उसने, 'दाई-बाबू, अब तुम ही हो दोनों मेरे...भुलवा के माँ-बाप हो तो हो माँ-बाप मेरे भी...मैं अब नहीं जाऊँगी ससुराल...मैं छोड़ रही हूँ अपना पति अभी...अभी ससुराल-घर अपना छोड़ रही हूँ...मैं यहीं रहूँगी दाई-बाबू तुम्हारे पास...मैं यहीं रहकर भुलवा को खोजूँगी...मैं यहीं रहकर करूँगी भुलवा का इन्तजार...जब तक मेरे भीतर है साँस, करूँगी मैं प्रतीक्षा उसकी।'

'ऐसा मत कर बेटी...दुनिया क्या कहेगी...उस आदमी के लिए पति को छोड़ देना कहाँ तक ठीक है जो है ही नहीं अभी...नहीं है जिसकी कोई खबर...न अच्छी खबर...न बुरी...यह मैं क्या कह रही हूँ...देवता न करें कि हो कोई बुरी खबर...वह है नहीं यहाँ, यही सच है...वह कब यहाँ होगा, यह कोई नहीं जानता है...जानता है कोई तो जानते हैं बस देवता...मैं समझ रही हूँ बेटी...समझ रही हूँ कि तू उससे कितना प्रेम करती है...पर फिर भी यह ठीक नहीं है बेटी...' समझा रही है भुलवा की माँ विराजो को।

'यही ठीक है दाई। तू नहीं समझेगी। कोई नहीं समझेगा कि यहाँ तक पहुँचने में लगे हैं मुझे पाँच बरस। ये पाँच बरस मैंने कैसे काटे हैं, यह कोई नहीं समझेगा! इन पाँच बरसों के पाँच सौ निशान हैं मेरी देह पर। इन पाँच बरसों में मैं दूसरा बच्चा नहीं जन पाई हूँ। पहला जो है, मैं ही जानती हूँ किसका है। मेरे पति का नहीं है वह। मैं अब अपने पति के साथ नहीं रह पाऊँगी...नहीं रह पाऊँगी देह से...नहीं रह पाऊँगी मन से। मन से तो मैं वहाँ कभी नहीं रह पाई। मन लगा रहा है हमेशा यहाँ। भुलवा के आस-पास भटकता रहा मन। भटका नहीं कभी मन मेरा उससे हटकर कहीं। बेटा मेरा हमेशा याद दिलाता रहा उसकी। चाहा बहुत पर मैं भूल नहीं पाई भुलवा को। दिमाग में हमेशा बना रहा वह। हमेशा बना रहा दिल में। पति के पास कभी गई ही नहीं मन से। गई जब, गई बस देह से। अब तो दो बरस हो गए हैं कि यह भी नहीं हुआ है। वह कमरे के बाहर पड़ा रहता है परछी में। मैं कमरे के भीतर अपने बेटे के साथ। दो बरस से दूर हैं हम एक-दूसरे से। अपना दुख कैसे बताऊँ दाई कि मेरे पति की अँगुलियाँ और अँगूठे दो बरस से लगातार कम हो रहे हैं धीरे-धीरे। एक दिन ऐसा आएगा की बचेगी नहीं एक भी अँगुली उसके हाथों में। नहीं बचेगी एक भी अँगुली उसके पैरों में। अब तो नाक भी गलने लगी है। बचेगा नहीं उसके पास उसका चेहरा। चिन्ता है कि उसका यह रोग उसके साथ रहते मुझे न पकड़ ले। पकड़

न ले कहीं नन्हे बच्चे को मेरे। साथ रहते कितना बच पाऊँगी मैं! कितना बच पाएगा नन्हा बेटा मेरा!' यह कह विराजो चुप हो गई। सोचने लगी कुछ।

तभी भुलवा की माँ ने देखा कि एक नन्हा बच्चा दौड़ता आ रहा है। आ रहा है रोता-खुनकता। आ रहा है ढूँढ़ता-सा अपनी माँ को। विराजो का बेटा। भुलवा की माँ ने उस नन्हे बच्चे को देख सोचा कि ठीक कहती है विराजो, यह बच्चा भुलवा का ही अंश है। याद आया भुलवा की माँ को कि जब इतना ही बड़ा था भुलवा तो ठीक ऐसे ही रोता-खुनकता खोजता था उसे। ठीक ऐसे ही बैठी हुई माँ के पीछे आ झूल जाता था गले से, जैसे अभी-अभी झूला है विराजो का बेटा विराजो के गले से और माँ को पा लेने की खुशी से लकदक है।

'दाई उसे छोड़ देना ही मेरे लिए ठीक है...मैं अपने घर में गुहार लगा चुकी हूँ...समझा चुकी हूँ अपने माँ-बाबू को हर तरह...पर वे दोनों समझ ही नहीं पा रहे हैं...मैं उन्हें बोझ लग रही हूँ...बोझ लग रहा है मेरा यह बेटा...वे दोनों मुझे वापस पति के घर भेजना चाह रहे हैं...कहते हैं तेरा फर्ज है पति की सेवा...'

'फर्ज तो है बेटी...मरते पति को इस तरह छोड़कर आ जाना ठीक नहीं है...मैं भी यही कहूँगी।' कहा भुलवा की माँ ने।

'काहे का फर्ज...जब तक अच्छा रहा, पाँच सौ निशान उसने मेरे शरीर को दिए...अब निशान उसके शरीर पर अपने आप फूट रहे हैं...मेरा ही दिया श्राप है, जितनी बार उसने पीटा मुझे, मैंने उतनी बार उसे श्राप दिया है...पाँच सौ बार दिया है श्राप...पाँच सौ जगह से गल रहा है उसका शरीर। भरा-पूरा परिवार है उसका। ददा-दाई हैं। भाई-बहन हैं। उसका परिवार उसे सम्हालेगा। मुझे तुम दोनों अपने परिवार में जगह दो तो मैं सम्हालूँगी तुम्हारा घर...प्रतीक्षा करूँगी भुलवा की तुम दोनों के साथ। उस कोढ़ी के नाम की चूड़ी फोड़, पहन लूँगी भुलवा के नाम की चूड़ी। भुलवा के दाई-ददा, दोनों हो सामने...सुनो मेरी गुहार...बोलो, स्वीकारते हो मुझे अपनी बहू। स्वीकारते हो तो मैं अभी यहाँ रुक जाऊँगी...इन्हीं दो कपड़ों में। सेवा करूँगी तुम दोनों की। बोलो, जल्दी बोलो...अभी फैसला करो...मेरे मन में उठ रहे तूफान को शान्त करो...' कहते-कहते रोने लगी विराजो। विराजो को रोता देख रोने लगा विराजो का बेटा।

विराजो की बात सुन सोच में पड़ गए हैं भुलवा के माँ-बाबू। समझ नहीं आ रहा है कि क्या करें, क्या न करें। बहुत देर एक-दूसरे को देखते रहे दोनों। विराजो को जो कहना है, वह कह चुकी है और बेटे को गोद में ले सुबक रही है। अब भी सोच रहे हैं माँ-बाबू कि इस पगली लड़की का क्या करें, कैसे समझाएँ इसे! तभी भुलवा की माँ का ध्यान विराजो के बेटे की ओर गया। पति को आँखों से किया

उसने इशारा। दोनों देखने लगे उस नन्हे बच्चे को जो अपनी दुखी माँ की गोद में बैठा है। चेहरे पर जिसके ढलक गए आँसुओं के निशान हैं। यह हमारा है, सोचा दोनों ने एक साथ। सोचा दोनों ने एक साथ कि यह हमारा अंश है। भुलवा तो चला गया, पर यह छोटा-सा भुलवा है। रहेगा यह साथ तो मन को मिलेगा चैन। भुलवा के नहीं होने का दुख शायद थोड़ा कम होगा।

ठीक इसी समय विराजो ने गोद से उतार धरती पर बिठा दिया अपने बेटे को और उठकर पकड़ लिया भुलवा की माँ के पैर, 'मुझे रख लो...रख लो मुझे...' कहने लगी बार-बार। 'मैं यहीं रहूँगी...मुझे रख लो...दया करो...रख लो मुझे...' कहने लगी। रोने लगी।

थक गए हैं भुलवा की माँ के पैर। बहुत मजबूत पकड़ है विराजो की। भुलवा के बाबू की आँखों में दया छलछला आई है। अब रोने लगी है भुलवा की माँ विराजो के गले लगकर।

'रह लो...रह लो...आज से तुम हमारी बहू हुईं...रह लो...रह लो...' कह रही है भुलवा की माँ।

'रह लो...रह लो...आज से तुम हमारी बहू हुईं...रह लो...रह लो...' कह रहा है भुलवा का बाबू।

चिड़िया ननदें

रह गई विराजो भुलवा के घर। घर की बहू बन रह गई। घर के साज-सँवार में लग गई। लग गई सास-ससुर की देखभाल में। विराजो के आने से चमकने लगा घर, जैसे सूरज के सामने चमकता है आईना। आईने के सामने चमकता है चेहरा।

भुलवा की माँ को मिला आराम। आराम मिला भुलवा के बाबू को। इस स्त्री में दम है। दम है इतना कि घर और खेत दोनों सम्हाल रही है। घर के भीतर बहू रहती है। रहते हैं बहू-बेटा घर के बाहर। रसोई से धान के खेत तक रहते हैं बहू और बेटा।

अब भुलवा की माँ देहरी पर बैठी रहती है। जागती रहती है जब तक बैठी रहती है देहरी पर तब तक। बिठा गोद में नाती को रहती है बैठी। बैठा रहता भुलवा का बाबू खेत की मेड़ पर। बहू धान के साथ रहती है खेत में। धान के एक-एक पौधे को सहेजती है बहू। धान को सहेजती बहू को वात्सल्य से देखता रहता है ससुर। कभी-कभी कुछ बोल लेता है। बहू के अकेलेपन को कम करने के लिए धान के बारे में अर्जित अपने ज्ञान को उड़ेलने लगता है बहू के सामने। धान की किस्म और उगने की प्रक्रिया पर सलाह देता रहता है।

बहू जानती है कि बूढ़े के पास उसकी उम्र से भी ज्यादा धान पैदा करने का अनुभव है। अनुभव है कि कैसे फसली कीड़ों से बचाया जाए धान को। कब की जाए निदाई। कोड़ाई कब की जाए। कब कितना पानी परोसा जाए फसलों को। धान के रंग से धान के पकने की लय को कैसे पकड़ा जाए। लगी रहती है बहू खेत में। पर कान उसके लगे रहते हैं ससुर की बात पर। इस तरह धीरे-धीरे खेत के काम-काज में पकती जा रही है बहू। पक रही है बहू, ठीक उसी तरह, जैसे पक रहे हैं धान के पौधे।

भुलवा की याद दिपदिपाती-सी आती है। दीये की रोशनी-सी। आती है ऐसे कि जैसे रोशनी और अँधेरा आ रहे हों साथ-साथ। कभी आती है विराजो के पास। कभी आती है माँ के पास। कभी-कभी बाबू के पास भी आती है।

विराजो के पास आती है रोज। बिला नागा। दिन भर काम-काज से थककर चूर जब वह गिरती है खाट पर, ठीक उसी समय वह आती है। चुपचाप। बहुत देर तक विराजो की खाट तब करवटों से बजती रहती है।

विराजो को हमेशा वह रात याद आती है, जिसमें मिरचुक-भूत और चन्द्रमा थे। था पर सबसे अधिक भुलवा। विराजो ने तो मिरचुक-भूत को भुलवा ही समझा था। चन्द्रमा, जरूर चन्द्रमा रहा उसके सामने। चन्द्रमा तो चन्द्रमा है। मनुष्य से उसकी क्या तुलना है? पर सच तो यही है कि उस रात चन्द्रमा को देख एक क्षण विराजो को यही लगा था कि चन्द्रमा भी भुलवा ही है।

इस तरह कटने लगा समय विराजो का। दिन भर घर-बाहर में। रात कटने लगी करवटों में। इस तरह कटते-कटते समय कट गया पाँच बरस। विराजो का बेटा अब दस बरस का हो चुका है। जाने लगा है शाला। गायों को चराने लगा है। भुलवा के माँ-बाप पाँच बरस में दस बरस बूढ़े हो गए हैं।

सुबह का समय है। घर को झाड़-बुहारकर गोबर से लीप चुकी है विराजो। डोकरा-डोकरी और बेटे को चाय और बासी का कलेवा दे चुकी है। खुद ने सिर्फ चाय पिया है। बची नहीं है बासी आधा कटोरा भी उसके लिए। पर ऐसा होता रहता है। ऐसा चलता रहता है। विराजो खाना बनाने से पहले नहाती है। नहाकर बनाती है खाना। दोपहर का खाना बाँध, अपने और ससुर के लिए, तब निकलती है खेत।

केले के पेड़ों के झुंड की आड़ में विराजो नहा रही है। केले के पेड़ों का यह झुंड, भुलवा के घर के सामने खड़े, आम के पेड़ों से बस कुछ ही कदम दूर है। नहाती विराजो को ढँक-मूँदकर पर्दे में रखने की पूरी कोशिश कर रहे हैं केले के पत्ते।

आम के पेड़ हैं तीन। तीन पेड़ों पर पाँच चिड़ियाँ बैठी हैं। पाँचों चिड़ियाँ देख रही हैं नहाती विराजो को। देख रही हैं केले के पत्तों की आड़ से झलक रहे यौवन को। पहले ये केले के पेड़ नहीं थे यहाँ। थी बस आम की छाया। आम की छाया के नीचे कभी-कभी नहा लेती थी भुलवा की माँ। आमतौर पर तो वह नदी जाती थी नहाने। इन केले के पेड़ों को उगाया है विराजो ने कि जब वह नहाए तो पेड़ की पत्तियाँ दे सकें उसे आड़। उनकी आड़ में वह छिपा सके अपना यौवन। यौवन छिपा सके उन पुरुष आँखों से जो पृथ्वी पर पता नहीं कहाँ-कहाँ टँगी निहारती रहती हैं स्त्री-देह। यही कारण है कि विराजो नदी नहीं जाती है नहाने कभी। नहाती है केले के पत्तों के पर्दे के पीछे।

सोच रही हैं चिड़िया बहनें नहाती विराजो को देख कि पाँच साल हो गए हैं विराजो को भुलवा का इन्तजार करते। कब तक करेगी बेचारी इन्तजार! ढलता जाएगा धीरे-धीरे यौवन। पता ही नहीं चलेगा। क्या कर सकती हैं पाँचों चिड़ियाँ। खोजा है भाई को हर दिशा में और अब तक खोज रही हैं। पाँचों चिड़ियों ने भुलवा के गायब होते ही छोड़ दिया है नदी किनारे का पेड़ वह, जहाँ से वे मछलियों को

भुलवा की टोकनी से उड़ता देखती रही हैं। दिखाती रही हैं रास्ता मछलियों को अपने उस घर का जहाँ वे कभी रही नहीं। रहे हैं बस उनके माँ, बाबू और भाई। माँ, बाबू और भाई के लिए वे मछलियों को घर का रास्ता दिखाती रही हैं।

अब भी खोज रही हैं रोज पाँचों चिड़ियाँ अपने भाई को। अभी उनकी भाभी नहा रही है। नहाते ही वह जाएगी घर के भीतर और लाएगी दो मुट्ठी दाना। दाना डालेगी आम के पेड़ों की छाँव में रखे मिट्टी के एक कटोरे में। दूसरे कटोरे में भरेगी ताजा पानी। चिड़ियाँ पेड़ से नीचे उतरेंगी, दाना चुगेंगी और फिर उड़ जाएँगी भाई की खोज में।

अपनी नहाती भाभी को देख सबसे बड़ी चिड़िया बहन ने मन में सोचा कि देखो तो भौजी की यह गोरी-चिट्टी देह! देह का सौन्दर्य तो देखो! शहद-सा चू रहा है! देह को छूते ही पानी शहद हो रहा है। भाभी तो पके आम-सी है। कोई और यह पका और शहद में लिपटा आम तोड़कर खा लेगा तो बेचारे भुलवा का क्या होगा? रह जाएगा हाथ मलता। लौटकर जब आएगा और यह पाएगा कि विराजो अब उसकी नहीं रही तो क्या होगा उसका? आएगा और फिर तुरन्त लौट जाएगा। इस बार इस तरह लौटेगा कि कभी नहीं आएगा वापस। कुछ भी हो। हो कैसे भी। भुलवा को जल्दी ढूँढ़ना होगा। भौजी के यौवन के नष्ट होने से पहले भाई को लाना होगा। सोचने लगी सबसे बड़ी बहन कि वे पाँचों इन पाँच सालों में कहाँ-कहाँ अपने भाई को ढूँढ़ चुकी हैं और कौन-सी जगह ढूँढ़ने से बची रह गई है। बड़ी चिड़िया बहन ने तुरन्त सारी बातें कहीं अपनी बहनों से और फिर पाँचों चिड़िया बहनें यह सोचने में लग गईं कि वह कौन-सी जगह है जहाँ उन लोगों ने अब तक अपने भाई को खोजा नहीं है।

विराजो रोज पाँच बरस से चिड़ियों को दे रही है दाना। रख रही पानी। पर विराजो को पता नहीं है कि आम के पेड़ पर घोंसला बनाकर बस गईं ये पाँचों चिड़ियाँ उसकी ननदें हैं। चिड़ियों को जरूर पता है कि इस स्त्री ने पहन ली है उनके भाई के नाम की चूड़ी। इस तरह यह स्त्री उनकी भाभी है, यह पता है।

पाँच साल से चुप रही हैं पाँचों चिड़ियाँ। आज नहीं रहेंगी चुप। आज बात करेंगी अपनी भाभी से। पूछेंगी कि क्या करें उसके लिए? किस विधि ढूँढ़ें भुलवा को कि मिल जाए भुलवा? मिल जाए भाभी के यौवन के नष्ट होने से पहले भाभी को। मिल जाए बेटे के बूढ़े होने से पहले बेटे को। क्या विधि अपनाएँ!

जैसे ही विराजो मिट्टी के कटोरों में चिड़ियों के लिए दाना-पानी रख पलटी घर की ओर, उसे आवाज आई। मीठी-सी आवाज एक। पतली-सी आवाज एक, 'भौजी...' पलटी विराजो। पर लगा कि भ्रम है। कोई मनुष्य नहीं है आस-पास फिर कौन देगा आवाज!

जैसे ही पलटी फिर घर की ओर। आवाज आई, 'भौजी...' इस बार विराजो ठिठकी खड़ी रह गई। पलटी नहीं आवाज की ओर। वह इन्तजार करने लगी कि आए

आवाज फिर। इस बार एक साथ पाँच आवाजें आईं, 'भौजी...' पलटी विराजो। आवाज की दिशा की ओर देखा। आवाज आम के तीन पेड़ों की पत्तियों से गिर रही है। बार-बार। जब तक विराजो पहुँच नहीं गई पेड़ों के नीचे यह देखने कि कौन पेड़ों पर बैठा है। दे रहा है आवाज। आवाज आती रही लगातार। बार-बार। भौजी-भौजी।

देखा विराजो ने कि कोई नहीं है पेड़ों पर। बस पाँच चिड़ियाँ हैं। फुदक रही हैं, आम के इस पेड़ से उस पेड़ पर। आम के बौर चोंच में दबाए कर रही हैं कुछ इशारा। सिर चिड़ियों का तेजी से हो रहा है इधर से उधर। बेचैन जैसे कह रही हैं कुछ। कुछ समझ नहीं आ रहा है विराजो को। आम के पेड़ों के बीच ही बैठ गई है विराजो उकड़ूँ। सिर उसका उठा हुआ है ऊपर। देख रही है अब भी वह चिड़ियों को। यह तो पक्का है कि चिड़ियों ने ही पुकारा है उसे भौजी। आस-पास और कोई जीव है नहीं तो और कौन पुकारेगा? बैठी है विराजो पुकार का रहस्य जानने को। पुकार का रहस्य आम के पेड़ों पर इस डाली से उस डाली फुदक रहा है।

सिर उठा ऊपर देख रही विराजो को पेड़ से उड़कर नीचे आती दिखी एक चिड़िया। फिर दूसरी। फिर तीसरी। तीसरी के बाद चौथी। चौथी के बाद पाँचवीं चिड़िया पेड़ से नीचे उतर आई है। पाँचों चिड़ियाँ ठीक विराजो के सामने बैठ गई हैं धरती पर। पाँचों चिड़ियों ने अपनी चोंच में दबाए आम के बौर को विराजो के सामने रख दिया है। आम के बौर जैसे पुष्प-गुच्छ हों।

विराजो ने उठा लिये आम के पाँच बौर। सूँघा उन्हें। उनमें आम होने की आतुरता की खुशबू है। थोड़ी कच्ची और थोड़ी मीठी-सी खुशबू। बौरों को फिर खोंस लिया अपने जूड़े में और चिड़ियों की ओर देख मुस्कुराई।

'भौजी,' कहा सबसे बड़ी चिड़िया ने।

साफ-साफ सुना विराजो ने और चौंक गई कि बीच में बैठी चिड़िया ने उसे पुकारा है भौजी। पाँचों चिड़ियाँ दिखीं मुस्कुराती-सी। मुस्कुराता देख उन्हें मुस्कुराई विराजो भी।

कहा सबसे बड़ी चिड़िया ने कि 'भौजी, हम पाँचों तुम्हारी ननदें हैं। पैदा होते ही चिड़िया बन गई हैं हम। चिड़िया बन गईं इसलिए कि हमारे पैदा होने से घर में खुशी पैदा नहीं हुई।'

'समझ गई...समझ गई, मैं भी लड़की हूँ। मेरे यहाँ पहले पैदा हुआ भाई। भाई की पीठ पर पैदा हुई मैं। इस तरह बच गई चिड़िया बनने से। पहले पैदा होती तो मैं भी बन जाती चिड़िया।' कहा विराजो ने और सहलाने लगी पाँचों चिड़ियाँ के पंखों को बारी-बारी। सहलाती रही देर तक। पाँचों चिड़ियों की आँखों से ढलक रहे हैं आँसू। आँसू ढलक रहे हैं विराजो की आँखों से भी।

'भौजी, सब जगह खोज लिया है हमने अपने भाई को। इन पाँच बरसों में एक-एक जगह कई-कई बार खोजा है। अभी-अभी हम पाँचों ने सोचा है उस जगह के

बारे में, जहाँ हमने अब तक नहीं खोजा है अपने भाई को। सोचा है बहुत कि वह कौन-सी जगह है जो हमसे बची रह गई है। पाया फिर, हम पाँचों ने कि पहाड़ छूट गया है हमसे। हमने हर जगह खोजा है भाई को, पर पता नहीं कैसे हम पहाड़ पर उसे खोजना भूल गई हैं। इन पाँच बरसों में पहाड़ के आस-पास से हमने कितनी बार उड़ान भरी है, पर पहाड़ की चोटी तक गई नहीं हैं कभी। हम बार-बार थककर नदी के किनारे खड़े पेड़ों पर उतर गई हैं। आज हम पाँचों को यह लग रहा है कि हमारा छोटा भाई पहाड़ पर ही होगा। तुम्हारा दुख हमसे देखा नहीं जा रहा है भौजी, हम पाँचों आज ही पहाड़ के लिए उड़ान भरेंगी। हम आज ही नापेंगी पहाड़ को अपनी उड़ान से...' सबसे बड़ी चिडिया ने कहा।

'दीदी, मैं जीवन भर तुम पाँचों ननदों की गुलामी करूँगी, अगर तुम मेरे भुलवा को खोज लाओ। मैं ही जानती हूँ उसके बिना कैसे कट रहे हैं मेरे दिन और रात। दिन पहाड़ है। रात समन्दर है। दिन भर खेत में खटती हूँ कि इतना थककर चूर हो जाऊँ कि बिस्तर पर जाते ही नींद में डूब जाऊँ। पर हुआ नहीं एक रात भी ऐसा आज तक। भुलवा की याद में तड़पती रहती हूँ रात-रात भर। पाँच बरस से कलप रही हूँ। अपनी ही देह के कैद में हूँ पाँच बरस से। पैर पड़ती हूँ तुम पाँचों ननदों के। खोजो अपने भाई को मेरे लिए। खोजो अपने भाई को अपने दाई-ददा के लिए। खोज लो इस गाँव के लिए कि यह गाँव उसके बिना सूना है।' कहा विराजो ने अपनी चिड़िया ननदों से। कहते हुए कई बार छुआ उनके पंजों को और अपने माथे से लगाया उस छुअन को।

'बस, भौजी, मन को सहेज अब...खोजकर ही रहेंगी हम भाई को अपने अब। नहीं खोज पाईं अगर तो अपना मुँह नहीं दिखाएँगी फिर कभी तुम्हें। नहीं आएँगी लौटकर फिर कभी इन आम के पेड़ों पर। नहीं आएँगी लौटकर फिर कभी इस गाँव के आकाश पर। नहीं खोज पाई अपने भाई को तो हमारा यह चिड़िया जन्म व्यर्थ है। व्यर्थ है यह हमारी उड़ान की ताकत। तुम नहीं उड़ सकती हो भौजी! उड़ सकती हैं बस हम। तुम भरोसा रखो हमारी इस ताकत पर जो आसमान को नापती है और छूती है पृथ्वी को—एक छोर से दूसरे छोर तक।' यह कह उड़ चलीं पाँचों चिड़ियाँ।

उन पाँच उड़ानों को उड़ता देखती रही विराजो जब तक दिखती रहीं उड़ानें।

उड़ान

पाँचों चिड़ियाँ उड़कर नदी किनारे पहुँचीं। बैठ गईं एक सलफी के पेड़ पर। सलफी के तने पर बँधी है एक हंडी मिट्टी की। हंडी में बूँद-बूँद जमा हो रहा है सलफी का रस।

सलफी के पेड़ ने चिड़ियों से कहा, 'चिड़िया बहनो, जान रहा हूँ कि तुम सब क्यों आई हो इस पहाड़ के नीचे। जान रहा हूँ कि क्यों आई हो नदी के इस किनारे। जान रहा हूँ कि क्यों मुझ पर बैठ, देख रही हो पहाड़ को कि जैसे नाप रही हो उसकी ऊँचाई। चिन्ता मत करो, तुम पाँचों पहुँच जाओगी पहाड़ की चोटी तक। पर एक उड़ान में नहीं पहुँच पाओगी। लगेंगी पाँच उड़ानें। पहाड़ पर गोल चक्कर लगाते ऊपर उठो। इस तरह तुम पाँचों अपने भाई को खोजते हुए चढ़ोगी पहाड़। जरूरी नहीं है कि तुम्हारा भाई पहाड़ की चोटी पर ही हो, वह पहाड़ पर कहीं भी हो सकता है। पहाड़ पर मनुष्य का जीवन इतना आसान नहीं है, जितना आसान है मैदान में। पहाड़ में जीवन बिखरा हुआ है यहाँ-वहाँ। यहाँ-वहाँ से उसे समेटना पड़ता है।'

'ठीक कह रहे हो सलफी के पेड़, यह अच्छा हुआ कि हम किसी और पेड़ पर बैठने की जगह तुम पर बैठीं। हम तो सीधे चोटी तक उड़ान भरने की सोच रही थीं। यह ठीक है कि हम गोल चक्कर लगाते पहाड़ की चोटी की ओर बढ़ें। इस तरह हम पूरे पहाड़ पर अपने भाई को खोज पाएँगी।' चिड़ियों ने सलफी के पेड़ को कहा।

'उड़ान भरने से पहले हंडी में जमा मेरा यह रस पी लो। यह तुम्हें ताकत देगा। मनुष्य इसे पीते हैं और मस्त रहते हैं। यह हंडी मनुष्य की ही है। मनुष्य मुझसे रोज उतारते रहते हैं मेरा रस। अनन्त रस है मुझमें और अनन्त प्यास है मनुष्यों के पास।' सलफी के पेड़ ने कहा। कहते हुए हँसा जैसे पेड़।

चिड़ियों ने सलफी का रस पिया और सलफी के पेड़ से विदा लेकर उड़ चलीं पहाड़ की चोटी की ओर। छोटी चिड़ियों के छोटे पंखों ने पहाड़ की चोटी को दे डाली चुनौती। पाँचों उड़ती चिड़ियों को देख लगा पहाड़ को कि ये जरूर पहुँच जाएँगी चोटी तक।

पहली उड़ान में, गोल घेरते हुए पहाड़ को, ऊपर उठ रही हैं पाँचों चिड़ियाँ। ध्यान से देखते हुए पहाड़ के एक-एक कोने को, उठ रही हैं ऊपर। उठ रही हैं ऊपर देखते हुए एक-एक झाड़ी झंखाड़ को। अगर पहाड़ पर हुआ भुलवा तो इस बार चिड़ियों की नजर से बच नहीं सकता है। पहली उड़ान में पहाड़ के पाँचवें हिस्से की ऊँचाई नाप ली है चिड़ियों ने। चिड़ियों ने पहाड़ को अपनी उड़ान से एक बटे पाँच हिस्से से कम कर दिया है।

पहली उड़ान के बाद, आराम करने एक सीताफल की लतर पर बैठ गई हैं पाँचों चिड़ियाँ। सीताफल की लतर ने अपनी डाल पर बैठी चिड़ियों से कहा, 'तुम सब बहुत थकी लग रही हो और लग रही हो भूखी। मेरे पास सिर्फ पाँच पके हुए सीताफल हैं। पके हैं जो बिल्कुल अभी-अभी। जैसे ही तुम पाँचों बैठी हो मेरी डाल पर, पके हैं तभी। पके हैं ये फल तुम्हारे लिए। इन्हें खा लो और थोड़ा आराम करो।'

'सीताफल की लतर! फल तो हम पाँचों खा लेंगी। पर बहुत देर कर नहीं पाएँगी आराम। आराम बस तब तक करेंगी कि अपनी साँसें हम सहेज लें। खोजने निकली हैं अपने भाई को। भाई हमारा पक्षी नहीं है। है मनुष्य। हम उसकी बहनें हैं चिड़ियाँ, उड़ रही हैं उसे खोजने। क्या तुमने देखा है किसी लड़के को पहाड़ चढ़ते, आज से दस-ग्यारह बरस पहले?' कहा चिड़ियों ने सीताफल की लतर से।

चिड़ियों की बात सुन हँसने लगी सीताफल की लतर। फिर कहा उसने, 'चिड़ियो, सच तो यह है कि नहीं है मेरी उम्र ग्यारह बरस। है पाँच बरस से कुछ कम ही। तुम्हारा भाई अगर पहाड़ चढ़ते यहाँ से गुजरा होगा तो गुजरा होगा मेरे पैदा होने से पहले। वैसे भी वही पेड़ उसके बारे में बता सकता है, जिसका फल पहाड़ चढ़ते हुए तुम्हारे भाई ने चखा होगा। पेड़ हमेशा अपने फल को खानेवाले को रखते हैं याद। तो तुम्हें ढूँढ़ना होगा कि तुम्हारे भाई ने पहाड़ चढ़ते हुए किस पेड़ के फल को खाया है। वही फल बता पाएगा तुम्हारे भाई के बारे में कुछ।'

चिड़ियों ने सोचा कि पूछेंगी एक-एक पेड़ से तो न जाने कितना समय लग जाएगा। इससे अच्छा तो यही है कि उड़ते हुए खोजें भाई को। यह सोच, खाकर सीताफल, उड़ चलीं पाँचों चिड़ियाँ। गोल चक्कर लगाते उड़ने लगीं पहाड़ की चोटी की ओर। पहाड़ के दो चक्कर में ही साँझ हो गई। थोड़ी ही देर में जब साँझ अँधेरे में घिरी, चिड़ियों ने उड़ना बन्द कर दिया। अँधेरे में दिख रहा है सिर्फ अँधेरा। अँधेरे में भाई को खोजना कठिन है।

दिखा जामुन का पेड़ एक। उतर गईं जामुन के पेड़ पर पाँचों चिड़ियाँ। जामुन के पेड़ के पास जामुन का मौसम नहीं है। जामुन के पेड़ के पास यह मन है कि अपने भाई को इस विशाल पहाड़ पर खोजतीं लगातार उड़ रही भूखी चिड़ियों को, खिला सके जामुन। मन हुआ जामुन के पेड़ का तो पेड़ में तुरन्त उग आए जामुन के फूल।

फूल फिर थोड़ी ही देर में हो गए काले और मीठे जामुन। समझ गईं पाँचों चिड़ियाँ कि जामुन के पेड़ ने उनके लिए ही उगाया है जामुन।

'जामुन के पेड़, हम पाँचों आभारी हैं कि तुम बेमौसम फले हो सिर्फ हमारे लिए। फले तो हो पर अब रात हो गई है और ऐसे में तुम्हारे फल को तोड़ना ठीक नहीं है। तुम्हारा प्रेम समझती हैं हम। रात तक हम रह लेंगी भूखी। सुबह होते ही पाँच-पाँच फल खाकर हम उड़ जाएँगी। इसलिए जामुन के पेड़, तुम सिर्फ पच्चीस जामुन हमारे लिए छोड़, बाकी जामुनों को समेट लो अपने भीतर। बेमौसम इतने जामुन उगाकर अपने को क्षति मत पहुँचाओ।' कहा पाँचों चिड़ियों ने और भूखी ही सो गईं।

जामुन का पेड़ सोच रहा है कि कितनी समझदार और भली चिड़ियाँ हैं पाँचों। कितनी चिन्ता है उनको एक पेड़ की। सोई हुई हैं अभी, पर दिख रही हैं कितनी थकी और भूखी। प्रार्थना की जामुन के पेड़ ने सोई हुई चिड़ियों के लिए कि जिस काम के लिए वे उड़ रही हैं यह कठिन उड़ान, हो जाए वह काम पूरा। भले पहाड़ की चोटी पर मिले उनका भाई, पर मिल जाए। व्यर्थ न जाए चिड़ियों की उड़ान।

इस तरह सीताफल, जामुन, आम, अमरूद के पेड़ों पर रुकते और ढूँढ़ते अपने भाई को चिड़ियाँ पाँचों, आखिरकार पहुँच ही गईं पहाड़ की चोटी पर। पहुँचने में लग गए हैं पूरे पाँच दिन और चार रातें। समय लगा है, पर चिड़िया बहनें पक्के से कह सकती हैं कि उनका भाई पहाड़ के निचले हिस्से में तो नहीं ही है। अपनी उड़ान में पहाड़ के एक-एक हिस्से का चप्पा-चप्पा छान मारा है उन पाँचों ने। उन पाँचों ने अपनी उड़ान से पहाड़ को मथ डाला है।

पहाड़ भी परेशान हुआ है। उसमें खलबली मच गई है। इन चिड़िया बहनों ने मचाई है खलबली। इसी को कहते हैं कि करे कोई और भरे कोई! सारा किया-धरा तो शंकर देवता का है। भुलवा को रोका शंकर ने है। भुलवा को ग्यारह बरस से नाचा विद्या वे सिखा रहे हैं। उनके कहने पर ही पहाड़ ने मिटाया है मनुष्य की पगडंडियाँ। उनके कहने पर ही मनुष्य का चढ़ना पूरी परह निषिद्ध किया है पहाड़ ने। अपने ऊपर उगाए हैं असंख्य झाड़-झंखाड़। ग्यारह बरस से एक भी मनुष्य इस पहाड़ पर नहीं चढ़ा है। ग्यारह बरस में पहली बार ये पाँच चिड़ियाँ चढ़ी हैं पहाड़ पर। चढ़ी हैं अपनी उड़ान से। इन पाँचों चिड़ियों को देवता भी नहीं रोक सकते हैं। पहाड़ क्या रोक पाएगा?

पाँचों चिड़ियाँ, आखिरकार पाँच उड़ानों से पहाड़ की गोलाई काटती, पहाड़ की चोटी पर पहुँच गई हैं। दोपहर हो चुकी है। पहाड़ धूप से नहा रहा है। चिड़ियों को लग रही है भूख। देखा उड़ते हुए ही इधर-उधर चिड़ियों ने। दो तालाब दिखे।

दिखी अमराई तालाबों के बीच। सोचा चिड़ियों ने कि अमराई में कर लें आराम थोड़ी देर। कुछ खाने को मिल जाए तो तालाब का जल पी लें। कितना स्वच्छ दिख रहा है इन तालाबों का जल। नीला और पारदर्शी।

आम के पेड़ पर बैठ चिड़ियों ने देखा आस-पास कि खाने को दिखे कुछ। पर दिख नहीं रहा है कुछ। अमराई में दूर-दूर तक बस आम के पेड़ हैं। आम तो दूर की बात है। एक भी पेड़ में नहीं है एक भी बौर। रात भर से भूखी हैं पाँचों चिड़ियाँ।

आम के पेड़ पर भूख से फुदकती चिड़ियों को देख रुपई तालाब ने सोनई तालाब से कहा, 'देखो, ये पाँचों चिड़ियाँ भूख से व्याकुल दिख रही हैं। हमें इनके खाने के लिए कुछ देना चाहिए।' सोनई ने कहा, 'हमारे पास फल तो है नहीं, हैं बस मछलियाँ। हम वही दे सकती हैं। पाँच मछलियाँ तुम अपने किनारे रख दो। पाँच मैं अपने किनारे रख देती हूँ। देखेंगी चिड़ियाँ तो खा लेंगी। पाएँगी चिड़ियाँ तो खा ही लेंगी। चाहेंगी चिड़ियाँ तो खा लेंगी।'

'ठीक है,' कहा रुपई ने और पाँच मछलियाँ अपने अमराई वाले किनारे में रख दीं। रख दीं पाँच मछलियाँ अपने अमराई वाले किनारे में सोनई ने भी। दोनों इन्तजार करने लगीं कि चिड़ियाँ देखें मछलियाँ और खाने उन्हें उतर आएँ किनारे पर।

भूखी चिड़ियों को तुरन्त दिख गई हैं सोनई-रुपई के किनारे रखी मछलियाँ। उतरीं आम के पेड़ से पाँचों चिड़ियाँ। सोचीं कि पहले रुपई के किनारे जाएँ या जाएँ सोनई के। लगा उन्हें रुपई का किनारा थोड़ा ज्यादा है पास सोनई के किनारे से। तो वे उड़ चली हैं रुपई के किनारे की ओर। ठीक किनारे पड़ी मछलियों के पास आकर बैठ गई हैं। बैठीं और खाना शुरू कर दिया है मछलियों को। भूखी चिड़ियों को हड़बड़ मछली चुगते देख हँसी आई रुपई को। हँसी आई तो रुपई का पानी छलक-छलक बढ़कर आ गया किनारे से बाहर। बाहर आ गया पानी किनारे पर पड़ी मछलियों के पास तक। आया तो खींच ले गया मछलियों को वापस अपने भीतर। औचक देखती रह गईं पाँचों चिड़ियाँ। यह क्या हुआ?

रुपई को भी लगा कि यह क्या हो गया है? हँसी ने उसकी भूखी चिड़ियों को परेशान कर दिया है।

रुपई ने चिड़ियों से कहा, 'माफ करना चिड़िया बहनो, मैं नहीं चाहती थी कि मछलियाँ वापस ले लूँ...चाहती तो यह थी कि तुम पाँचों भरपेट खाओ मेरे जल में पली मछलियाँ...पर मैं अपनी हँसी रोक नहीं पाई...हँसी मैं तो छलक आया मेरा जल बाहर...जल ने देखी मछलियाँ तो समेटकर ले चला मेरे भीतर। यह जो हुआ, उसका दोषी मेरे भीतर का जल नहीं है। दोषी हूँ मैं। इसलिए माफ करो मुझे। यह तो बड़ा अपराध हो गया है। किसी भोजन करते हुए से भोजन छीन लेना अक्षम्य अपराध है। चिड़िया बहनो, मुझे अब मछलियाँ इकट्ठी करने में लगेगा थोड़ा समय। तुम लोग तब तक चली जाओ सामने सोनई के किनारे। सोनई ने भी तुम्हारे

लिए पाँच मछलियाँ रखी हैं अपने किनारे। चुग आओ उन मछलियों को। मुझे पूरा विश्वास है कि हँसेगी नहीं सोनई तुम्हें मछली चुगता देख। सोनई हँसती कम है, सोचती ज्यादा है। मैं सोचती कम हूँ, हँसती ज्यादा हूँ। यही हम दोनों में बड़ा अन्तर है।'

रुपई की बात सुन पाँचों चिड़ियाँ बहनें उड़ चलीं सोनई के किनारे की ओर। मिल गईं सोनई के किनारे पाँच मछलियाँ। सोनई चिड़ियों को मछली चुगता देख हँसी नहीं। मुस्कुराई बस। सोनई के मुस्कुराने से जल इतना नहीं बढ़ा कि किनारे से बाहर आ जाए और समेटकर ले जाए मछलियाँ अपने भीतर। पाँचों चिड़िया बहनें आराम से चुगती रहीं मछलियाँ और उन्हें मुस्कुराते हुए देखती रही सोनई।

सोनई के किनारे की मछलियाँ जब खत्म हो गईं और बची रह गईं जब उनकी बारीक हड्डियाँ बस तो उड़ी पाँचों चिड़ियाँ। पहुँच गईं रुपई के किनारे। वहाँ रुपई ने अब फिर से रख दी हैं पाँच मछलियाँ। इस बार नहीं हँसी है रुपई। मुस्कुराई तक नहीं है। आराम से चुगती रहीं पाँच चिड़िया बहनें पाँच मछलियाँ।

पेट भर जाने के बाद चिड़िया बहनों ने कहा सोनई-रुपई से कि खोजने आईं हैं हम अपने भाई को। भाई हमारा नहीं है पक्षी। वह है मनुष्य। उम्र जिसकी अब हो गई होगी छब्बीस बरस या ज्यादा से ज्यादा होगी सत्ताईस। देखा है क्या तुमने उसे रुपई ? सोनई क्या तुमने देखा है उसे ? अमराई के इस पार से उस पार और उस पार से इस पार उड़-उड़कर पूछा दोनों तालाब बहनों से चिड़िया बहनों ने।

'अरे, ठीक जगह पहुँच गई हो तुम पाँचों। ग्यारह बरसों से रोज सुबह-शाम नहा रहा है तुम्हारा भाई हमारे जल से। सुबह मेरे जल से तो शाम सोनई के जल से। शाम मेरे जल से तो सुबह सोनई के जल से। तुम लोगों का भाई भुलवा सीधा है इतना कि किसी को दुखी करना नहीं चाहता है। न हमें। न पेड़ को। न पशु को। न पक्षी को। न तारों को। न आसमान को। न पहाड़ को। न देवता को। जब से आया है पहाड़ पर, ले आया है जीवन। जीवन और ज्यादा अपने साथ। जब से आया है पहाड़ पर जीवन ही जीवन है। भुलवा तुम्हें दिख जाएगा किसी पेड़ के नीचे। बजाता बाँसुरी। उसकी बाँसुरी सुनने जहाँ पेड़ों पर बैठी होंगी चिड़ियाँ। गिलहरियाँ ठिठकी पेड़ों की शाखों पर सुन रही होंगी उसकी बाँसुरी। हिरणों का झुंड होगा उसके आस-पास। सुनता उसकी बाँसुरी की मधुर ध्वनि। शान्त रहो और ध्यान से सुनो, फड़फड़ाओ मत अपने पंख बिल्कुल। सुनो ध्यान से बारीक उस आवाज को जो निकल रही है बाँसुरी से और आ रही है दूर कहीं से। सुनो उसे और उड़ो उस ओर।' कहा रुपई ने और स्वयं बाँसुरी के स्वर को सुनने के लिए शान्त हो गई।

उड़कर गईं पाँचों चिड़ियाँ सोनई के पास। सोचा सोनई की भी सलाह ले लें। वैसे भी पाँचों चिड़ियों को सोनई लगी है रुपई से ज्यादा गम्भीर और समझदार। इस तरह चिड़ियों का सोचना कुछ गलत नहीं था। वे पाँचों अपने भाई को जल्द से जल्द

पाना चाह रही थीं। सोनई ने भी चिड़ियों से वही कहा जो कहा रुपई ने और वह भी बाँसुरी के स्वर को सुनने के लिए शान्त हो गई।

चिड़िया बहनें आम के पेड़ों पर इधर-उधर हो रही हैं। ढूँढ़ रही हैं एक चुप-सी जगह, जहाँ से वे अपने भाई की आवाज को ध्यान से सुन सकें। आम के पेड़ों की पत्तियाँ हवा में बोल रही हैं इतना अधिक कि अमराई से किसी महीन आवाज को पकड़ना मुश्किल है। यह सोच पाँचों चिड़िया बहनें उड़ीं और उड़कर जा बैठीं एक ऊँची चट्टान पर जो आसमान की ओर उठी हुई है। दूर है आम के पेड़ों से। शान्त है चट्टान। अकेली है चट्टान।

चट्टान पर बैठी हैं चिड़िया बहनें चुप। सुनने की कोशिश कर रही हैं भाई की बाँसुरी। समय फिसल रहा है साँझ की ओर। बैठी हैं चिड़िया बहनें चुपचाप लगाए कान। समय पर बिल्कुल ध्यान नहीं है उनका। ध्यान है पूरा बाँसुरी की आवाज की ओर कि सुनेंगी उसे और मिलेगा भाई। चिड़ियाँ इतनी एकाग्र हैं कि अपनी साँसों की धक्-धक् को भी नहीं सुन पा रही हैं।

आखिरकार, कुछ समय बाद बाँसुरी की दूर से आती महीन आवाज को चिड़ियों ने सुन लिया। सुना पाँचों ने एक साथ। एक साथ उड़ीं पाँचों फिर आवाज की ओर। आवाज की डोर पकड़ उड़ीं।

पहुँच गईं पाँचों चिड़ियाँ जल्द ही वहाँ, जहाँ बजाता बाँसुरी बैठा है उनका भाई। कदम्ब के पेड़ से पीठ टिकाए बैठा है भाई। सिर पर पहने खुमरी जो सजी है रंग-बिरंगे फुँदनों और कौड़ियों से। पहन रखा है भाई ने गहरे नीले रंग की बंडी, जिसमें पीले तोते उड़ रहे हैं बंडी के नीले आसमान में। लाल रंग की धोती बाँध रखी है उसने घुटनों तक। चटक रंगों से सजा भाई, आँखें बन्द किए, मगन बजा रहा है बाँसुरी।

जब सुना है चिड़ियों ने बजी है बाँसुरी तभी। मधुर ध्वनि बाँसुरी की झर रही है पहाड़ पर। बाँसुरी की ध्वनि से भीग रहा है पहाड़। पहाड़ पर उगे पेड़ भीग रहे हैं। सोनई-रुपई की सतह पर तैर रही है बाँसुरी की ध्वनि। भीग रहा है बाँसुरी की ध्वनि से सब कुछ। चिड़ियाँ, गिलहरियाँ और हिरणों का झुंड भीग रहा है। भीग रही है पहाड़ की चोटी, चट्टानें, खोह, हवा, धूप...

कदम्ब के पेड़ पर बैठ गई हैं पाँचों चिड़िया बहनें। भाई की बाँसुरी की ध्वनि सबसे ज्यादा गूँज रही है चिड़िया बहनों के भीतर। सुन रही हैं चिड़िया बहनें बाँसुरी की ध्वनि को सबसे ज्यादा। भाई को देख पाँचों की आँखें भर आई हैं। थोड़ी ही देर में, टप्-टप् गिरीं पाँच जोड़ी आँखों से पाँच जोड़ी आँसू की बूँदें। गिरे चिड़िया बहनों के आँसू सीधे बाँसुरी में मगन भाई के चेहरे पर। रुक गई है बाँसुरी। भाई ने सिर उठा ऊपर देखा है। दिखी हैं पाँच चिड़ियाँ। दिखी हैं आँसू से डब-डब आँखें लिये। ओह, भाई के मुँह से निकला— चिड़ियों के आँसू।

भाई, बाँसुरी में ओठ लगाने ही वाला है कि कदम्ब के पेड़ से पाँच आवाजें गिरीं, 'भैया...भैया...भैया...भैया...भैया...'

बैठे-बैठे ही सिर उठाकर देखा भाई ने। दिखा कि पेड़ पर बैठी चिड़ियाँ पुकार रही हैं भैया-भैया। गिना चिड़ियों को तो गिनती गई पाँच तक। एक साथ बैठी हैं पाँचों। पाँचों एक साथ पुकार रही हैं भैया...भैया...

उठ खड़ा हुआ है भाई। बाँसुरी को चिड़ियों की पुकार ने चुप कर दिया है। कदम्ब के पेड़ पर बैठी चिड़ियों को देख रहा है भाई। भाई सुन रहा है उनकी पुकार। ये कहाँ से बहनें आ गई हैं, सोच रहा है। बहनें वे भी चिड़ियाँ! सुना है उसने कि उससे पहले पैदा हुई थीं पाँच बहनें। पैदा हुईं पर कोई बचीं नहीं। क्या हुआ उनके साथ कोई ठीक-ठीक कभी बताया नहीं है। बच्चों का पैदा होना और पैदा होते ही मर जाना सामान्य बात है। अगर गरीबी सामान्य है तो यह भी है सामान्य। पर ऐसा एक-दो बच्चों के साथ हो सकता है। हो जाए पाँच के साथ तो यह विचित्र है। भाई ने सोचा कि ऐसा कैसे हो सकता है कि उसके पहले पैदा हुई हैं पाँच बहनें और नहीं रहीं पाँचों...

चिड़ियों ने देखा कि सुन ली है भाई ने उनकी पुकार और देख रहा भाई ध्यान से उनको तो चुप हो गई हैं वे सभी। कदम्ब की ऊपर की डगाल से नीचे की डगाल पर उतर आई हैं। नीचे आईं कि भाई ठीक से देख सके उन्हें। पहचान सके भाई अपनी सगी बहनों को ठीक से। एक ही खून दौड़ रहा है भाई और चिड़ियों के भीतर। यह अलग बात है कि भाई मनुष्य है और चिड़ियाँ तो चिड़ियाँ हैं ही।

सोचा कुछ भाई भुलवा ने और कहा चिड़िया बहनों से कि अगर तुम सच में मेरी बहनें हो तो सबसे बड़ी बहन आकर मेरे सिर पर बैठ जाए। उससे छोटी दो बैठ जाएँ मेरी दाहिनी भुजा पर। बैठ जाएँ सबसे छोटी दो बहनें मेरी बाईं भुजा पर। अगर तुम पाँचों मेरी सगी बहनें होंगी तो भुजा फड़फड़ाएगी नहीं मेरी। सिर चकराएगा नहीं मेरा। मैं समझ जाऊँगा कि तुम पाँचों मेरी सगी बहनें हो।

एक क्षण नहीं लगाया चिड़ियों ने और सबसे बड़ी बहन आकर बैठ गई भुलवा के सिर पर। बड़ी बहन के पीछे-पीछे छोटी चारों उड़ीं कदम्ब के पेड़ से और आकर बैठ गईं भुलवा की फैली हुई भुजाओं पर। चिड़ियों के बैठने से नहीं चकराया भुलवा का सिर। फड़फड़ाईं नहीं भुजाएँ। समझ गया भुलवा कि पाँचों चिड़ियाँ सगी बहनें हैं उसकी। बचपन से भुलवा के पास उड़ती-उड़ती यह खबर है कि मरी नहीं थीं उसकी बहनें। बहनें पैदा होते ही चिड़िया बन उड़ गई थीं। आज अपनी बहनों को पा गया है भुलवा। चिड़िया रूप में हैं तो क्या हुआ, हैं तो उसकी बहनें! चिड़िया हैं तो है उड़ान उनके पास। उड़ान है इसलिए खोज पाई हैं भाई को। भरकर ऊँची उड़ान आ गई हैं पहाड़ पर।

खुश हो नाचने लगा है भुलवा। फैली भुजाएँ गोल-गोल घूम रही हैं। देह घूम रही है गोल-गोल। चिड़ियाँ घूम रही हैं गोल-गोल। मटक-मटक नाच रहा है भुलवा गोल-गोल। पहाड़ ग्यारह बरसों से रोज देखता आ रहा है भुलवा का नाच हर रात। आज देख रहा दिन में पहली बार। देख रहा है कि नाच रहा है भुलवा बिना शंकर देवता के...बिना भूत-पिशाचों के नाच रहा है...नाच रहा है अकेला...

बहनों को अपनी बिठाए अपनी भुजाओं और सिर पर नाचता रहा भुलवा। नाचता रहा और नाचता रहा। घबरा गई हैं बहनें। चिड़ियाँ हैं, पर नृत्य की इस तीव्रता की वे नहीं हैं आदी। यह तो उनके भाई की साधना है जो ऐसे अद्‌भुत नृत्य में पारंगत है। ग्यारह बरस की साधना। तपस्या ग्यारह बरस की इस पहाड़ पर।

'बस भुलवा बस, इतना मत नाच, मुझे आ रहा है चक्कर...' भुलवा के सिर पर बैठी सबसे बड़ी बहन ने कहा।

नाचते-नाचते अब रुक गया है भुलवा। थककर बैठ गया है। भुलवा बैठा है कदम्ब के पेड़ से टिककर। थोड़ी देर पहले ठीक ऐसे ही बैठा था बाँसुरी बजाते हुए।

चिड़िया बहनें धरती पर बैठी हैं ठीक उसके सामने। बैठी है सबसे बड़ी चिड़िया बहन बीच में। बड़ी बहन के आजू और बाजू दो-दो छोटी बहनें बैठी हैं। आस-पास कदम्ब के गोल फूल हैं धरती पर। जैसे छोटी-छोटी बहुत-सी धरतियाँ हैं धरती पर। कदम्ब के फूलों की धीमी खुशबू पर बैठी हैं पाँचों चिड़िया बहनें। बैठी हैं देखतीं, थकान से हाँफते अपने छोटे भाई को। खुशी से इतना नाच लिया है भुलवा कि हाँफ रहा है। उसके हाँफने से हाँफ रहा है कदम्ब का पेड़। कदम्ब के पेड़ के हाँफने से झर रहे हैं और ज्यादा कदम्ब के फूल धरती पर।

साँझ अभी आई नहीं है। भाई ने देखा, टुकुर-टुकुर निहारती चिड़िया बहनों को। लगा अचानक उसे कि भूखी होंगी बहनें। कहा भाई ने कि बहनो, तुम उड़ो मेरी झोंपड़ी तक। आओ मेरे पीछे-पीछे। बहुत-सा कन्द-मूल, फल-फूल और अनाज है मेरी झोंपड़ी में। आओ बहनो, जो मर्जी खाओ और आराम करो मेरी झोंपड़ी में। पहले इस पहाड़ पर नहीं पैदा होता था अन्न। तुम सब यह जानकर खुश होओगी, तुम्हारे भाई ने ही पहली बार इस पहाड़ पर बोया है धान। पहली बार पहाड़ ने पाया है अन्न।

'यह तो सच में अच्छी बात है भैया! हम इस पूरी उड़ान में दाना नहीं चुग पाई हैं। कहीं हमें मिला ही नहीं एक भी दाना। सीताफल, जामुन, आम, अमरूद के पेड़ों ने दिया है हमें न्योता। पूरी उड़ान भर खाया है हमने फल। पहाड़ की इस चोटी पर जब हम यहाँ आईं तो बहुत भूखी थीं। हमारी भूख को समझा कोई यहाँ तो समझा सोनई-रुपई तालाब ने। दोनों ने पाँच-पाँच मछलियाँ रख दीं अपने-अपने किनारों पर हमारे लिए। अभी-अभी हम पाँचों ने उन मछलियों को चुगा है। भरा है पेट अभी हमारा। अब रात को ही हम चुगेंगी अन्न।' बड़ी बहन ने कहा।

'ठीक है बहन, जैसी तुम्हारी इच्छा। मैं तो इसी बात से खुश हूँ बहुत कि मैंने पा लिया अपनी बहनों को...'

'भैया, भौजी कर रही है तुम्हारा इन्तजार...इन्तजार में तुम्हारे घुलती जा रही है भौजी।' कहा सबसे बड़ी चिड़िया बहन ने।

लगा भुलवा को कि मेरी तो शादी ही नहीं हुई है तो कहाँ से कोई हो जाएगी मेरी औरत और बन जाएगी इन चिड़ियों की भौजी! भुलवा को शक हुआ कि सच में ये पाँचों चिड़ियाँ उसकी बहनें हैं भी या कर रही हैं ठिठोली उससे।

बात सुन हँसा भुलवा तो समझ गईं बड़ी चिड़िया बहनें कि भुलवा तो ग्यारह बरस से अटका हुआ है इस पहाड़ पर। उसके गाँव से जाने के बाद क्या-क्या घटा है गाँव में और घटा है उसके माँ-बाबू के जीवन में, यह बेचारा कैसे जान सकता है!

'भैया, हम पर सन्देह मत करो। तुम्हारे इस पहाड़ पर आने के बाद बहुत कुछ घट गया है नीचे। बहुत कुछ घटा है विराजो के जीवन में भी, जिसके विछोह में तुमने छोड़ा है गाँव और छोड़ दी है दुनिया नीचे की। विराजो आ गई है तुम्हारे घर। पहन ली है उसने तुम्हारे नाम की चूड़ी। पत्नी बन तुम्हारी सम्हाल रही है तुम्हारा घर, खेत, खलिहान। देखभाल कर रही है माँ-बाबू की। कर रही है तुम्हारे लौटने का इन्तजार सुबह-शाम। पके आम-सी है विराजो भौजी। भैया, मेरी बात समझो कि पका आम टपककर गिर जाए पेड़ से और पड़े-पड़े सूख जाए, इससे अच्छा तो यह है कि आम को पेड़ से तोड़कर खा लो। चलो हमारे साथ। उतरो पहाड़। नीचे चलो। चलो घर। चलो विराजो के पास। सिर्फ विराजो नहीं कर रही है इन्तजार। बेटा भी है वहाँ तुम्हारा। विराजो और तुम्हारे प्रथम मिलन की निशानी है वह। हम चिड़ियाँ हैं, हमसे क्या छुपा है। इसलिए छोटे भाई सोचो मत। बस चलो।' कहा सबसे बड़ी चिड़िया बहन ने।

बहन की बातें सुन भुलवा की आँखें डबडबा आईं। उसका मन हुआ कि तुरन्त अभी पहाड़ उतरना शुरू कर दे चिड़िया बहनों के साथ वह। पर वह ऐसा कर नहीं सकता है। वह वचनबद्ध है शंकर देवता के साथ। वह नाचा के साथ प्रतिबद्ध है। नाचा में आने वाला है विराजो का पात्र। इसलिए आई हैं चिड़िया बहनें। निमित्त हैं बस। लीला है देवता की। सोचा मन ही मन भुलवा ने और कहा अपनी चिड़िया बहनों से कि चलो, तुम सब मेरी झोंपड़ी में चलो...थकी होगी जाने कितनी...वहीं करना आराम। इतना कह उठ खड़ा हुआ है भुलवा और चल पड़ा है झोंपड़ी की ओर। उसके पीछे-पीछे उड़ रही हैं चिड़िया बहनें।

वापसी

चिड़िया बहनें अपने भाई की झोंपड़ी को देख बहुत खुश हुईं। रंग-बिरंगे पत्थरों की है झोंपड़ी। घास की छत है। झोंपड़ी के पीछे थोड़ी ही दूर पर गिर रहा है एक झरना। झरने की आवाज गिर रही है झोंपड़ी के भीतर-बाहर। झरने की आवाज़ में डूबी हुई झोंपड़ी में रहता है भाई। यह ऐसी आवाज है जो सुबह, दोपहर, रात झोंपड़ी के साथ है।

झोंपड़ी में सूखी घास और पेड़ की लतरों से बुने दो बिस्तर हैं। एक खाट पर बिछा है। बिछा है एक झोंपड़ी की फर्श पर। सिरहाना नहीं है। दो मोटे कम्बल बालदार जो दरअसल किसी काले रंग के जानवर की त्वचा रहे होंगे, करीने से तह कर सिरहाने की जगह रखे हुए हैं। भाई के पीछे-पीछे उड़कर झोंपड़ी के भीतर आई बहनें अब बैठ गई हैं खाट की पाटी पर।

दो बिस्तर देख हँस रही हैं बहनें। एक आदमी के लिए दो बिस्तर...समझ गया भुलवा कि क्यों हँस रही हैं बहनें।

कहा भुलवा ने कि जिस खाट पर तुम सब बैठी हो, वह मेरी नहीं है। मैं तो यहाँ नीचे सोता हूँ धरती पर। खाट पर सोते हैं मेरे नाचा-गुरु। सोते हैं बस सुबह-सुबह थोड़ी देर। देर रात तक करते हैं हम नाचा का अभ्यास। दिन को हम कर नहीं सकते हैं। गुरु के संगी-साथी भूत-पिशाच आ नहीं सकते हैं दिन में करने नाचा का अभ्यास। गुरु का तो ठीक है, पता नहीं कितने वर्षों से भूत-पिशाचों के साथ कर रहे हैं नाचा का अभ्यास। पर इन ग्यारह बरसों में ग्यारह पूरी रात नहीं सो पाया हूँ मैं। सोता हूँ दिन में ही। जब मिलता है समय, जहाँ आती है नींद, सो लेता हूँ। कभी कदम्ब के पेड़ के नीचे। कभी अमराई में आम के पेड़ों की छाया में। कभी रुपई के किनारे। किनारे कभी सोनई के। कभी चट्टान के नीचे की किसी गुफा में। कभी इस झोंपड़ी में। नींद जगह कहाँ देखती है? भूत नहीं हूँ। न हूँ पिशाच। पर जाग रहा हूँ रात-रात भर। सो रहा हूँ दिन-दिन भर। किसी तरह नींद पूरी कर ही लेता हूँ।

भुलवा का इतना कहना हुआ कि झोंपड़ी के दरवाजे पर दिखे शंकर देवता। उन्हें देखते ही भुलवा साष्टांग प्रणाम की मुद्रा में आ गया है। कन्धा पकड़ भुलवा

को उठाया शंकर ने जैसे उठाते हैं रोज और चिड़ियों की ओर देख कहा कि तो आ गईं तुम्हारी बहनें तुम्हें खोजतीं...

पाँचों चिड़िया बहनों ने जब देखा कि भुलवा का गुरु कोई और नहीं, स्वयं शंकर देवता हैं तो तुरन्त खाट की पाटी से उड़ देवता के चरणों के पास बैठ गई हैं धरती पर। कर रही हैं प्रणाम देवता को अपना-अपना नन्हा सिर झुका-झुका बार-बार। चिड़ियों का डर देवता के गले में लिपटा हुआ है। फुफकारता सर्प। पर डरी नहीं चिड़िया बहनें। सोचा उन्होंने कि देवता के साथ है जो सर्प, थोड़ा बहुत देवत्व तो उसमें आ ही गया होगा। वह जानता होगा कि किसे डसना है और निगलना है किसे।

चिड़ियों ने जो सोचा है मन में अभी-अभी, उसे शंकर ने सुन लिया है। मुस्कुराए शंकर। देख चिड़िया बहनों की ओर कहा कि डरो मत न इस सर्प से और न इस बाघ-चर्म से। हैं तो दोनों ही जीवित, पर आहार इनका मेरा मन है। यह समझ लो कि मेरा जो आहार है, उसी से अपने आप तृप्त होते हैं दोनों। बाघ और सर्प।

रहा-सहा भय भी निकल गया चिड़िया बहनों के दिल से। सहज हो गईं पाँचों बहनें। देवता को प्रणाम कर कहाँ बैठें...कहाँ बैठें सोचते हुए भाई भुलवा की खुमरी पर जाकर बैठ गई हैं।

मुस्कुराए शंकर। कहा सही जगह बैठी हो। पाँचों बैठी हो भाई के सिर पर। पर यह अच्छा है कि तुम भाई-बहन एक साथ हो। रहो हमेशा एक साथ। एक-दूसरे के दुख-दर्द में एक-दूसरे का साथ दो। प्रेम करो एक-दूसरे से हमेशा। सुख से रहो साथ एक-दूसरे के।

भुलवा ने देवता को खुश देख सोचा कि यही सही समय है कि माँग लेता हूँ गाँव वापस जाने की अनुमति। सिर पर बैठी बहनों को भूल, तुरन्त गिर पड़ा वह देवता के चरणों में। चिड़िया बहनें छोड़ भाई की खुमरी उड़ने लगीं झोंपड़ी के भीतर। उड़ रही हैं चिड़िया बहनें झोंपड़ी के इस कोने से उस कोने तक। फड़फड़ाते पंखों की उड़ती आवाज है इस कोने से उस कोने तक। झरने की आवाज के साथ अब चिड़ियों के उड़ने की आवाज घुल-मिल रही है।

देवता के चरणों पर पड़ा है भुलवा। पड़े-पड़े ही याचना की उसने कि चिड़िया बहनें मेरी, लेने आई हैं मुझे...सन्देश लाई हैं कि विराजो ने पहन ली है मेरे नाम की चूड़ी...एक पुत्र है मेरा...जन्मा विराजो की कोख से...जिसने अब तक देखा नहीं है मुझे। माँ-बाबू दुखी हैं...दुखी है पाँचों चिड़िया बहनें मेरी...दुखी हैं मेरे गाँव के पशु-पक्षी, तालाब-नदी, खेत-खलिहान, छानी-झोंपड़ी, धरती-आकाश...देवता जाने की आज्ञा दो मुझे और सबका दुख दूर करो...

यह कह रोने लगा है भुलवा। देवता के चरण भुलवा के आँसू से भीग रहे हैं।

'उठ, बेटा भुलवा उठ,' कहा शंकर ने और झुके शंकर। कन्धों से पकड़ उठाया

भुलवा को। भुलवा हाथ जोड़ खड़ा हो गया है शंकर देवता के सामने। भुलवा को खड़ा देख पाँचों चिड़िया बहनें आकर फिर बैठ गई हैं खुमरी पर।

मुस्कुराए शंकर। फिर कहा, 'समझता हूँ मैं, तुमने ग्यारह साल नाचा किया है मेरे साथ। की है तपस्या ग्यारह साल नाचा को पाने की। सफल रहे हो तुम। तुम नाचा की एक-एक बारीकी को सीख गए हो। यह जानता हूँ मैं। यह भी जानता हूँ कि तुमने अपनी बहनों को देख अकेले किया है आज नृत्य अद्‌भुत। पर सीखना अनन्त है बेटा। अन्त नहीं है इसका कोई। यह प्यास है ऐसी जो असमाप्त प्यास है। बस लगता है कि हम सब कुछ सीख गए हैं, पर कहाँ सीख पाते हैं...कहीं न कहीं कुछ बचा रह जाता है...'

अचानक चुप हो गए शंकर। सोचने लगे कुछ। फिर कहा भुलवा से कि जा सकते हो तुम, पर हमारा नाचा रह जाएगा अधूरा कि अभी हम बस पहुँचने ही वाले हैं विराजो के पात्र तक। ले आते विराजो को यहाँ तो हमारा नाचा हो जाता पूरा। भूत-पिशाच बिचारे फिर हो जाएँगे दुखी। पता नहीं कितनी बार हमने कोशिश की है, पर हम नाचा की पूरी कथा नहीं रच पाए हैं। बिचारे भूत-पिशाच, उन्हें मनुष्य योनि तभी मिल सकती है जब नाचा की पूरी कथा मेरे सामने कर पाएँगे। कितनी लालसा है उनके भीतर मनुष्य योनि को लेकर। अजीब बात है पर भूत-पिशाच जिस मनुष्य योनि से आए हैं, पाना चाहते हैं फिर उसे ही। भुलवा, तुम्हारे जाने से और विराजो को साथ लेकर यहाँ नहीं आने से, सबसे ज्यादा दुखी भूत-पिशाच ही होंगे। ग्यारह बरस का प्रयत्न उनका धूल में मिल जाएगा। तुम्हारे ग्यारह पूर्व जन्म में ग्यारह प्रयत्न वे पहले ही कर चुके हैं। बेचारे भूत-पिशाच! शायद यही उनकी नियति है। पर चलो, ठीक है। मैं अपने नाचा को अभी इसी क्षण समाप्त घोषित करता हूँ। अब तुम्हें लौटकर आने की आवश्यकता नहीं है।

जैसे ही शंकर देवता ने यह घोषित किया, भुलवा उनके चरणों पर लोट गया। भुलवा के साथ चिड़िया बहनें भी उतर आईं देवता के चरणों पर। देवता के चरण एक मनुष्य और पाँच चिड़ियों के आँसू से भीग रहे हैं। मौन हैं शंकर। सिर झुका देख रहे हैं अपने चरणों की ओर। सोच रहे हैं कुछ। शायद सोच रहे हैं कि भूत-पिशाचों को कैसे समझाएँगे यह बात कि नाचा, कथा में अधूरा रह गया हैं। पता नहीं अब कब होगा पूरा। ग्यारह साल लगे हैं यहाँ तक की कथा तक पहुँचने में। और कितने बरस लगेंगे कथा को पूरी होने में। पता नहीं कि लगेंगे कितने मनुष्य जन्म। यह भुलवा का अन्तिम जन्म है। अन्तिम जन्म है यह विराजो का। जन्म मनुष्य योनि में है यह अन्तिम इन दोनों का। कथा इस जन्म में अगर नहीं हुई पूरी तो कभी नहीं होगी पूरी।

सोचा देवता ने कि अब नाचा की यह कथा जो पहाड़ पर भूत-पिशाचों और भुलवा के साथ रची है उन्होंने और भुलवा के जाने से अधूरी रह जाएगी जो, उसे

अब पूरी कर सकता है बस भुलवा ही। हो गया है वह नाचा में पारंगत। नीचे विराजो रहेगी उसके पास। दोनों मिल, कर सकते हैं कथा यह पूरी। कथा होगी पूरी तो पा लेंगे ये भूत-पिशाच मनुष्य योनि। समय लगेगा, पर कर लेगा भुलवा। पाँच चिड़िया बहनें भी हैं। सोचूँ कोई उपाय तो नाचा के लिए पाँच मनुष्य और हो सकते हैं भुलवा के पास।

यह सोच शंकर देवता ने अपने आँसुओं से भीगे पैर धीरे से पीछे लिये और कहा, 'बस...बस...दुखी मत करो तुम सब मुझे...देवता हूँ तो क्या हुआ...होता हूँ मैं भी दुखी...'

उठ खड़ा हुआ भुलवा। उड़कर फिर बैठ गईं उसकी बहनें उसकी खुमरी पर। भुलवा और चिड़िया बहनें अपने आँसुओं से भीगी लाल आँखों से देख रहे हैं देवता को। देवता देख रहे हैं उनको। मौन।

तोड़ा मौन अपना तो कहा शंकर ने, 'भुलवा, मेरी एक इच्छा है कि तुम धरती पर गाँव-गाँव घूमकर करो नाचा। नाचा को ही बनाओ अपना कर्म। विराजो होगी तुम्हारे पास। तुम पूरी करो नाचा की कथा को। सब मिलकर करो नाचा। अपनी इन बहनों को भी शामिल करो...'

देवता की बात भुलवा ने तुरन्त पकड़ा। ग्यारह सालों में देवता को वह समझ गया है कि कहाँ हैं वे कमजोर और मजबूत हैं कहाँ। हाथ जोड़कर कहा भुलवा ने शंकर से कि देवता, मेरी बहनें चिड़ियाँ हैं। इस रूप में कितनी उपयोगी रहेंगी नाचा के लिए। यहाँ तो हमारे पास भूत-पिशाच की बहुत बड़ी मंडली है। यहाँ नाचा करना इसलिए आसान है। धरती पर गढ़नी होगी मंडली मुझे। देवता मेरी बहनों को अगर चिड़िया से बना दें मनुष्य तो पाँच पात्र तो नाचा को तुरन्त मिल जाएँगे।

मुस्कुराए शंकर जो सोचा है थोड़ी देर पहले शंकर ने वही माँग रहा है भुलवा। पर देवता ने ऐसा प्रगट किया कि जैसे पहली बार सुन रहे हों भुलवा के मुख से चिड़ियों को मनुष्य बना देने की बात। कहा देवता ने भुलवा से कि भुलवा, तू यहाँ रहकर नाचा भर नहीं सीखा है। भूत-पिशाचों से चालाकी भी सीख गया है। देख बेटा भुलवा, मैं तेरी बहनों को, चिड़िया से, न स्त्री बना सकता हूँ और न बना सकता हूँ पुरुष। बेटा, मैं बहुत जोर लगाऊँ तो उन्हें सिर्फ स्त्री और पुरुष के बीच का कुछ बना सकता हूँ। तेरे नाचा में तेरी बहनें स्त्री बन काम कर लेंगी। कर लेंगी स्त्री का अभिनय अद्‌भुत। पर न वे रहेंगी पुरुष और न स्त्री रहेंगी। पर यह मैं तेरे कहने पर नहीं करूँगा। करूँगा तभी जब इस बात के लिए तेरी ये चिडिया बहनें देंगी अपनी सहमति।

देवता ने भुलवा की खुमरी पर बैठी चिड़ियों को ध्यान से देखते हुए उनसे कहा, 'तुम पाँचों बहन मेरी बात ध्यान से सुनो। देखो, चिड़िया का जीवन फिर भी बहुत आसान है। जिसमें तुम पाँचों अभी हो, आसान है यह जीवन। उड़ सकती हो। चुग सकती हो दाना। आ-जा सकती हो कहीं भी, किसी भी जगह, किसी भी समय। यह

प्रकृति समूची तुम्हारे लिए है। तुम हो प्रकृति के लिए। अंग हो उसका। मनुष्य जीवन तो बाधाओं से भरा जीवन है। जीवन है मनुष्य का दुख और तकलीफ से भरा। वह मनुष्य जो न स्त्री हो और न हो पुरुष, सोच सकती हो कि कैसा होता होगा उसका जीवन! सामान्य स्त्री या पुरुष के जीवन से उसका जीवन बहुत ज्यादा कठिन है। वृहन्नला के लिए स्त्री–पुरुष का समाज इस तरह है कि जैसे नहीं है। स्त्री–पुरुष की दृष्टि इस तरह है कि नहीं है जैसे। कटु बातें हैं अनेक। ताने हैं। है तिरस्कार। मैं तो तुम पाँचों को वृहन्नला बनने का अभी दे दूँगा आशीर्वाद, पर तुम पाँचों बहनें एक बार ध्यान से सोच लो। सब सोच–समझकर बताओ मुझे कि तुम सब बनना चाहती हो वृहन्नला या चिड़िया ही बनी रहना चाहती हो।'

असमंजस में डाल दिया है देवता ने चिड़िया बहनों को। सोच में पड़ गई हैं पाँचों बहनें कि क्या करें, क्या न करें। चिड़िया बनी रहें या बन जाएँ वृहन्नला। भाई की खुमरी छोड़ बेचैन उड़ने लगी हैं चिड़िया बहनें झोंपड़ी के इस कोने से उस कोने तक। देख रहे हैं बेचैन चिड़ियों को शंकर देवता और भुलवा। शंकर मुस्कुराते हुए देख रहे हैं और भुलवा देख रहा है दुखी होकर।

आखिरकार, चिड़िया की योनि में कई बरस काट चुकी चिड़िया बहनों ने बहुत सोच–समझकर यह तय किया कि बन जाती हैं वृहन्नला। वृहन्नला बन गाँव–गाँव घूमेंगी। करेंगी नाचा। भाई के साथ रहेंगी। रहेंगी भाभी और भतीजे के साथ। रह पाएँगी माँ–बाबू के साथ। खेत–खलिहान में करेंगी मेहनत। किसी को शिकायत का कोई मौका नहीं देंगी। इतने सबके लिए सुन लेंगी लोगों के ताने। सुन लेंगी कटु बातें। आधा–अधूरा ही सही, पर रहेगा तो मनुष्य–जीवन। मनुष्य–जीवन के लिए सह लेंगी वह सब जो आएगा वृहन्नला के जीवन में।

सोचा सभी चिड़िया बहनों ने। सोचने के बाद आकर बैठ गईं है फिर भाई की खुमरी पर। बीच में बैठी है सबसे बड़ी बहन। सभी चिड़िया बहनों की ओर से कहा बस बड़ी बहन ने कि देवता, तुम्हारी दया है कि तुमने हमारे भाई की लाज रखी। वह तो उसका प्रेम है हमारे लिए कि उसने चाहा कि हम चिड़िया से मनुष्य की योनि को प्राप्त करें। वह जानता है कि जो कर सकते हैं, वह कर सकते हैं आप ही। चिड़िया हम बनी हैं इसलिए कि हमारे पैदा होने से किसी को कोई खुशी नहीं हुई है। पैदा होते ही अपनों के चेहरे देख हमें लगा कि हम व्यर्थ ही आ गई हैं अपनी माँ की कोख से बाहर! लगा हमें कि नष्ट हो जातीं कोख में ही तो रहता अच्छा! देखकर अपने माँ–बाप और दादा–दादी के चेहरे हम दुखी हो गईं इतना कि हम पाँचों पैदा हुईं एक–एक कर और पैदा होते ही एक–एक कर बन गईं चिड़िया। देवता, तुमसे क्या छिपा है। जानते हो तुम सब कुछ। तुम्हारी दया है जो बना दो। बना सकते हो वृहन्नला तो बना दो वृहन्नला ही। भाई का प्रेम है हम पर। रह लेंगी उसके साथ हम वृहन्नला बन। अगर रह सके भाई हम वृहन्नलाओं के साथ। अगर

न हो भाई को कोई आपत्ति वृहन्नला बहनों के साथ रहने में। न आए भाई को शर्म तो हमें वृहन्नला बनने में कोई आपत्ति नहीं है।

यह कह देखा बड़ी बहन ने भुलवा की ओर। खुमरी से नीचे देखा भाई के चेहरे की ओर।

भाई ने अपने सिर से उतारी खुमरी। उतारी इस तरह सहेजकर कि चिड़िया बहनें बैठी रहें खुमरी में कि बैठी हैं जैसे आराम से। भाई ने अपने चेहरे के सामने रखा खुमरी। पाँचों चिड़िया बहनें अब भाई के सामने हैं बैठी खुमरी पर। उन्हें प्रेम से देखते हुए कहा भाई ने, 'मुझे चाहिए तुम पाँचों का साथ। रहो चाहे चिड़िया रूप में या रहो मेहला रूप में।' एक क्षण भी सोचे बिना कह दिया है भुलवा ने।

कहा और फिर पहन ली है खुमरी धीरे से अपने सिर पर।

सुन भाई की बात खुश हो गई हैं चिड़िया बहनें। खुमरी पर बैठीं एक-दूसरे के कानों में कुछ फुसफुसाया है पाँचों बहनों ने। तय किया है कुछ। इसके बाद बड़ी चिड़िया बहन ने कहा शंकर से कि देवता, हम पाँचों बहनें तैयार हैं बनने को वृहन्नला। देवता बना दो हमें वृहन्नला अभी। अभी इसी समय। वृहन्नला बन भाई को साथ ले हम उतर जाएँगी पहाड़ अभी।

शंकर ने कोई उत्तर नहीं दिया। वे अपनी खाट पर बैठ गए। निकाला अपनी कमर से चिलम और गाँजा भरने लगे। भुलवा ने देखा कि देवता चिलम की इच्छा पर हैं तो समझ गया वह कि पता नहीं अब लगे कितना समय। वह भी नीचे अपने पुवाल के बिस्तर पर बैठ गया है। उसकी चिड़िया बहनें अब भी बैठी हैं चुपचाप उसकी खुमरी पर।

झरने की आवाज के साथ अब गाँजे का धुआँ भी भर रहा है झोंपड़ी के भीतर और बादल रच रहा है। देवता को गाँजा पीते देख भुलवा के भीतर भी गाँजा पीने की इच्छा कुलबुलाने लगी है। इच्छा को तुरन्त उसने अपने भीतर मार दिया है। एक तो सामने शंकर हैं। सिर पर बैठी पाँच बड़ी बहनें हैं।

झोंपड़ी के भीतर है भुलवा, पर बहनों के आराम के लिए उसने अब तक अपनी खुमरी नहीं उतारी है। बहनों को खुमरी पर बैठना अच्छा लग रहा है। हिलता है सिर जब-जब उसका तो बहनों का आसन यह डोलता है। डोलता है ऐसे, जैसे डोल रहा हो झूला। बहनें खुश हैं तो कभी-कभी वह बिना वजह ही हिला रहा है अपना सिर।

गाँजा पीकर पूरी तरह तृप्त होने के बाद, देवता ने देखा भुलवा की ओर ध्यान से। फिर देखा भुलवा के सिर की खुमरी पर बैठी चिड़िया बहनों की ओर। झोंपड़ी के बाहर अँधेरा उतर रहा है। झोंपड़ी के भीतर बाहर से ज्यादा घना हो उतर रहा है अँधेरा।

'भुलवा बेटा, दीया-बाती कर ले।' कहा शंकर ने, 'नहीं तो डूब जाएँगे अँधेरे में हम सातों।'

उठा है भुलवा और लग गया है दीया-बाती में।

अब पाँच दीयों की रोशनी से जाग रही है झोंपड़ी।

अचानक देवता के बाघ-चर्म का बाघ दहाड़ा। फुफकारा गले में लिपटा सर्प। डर गईं चिड़िया बहनें। डरा नहीं भुलवा। समझ गया कि देवता कोई महत्त्वपूर्ण घोषणा करनेवाले हैं। इन ग्यारह बरसों में वह जान गया है यह कि जब देवता कोई महत्त्वपूर्ण घोषणा करनेवाले होते हैं तो दहाड़ता है उनकी कमर से बँधा बाघ। गले से लिपटा सर्प फुफकारता है।

अपनी खाट के पास ही खड़े हैं शंकर। रोक रहे हैं अपने कद को बढ़ने से। झोंपड़ी की छत को छूने लगा है उनका सिर। माथे का चन्द्रमा जगमगा रहा है।

तभी भुलवा से कहा देवता ने कि बेटा भुलवा, रात भर आराम कर। अपनी बहनों को भी दाना-पानी करा। करने दे आराम बहनों को भी। ध्यान से मेरी बात सुन बेटा! उगेगा सूरज और होगी जैसे ही सुबह, बेटा, तू पक्षी में बदल जाएगा। तेरी बहनों के पास उड़ान का लम्बा अनुभव है। बहनों के पीछे-पीछे उड़ना। जब रुकेंगी बहनें तो रुक जाना। जब उड़ेंगी बहनें तो फिर उड़ जाना। जैसे ही तुम्हारी उड़ान उतरेगी अपने गाँव थी धरती पर और जैसे ही तुम छुओगे अपने गाँव की धरती, छुओगे देखते हुए उस मनुष्य को, जिसे चाहते होगे तुम दिल से, तुरन्त पक्षी से मनुष्य में बदल जाओगे। बहनें तुम्हारी बदल जाएँगी पाँच वृहन्नलाओं में, जैसे ही वे तुम्हें छुएँगी तुम्हारे मनुष्य बनने के बाद।

सुन देवता की बात समझ गया भुलवा कि देवता ने उन भाई-बहनों के पहाड़ उतरने को आसान बना दिया है। देवता के चरणों पर गिर गया है भुलवा! देवता के चरणों पर गिरी हुई हैं पाँचों चिड़िया बहनें। भुलवा की खुमरी गिरी हुई है देवता के चरणों पर।

उठे बहन-भाई जब तो देखा नहीं हैं शंकर झोंपड़ी के भीतर। जहाँ शंकर खड़े थे, दिखे वहाँ धतूरे के पाँच फूल।

पहाड़ पर सुबह हुई है। सुबह हुई है झोंपड़ी के भीतर, जहाँ शंकर देवता के गायब होते ही भुलवा और उसकी चिड़िया बहनें अकेले रह गए हैं। रात में थोड़ी देर इधर-उधर और घर-परिवार की बातें करने के बाद सो गए थे भाई-बहन। भाई अपने पुवाल के बिस्तर पर और बहनें भाई के बिस्तर के पास रखी उसकी खुमरी पर ही सो गई थीं।

रोशनी से भरी पूरी सुबह अभी नहीं हुई है। सूरज के आभास से सुबह में ही भुलवा ने पाया है कि वह अब नहीं रहा मनुष्य, बन गया है पक्षी। सूरज की पहली

किरण ने ही उसे पक्षी में बदल दिया है। संकुचित हो गया है वह एक छोटी-सी देह में। कसमसाया भुलवा भीतर ही भीतर। सोचा, कैसे रहती होंगी बहनें इतनी छोटी देह में। सोचा और देखा खुमरी की ओर तो नहीं हैं बहनें वहाँ।

गई होंगी झोंपड़ी के बाहर सोचा पक्षी बने भुलवा ने। चिड़िया हैं। कब तक रहेंगी झोंपड़ी के भीतर। पक्षी बने कुछ ही क्षण हुए हैं और झोंपड़ी बेचैन कर रही है मुझे, फिर वे तो बरसों से चिड़िया हैं। समझ गया पक्षी भुलवा कि पक्षियों को हमेशा पुकारता रहता है आकाश। आकाश को पुकारते रहते हैं पक्षी। पुवाल के बिस्तर पर बैठे भुलवा ने सोचा कि उड़कर झोंपड़ी से बाहर जाए और देखे कि क्या कर रही हैं बहनें। आसमान छू रही हैं या चुग रही हैं धूप झोंपड़ी के बाहर।

अपने पंखों को फड़फड़ा रहा है पक्षी भुलवा। जानता है कि उड़ सका अपने आप तो पक्षी बनने के बाद यह उसकी पहली उड़ान होगी। फड़फड़ाता रहा पंख, पर उड़ नहीं पाया। हिम्मत नहीं कर पाया उड़ने की।

पक्षी बना भुलवा अपने पंजों पर फुदकता झोंपड़ी से बाहर आया है। बाहर दिख गई हैं बहनें। धूप के एक चमकते टुकड़े पर बैठी हैं बतियाती आपस में। पक्षी बने भाई को अपने पास आते देखा तो खुश होकर चहचहाने लगी हैं।

भाई धूप के टुकड़े पर अब उनके बीच बैठा है। पाँचों चिड़िया बहनें अपने छोटे भाई चिड़ा को चोंच से सहला रही हैं। कर रही हैं प्यार। धूप का वह टुकड़ा भाई-बहन के प्यार से और ज्यादा चमक रहा है।

चिड़िया बहनें जान रही हैं कि अब विदा लेना है इस पहाड़ से। विदा लेना है झरने से। विदा लेना है अमराई से। विदा लेना सोनई-रुपई तालाब से। विदा लेना है खोह-चट्टानों और टीलों से। पेड़-पौधों से लेना है विदा। विदा लेना है यहाँ बह रही हवा से। सूरज से विदा लेना है। चिड़िया बहनें तो बहुत कम समय इन सबके साथ रह पाई हैं। पर भाई उनका रहा है ग्यारह बरस। इन सबने उनके भाई को सम्हाला है ग्यारह बरस। देवता से विदा हो गई है। इन सबसे विदा बाकी है अभी।

अपने भाई के कान में कुछ कहा चिड़िया बहनों ने और फड़फड़ाए अपने पंख। बहनों को देख भाई ने भी फड़फड़ाए अपने पंख। पंखों ने उड़ाया बहनों के साथ भाई को। पहली बार उड़ा है चिड़ा। उड़ने में मजा आ रहा है उसे। वह अपनी उड़ती बहनों के पीछे-पीछे उड़ रहा है।

चिड़िया बहनें जानती हैं कि उड़ रहा है भाई पहली बार। भाई के पंखों के पास उड़ने का अभ्यास नहीं है ज्यादा। ज्यादा देर तक उड़ा नहीं सकती हैं भाई को पहली बार। चिड़िया बहनों ने एक चक्कर लगाया पहाड़ का। बहनों के पीछे उड़ते भाई को देखा पेड़-पौधों ने। देखा सोनई-रुपई ने। देखा झरने ने। देखा टीलों ने। चट्टानों ने देखा। देखा आकाश ने। सूरज ने देखा और मुस्कुराया।

इतनी ऊँचाई से पहली बार पक्षी बने भुलवा ने देखा पहाड़ को। देखा झरने को। देखा सोनई-रुपई तालाब को। टीलों को, चट्टानों को देखा। देखा पूरे के पूरे पहाड़ को। देखा और मुग्ध हो गया।

एक चक्कर लगाकर बहनें फिर उतर आईं झोंपड़ी के सामने। सामने बिछे धूप के टुकड़े पर। उनके पीछे-पीछे उतर आया है चिड़ा भी नीचे। चिड़ा उड़कर खुश है। हो रहा है बहनों के इधर-उधर।

बहनें यह समझ रही हैं कि भाई देर नहीं करना चाह रहा है। चाह रहा है कि तुरन्त पहाड़ से नीचे उतरने की उड़ान भरे। पहुँचे अपने गाँव। मिले विराजो से। मिले अपने बेटे से। मिले माँ-बाबू से अपने।

धूप के टुकड़े से फिर उड़ी चिड़िया बहनें। फिर उड़ा चिड़ा भाई उनके पीछे-पीछे। इस बार बहनें सीधे उड़ती हुई पहुँचीं झरने तक। उतरी हैं ठीक वहाँ, जहाँ से गिर रहा है झरना नीचे। फुदक-फुदक नहा रही हैं चिड़िया बहनें। फुदक-फुदक नहा रहा है उनका भाई।

भाई-बहनों ने नहाने के बाद, झरने के पास ही एक चट्टान पर बैठ, सुखाए अपने पंख। पंखों के सूखते ही उड़ चले भाई-बहन नीचे गाँव की ओर।

जैसे उड़कर पहाड़ के ऊपर आई थीं चिड़िया बहनें, ठीक वैसे ही पहाड़ से नीचे उतरने की उड़ान भरी चिड़िया बहनों ने। पीछे-पीछे उड़ा भाई उनका उनके साथ। सीताफल, आम, अमरूद, जामुन के पेडों पर हर एक उड़ान के बाद रुकी चिड़िया बहनें। रुका भाई उनका उनके साथ। हर पेड़ ने मुस्कुराकर किया स्वागत चिड़ियों का। कहा पेड़ों ने कि आखिर तुम लोग ले आईं अपने भाई को।

अपने भाई को मिलवाया बहनों ने सीताफल, जामुन, आम, अमरूद के पेड़ों से। बताया भाई को कि इनके फलों को खाकर ही उड़ पाई हैं वे पहाड़ की चोटी तक की उड़ान। सीताफल, आम, अमरूद, जामुन अगर देते नहीं अपने फल तो वे कभी नहीं पहुँच पातीं पहाड़ की चोटी तक। कभी नहीं मिल पातीं अपने भाई से। सीताफल, जामुन, आम, अमरूद ने दिए अपने तुरन्त पके फल एक बार फिर भाई-बहनों को। दिए फल कि भाई-बहन पूरी कर सकें नीचे उतरने की उड़ान। पहुँच सकें अपने गाँव।

इस तरह चिड़िया बहनें पाँच उड़ानों के बाद, अपने चिड़ा भाई के साथ, अभी-अभी उतरी हैं सलफी के पेड़ पर। सुबह-सुबह। नदी की कल-कल आवाज पर उगा है यह सलफी का पेड़। सलफी का यह वही पेड़ है, जिस पर पहाड़ के लिए उड़ान भरने से पहले बैठी थीं चिड़िया बहनें और सलफी के पेड़ ने दिया था अपना रस।

भाई-बहनों के बैठते ही इतना खुश हो गया है पेड़ सलफी का कि रस उसका धार बन बह रहा है उसके तने से। तने से बह रहे रस को उड़-उड़कर पी रही हैं

चिड़िया बहनें। बहनों को सलफी का रस पीता देख उड़-उड़कर रस पीने लग गया है चिड़ा भी।

सलफी का रस पेट भर पीने के बाद सबसे बड़ी चिड़िया बहन ने कहा सलफी के पेड़ से कि सलफी के पेड़, यह तुमने क्या किया? हमारे बैठते ही बहाने लगे रस अपना। पी गए जाने कितना रस हम भाई-बहन! जाना है घर हमें। जाएँ अब कैसे?

चिन्ता मत करो। सभी पीते हैं मेरा रस। पीता है पूरा गाँव। खुशी जगाता है रस मेरा। थोड़ा तुम सब आराम कर लो। बैठो आराम से मुझ पर। उसके बाद नदी के जल को छूते उड़ना तुम भाई-बहन अपने घर की ओर। सलफी का नशा नदी में उतर जाएगा।

कहा जैसा सलफी के पेड़ ने, किया वैसा ही भाई-बहनों ने। पर छुआ जैसे ही नदी के जल को तो कहा नदी ने कि आ गईं तुम सब अपने भाई को लेकर। चलो, मैं ले लेती हूँ तुम लोगों का नशा। डुबकी लगाओ मुझमें। हर डुबकी पर जल मेरा सोख लेगा सलफी का नशा।

इस तरह नदी में उतार अपना नशा, पाँचों चिड़िया बहनें और उनका इकलौता चिड़ा भाई, उड़ चले अपने घर की ओर।

भुलवा ने उड़ते हुए देखा अपने गाँव को। दिखा जैसा गाँव, वह सिर्फ उड़कर ही देखा जा सकता है। ग्यारह बरस में ऐसा कुछ बदला नहीं है कि पहचान न पाए गाँव अपना। सब कुछ वैसा ही है जैसा वह छोड़कर गया था ग्यारह बरस पहले। कुछ झोंपड़ियाँ बढ़ गई हैं जरूर। कुछ पुरानी झोंपड़ियाँ बड़ी हो गई हैं। ग्यारह बरस में बढ़ गई है गाँव की जनसंख्या बस। बाकी सब वैसा का वैसा है, जैसा छोड़ गया था भुलवा ग्यारह बरस पहले।

सुबह के कोहरे में डूबा हुआ है गाँव। इसके बाद भी दिख रहा है साफ-साफ। कोहरे में तारे-सी चमक रही हैं झोंपड़ियाँ। नदी-तालाब चमक रहे हैं आकाश से। पेड़-पौधे तैरते से हैं कोहरे में। कोहरे में चूल्हे की गन्ध है। गन्ध है पकते अन्न की कोहरे में।

गाँव को इतने दिनों के बाद देख चिड़ा बन गए भुलवा की आँखों से बहने लगे आँसू। गिरे आँसू तो नीचे जा कर गए कोहरे को थोड़ा घना। डब-डब आँखों से अब धुँधला दिख रहा है गाँव।

पाँच चक्कर लगाया है चिड़िया बहनों ने गाँव का। उनके पीछे-पीछे पाँच चक्कर लगाया है भुलवा ने भी गाँव का। पाँचवें चक्कर तक छँट गया है कोहरा। उभर आया है गाँव साफ-साफ पूरा का पूरा।

अपने घर के सामने उगे आम के पेड़ों में से एक पर उतर भाई-बहनों ने पाँचवें चक्कर को समाप्त किया है। घर का दरवाजा उढ़का हुआ है। खुलेगा दरवाजा तो देखेंगे वे कि कौन सबसे पहले आता है घर से बाहर। आती है विराजो। आती है माँ। या बाबू आता है। भुलवा का बेटा तो शायद ही अभी उठा हो इतनी सुबह-सुबह।

जैसे ही यह सोचा है भाई-बहनों ने कि भुलवा के बेटे के स्वप्न में उड़ने लगी हैं चिड़ियाँ। उड़ती छह चिड़ियों के साथ चिड़ा बन उड़ रहा है भुलवा का बेटा स्वप्न में। स्वप्न में उड़ते हुए खुश है वह बहुत। उसे नहीं मालूम कि जिन छह चिड़ियों के साथ वह उड़ रहा है, उसमें एक उसका पिता है जो चिड़ा है और पाँच बुआएँ हैं चिड़ियाँ। इसलिए स्वप्न में भी पाँच बुआएँ और पिता सहेज रहे हैं उसकी उड़ान। छह उड़ानों के घेरे में उड़ रहा है भुलवा का बेटा। कैसे पहचान पाएगा भुलवा का बेटा अपने असली पिता को कि देखा ही कहाँ है उसने कि जिसे पिता समझता रहा है वह, उसे छोड़ आई है उसकी माँ विराजो। बुआओं के बारे में तो उसने सुना ही नहीं है। बिना पहचाने अपने पिता को और बिना पहचाने अपनी बुआओं को, भुलवा का बेटा स्वप्न में चिड़ा बन उड़ रहा है उनके साथ।

किसकी स्मृति में बची हैं वे पाँच चिड़ियाँ जो अपने भाई के साथ, अपने घर के सामने खड़े आम के पेड़ पर बैठीं, घर के दरवाजे के खुलने का सुबह-सुबह कर रही हैं इन्तजार!

जब से उड़े हैं बहन-भाई पहाड़ से, रखे नहीं हैं अपने पंजे धरती पर अब तक। उड़े पहाड़ से तो पहली उड़ान के बाद उतरे सीधे अमरूद के पेड़ पर। अमरूद के पेड़ से दूसरी उड़ान में उतरे सीधे जामुन के पेड़ पर। तीसरी उड़ान में उतरे सीताफल की लतर पर। सीताफल के बाद सीधे उतरे सलफी के पेड़ पर। सलफी के पेड़ से जो उड़े तो नदी के जल में लगा डुबकी, उतारा सलफी का नशा और उड़कर बैठ गए हैं इस घर के सामने उगे आम के पेड़ों पर। पक्षी बने भाई-बहन जानते हैं कि धरती पर रखेंगे पैर किसी अपने के सामने तो तुरन्त बन जाएँगे पक्षी से मनुष्य। कहा है देवता ने यही। सोच रहे हैं पक्षी कि देखते हैं कि आगे क्या होता है! बन पाते हैं मनुष्य या बने रह जाएँगे पक्षी हमेशा के लिए!

अभी यह पक्षियों ने सोचा ही है कि धीरे से खुला है घर का दरवाजा। पक्षी भुलवा पहचान रहा है दरवाजा खोलते माँ के हाथों को। यही हाथ हमेशा खोलते रहे हैं दरवाजा उसके लिए। कलाई में चाँदी की ऐंठी पहने साँवले-खुरदरे हाथ। जैसे ही खुला दरवाजा पूरा, देहरी से बाहर आई माँ। माँ के पीछे आया बाबू।

आए बाहर और घर के दरवाजे के इधर और उधर बैठ गए देहरी पर धूप तापने। इन ग्यारह सालों में कितने बूढ़े हो गए हैं माँ-बाबू, सोचा पक्षी बने भुलवा ने। देखा फिर अपनी बड़ी बहन की ओर। पूछा इशारे से कि उतरें धरती पर। बहन ने मना किया मुंडी हिला अपनी।

मन तो नहीं मान रहा है भुलवा का। सोच रहा है कि क्यों मना कर रही है बहन! दरवाजा खुल गया है। आ गए हैं माँ-बाबू बाहर, फिर काहे मना कर रही है! यह सोच ही रहा है भुलवा कि दरवाजे पर दिखी विराजो। बेटा उसका अपनी माँ से लड़ियाता-लिपटा-सा साथ है विराजो के। पक्षी भुलवा का दिल धक्-धक् बज रहा

है देखते ही विराजो को। भर गई है विराजो की देह। पहले से और सुन्दर हो गई है विराजो। बेटा भी देखो, दस बरस का हो गया है। विराजो के कन्धे तक आ रहा है उसका सिर।

विराजो को देखने के बाद पक्षी भुलवा रुका नहीं पेड़ पर। देखा बहनों की ओर और उड़ा। बहनें उड़ीं भाई के पीछे-पीछे। पहली बार उड़ीं पीछे। अभी तक भाई पहाड़ से उड़ता आया है उनके पीछे-पीछे। मन ही मन हँसीं पाँचों चिड़िया बहनें। सोचा कि विराजो को देख पगला गया है उनका भाई। अब नहीं रुकेगा एक क्षण भी।

भाई के पीछे-पीछे उतरीं धरती पर चिड़ियाँ। पक्षी भाई के साथ-साथ छुआ धरती को। पहले बना भाई मनुष्य। भाई को छूते ही वे पाँचों भी बन गई हैं मनुष्य। देहरी पर दरवाजे के आजू और बाजू बैठे हैं माँ-बाप। दरवाजे के थोड़ा बाहर आकर खड़ी है विराजो। विराजो से लिपटा खड़ा है बेटा। सुबह की ताजी धूप में डूबा हुआ है यह दृश्य। दृश्य जिसमें छह पक्षी अभी-अभी बने हैं मनुष्य।

छह पक्षी आम के पेड़ से उतरकर आए। विराजो ने उनके धरती पर बैठने से पहले ही पहचान लिया कि पाँच चिड़ियाँ तो उसकी ननदें हैं। छठा पक्षी कौन है, नहीं पहचान पाई है विराजो। पर जैसे ही धरती को छुआ पक्षियों ने तो छूते ही बन गए मनुष्य। मनुष्य बने तो सबसे पहले पहचान में आया भुलवा। देहरी से उठ लपके माँ-बाबू भुलवा की ओर। वे दोनों देख पा रहे हैं बस भुलवा को। वे दोनों देख नहीं पा रहे हैं भुलवा के आस-पास खड़े पाँच स्त्री-से पुरुषों को। लिपट भुलवा से धार-धार आँसू रो रहे हैं माँ-बाबू। भुलवा को देख दरवाजे से कुछ ही कदम आगे आ पाई है विराजो कि उससे पहले ही भुलवा तक पहुँच गए हैं माँ-बाबू। भुलवा से थोड़ी ही दूर पर खड़ी विराजो माँ-बाबू के साथ उसका मिलन देख रो रही है। रो रही है इतने बरसों बाद देख भुलवा को। चुपचाप खड़े हैं पाँच मेहले इन सबको देखते हुए।

आँसू थोड़ा जब थम गए है माँ-बाबू के तो कहा भुलवा ने कि माँ, पहचानो, कौन हैं ये पाँचों। पहली बार ध्यान से देखा माँ ने अपने ही पैदा की लड़कियों को। वे पाँचों अब आधी स्त्री हैं और हैं आधी पुरुष। नहीं पहचान पाई माँ। सोचा भुलवा के संगी-साथी हैं। साथी ऐसे कि बाबू ने हिकारत से देखा।

कहा भुलवा ने कि माँ-बाबू जान रहा हूँ मैं कि तुम लोग नहीं पहचान पा रहे हो। पहचान पाते तो क्यों चिड़िया बन उड़ती मेरी ये बहनें। मेरी इन बहनों के कारण ही मैं यहाँ हूँ। हूँ तुम सबके सामने। आया हूँ उड़ता-उड़ता इनके पीछे-पीछे। माँग कर लाई हैं शंकर देवता से मेरी बहनें मुझे। देवता ने दिया है इन्हें पक्षी से मनुष्य बनने का आशीर्वाद। मुझे दिया मनुष्य से पक्षी और पक्षी से धरती छूते ही फिर मनुष्य

बनने का आशीर्वाद। इस तरह हम भाई-बहन आज तुम सबके सामने हैं। हैं मनुष्य रूप में।

तुरन्त समझ गई माँ। आखिर जाया है उसने उन पाँचों बेटियों को। जैसे भुलवा से लिपटकर रोई, ठीक वैसे ही उन पाँचों से लिपटकर रोई माँ। रोईं वे पाँचों अपनी माँ से लिपटकर बरसों बाद। आँसू में बह गए दुख सारे।

बाबू हाथ जोड़े खड़ा है, जैसे माँग रहा हो माफी। बाबू जानता है अच्छी तरह कि इन पाँचों को चिड़िया बनना पड़ा था इसलिए कि उनके पैदा होने पर उसे खुशी नहीं हुई थी। कहा बाबू ने कि मुझे माफ करो बेटियो! गुनहगार हूँ मैं तुम्हारा। पर अगर मेरे मन में अब तुम्हारे लिए न हो प्रेम और न मान रहा होऊँ दिल से तुम्हें अपनी बेटियाँ तो मैं तुरन्त अभी पटपटाकर मर जाऊँ। मुझे माफ करो बेटियो, तुम सबने मेरे कारण भोगा है इतना कष्ट। घर के रहते हुए भी घर की नहीं रह पाई हो मेरे कारण।

पाँचों मेहले अपने पिता की बात सुन बढ़े पिता की ओर। लिपट उससे रोने लगे हैं। बहने लगा है उनके भीतर का दुख भीतर से बाहर। रोते-रोते बैठ गया है बूढ़ा बाप धरती पर। बैठ गए हैं पाँचों मेहले उसे घेरकर। आकर बैठ गई है माँ भी उनके साथ।

भुलवा बढ़ रहा है विराजो की ओर मिलने विराजो से। देख रहा है विराजो को एकटक। बेटा अपनी माँ को छोड़ खड़ा है यह देखता कि क्या हो रहा है यह सब? अचानक अपने सामने इतने लोगों को देख उसे कुछ समझ नहीं आ रहा है। उसने पहली बार देखा है पक्षियों को मनुष्य बनते। सभी ने पहली बार देखा है पक्षियों को मनुष्य बनते। देख बच्चे को मुस्कुरा रहा है भुलवा। बच्चे के चेहरे पर बस अचरज है। अचरज को देख मुस्कुरा रहा है भुलवा।

विराजो देख रही है अपनी ओर बढ़ते भुलवा को और अपने आँचल से आँसू पोंछते कोशिश कर रही है मुस्कुराने की और इस कोशिश में उसने अपने बेटे को अपने पास खींचकर अपने से लिपटा लिया है। बेटा अपनी माँ से लिपटा हुआ उस मुस्कुराते आदमी को अपनी ओर आते देख रहा है, अब भी अचरज से जो अभी-अभी पक्षी से आदमी बना है।

❂❂❂